हव्वा की बेटियों की दास्तान

दर्दजा

हव्वा की बेटियों की दास्तान

दर्दजा

जयश्री रॉय

वाणी प्रकाशन

वाणी प्रकाशन

4695, 21-ए, दरियागंज, नयी दिल्ली 110 002

शाखा

अशोक राजपथ, पटना 800 004

फ़ोन : +91 11 23273167 फ़ैक्स : +91 11 23275710

www.vaniprakashan.in
vaniprakashan@gmail.com
sales@vaniprakashan.in

Havva Ki Betiyon Ki Dastan
DARDJA
by Jaishree Roy

ISBN : 978-93-5229-266-0
Novel

संस्करण 2016
आवृत्ति 2018
मूल्य : ₹395

सिटी प्रेस, दिल्ली-110 095 में मुद्रित

वाणी प्रकाशन का लोगो मक़बूल फ़िदा हुसेन की कूची से

माँ! तुम्हारे लिए!

विश्व के मानचित्र को फैला कर देखें तो काले महाद्वीप अफ्रीका का एक बहुत बड़ा धब्बा इसमें नज़र आता है। इसी धब्बे के भीतर अनगिन छोटे-छोटे बिन्दुओं का एक पूरा संजाल बिछा है—केनिया, इथिओपिआ, सोमालिया...इन्हीं बिन्दुओं में क़ैद हैं माहरा जैसी करोड़ों औरतें जिनके जीवन का हर पल जाने कितनी सदियों से दुख और दर्द की काली स्याही से लिखा जा रहा है। सिर्फ़ इसलिए कि वे औरतें हैं! इन्हीं के दुख-दर्द और उच्छ्वासों की कहानी बटोर लायी हूँ आप सब के लिए। चाहती हूँ इस किताब को पढ़ते हुए आप सब एक पल के लिए ही सही, माहरा और उस जैसी बेशुमार औरतों की पीड़ा और त्रासदी को ज़रूर महसूस करें जिनमें जीने के लिए वे पीढ़ी-दर-पीढ़ी अभिशप्त हैं। माहरा और उसकी जैसी औरतें नस्ल, मज़हब, ज़ुबान और रंग से परे वस्तुतः एक स्त्री होती हैं जिसकी मूलभूत संवेदनाएँ हमारी-आपकी जैसी ही हैं। आँसुओं का खारापन, दर्द का स्वाद, काली त्वचा के नीचे बहने वाले लहू का रंग...सब कुछ दुनिया के हर कोने में बसने वाली औरतों के समान ही है। इस सुदूर देश की अनजान स्त्रियों की संवेदनाओं को अपनी भाषा में सहेज लायी हूँ इसी बहनापे की अनुभूति के साथ कि जब हमारी नियति साझे की है तो दुख-सुख भी आपस में ईमानदारी से बाँट लेना है। इन औरतों का औरत होना दुख में होना है, बद्दुआ में होना है, अजाब में होना है...

अफ्रीका के जंगलों और धू-धू करते रेगिस्तानों की इस स्याह-शुष्क दुनिया के चप्पे-चप्पे में माहरा जैसी लाखों बदनसीब औरतों की दर्द भरी कहानी धूल, बवंडर और आँधी के साथ रात-दिन उसाँसें लेती

रहती हैं। इन्हें सुनने के लिए कान से अधिक हृदय की ज़रूरत है।

'माहरा', निरन्तर लड़ रही है, मगर अभी उसका संघर्ष ख़त्म नहीं हुआ है। उसे-उन्हें, हमारे साथ की आवश्यकता है। युगों से मौन माहरा अब जब बोलने के लिए मानसिक रूप से तैयार हुई है, बेहतर है आप माहरा की कहानी खुद उसी की ज़ुबान से सुनें। आखिर यह उसका भोगा हुआ यथार्थ है, उसका जीवन!

माहरा...ए माहरा...माँ ने बिल्कुल फुसफुसा कर मुझे पुकारा था, मगर ना जाने क्यों कच्ची नींद में ही उनकी किसी खँडहर से गुज़रती हवा की तरह सिसकारी भरती आवाज़ सुनकर मेरा गला अनायास सूख आया था। उस समय हमारी झोंपड़ी के बाहर फीके होते आकाश की पृष्ठभूमि में ठीक ताड़ के बूढ़े पेड़ के माथे पर सुबह का तारा बहुत उजला हो आया था। मैंने बिस्तर से उठते हुए बगल में निश्चिन्त सोती हुई अपनी छोटी बहन मासा को देखा था। चेहरे पर बिखरे हुए घुँघराले बाल और भरे हुए अधखुले होंठ...ना जाने क्यों उस पल मेरा जी चाहा था, उससे लिपट जाऊँ! मुझे उनींदी, चुपचाप बैठी देख माँ ने इस बार कुछ अस्थिर होकर मुझे झिंझोड़ा था–"माहरा...!"

मैंने अब जल्दी से बिस्तर छोड़ा था और माँ के पीछे अपने एक कमरे की उस छोटी-सी झोंपड़ी से बाहर निकल आयी थी। कितनी तेज़ चल रही थीं माँ! दो-चार क़दमों में ही मवेशियों के बाड़े के पार! उनके साथ बने रहने के लिए मुझे लगभग दौड़ना पड़ रहा था। कुछ ही पलों में हम आठ-दस झोंपड़ियों की अपनी उस छोटी-सी बस्ती को पार कर कैक्टस के बौने और बेतरतीब जंगल में आ गये थे। सितम्बर की यह एक मीठी और गुनगुनी ठंड की भोर थी। हवा में कुछ रेशम-सा मुलायम और सुखद घुला था। पूरब के क्षितिज में अब तक केसर के कुछ सुर्ख रेशे चमकने लगे थे। दूर कहीं शुतुरमुर्ग बोला था और इसके साथ ही पास की घनी झाड़ियों से निकलकर एक मटमैला सियार हड़बड़ा कर भागा था। यह सब देखते हुए शायद मेरे क़दम कुछ धीमे पड़ गये थे। माँ ने मुड़कर दबी आवाज़ में फिर मुझे पुकारा था और मैंने दौड़ना

शुरू कर दिया था।

एक बेडौल, काले पत्थरों के टीले के पास आकर माँ रुकी थीं और इधर-उधर देखा था। शायद उन्हें किसी का इन्तज़ार था। मैं उनकी कमर से लगी सर उठाकर उन्हीं को देख रही थी। हिज़ाब में लिपटा माँ का गहरा स्याह आधा चेहरा और नाक की नोक पर चमकती ओस की एक छोटी-सी बूँद—उजली होती भोर की हल्की उजास समेटे! कितनी रहस्यमयी दिख रही थीं वो इस समय! इन्हीं अनगढ़ पत्थरों की तरह ठोस और निर्विकार, मगर साँस लेती हुई, धड़कती हुई, जीवित...जाने क्यों उन्हें देखते हुए उस समय मुझे अनायास रोना-सा आ रहा था...

दो-चार दिन पहले ही मैंने माँ को नीची आवाज़ में अब्बू से बात करते हुए सुना था। बात करते हुए वे मेरी तरफ़ मुड़-मुड़कर देख रहे थे। 'बंजारन', 'पैसे', 'बहुत जल्द' जैसे कुछ अस्पष्ट शब्द मेरे कानों में पड़े थे। दीदी को पूछते ही उसने मुझे डपट दिया था—'बड़ों की बातें छिपकर नहीं सुना करते...!' मुझे अचानक अजाने डर ने घेर लिया था। स्मृतियों में कुछ धुँधली-सी परछाइयाँ उभरी थीं—जंगल में घास-फूस की एक छोटी झोंपड़ी में पड़ी हुई दीदी...ख़ून से लिथड़ी और बेतरह गोंगियाती हुई! माँ जब उसे खाना पहुँचाने जाती थीं, मैं उनके पीछे चुपके से हो लेती थी। कई बार उन्होंने अपने पीछे आते देख मुझे वहाँ से डाँटकर भगाया भी! मुझे चटाई में रस्सियों से बँधी पड़ी दीदी की कातर आँखें अक्सर याद आती हैं! ठीक जैसे ज़िबह होती किसी मवेशी की आँखें—कोटर में उबली हुई, लाल और पनीली...ओह! उन्हें याद कर कितना डर लगता था मुझे रातों को! अक्सर अपने बगल में सोई हुई मासा से लिपट जाती थी। पसलियों में दिल धड़कता रहता था देर तक!

जाने क्यों आज यहाँ, इस जंगल में माँ के साथ खड़ी होकर मुझे दीदी की वही ख़ून चढ़ी आँखों की रह-रहकर याद आ रही थी...

कल रात माँ ने खाना परोसते हुए मेरी थाली में ऊँट का मांस, रोटी और खीर सबसे ज़्यादा परोसी थी। ऊँट की पीठ का गूमड़वाला यह हिस्सा मुझे हमेशा बहुत स्वादिष्ट लगता था। चर्बी से ठसाठस भरा हुआ! मासा ने मेरी चोटी खींची तो माँ ने उसे मारा भी। बड़े भैया तारिक से कहा कि वह मुझे तंग ना करे और कोठरी के एकमात्र लकड़ी के साफ़ चादर वाले बिस्तर पर सोने दे। मुझे यह सब अच्छा तो लग रहा था, मगर जाने क्यों कहीं एक डर-सा भी बना हुआ था

जिसे मैं समझ नहीं पा रही थी। अब्बू ने शाम को मवेशियों को उनके काँटेदार बाड़े में डालते हुए बहुत नर्म आवाज़ में मुझसे कहा था, गाँव की औरतें मुझे कल के बाद तरह-तरह के उपहार देनेवाली हैं। माँ ने आँखों में चमक भरकर कहा था--अब तू भी ख़ास बन जायेगी, औरत का दर्ज़ा पायेगी...औरत का दर्ज़ा! ख़ास हो जायेगी! माँ की कही ये चन्द बातें मेरे ज़ेहन में देर रात तक उमड़ती-गूमड़ती रही थीं। सीने के अन्दर दिल की धड़कनें भी साथ बढ़ती-घटती रही थी। ये ख़ास होना क्या होता है!

जब से होश सम्हाला है, हाथ में लकड़ी लेकर गाय-बकरियों को रेत के सूखे, कँटीले जंगलों में हाँकती-चराती रही हूँ। तेज़ धूप और बारिश में, अन्धड़-पानी में। इस मैदान से उस मैदान, ढलान और पहाड़ियाँ...। कभी लकड़बग्घे के पीछे शोर मचाते हुए भागना तो कभी किसी सियार के मुँह से मेमना छीन लाना! एक पल लापरवाह हुए नहीं कि कोई ना कोई जानवर आपका मवेशी उठा ले जायेगा। साथ ही अपनी जान की भी चिन्ता! पूरा इलाका शेर, तेंदुओं से भरा हुआ है! माँ कहती थीं, शेर सामने पड़ जाये तो भागना मत। चुप खड़ी होकर उसकी आँखों में देखती रहना। एक पलक झपकी तुम्हारी कि शेर तुम पर टूट पड़ेगा! रोज़ हमें जंगलों में भेजते हुए माँ जानती थीं कि वे हमें मौत के मुँह में भेज रही हैं। मगर भेजती थीं। ज़िन्दगी कुछ इतना ही मजबूर कर देती है हमें! जीने के लिए ही हम जैसे लोगों को रोज़-रोज़ मरना पड़ता है! हर दिन मौत के मुँह से हम ज़िन्दगी का एक कौर छीन लाते थे! शायद तभी हमारे जीवन में बिना अतिरिक्त चीनी, नमक के इतना स्वाद होता था...भूख हर चीज़ को जायकेदार बना देती है और हमारी ज़मीन से भूख का तो एक बहुत पुराना सम्बन्ध है! मैं शायद अपने जन्म से इस स्वाद, इस सम्बन्ध को जानती-जीती आयी हूँ!

सोचते हुए मैं अपनी चादर को अपने इर्द-गिर्द लपेटकर ज़मीन पर बैठ गयी थी और जाने कब सो भी गयी थी। नींद में मेरी सोच अजीब-अजीब-सी शक्लों में बदल गयी थी! रेत के सुनहरे टीले, धूप की सफ़ेद आग में झुलसते पेड़ और कैक्टस के गुलाबी, पीले, बैंजनी फूल--दूर-दूर तक! और आकाश में वह बड़ा चील...उसके विशाल, काले डैने...तेज़ टिंहकारी...उसके पंखों के पीछे सूरज छिप गया है...हर तरफ़ अँधेरा फैल रहा है...मैं डर कर उठ बैठी थी और अपने

चेहरे पर उस गिद्ध के काले, भीषण डैनों को छाये हुआ पाया था। ओह! कितनी ज़ोर से चीख कर खड़ी हो गयी थी मैं! उस स्याह गिद्ध के बगल में ही माँ खड़ी थीं। एकदम शान्त और निर्लिप्त! मेरी चीख़ को उन्होंने जैसे सुना भी नहीं था।

उस समय तक काफ़ी रोशनी फैल चुकी थी। ताड़ के इक्के-दुक्के पेड़ों पर जंगली सुग्गे कलरव कर रहे थे। पूरब का आकाश गहरा सुनहरा हो उठा था। मैंने माँ के पीछे छिप कर उस गिद्ध जैसी शक्ल वाली बंजारा औरत को अब ध्यान से देखा था। ओह! यह एक गेद्दा थी, लड़कियों की सुन्ना करवाने वाली! गेद्दा मिडगान सम्प्रदाय की होती हैं—एक बार माँ ने ही कहा था। छींटदार लहँगे के ऊपर काली, मोटी, खुरदरी चादर से उसने अपना माथा और आधा चेहरा ढँक रखा था। रंग-बिरंगे मोती, चटक-रंग पंछियों के पर, जानवरों की हड्डी, शेर के दाँत और नाख़ून...जाने उसने क्या-क्या गले में डाल रखे थे! साथ में चोंच जैसी नाक में पीतल का चौकोर नथ, कलाइयों में शंख, गिलट और पत्थर के कड़े, पाँव में काँसे के झाँझर और सिक्कों की खन-खन बजती लड़ियाँ...। गोदने से उसकी खुली बाँहें एकदम काली पड़ी हुई थीं। सबसे अजीब थीं उसकी आँखें—गँदले सफ़ेद में भूरी-पीली पुतलियाँ और उनपर इन्द्रधनुष-सी खिंची जुड़वाँ भौंहें—मटमैली! जले उपले-से झुरझुरे, धँसे गाल और पोटली-से सिकुड़े काले-बैंजनी होंठ! बलगम से भरी घरघराती आवाज़ में माँ से कह रही थी कि पड़ोस के गाँव से एक शादी की दावत खाकर आते हुए इतनी देर हो गयी। वह अपने कालीन के मुलायम और रंग-बिरंगे टुकड़ों से बने झोले से जाने क्या-क्या बाहर निकाल रही थी—पत्थर के नुकीले टुकड़े, भोंथरा चाकू, हैंडल टूटी कैंची, ब्लेड का टुकड़ा...देखते हुए मेरे भीतर का सोया हुआ डर एकबार फिर जाग उठा था। क्या है यह सब, किसके लिए है!

चीज़ों को ज़मीन पर फैलाकर उसने एकबार बड़ी हिकारत से मुझे देखा था और फिर माँ को आदेश दिया था—"अब पकड़ो इसे...देर हो रही है!"

उसकी बात पर माँ मेरी ओर मुड़ी थीं—"माहरा! मेरी अच्छी बेटी...आज वह ख़ास मौक़ा आ गया है जिसका इन्तज़ार इस देश की हर नेक मुसलमान औरत को होता है! पाकीजा और ख़ास होने का अवसर! औरत होने, निकाह के और माँ होने के क़ाबिल होने का क़ीमती मौक़ा!

तुम्हें हिम्मत और सब्र रखना है और बस, सबकुछ आसान और जल्द हो जायेगा। अल्लाह तुम्हारा निगहबान है!'' कहते हुए वे मेरी तरफ़ धीरे-धीरे बढ़ रही थीं और जाने क्यों मैं धीरे-धीरे पीछे की ओर सरक रही थी। मुझे उस पल अपनी माँ से डर लग रहा था। उनकी शान्त, ठंडी आँखें, ठहरी हुई आवाज़, भिंचा हुआ जबड़ा...सबकुछ मुझे दहशत में डाल रहा था। जाने क्यों मुझे ऐसा लग रहा था कि मेरे ख़िलाफ़ कोई बड़ी साजिश रची जा रही है और माँ भी उसमें शामिल हैं!

पहले अपने हर डर, दुविधा के क्षण मैं जिस गोद में अपना आश्रय ढूँढ़ती थी, आज मुझे वह किसी शेर की माँद की तरह भयावह लग रही थी। कितना दुर्भाग्यपूर्ण था यह! मुझे पास आते ना देख माँ एकदम से अस्थिर हो उठी थीं और अपने दोनों हाथ फैला कर मेरी ओर लपकी थीं—''माहरा! पास आओ बच्ची!'' उनकी एक पल को धधक उठीं आँखें, सख़्त हुआ जबड़ा और चील की झपट-सी बाँहें देख जाने मुझ में क्या घटा था, मैं अचानक मुड़कर भाग खड़ी हुई थी। माँ चीखती हुई मेरे पीछे भाग रही थीं, मगर मुझे पकड़ पाना उनके वश की बात नहीं थी। दस साल में सात बच्चे पैदा कर माँ छीज गयी थीं। घर के काम, मवेशियों की देख-रेख, ऊपर से कई नामालूम-सी बीमारियाँ...। कभी-कभी कई दिनों तक बिस्तर से उठ नहीं पाती थीं। और इधर मैं—तेरह साल की उमर! ऊँट का पौष्टिक दूध, खजूर और मधु से बनी सेहत! रोज़ अपने ढोर-डंगर के साथ मीलों रेत की ढूहों और काँटों-कैक्टस के जंगलों में सुबह से शाम तक भटकती फिरती हूँ। कभी जंगली कुत्तों के झुंड के पीछे भागना पड़ता है, तो कभी शेर, चीते से अपनी जान बचानी पड़ती है। दौड़-दौड़कर मैं हिरण ही बन गयी हूँ। एक साँस में रेत के कई टीले पार कर सकती हूँ। बिना पानी पीये गुस्सैल सूरज को सर पर उठा कर मीलों चल सकती हूँ।

...तो माँ के बार-बार पुकारने के बावजूद मैं रुकी नहीं थी और लगातार भागती हुई रेत के कई टीले एक साथ पार कर गयी थी। दिन के चढ़ने के साथ हवा गर्म हो गयी थी, पाँव के नीचे बालू तपने लगा था। बीच में रुक कर मैंने कुछ मोटे पत्तों वाले रेगिस्तानी पौधों के पत्ते निचोड़ कर उनका रस पिया था, जंगली फूलों का मधु चूसा था। कुछ कच्ची-पक्की बेरियाँ भी खायी थीं। शाम घिरने तक मैं थक कर चूर हो गयी थी। एक सायेदार पेड़ के नीचे खड़ी होकर मैंने दूर-दूर तक

नज़रें दौड़ाई थीं। शाम की मुलायम धूप में रेत के टीले ठंडी, सुनहरी आग में नहाये हुए थे। हल्की चलती हवा से बालू के गर्म, बादामी आँचल में लहरें और भँवर-से पड़ रहे थे। मुझे घर की याद आयी थी, माँ और मासा की भी। तीन साल की मासा मेरे सबसे क़रीब थी। एकदम गुड़िया! मुझे ज़ोर से रोना आया था—मा...मासा...और वहीं बैठकर रोते हुए जाने मुझे कब नींद आ गयी थी।

जब आँख खुली थी, सामने अब्बू और बड़े भैया तारिक को खड़े पाया था। रेत पर मेरे पाँव के निशान ढूँढ़ते हुए वे आखिर मुझ तक पहुँच ही गये थे। मैं एकदम हड़बड़ा कर उठी थी और फफकने लगी थी। उस समय मुझे बहुत डर लग रहा था। उस वीरान जगह में अपने भाई और अब्बू को देखकर जहाँ एक तरफ़ मुझे राहत का अहसास हुआ था, वहीं घर से भाग आने की ग्लानि ने मुझे सहमा भी दिया था। लगा था, अब वे मुझे डाँटेंगे, मारेंगे...मगर अब्बू ने कुछ भी नहीं कहा था। बड़े भैया ने बस साधारण ढंग से कहा था—घर चलो! उनके पीछे सिसकते हुए मैं सर झुका कर चल पड़ी थी। उस समय रात का जाने क्या बजा था। बिना चाँद के गहरे काले आकाश में लाखों-करोड़ों सितारे टिमक रहे थे। पूरब की ओर हवा में रेत के कण उड़ रहे थे शायद। बारिश की-सी झर-झर आवाज़ आ रही थी। भैया और अब्बू ने रेत के उड़ते कणों से बचने के लिए साफ़े से अपना चेहरा ढँक लिया था। मगर मैं नंगे सर चलती रही थी। मेरे पूरे जिस्म में रेत के महीन रेजे सूई की नोक की तरह चुभ रहे थे मगर उस समय मुझे किसी बात का होश नहीं था। छीली हुई देह और मन से उनके पीछे बदहवास चलती रही थी!

दूसरे दिन रात के अन्तिम पहर मैं एक बार फिर अनगढ़ पत्थरों के उस स्याह टीले के पास अपनी माँ के साथ खड़ी थी और वह कुरूप और डरावनी बंजारन अपनी कालीन के टुकड़ों की पैबन्द लगी झोली से तरह-तरह के औजार और भोंथरे-नुकीले हथियार निकाल-निकालकर ज़मीन पर तरतीब से रख रही थी। आज हमारे साथ पड़ोस की सामोआ आपा भी थीं। आपा और माँ ने मेरे दोनों हाथ दो तरफ़ से पकड़ रखे थे और मेरे घुटनों में धीरे-धीरे कम्पन हो रहा था। पेट के निचले हिस्से

में कुछ घुलाता हुआ। मैं बड़ी मुश्किल से सीधी खड़ी रह पा रही थी।

तेज़ी से फैलती रोशनी में मैंने चाक़ुओं और दूसरे हथियारों पर जमे हुए काले ख़ून के धब्बों को देखा था जिन्हें वह बंजारन औरत जिसे माँ जाबरा कहकर सम्बोधित कर रही थीं, अपनी थूक से गीला कर लहँगे से पोंछ रही थी। उसके दोनों हाथ की बड़ी और बीचवाली उँगलियों के नाख़ून बहुत लम्बे थे, मुर्गे के चंगुल की तरह आगे से झुके हुए। उन्हें देखकर मेरे पूरे शरीर में बार-बार झुरझुरी-सी दौड़ रही थी।

एक समय के बाद जाबरा ने अपना चेहरा उठा कर माँ की ओर अजीब ढंग से देखा था, जैसे कुछ आँखों ही आँखों में कह रही हो और इससे पहले कि मैं कुछ समझती या करती, माँ और आपा ने मुझे जबरन खींच कर ज़मीन पर लिटा दिया था। माँ ने बैठ कर मेरे सर को अपने सीने से लगा लिया था तथा आपा ने मेरे पैरों को दोनों तरफ़ फैला कर उनपर माँ के पैर चढ़ा दिये थे। माँ ने भी झट पूरी ताकत से मेरे पाँव अपनी हड़ियल जाँघों से चाँप दिये थे। इस बीच आपा ने पीठ की तरफ़ से मेरी दोनों बाँहों को मोड़ कर सख़्ती से पीछे की तरफ़ से पकड़ लिया था। अब माँ ने फिर कल जैसी ठंडी आवाज़ में कहा था—"माहरा! ज़रा बर्दाश्त करना, सब जल्दी हो जायेगा!"

मैं बिना कुछ कहे अपनी विस्फारित आँखों से जाबरा को देखती रही थी जो मेरे फैली हुई टाँगों के बीच बैठी ठंडी आँखों से मेरा मुआयना कर रही थी। फिर मैंने देखा था उसके हाथ में ब्लेड का वह टुकड़ा जो दूसरे ही पल मेरी नर्म त्वचा में जाने कहाँ तक उतर गया था। मेरी आँखों के आगे अचानक बिजली के नीले-पीले फूल-सा कुछ कौंधा था और मैं हलक फाड़ कर चिल्लाती चली गयी थी! दर्द का ऐसा भीषण अनुभव मुझे पहले कभी नहीं हुआ था। मैं ईद-बकरीद के मौक़ों पर जानवरों को हलाल होते हुए देखती आयी थी। अब्बू या कोई और जानवरों के मुँह काबा की तरफ़ करके उनके गले में ढाई दफ़ा चाकू रेत कर छोड़ देते। उसके बाद वे जानवर देर तक तड़प-तड़प कर अपनी जान देते। उनकी उबली हुई आँखें, खुला हुआ मुँह, गले से भल-भल बहता ख़ून, उनकी छटपटाहट के साथ चारों तरफ़ उड़ते ख़ून के छींटे...। यह सब आमतौर पर हमारे लिए मनोरंजन के दृश्य हुआ करते थे, मगर आज एक तरह से मुझे भी ज़िन्दा ही जिबह किया जा रहा था। जाबरा के उठते-गिरते हाथ के साथ मेरे शरीर में तेज़ पीड़ा की लहरें उठ रही

थीं, विस्फोट-से हो रहे थे। कभी जाबरा के हाथ में चाकू होता, कभी पत्थर के टुकड़े तो कभी ब्लेड...भय, पीड़ा से अवश होते हुए मैंने देखा था, उसने अपने दोनों गन्दे हाथों के लम्बे नाख़ूनों मेरे भीतर खुबा दिये थे। दर्द के अथाह समुद्र में डूबते हुए मैंने महसूस किया था, वह अपने नाख़ूनों से मुझे नोच-खसोट रही है, चीर-फाड़ रही है, कुतर रही है! उस समय आग की सलाइयाँ-सी मेरे जाँघों के बीच चल रही थीं। लग रहा था, ढेर सारी जंगली, विषैली चींटियाँ मेरे अन्दर घुस गयी हैं और मुझे खोद-खोद कर खा रही हैं! या फिर कोई बिच्छू लगातार डंक मार रहा है। तेज़ जलन हो रही है। मेरे दोनों पैर बुरी तरह थरथरा रहे हैं, पूरा शरीर पसीने से भीग गया है। चिल्ला-चिल्ला कर गला फट गया है। माँ का चेहरा मुझ पर झुका हुआ है और उन्होंने मुझे बुरी तरह जकड़ रखा है। उनकी आँखों में इस समय अजीब-सी चमक और मुग्धता है! जैसे कोई धार्मिक अनुष्ठान देखते हुए लोगों की आँखों में अक्सर होती है। मेरे मुड़े हुए हाथ शायद टूट गये हैं और कमर से नीचे का शरीर शून्य पड़ गया है। मुझसे और चिल्लाया नहीं जाता...मेरे गले से घुटी-घुटी आवाज़ें निकल रही हैं। एक समय के बाद ख़ून के बहाव को रोकने के लिए जाबरा मेरे ज़ख़्म पर जानवरों की लीद और मिट्टी डालने लगती है। ऊपर आकाश फटकर धीरे-धीरे सफेद पड़ रहा है... पास ही कहीं सियार हूँक रहा है, ताड़ के नंगे माथे पर एक गिद्ध बैठा है। उसकी नंगी, रोमहीन गर्दन, ख़ून में डूबी पलकहीन आँखें, विशाल डैनों की झपट...सब धीरे-धीरे आपस में गड्डमड्ड हो जाता है और फिर वह काली, बड़ी चादर आकाश के जिस्म से खिसक कर जाने कब मेरे इर्द-गिर्द फैल जाती है और मैं उसके तरल, सुखद अन्धकार में डूब जाती हूँ...। आह! मृत्यु...यह इस जघन्य पीड़ा, इस नरक से कहीं बेहतर है। उस क्षण मैं सचमुच मर जाना चाहती थी। यह एक बेहतर विकल्प था। उस ठंडे, काले, निविड़ शून्य को मैंने किस आवेग से स्वयं में निर्बाध उतरने दिया था...

ना जाने कितनी देर बाद मेरी आँखें खुली थीं। मैं मरी नहीं थी, ज़िन्दा थी...ओह! यह प्रतीति कितनी भयावह थी मेरे लिए! जीवन यानी पीड़ा और...पीड़ा! मेरे कमर से नीचे का हिस्सा नरक बन गया है। एक धधकता हुआ कुंड! ऐसे जल रहा है कि जैसे किसी ने ताज़े ज़ख़्म पर नमक छिड़क दिया है। अन्दर कुछ धप-धप कर रहा है।

सारी शिराएँ सुलग रही हैं। एक चीरता हुआ दर्द बिच्छू के डंक की तरह रह-रहकर लहर उठता है...

मेरा चेहरा सूखे हुए आँसुओं से चिटचिटा रहा है, होंठों पर पपड़ियाँ जम गयी हैं। किसी तरह सर उठा कर मैं अपने आसपास देखने की कोशिश करती हूँ। माँ हाथ में एक सूखी लकड़ी लेकर आसपास झपटते हुए गिद्धों को भगाने की कोशिश कर रही हैं। गिद्ध हड़बड़ा कर थोड़ा उड़ते हैं, फिर वापस लौट आते हैं। चारों तरफ़ अजीब-सी बदबू है। दूर सूखे नाले के पास दो लकड़बग्घे अपनी लम्बी जीभ निकालकर हाँफ रहे है...। गिद्धों की कर्कश चीख, डैनों की झपट, साथ लकड़बग्घों की डरावनी आवाज़—जैसे कई चुड़ैलें नकिया कर एक साथ हँस रही हों!

मैंने सिहर कर उस तरफ़ से अपनी आँखें फेर ली थीं और दायीं तरफ़ देखा था। सामने पत्थरों और झाडियों में मेरे शरीर के छोटे-छोटे टुकड़े—चमड़ी, बोटी—बिखरे पड़े थे! धूप में सूख कर काला पड़ते हुए...चारों तरफ़ ख़ून के छींटे, धब्बे...जैसे अक्सर किसी वधस्थल में होता है! मांस के कतलों पर नीली मक्खियाँ भिनभिना रही थीं। एक कौआ मेरे देखते ही देखते चमड़ी का एक टुकड़ा उठा कर टीले के ऊपर जा बैठा। देखकर मेरे अन्दर कुछ घुलने लगता है। मुँह में उल्टी से पहले जैसा पानी भर आता है। अपनी उबकाई रोकते हुए मैं देखती हूँ, मेरे पैरों के पास जाबरा अपने सामने कैकसिया पेड़ के बड़े-बड़े काँटों की ढेर लगाये बैठी थी। उसके हाथ में सफेद धागे का बंडल था। उसके इशारे पर माँ और मौसी एक बार फिर मेरे आसपास घिर आयी थीं।

इस बार मैंने कोई प्रतिरोध नहीं किया था। मुझमें कोई ताकत भी नहीं बची थी इसके लिए। पूरा बदन अवश हो चुका था। सीने की दायीं तरफ़ असहनीय दर्द था, कलाइयाँ झनझना रही थीं। जाँघें टूट-सी गयी थीं। मुझे पकड़ते हुए मौसी ने माँ से फुसफुसा कर कहा था—"इसकी दायीं तरफ़ की दो पसलियाँ टूट गयी हैं...। कलाई में भी मोच है!" सुनकर माँ ने उसे चुप रहने का इशारा किया था। जाबरा मेरे कटे हुए जिस्म को काँटे और मोटे धागे से सी रही थी। ताज़े कटे हुए मांस में काँटे से छेदकर उसमें धागा डालती और उसे कसकर सी देती...मेरा गला पूरी तरह से बैठ चुका था। थोड़ी देर गोंगिया कर मैं फिर से अचेत हो गयी थी। अचेत होते हुए मैंने प्रार्थना की थी कि इस बार मैं सचमुच मर जाऊँ।

इसके बाद एक महीना मैंने उस वीरान जगह में एक घास-फूस की झोंपड़ी में अपने दिन बिताये थे। यह छोटी-सी झोंपड़ी माँ ने मेरे लिए अपने हाथों से बनाई थी। सूखे पत्ते, घास, प्लास्टिक के टुकड़े और जाने क्या-क्या से। बचपन से माँ को अकाल यानी घर बनाते हुए देखा है। जानवरों को लेकर हम घास और चारा की तलाश में एक जगह से दूसरी जगह भटकते रहते। साथ में ऊँट की पीठ पर दूसरे सामानों के साथ हमारा घर भी चलता जिसे बड़ी आसानी से तोड़ा और जोड़ा जा सकता है। बाँस और लकड़ियों का एक छोटा-सा खाँचा जिसपर घास-फूस, सूखे पत्ते और टीन या कपड़े के पैबन्द लगाये जाते हैं। धूप और बारिश, हवा से ज़रा-सी आड़...बस यही होता है हमारे लिए घर का अर्थ!

इस छोटी झोंपड़ी के फ़र्श में पड़ी-पड़ी मैं सियारों की हूँक, उल्लू और अन्य रतजगे पक्षियों की आवाज़, जंगली हाथियों की चिंघाड़ सुनती रहती। मुझे कमर से लेकर टखने तक कस कर बाँध दिया गया था ताकि ज़ख़्म ठीक से भर सके। हिलना-डुलना तक सम्भव नहीं था। माँ दलिया या कोई दूसरा नरम और गला हुआ खाना मेरे मुँह में डाल देतीं। टट्टी-पेशाब भी उसी अवस्था में। पहली बार जब अपने ताज़े घाव के साथ मैंने पेशाब किया था, लगा था किसी ने ज़ख़्म में तेज़ाब डाल दिया है! तभी मुझे पहली बार पता चला था, मेरा गुप्तांग पूरी तरह से बन्द कर दिया गया है। बस एक माचिश की तीली की नोक बराबर छेद—पेशाब और माहवारी के रक्स्राव के लिए। बड़ी दीदी ज़मीन पर एक छोटा गड्ढा बना देती जिसमें एक करवट लेटकर मुझे पेशाब करना पड़ता। एक-एक बूँद—15-20 मिनट तक! अन्त तक मैं इतनी निढाल हो जाती कि मेरी आँखों के आगे अँधेरा छाने लगता। इन दिनों मैं लगभग हर वक़्त रोती ही रहती थी।

अचानक से मेरी दुनिया कितनी बदल गयी थी। बस दर्द, डर, उदासी और अकेलापन...क्या औरत होना इसी को कहते हैं? दर्द से पैदा होना और दर्द में मर जाना...! जिसदिन मेरे जननांग को पूरी तरह से काटकर मुझे औरत बनाया गया था, उसी दिन दोपहर से मुझे बुखार चढ़ आया था। तेज़ बुखार में पड़ी-पड़ी मैं बड़बड़ाती रहती। मेरी आँखें बकौल दीदी के गुड़हल की तरह लाल हो गयी थीं। मेरे घाव पक गये थे। ज़ख़्म से मवाद बहता रहता, ख़ून से कपड़े लिथड़े रहते,

चारों तरफ़ दुर्गन्ध के भभाके उड़ते रहते। भिनभिनाती हुई मक्खियों, मच्छरों के बीच असहाय पड़ी मैं या तो कराहती रहती या अचेत हो जाती। सन्निपात की अवस्था में मुझे कुछ भी साफ़-साफ़ समझ में नहीं आता। सबके चेहरे अजीब-से अजनबी-अजनबी लगते, आवाज़ें जैसे कहीं बहुत दूर से मक्खियों की भिनभिनाहट की तरह आतीं। किसी की चीख, किसी की पुकार, किसी की हँसी...सब मेरे भीतर गड्डमड्ड होते रहते। बेहोशी जैसी नींद में डरावने सपने आते, रात को छोटी-सी झोंपड़ी स्याह परछाइयों से भर जाती...मैं अपने सुलगते-धधकते शरीर की क़ैद में पड़ी रात-दिन मृत्यु-कामना करती रहती। अगर इस नरक को जीवन कहते हैं तो इससे मौत भली।

एक दिन जब मैं तेज़ बुखार में अचेत-सी पड़ी थी, अपनी बड़ी बहन की चीख सुनकर बड़ी मुश्किल से आँख खोल पायी थी और फिर गहरे आतंक में देखा था, मेरे शरीर के निचले हिस्से में चींटियाँ ही चींटियाँ बड़े-बड़े थक्कों में लगी हुई हैं—लाल, विषैली, गिजबिजाती हुई...। मेरे शरीर से ख़ून बह रहा था, मगर मैं कुछ महसूस नहीं कर पा रही थी। मुझे अब दर्द नहीं होता था। सब कुछ जैसे शून्य हो गया था।

"ऐसे ऑपरेशन के बाद बहुत-सी लड़कियाँ इनफेक्शन, टेटनस, ख़ून में ज़हर आदि फैल जाने से मर जाती हैं। पता नहीं ये कैसे जी गयी! मैंने तो उम्मीद छोड़ दी थी..." एक महीने बाद जब मैं स्वस्थ होकर अपने घर लौट रही थी, आपा को माँ से यह फुसफुसा कर कहते हुए सुना था। "हमारी ज़मीन की औरतों को ज़िन्दगी शायद इसलिए मिलती है कि ये मौत से ज़्यादा मुश्किल होती है...हब्बा की जाइयों को अपने गुनाहों की सज़ा इसी दुनिया में भुगत कर जाना है। उनके लिए कोई अलग से दोज़ख नहीं है। जो है यही ज़िन्दगी है...!" एक बार एक जादूगरनी ने कहा था। वह हमारे गाँव कोई खेल दिखाने आयी थी। हँसते-हँसते खेल दिखा रही थी मगर जाने क्यों फिर ये कह कर अन्त तक रोने लगी थी। मुझे याद है, उस समय उसके रोने पर भी हम बच्चों ने तालियाँ बजायी थीं।

घर लौटकर भी मेरा जीवन सहज नहीं हो पाया था। धीरे-धीरे समझ पायी थी, मैं सिरे से बदल दी गयी हूँ, शायद हमेशा के लिए ही। शरीर से भी और मन से भी। अपने विगत जीवन की निश्चिन्तता, छोटी-छोटी खुशियाँ, निर्दोष सपने...सब मेरी देह के कोमल हिस्सों के

साथ ही मुझसे अलग हो गये हैं। सब कहते हैं, अब मैं मुकम्मल औरत हो गयी हूँ, मेरा दर्ज़ा समाज और अपने लोगों में ऊपर उठ गया है। मगर मुझे ऐसा महसूस होता है कि जैसे मैं अधूरी हो गयी हूँ, अपंग हो गयी हूँ, कहीं से कम हो गयी हूँ! बहुत गहरे कहीं एक क्षोभ है, एक टीसता हुआ अपमानबोध। रह-रहकर ठगे जाने का अहसास होता है। लगता है, एक साजिश, एक छल हुआ है मेरे साथ। विशेषकर माँ के प्रति मन में शिकायत है। अब तक उनकी गोद, उनका आँचल ही दुनिया का सबसे निरापद, सबसे सुन्दर आश्रय प्रतीत होता आया था। मगर इस घटना के बाद भीतर कुछ बहुत सुदृढ़, बहुत पवित्र एकदम से टूट गया था। लगता था, माँ ने इस अमानवीय कृत्य में दूसरों का साथ देकर अपनी ममता को, मुझे, मेरी अगाध आस्था को नष्ट कर दिया है, छिन्न-भिन्न कर दिया है। अब शायद कभी मैं माँ की गोद में निश्चिन्त होकर पहले की तरह सो न सकूँगी!

माँ मेरी ख़ामोश आँखों में सवाल पढ़ती हैं। कभी उनसे नज़रें चुराती हैं तो कभी कुछ जवाब देने की भी कोशिश करती हैं—"एक नेक औरत का फ़र्ज़ बनता है कि वह दीन के बताये हुए रास्ते पर चले, अपनी औरत होने की जिम्मेदारी को समझे...ऊपर वाले ने हमें औरत बनाया है, इसलिए हमारे जिस्म में जो मर्दाना हिस्सा है, उससे हमें पूरी तरह से निजात पा लेना चाहिए, जैसे मर्द अपने जिस्म से खतना के जरिये औरत वाला नाजुक हिस्सा अलग करवा लेता है और मुकम्मल मर्द बन जाता है।"

"मर्दोंवाला हिस्सा...! कौन-सा?" मुझे माँ की बातें समझ नहीं आतीं। मुझे किसी तरह समझते ना देख आपा माँ की मदद के लिए बातों का सिरा सम्हालतीं—"औरतों के जिस्म को नहीं समझती! अरे, गुप्तांग के जो बाहरी हिस्से हैं वे सब मर्दाना हिस्से हैं। जो अन्दरूनी कोमल हिस्सा है वही जनाना हिस्सा है! वही ऊपरवाले ने औरत को माँ बनने के लिए दिया है। हमें हमारे जिस्म का इस्तेमाल सिर्फ़ माँ बनने के लिए करना चाहिए, ना कि यौन का विकृत आनन्द उठाने के लिए..."

"और नहीं तो क्या..." बीच में एक और प्राचीन महिला कूद पड़ती—"छोरी! जाने किस गुनाह की वजह से क़ुदरत ने हमारे टाँगों के बीच यह गन्दी-सी चीज़ डाल दी है! जितनी भद्दी दिखती है उतनी ख़तरनाक भी है। औरत का शरीर ही उसका पाप। जाने कब आबरू

में धब्बा लग जाय। ये दो अंगुल की चीज़ सारे ईमान पर भारी...जब तक देह से जुड़ी है, किसी को चैन नहीं। तो पाप को जड़ से ही ख़त्म कर दिया जाय! ना रहेगा बाँस, ना बजेगी बाँसुरी!

उनकी बातें जाने क्यों मुझे बहुत अपमानजनक लगतीं। औरत के शरीर को इस तरह जलील किया जाना, उसे शक और हिकारत से देखा जाना। जिसे क़ुदरत ने इस ख़ूबी से रचा है, उसे नष्ट कर देने वाले हम कौन होते हैं? मेरा सर सुनते हुए भारी हो उठता। मगर मेरे ख़यालों से अनजान औरतें आपस में बतियाती रहतीं—"फिर छोटी उमर में इससे छुटकारा पा लेना अच्छा...वर्ना जानती भी है क्या होता है? ये गन्दा, बदबूदार मांस का लोथड़ा बढ़ते-बढ़ते घुटनों तक लटक आता है! फिर ज़रा सोचो क्या हालत होती होगी औरत की! मेरी दादी कहती थी कि एक लड़की ने इससे मना किया तो उसका यही हाल हुआ। आगे चलकर दो टाँगों के बीच इतना बड़ा डेढ़ मन का झूलता अवयव लेकर ना चलते बने, ना बैठते बने। ऊपर से जगहँसाई अलग से।"

सुन कर मेरा जी घिनाने लगता। पता नहीं ये कहानियाँ सच भी थीं या नहीं! मुझे मुँह बनाते देख माँ के चेहरे पर ग़ुस्सा तैर आता—"लड़की! हम अपने पवित्र पिता समाल की सन्तानें हैं! तुम्हें याद है ना समाल कौन थे? खुद मुहम्मद साहब के अपने गाँव और कुरैश जाति के व्यक्ति! ऐसे महान इन्सान की सन्तानें हैं हम! हमें अपने ख़ून की पवित्रता और जाति की पहचान बनाये रखनी है और हमारा जातीय परिचय हमारे रीति-रिवाज़ों और मज़हबी कायदे-क़ानूनों में है। इनकी हम किसी भी तरह बेइज़्ज़ती नहीं कर सकते। हमारी इज़्ज़त, कायदे-क़ानून, मज़हब हमारी जान से भी ज़्यादा कीमती हैं। इसपर हम किसी भी तरह आँच आने नहीं दे सकते। जिस्म के इस गन्दे हिस्से से निज़ात पाकर हम औरतें पाक और ख़ूबसूरत हो जाती हैं, एक नेक बीवी और माँ बनने के क़ाबिल हो जाती हैं। ये तकलीफ़ें नहीं, नियामतें हैं जो हम औरतों को अता की गयी हैं!" कहते हुए भावावेश में आकर माँ झर-झर रोने लगतीं। दूसरी औरतें भी अपनी गीली आँखें पोंछने लगतीं। ऐसे मौक़ों पर सबके चेहरों पर अजीब-सी दीप्ति और गरिमा के भाव होते। सब देख-सुन कर मैं अजीब दुविधा में पड़ जाती। एक तरफ़ मेरी अकल्पनीय तकलीफ़ें थीं, मन का आक्रोश था और दूसरी तरफ़ घर की बड़ी-बूढ़ियों की ये आस्था और भक्ति की बातें। तय नहीं कर पाती थी क्या सही

है और क्या ग़लत। इन सबके बीच मेरी पीड़ा मेरा सबसे बड़ा सच थी जो रात-दिन मेरे जिस्म में सुलग-सुलग कर मुझे याद दिलाती थी कि मेरा आप कहीं बहुत पीछे छूट गया है, मैं आधी-अधूरी हो गयी हूँ...।

मैंने देखा था, मेरे शरीर के निचले हिस्से को बाहर से बिल्कुल सपाट कर दिया गया था। अब वहाँ एक बड़े घाव के चिह्न के सिवा कुछ नहीं था जिस पर धागे के आड़े-तिरछे दाग़ थे। जैसे बोरे के मुँह को मोटे धागे से सी दिया जाता है। हमारी संस्कृति के सौन्दर्य बोध में स्त्री के शरीर के इस हिस्से के लिए कोई स्थान नहीं। यह बस सूखा, सपाट और साफ़ होना चाहिए। बाकी चीज़ें गन्दी और त्याज्य। मेरे लिए अपने शरीर की तरफ़ देखना ही अब मुश्किल हो गया था। साथ में दूसरी परेशानियाँ। माहवारी के दौरान मैं दर्द से नीली पड़ जाती। मुझसे उठा-बैठा तक नहीं जाता। महीने के ये पाँच दिन मृत्यु-यन्त्रणा में बीतते। हर बार जी चाहता ऐसी तकलीफ झेलने से अच्छा मर जाऊँ। फिर रोज़ की असुविधाएँ तो थीं ही। हर बार पेशाब करने के लिए मुझे देर तक बैठी रहना पड़ता। एक-एक बूँद टपकती और मेरे भीतर आग-सी लग जाती!

पहले जीवन में सुख नहीं था, मगर शान्ति थी। छोटी-छोटी बातों में ख़ुशियाँ थीं। अब्बू और तारिक भाई बड़े जानवरों जैसे ऊँटों और गाय-बैलों की देखभाल करते थे। हम छोटे बच्चों पर भेड़-बकरियों की ज़िम्मेदारियाँ हुआ करती थीं। उन्हें ले कर हम दिन भर जंगलों में घूमते रहते। उन्हें तितर-बितर होने से रोकना, जानवरों से बचाना और शाम को सुरक्षित घर में ला कर उनके बाड़े में बाँधना। हमारे छोटे-से घर में शायद ही कोई सामान होता है। एक लकड़ी का तख़्त और बस कुछ छिटपुट सामान। हम भाई-बहन रातों को खुले आकाश के नीचे बाहर ही सोते। पहले कितनी गहरी नींद आती थी सारे दिन की कड़ी मेहनत के बाद। जंगली जानवरों से बचाव के लिए घर के चारों तरफ़ कंटीली झाड़ियों का घेरा होता। इधर-उधर आग भी होती। मुट्ठी भर झोपड़ों के पास ही पालतू जानवरों और मवेशियों के लिए काँटेदार झाड़ियों से घेर कर जगह बनी होती थी। इसी तरह नमाज़ आदि के लिए पत्थरों से घेर कर गाँव के मर्दों के लिए आराधना-स्थल बना होता था। औरतें घरों के भीतर अपना नमाज़ अदा करती थीं।

माँ का जीवन बहुत कठिन था। अपने पति, इतने सारे बच्चों की

देखभाल। फिर ढोर-डंगर...दिन को फुरसत के समय वे दूसरी औरतों के साथ बैठ कर रंग-बिरंगी चटाइयाँ या टोकरियाँ बिनतीं। हम खानाबदोश लोग कभी घर-गृहस्थी का बोझ नहीं बढ़ाते। बस उतना ही जितने की ज़रूरत हो और जितना हम ढो सकें। घर के नाम पर एक लकड़ी का ढाँचा, कुछ बर्तन, कपड़े, पानी के मसक और हमारे जानवर। किसी तरह की ऐय्याशी या तामझाम हमारे संस्कार में नहीं। जोड़ना कुछ नहीं, बस जीने भर की जुगाड़। जहाँ हरियाली दिखी, जहाँ पानी मिला, हम चल पड़ते हैं। इस तरह से लगता है, पूरी दुनिया अपनी है। जितना चाहिए होता है, उतना हमें क़ुदरत देती है, उससे ज़्यादा जोड़ने या बाँधने की हम लालच नहीं करते। प्रकृति के उसूलों का हम सम्मान करते हैं और उसके साथ सामंजस्य बनाकर चलते हैं।

हमारा देश, इसकी जलवायु विशिष्ट है। एक तरफ़ समन्दर का किनारा, उसका गर्म, उमस भरा वातावरण, दूसरी तरफ़ रेत और रेत...बारह महीने यहाँ मौसम कमोबेश एक-सा रहता है—गर्म और सूखा। बारिश अनियमित और कम। वनस्पति भी उसी हिसाब से—नाटे-बौने पेड़ और कंटीली झाड़ियाँ। साथ में सूखे घास के यहाँ-वहाँ बेतरतीब फैले धब्बे। बारिश के कुछ महीने राहत के होते हैं जब रेगिस्तान भी ताज़ा हरियाली से नहा उठता है। तब कितने फूल, कितने पंछी! लगता ही नहीं यह वही ज़मीन है जिस पर महीनों सूखी रेत और गर्म हवा उड़ती रहती है। उन अच्छे दिनों में हम किशोर लड़कियाँ जंगली फूलों की माला गूँथ कर पहनती हैं। रेत पर तितली-पंछियों के चित्र उकेरती हैं...। हरियाली का, बारिश का, सजलता का स्वाद, रंग-गन्ध कैसा होता है कोई हम रेगिस्तान के बंजारों से पूछे। इच्छा होती है कि काश इन सुख के हरे-भरे दिनों को हम अपने पशु-पक्षियों की तरह पालतू बना कर रख सकते! हम जहाँ जाते, ये अच्छे दिन हमारे साथ-साथ आते...

ऐसा नहीं कि हमारे देश में सिर्फ़ गर्मी और भुखमरी ही है। और भी बहुत कुछ है यहाँ देखने-जीने के लिए। कभी कोई आये तो देखे इस ज़मीन की सुन्दरता, हमारी संस्कृति का अनोखापन। जैसे मुझे किसानों के घर देखने में अच्छे लगते हैं। कुछ मैंने भीतर से देखे भी हैं। इन्हें मुनडाल कहते हैं। आकार में गोल। लकड़ी, बाँस के खाँचे पर मिट्टी, पशुओं के गोबर, राख आदि से बनी चिकनी दीवारें और उनपर ढलवा या फनल के आकार की छत। इससे अलग ओरिश—यानी चौकोर,

सपाट छतवाले घर होते हैं। अपने इलाके के किसानों के घर बनवाने में मदद करने कई बार मैं भी माँ और दीदी के साथ जाती थी। औरतें इन घरों की चिकनी दीवारों पर फूल-पत्ते के साथ पंछी और जानवरों के चित्र भी उकेर देती हैं। मैं अक्सर सोचा करती थी, इन घरों में रहनेवाले लोग एक ही जगह रह-रह कर ऊब नहीं जाते!

इन दिनों मेरी तबियत ठीक नहीं रहती। खुद को अपाहिज महसूस करती हूँ—देह से भी और मन से भी। जानवरों को जंगल में चराने ले जाती हूँ और चुपचाप किसी पेड़ के नीचे बैठी रहती हूँ। आसपास धूल उड़ती है, रंग-बिरंगी गिरगिट रेत में एकदम से धँसती या सर बाहर निकाल कर अपनी उबली हुई निरन्तर घूमती आँखों से मेरा मुआयना करती, कैक्टस की छाँव में कुंडली मार कर बैठे हुए करेत का काला शरीर तेज़ धूप में काँच की तरह चमकता...मगर मैं अपने में खोयी हुई बैठी रहती। मुझे लगता, मुझे क़ुदरत से, अपने आप से दूर कर दिया गया है। क्यों पहले कभी किसी ने मुझे इस बारे में नहीं बताया? क्यों मुझे इसके लिए मानसिक रूप से तैयार नहीं किया गया? जो घटना एक औरत की ज़िन्दगी को सिरे से बदल देती है, जो उसके आगे के पूरे जीवन का नक़्शा तय करती है, उसके बारे में जानने का हक भी हमें क्यों नहीं मिलता! एक दिन अचानक हमें पकड़ कर खंडित, अपाहिज कर दिया जाता है और फिर दुनिया भर के दुख-दर्द और सवालों से जूझने के लिए अकेली छोड़ दिया जाता है। कितना डर लगता है हमें! कितनी तकलीफ़ होती है! कैसे-कैसे नर्क से रोज़-रोज़ गुज़रते हैं...। क़ुदरत के बनाये हुए पुतलों से इनसानों की ये कैसी वहशी छेड़-छाड़! जो माँएँ अपनी सन्तानों को अपना दूध पिला कर इतने प्यार और जतन से बड़ा करती हैं, वही उसके जीवन में इतना दर्द क्यों भर देती हैं? क्यों इस निर्ममता से उसे जिबह होने देती हैं! अच्छा लगता है उसे अपने ख़ून, दूध और स्नेह से सींच कर बनाई हुई गुड़िया को एक झटके में तोड़कर रख देना! अपनी इस कच्ची उम्र में मैं अपनी माँ की मनःस्थिति समझने में सक्षम नहीं थी। मेरा मन उनके और जाने किस-किस के प्रति मान-अभिमान से भरा हुआ था।

माँ शाम को हम सब भाई-बहनों को दूध, खजूर, दलिया, मुउफो आदि खाने को देती। मुउफो यानी मक्के के आटे की गर्म-गर्म रोटियाँ ताज़े मधु के साथ मुझे हमेशा बहुत प्रिय रही हैं, मगर इन दिनों छूने

का भी मन नहीं करता। पास के फार्म से तारिक भाई मकई, सलगम, सीम आदि ले आया है। माँ और दीदी सारा दिन हाथ से अनाज कूटती रही हैं। शाम को आँगन में कठकोयले के खुले चूल्हे पर रोटी, चावल पकाया है। चावल हमारे लिए दुर्लभ है। अधिकतर निर्यात करना पड़ता है बाहर से। दूसरा समय होता तो सबसे छीन-झपटकर खाती। मगर आज थाली जस की तस छोड़ कर उठ आयी हूँ। मुझे अपने आँगन का अँधेरा कोना आजकल भाने लगा है। एक तरफ़ खड़ा कैक्सिया का पेड़ और उसके पीछे से झाँकता हुआ आकाश, आकाशगंगा के लाखों सितारे...सफेद धुएँ में झिलमिलाते-टिमकते। जाने उनमें मैं देर रात तक क्या तलाशती रहती! शायद ख़ुशी का वह नन्हा सितारा जो हर मौसम, हर पल मेरे भीतर चमकता रहता था...मुझे पहले ख़ुश रहने के लिए किसी बड़ी ख़ुशी की ज़रूरत नहीं पड़ती थी। एक अदृश्य वापी हुआ करती थी मेरे भीतर कहीं जो प्रतिपल किसी अन्तर्निहित स्रोत से भरी-पूरी रहा करती थी। अब जो वह सजल रेखा सूख गयी है तो मैं जैसे अन्दर से मरुभूमि हो गयी हूँ...। मेरे पास कुछ बचा है तो बस गहरी प्यास और अन्तहीन शुष्कता! जाने इस ऊसर माटी में अब कभी कोई बीज अंकुरित हो भी पायेगा या नहीं...!

एक दिन सुबह दीदी को देखा था मवेशियों के बाड़े के पास बैठ कर रोते हुए। सामने ऊँट के झागदार दूध से भरा बर्तन पड़ा था। उसे किसी बात का होश नहीं था जैसे। दोपहर को भी वह माँ के साथ चटाई बीनने नहीं बैठी थी। रात को रसोई समेट कर और ढिबरी बुझा कर जब माँ मासा को लेकर भीतर सोने गयी थी, मैं रोज़ की तरह देर तक तारे गिनती हुई जागती रही थी और आखिर बड़ी देर से किसी तरह नींद आयी थी। जाने रात का कौन-सा पहर था जब दीदी ने मुझे धीरे से हिलाकर जगाया था। वह जाने क्या-क्या फुसफुसा कर बोले जा रही थी। कच्ची नींद में मैं कुछ समझ नहीं पा रही थी। उठते हुए दीदी अचानक मुझे सीने से लगा कर जाने क्यों फफक उठी थीं! मुझे नींद में सब कुछ सपने की तरह लगा था। उसके हटते ही मैं फिर सो गयी थी। याद नहीं उस रात कितने दिनों बाद मुझे वैसी बेसुध-सी नींद आयी थी।

सुबह उठ कर देखा था घर में अफरा-तफरी मची हुई है। पता चला था, दीदी घर से भाग गयी हैं। माँ आँगन के एक कोने में बैठी रोती हुई कह रही थीं—"मैंने तो पहले ही कहा था इनसे, इतने बूढ़े आदमी से वह शादी करने को कभी राजी नहीं होगी। मगर मेरी कौन सुनता है! इनको तो बस लड़की के एवज़ में मिलने वाले पाँच ऊँटों की ही पड़ी थी। लो अब भुगतो...गयी लड़की हाथ से! हाय मेरी फूल-सी बच्ची! मेरी जुब्बा..."

सुनकर मैं सन्न रह गयी थी। अचानक मुझे पिछली रात की बातें याद आयी थीं। तो दीदी घर से भागने से पहले मुझसे विदा लेने आयी थीं! तभी वे रो रही थीं। अचानक मुझे भी ज़ोर से रोना आया था। आज जब अचानक दीदी चली गयी थीं, मुझे अहसास हुआ था कि मैं उनसे कितना प्यार करती हूँ। कितना काम करती थीं दीदी सारा दिन! फिर भी मुस्कराती रहती थीं। मेरी बारीक चोटियाँ वही बाँधा करती थीं। माँ ने उनका नाम यहाँ की मशहूर नदी के नाम पर जुब्बा रखा था। जुब्बा-सी ही श्यामल और चंचल! मासा अपनी तोतली ज़ुबान से उन्हें जुबी कहकर पुकारती थी।

बंजारों की बेटियों की अधिकतर यही नियति होती है। अपने माँ-बाप के घर चार-पाँच साल की उमर से कड़ी मेहनत करती हैं और फिर थोड़ी बड़ी होने पर अच्छे पैसे या जानवरों के बदले किसी रईस बूढ़े से ब्याह दी जाती हैं। ससुराल में फिर बच्चे जनने, मवेशियाँ सम्हालने और अपने बूढ़े पति की सेवा करने में उनकी ज़िन्दगी कट जाती है। जिस आदमी से दीदी की शादी तय हुई थी, वह पैंसठ बरस का विधुर बूढ़ा तथा तीन जवान बच्चों का बाप था। उसके पास ढेर सारे मवेशियों के अलावा कुछ ज़मीन और दो मीठे पानी का कुआँ भी था। दीदी के बदले उसने अब्बू को पाँच जवान ऊँट और दस बकरियाँ देने का वादा किया था।

अब्बू तारिक भाई तथा कुछ और लोगों के साथ सुबह से दीदी को ढूँढ़ने रेगिस्तान में निकले थे। हम सब घर में बैठे बेसब्री से उनकी राह देख रहे थे। दोपहर ढले उन्होंने लौटकर सूचना दी थी कि दीदी उन्हें नहीं मिली थी। सुनकर माँ ने अपने सर पर राख डाल कर मातम मनाना शुरू किया था। साथ हम सब भाई-बहन भी झूम-झूमकर गाते हुए रोये थे। रात होते-होते हमारे इलाके का एक आदमी, जो गाहे-बगाहे

शहर जाता रहता था, दीदी का ख़ून में लिथड़ा हुआ चिंदी-चिंदी कपड़ा ले आया था। यह उन्हें बीच जंगल में एक नंगे टीले के पास पड़ा मिला था। आसपास कुछ हड्डियाँ, बोटी और चमड़ी भी मिली थी। वहाँ चारों तरफ़ बाल ही बाल फैले थे। साथ ही लम्बी, नाजुक उँगलियाँ...। उन कपड़ों को देखते ही माँ अचेत हो गयी थीं। वे दीदी के ही कपड़े थे। लगता था, शहर की तरफ़ भागते हुए उन्हें रास्ते में कोई शेर खा गया था। यहाँ किसी बूढ़े से शादी करने से बचने के लिए किशोरी लड़कियों का घर से भाग जाना कोई नयी बात नहीं थी, न ही भागते हुए जंगलों में किसी जंगली-जानवर की भेंट चढ़ जाना। दीदी घर से मुक्ति की कामना में भाग कर काल के गाल में समा जाने वाली उन्हीं बदनसीब लड़कियों में से एक थीं।

दीदी के जाने के बाद मेरे जीवन में उदासी का दायरा कुछ और बड़ा हो गया था। जाने क्या था जो एकदम से खो गया था। माँ और मेरे बीच की दूरी भी लगातार बढ़ती जा रही थी। माँ शायद समझती भी थीं यह, मगर जाने क्यों अनजान बनी रहती थीं। मुझे इस बात का भी बहुत दुख था। वह मुझे अपने पास क्यों नहीं बुला लेतीं? क्यों नहीं समझातीं अगर मैं कोई बात समझ नहीं पा रही थी? क्या मुझे इस तरह से, इतनी आसानी से दूर जाने दिया जा सकता है! मेरा होना, ना होना कोई मायने नहीं रखता! अब्बू से तो कभी दिल खोल कर बात नहीं हो सकती थी। बाहर भी कुछ ऐसा ही। औरतें सामाजिक स्तर पर मर्दों से मेल-मिलाप नहीं रखतीं। हमारे इस देश सोमालिया में सुन्नी मुसलमानों की संख्या अधिक है। मुझे तो इतना नहीं पता, मगर जाहिदा खाला का बेटा तवान बताता है। उसे बहुत कुछ पता है। मोगादिशु में अपने किसी रिश्तेदार के यहाँ रह कर पढ़ता है। उसे छिप कर सुनना मुझे हमेशा अच्छा लगता था। दुनिया जहान की बातें करता है वह। उसी से सुना है अरब के साब और समाल दो भाई थे जो आख़िरी नबीं हजरत मुहम्मद के क़ुरैश क़बीले से ताल्लुक रखते थे। इन्हीं में से एक भाई समाल के नाम से हमारे देश का नाम सोमाली या सोमालिया पड़ा। बहुत से लोगों का यह भी मानना है कि हमारे पूर्वज, ओल्ड टेस्टामेंट में जिस नोह का उल्लेख है, उनके बेटे हाम

हैं। हमारे इलाके का सबसे बूढ़ा उमरा अक्सर ऐसी कहानियाँ सुनाने रात को जलते अलाव के पास बैठ जाता था। उसे देखते ही गाँव के बच्चे उसके इर्द-गिर्द जम जाते। ख़ैर, तवान ने ही बताया था समाल जाति के चार हिस्से हैं दिर, दारूद, ईसाक, हविये। जबकि साब के दो–दिगिल और रहनवायन। बचपन में ये नाम मुझे याद नहीं रह पाते थे। मुझे याद है, तवान की बातें सुन कर मैं एक दिन माँ के पास जा खड़ी हुई थी–''मुझे भी स्कूल जाना है!'' मेरी बात सुनकर माँ कुछ देर तक मुझे हैरत से देखती रही थीं और फिर चिन्तित स्वर में बोली थीं–''कितनी बार कहा है क़ब्रिस्तान की तरफ़ खुले सर मत जाना... आज शाम को जल्दी लौट आना, ओगुरु से तुझे झाड़-फूँक करवा के ले आयेंगे!'' मुझे पता था, हमारे इलाके का ओझा ओगुरु झाड़-फूँक के नाम पर लोगों की कस कर पिटाई करता है। इसलिए मैंने उसके बाद फिर कभी पढ़ाई-लिखाई का नाम नहीं लिया था।

उस दिन हुरा के निकाह में मैंने सबा को देखा था, एक कोने में सिमटी-सकुचाई-सी। दोनों घुटनों को आपस में जोड़े चुपचाप बैठे हुए। उसे कोई नाचने के लिए कह रही थी मगर वह गयी नहीं थी। मैं भी अपने जिस्मानी तकलीफ़ से परेशान एक कोने में अकेली बैठी हुई थी। सबा को देख उसके पास जा बैठी थी कि उसके साथ बोल-बतियाकर बेहतर लगेगा। मगर मेरे क़रीब जाते ही सबा अजीब ढंग से चिहुँक कर दूर सरक गयी थी। मुझे उसकी इस हरकत पर हैरत हुई थी और इसके साथ ही मैंने महसूस किया था, उसके शरीर से पेशाब की बदबू आ रही है। सबा को तीन महीने पहले ही बच्चा हुआ था, मरा हुआ। उसके बाद पहली बार उसे किसी उत्सव में देख रही थी। ओह! तो यह बात है! अब जा कर मेरी समझ में सारा माज़रा आया था। प्रसव के दौरान उसके भी मूत्राशय को चोट पहुँची है और उससे पेशाब रिसने लगा है! हुरा उसकी खाला की बेटी है, उसे उसके निकाह में आना ही था। मगर आ कर भी देह से लगातार रिसते पेशाब और दुर्गन्ध की वजह से वह सबसे अलग-थलग बैठी थी।

मैंने बचपन से हमारे गाँवों में कई औरतें ऐसी देखी हैं जिनके कपड़े का निचला हिस्सा हमेशा पेशाब से भीगा रहता है। वे हर जगह

भीड़ से अलग-थलग रहती हैं। लोग उन्हें अपने पास नहीं आने देते। देखकर नाक सिकोड़ते हैं। उनके शरीर से बदबू आती है। पहले-पहल शायद ज़ाहिदा खाला से सुना था, ये वो स्त्रियाँ हैं जिन्होंने बहुत कम उमर में बच्चे पैदा किये थे। प्रसव के दौरान उनका अविकसित शरीर हमेशा के लिए कहीं ना कहीं से ज़ख़्मी हो गया है। ख़ास कर उनके मूत्राशय! बच्चे को जन्म देते हुए इनके मूत्राशय में चोट पहुँचने की वजह से इन से लगातार पेशाब रिसता रहता है। इन्हें रोकने की इनकी कोई भी कोशिश कामयाब नहीं होती। लगातार पेशाब से गीला रहने से इनकी देह से दुर्गन्ध आने लगती है। इनके पति भी इन्हें छोड़ देते हैं। सबको इनसे घिन आती है। धीरे-धीरे ये सामाजिक जीवन से एक तरह से बहिष्कृत कर दी जाती हैं। मुझे याद है, बचपन में हम बच्चे ही अपनी शिशु सुलभ क्रूरता में इन औरतों को कितना सताते थे। इन्हें देखते ही नाक पर कपड़ा डाल कर छी-छी करने लगते थे। समाज से पूरी तरह से कट कर ये औरतें सबसे अलग-थलग एक झोंपड़ी बनाकर निर्वासन की ज़िन्दगी जीने लगती हैं। वे सारा दिन उस झोंपड़ी के एकान्त में अपने दोनों घुटनों को एक-दूसरे से कस कर जोड़े पड़ी रहती हैं। लगातार सालों इस दशा में दिन-दिन भर पड़ी रहने से इनके पाँव, घुटने अशक्त हो जाते हैं। आगे चल कर इनका चलना-फिरना तक दूभर हो जाता है। ऐसी कितनी औरतें हैं यहाँ जिनकी ज़िन्दगी बचपन से सीधे बुढ़ापे में तब्दील हो गयी है!

मैं सबा को दुख से भर कर देखती रहती हूँ। उसके साथ ऐसा नहीं होना था! कितनी हँसमुख और चुलबुली थी वह। हँसती थी तो जैसे मुँह से अशरफियाँ झरती थीं! बातूनी भी इतनी...मैंने उसका हाथ पकड़ कर पूछा था, अब क्या करोगी सबा? उसने धीरे से हाथ छुड़ा कर उदासीन भाव से कहा था—"अब कुछ नहीं होना माहरा। मेरा जो होना था हो चुका...कुछ समय की बात है, फिर जंगल में झोंपड़ी बाँध कर रहने चली जाऊँगी!" उसकी बात सुन कर मैं बहुत रोयी थी। सबा ने जाते हुए कहा था—"मत रो, तू भी जल्द ही वहाँ आयेगी...यह ज़िन्दगी हम सब के साझे का नरक है।" उसकी बात सुनकर मेरा दिल बैठ गया था। क्या वह मुझे बद्दुआ दे रही थी! दुख ने उसे कितना निर्मम बना दिया है!

सबा की हालत देखने के बाद इन दिनों मुझे अनायास उन सारी

बदनसीब औरतों का ख़याल आने लगा है। औरतों को क्यों हमेशा उन गुनाहों की सज़ा मिलती है जो उन्होंने किया नहीं। क्यों किसी और का किया किसी और पर आता है! कमज़ोर होना, मजलूम होना शायद सबसे बड़ा गुनाह है...मैं जंगलों में सूखी रेत की आँधी के बीच बैठी कभी-कभी चुपचाप रोती रहती देर तक। ऐसे में मुझे दीदी की याद आती थी। उनका ख़ूबसूरत ताम्बई रंग, गहरी चमकीली आँखें, भरे हुए होंठ...मैं जानती थी, वह जीना चाहती थीं, ख़ुश होना चाहती थीं, तभी तो रेत की मरीचिका के पीछे उस रात उस तरह सुध-बुध खो कर भागी थीं। उन्हें जंगल नहीं दिखे थे, रेगिस्तान नहीं दिखा था, ख़ूँखार दरिन्दे भी नहीं दिखे थे। वह बस भागी थीं अपने सपनों के पीछे, ज़िन्दगी के पीछे...शायद वह मोगादिशु जाना चाहती थीं—तवान के पास! कई बार मैंने दीदी की आँखों में उसके लिए सितारे देखे थे। वह कभी अपनी ज़ुबान से कुछ नहीं कहती थीं मगर तवान के आसपास होने भर से उनके जिस्म से, आँखों से, होठों से खुशबू-सी आने लगती थी। वह जास्मीन की तरह महकने लगती थीं, पँखुरी-पँखुरी खिलने लगती थीं। मुझे दीदी की ख़ुशी देख कर रश्क होने लगता था और डर भी। हमारे समाज में यह सब नहीं होता। फिर तवान की जाति! हम समाल लोग साब जाति से ऊँचे समझे जाते हैं। साब लोगों में कई उपजातियाँ भी होती हैं जैसे मिडगान—नाई, खतना करने वाले तथा शिकारी। तुमार लोहार को कहते हैं और यिबिर हाथ, चेहरा देख कर लोगों का भाग्य बताने वालों तथा गंडा, ताबीज़ देनेवालों को कहते हैं।

चाहे मुझे बहुत कुछ पता ना हो, मगर सामाजिक स्तर पर मैंने लोगों के बीच फ़र्क़ देखा है। माँ कहती हैं हमारे मज़हब में कोई छोटा-बड़ा नहीं होता। सब बराबर हैं—हमनिवाला, हमप्याला...मगर हक़ीक़त में ऐसा कहाँ है! इनसान-इनसान में भेदभाव तो किया जाता ही है। अब ये हाबाश लोग तो मुसलमान ही होते हैं। सोमाली भाषा भी बोलते हैं, फिर भी सोमाली लोग इन्हें नीची नज़र से देखते हैं! हम बंजारे भी तो तरह-तरह से बँटे हुए हैं। जिसके पास ज़्यादा पशुधन है वह बड़ा है। कबीलाई समाज में युद्ध लगा ही रहता है। देश का इतिहास युद्ध और नरसंहार की लोमहर्षक कहानियों से भरा हुआ है। तवान कहता है हमारा सब कुछ इसी धर्मयुद्ध और साम्प्रदायिक लड़ाइयों में बर्बाद हो गया। नंगे पाँव और भूखे पेट पूरा देश हाथ में विदेशी बन्दूक

उठा कर लड़ रहा है। शहर के शहर तबाह हो गये। मोगादिशु जैसा बड़ा और पारम्परिक शहर 1999 के गृह युद्ध में ध्वस्त हो गया। वो दरख़्त जिसकी विरल छाँव में बैठकर ग़रीब बच्चे दो अक्षर सीखते थे, उन्हें तक बख़्शा नहीं गया। सुन कर मुझे फिर पढ़ने का अपना पुराना सपना याद आता था। एक बहुत बड़ा, सायेदार पेड़ हो जिस के नीचे वह सफेद परी अपने हाथ में किताब ले कर बच्चों को काले बोर्ड पर लिख-लिखकर पढ़ाये...

कुछ साल पहले एक मेम आयी थीं हमारे इलाके में। बच्चों को पढ़ाना चाहती थीं। सब ने मिलकर बहुत विरोध किया। उसे इतना परेशान किया कि उसे आखिर यह जगह छोड़कर जाना पड़ा था। मुझे वह मेम बहुत अच्छी लगती थी। सफेद कपड़ा और गले में बड़ा-सा क्रॉस। आँखें कैसी ख़ूबसूरत—नीली झील-सी! हमेशा प्रभु यीशु के प्रेम और करुणा की बातें करती रहती थीं। प्रेम और करुणा की बातें सुनना लोगों को बुरा क्यों लगता है! माँ कहती थीं वह हमारे मज़हब के ख़िलाफ़ बोलती हैं। प्रेम और करुणा की बातें किसी के मज़हब के ख़िलाफ़ कैसे हो सकती है! मैं समझ नहीं पाती थी।

अपने आसपास की दुनिया को देखकर मुझे लगता था, दीदी के भीतर उगने वाले उन नर्म कोंपलों को एक दिन असमय मरना पड़ेगा। नाजुक सपनों को पनपने का मौक़ा इस देश का गर्म, सूखा मौसम आसानी से नहीं देता। यहाँ की रेतीली ज़मीन आज भी इतनी उदार नहीं हो सकी है। यहाँ एक-एक फूल को खिलने के लिए जाने कितनी धूप और आग पीनी पड़ती है, रेत होना पड़ता है, बाट जोहना पड़ता है...

आजकल मुझे मासा के लिए भी एक नयी तरह की चिन्ता ने आ घेरा है। मुझे सुन्ना के दिन भाग जाते देख सम्प्रदाय की बड़ी-बूढ़ियों ने तय किया है, मासा का सुन्ना और कम उम्र में कर दिया जायेगा ताकि वह मेरी तरह प्रतिरोध ना कर सके। पाँच साल की अवस्था, यहाँ तक कि शिशुवस्था में भी सुन्ना किया जा सकता है। ओह! हमारी छोटी-सी मासा! कैसे वह इतना दर्द सह पायेगी...

साबीला की दादी कहती है, औरत हर दुख झेल सकने की ताकत रखती है। क़ुदरत ने उसे धरती की तरह धैर्यशील बनाया है, आकाश

की तरह विराट व्यक्तित्व और नदी की तरह हर परिस्थिति में ढल जानेवाली और हर दुर्गम जगह से रास्ता बना लेने के क़ाबिल बनाया है! दुख ही उसका जीवन है और दुख में मुस्कुरा कर जीना ही उसकी गरिमा। दादी गौरव से भर कर गिनातीं—दुख तो अनगिनत हैं औरत के भाग्य में, मगर तीन दुख ख़ास हैं—एक तो पहला सुन्ना, दूसरा जब शादी की रात उसे फिर सम्भोग के लिए काट कर खोला जाता है और तीसरा जब बच्चा जनने के लिए उसे प्रसव के समय काटा जाता है। मैं सुनती हूँ और भीतर ही भीतर थरथराती हूँ। अब मेरे लिए शादी की रात का माने ख़ूबसूरत जोड़ा, मेहँदी और गहने नहीं हैं। अब मुझे सुहाग के बिस्तर का ख़ून, मिलन की यातना और दुल्हन के आँसू दिखते हैं। जिस शादी की कल्पना कभी मुझे हिना की मादक गन्ध से भर देती थी, आज नसों में लहू की रवानगी को रोक देती है। आज मैं सोचती हूँ, हर माँ अपनी बेटी को दुल्हन बनने का श्राप क्यों देती है!

पड़ोस की साबीला मुझसे साल भर छोटी रही होगी। हमारे बंजारों की टोली में और भी तीन लड़कियाँ थीं उसकी उमर की। एक दिन मैंने सुना था, चारों का सुन्ना एक साथ कर दिया गया था, उसी काले टीले के पास। उस दिन उधर वाले ताड़ के पेड़ के माथे पर कई गिद्ध एक साथ आ बैठे थे, सुबह से बस्ती के कुत्ते बोटी, चमड़ियों पर लड़ते रहे थे, कौवे कतार से मांस के कतलों के इन्तज़ार में बैठे थे। इसके बाद घास-फूस की झोंपड़ियाँ बनी थीं, सुबह-शाम खाना, पानी लेकर औरतें वहाँ जाने लगी थीं। कभी कोई जड़ी-बूटी पीसी जाती तो कभी कोई ख़ास लेप तैयार किया जाता। साथ में उनकी कानाफूसियाँ, सलाह-मशविरे...

मुझे साबीला की चिन्ता सताती। वह मेरी सहेली थी। हम साथ-साथ मवेशी चराने जंगल जाया करते थे। वहाँ हम पहले कितने सारे खेल भी खेला करते थे। एक बार खेलते हुए वह एक जंगली सूअर के गड्ढे में जा छिपी थी। वहाँ सूअर के दस छोटे-छोटे छौने थे। बन्द आँखों वाले चूहों जैसे। वह तो गनीमत थी कि सूअरिया उस समय वहाँ नहीं थी वर्ना उसे अपने धारदार बनैले दाँतों से उधेड़ कर रख देती! सुना था, सुन्ना के बाद उसका रक्तस्राव रुक नहीं रहा था। औरतें उसे डायन कहकर सम्बोधित करने लगी थीं। सुन्ना में जिस औरत का ज़्यादा

ख़ून बहता है, उसे यहाँ यही उपाधि मिलती है। फिर उसकी दुर्गति का अन्त नहीं रहता।

चार हफ्ते तक जंगल के उन यातना गृहों से सभी लड़कियाँ लौट आयी थीं साबेला के सिवा। चूँकि वह इनसान नहीं थी, जैसा कि मान लिया गया था, डायन थी तो वह वैसी असीमित तकलीफ़ झेल नहीं पायी थी, मर गयी थी! उसे टेटनस हो गया था। मरने से पहले धनुष की तरह मुड़ कर टेढ़ी हो गयी थी। सुना नसें भी खिंच कर लोहे की सलाइयों जैसी हो गयी थीं। पेट लकड़ी के तख्ते की तरह सपाट। मुँह से लगातार लार और झाग बह रहा था। तीन दिन तक उसी हालत में पड़ी रह कर वह अन्ततः मर गयी थी। ख़ून, पीप और दुर्गन्ध से लिथड़ी हुई अपनी बेटी की मक्खी भिनकती लाश पर उसकी माँ खुल कर रो भी नहीं पायी थी। यह अच्छा जो नहीं समझा जाता। एक डायन की मौत पर रोना कैसा! उस रात जंगल में रोते सियारों के साथ जाने कौन रात भर रोता रहा था। भोर रात को जब दूर क़ब्रगाह में ढेर सारे हाईना एक साथ खिल-खिल हँसने लगे थे, रोने की वह आवाज़ उसमें दब गयी थी। मैं जाने क्यों चाह कर भी रो नहीं पायी थी। उस दिन मेरा जी चाहा था, आसमान को दो फाड़ करके देखूँ, उसके पीछे कोई है भी?

आगे चल कर जाना था, दजिबौट, सोमाली, सुदान, इरिट्रीआ के कुछ हिस्से तथा इथिओपिआ, माली में इस तरह से हर साल अनगिनत लड़कियाँ मौत के मुँह में समा जाती हैं। धार्मिक तथा सांस्कृतिक रिवाज़ों के नाम पर पश्चिम, पूर्वी, उत्तर पूर्वी अफ्रीका जैसे ईजिप्ट, इथिओपिआ, कुछ भाग एसिया, खाड़ी के कुछ देशों को मिलाकर 28 देशों में इस प्रथा का चलन है। विश्व स्वास्थ्य संगठन के हिसाब से 14 करोड़ औरतें जिसमें दस करोड़ दस लाख अफ्रीकन औरतें हैं, इस प्रथा का शिकार हुई हैं! इसकी वजह से औरतों को दर्द के साथ रक्तस्राव, पेशाब का इन्फेक्शन, जख़्म का इन्फेक्शन, ख़ून में ज़हर फैलना, टेटनस, हेपेटाइटिस तथा एच.आई.वी. आदि हो जाता है। बहरहाल ये सब जानकारियाँ मुझे बहुत बाद में चल कर मिली थीं। रेगिस्तान के अपने सीमित-संकुचित जीवन में हमें कुछ पता भी कहाँ चलता है। एक अन्धे

कुएँ में आँखें खोलना और उसी में एक दिन मर जाना...फिलहाल तो मैं हर महीने माहवारी के समय होने वाले भयंकर दर्द, बार-बार जननांग तथा मूत्राशय में होने वाले इन्फेक्शन आदि से बेहाल रहती थी। अपना शरीर ही जैसे यातना का नरक कुंड बन गया था। सारा समय अपनी देह, इसकी तकलीफों से त्रस्त रहती थी। लगता था, कैसे तो खुद से, इस जिस्म से छुटकारा पा जाऊँ। देह की शुद्धि के नाम पर देह में विष घोल देना, इसे अपंग, क़दर्य बना देना...मैं इन बातों को समझ नहीं पाती थी। इस समय मैं बहुत छोटी थी। दुनियादारी आदि से बहुत दूर। धर्म, समाज, संस्कृति जैसी गम्भीर बातें भी समझ से परे थीं। मन में मौलिक प्रश्न उठते थे। जानने की इच्छा होती थी, क्यों हमें इतनी तकलीफ़ उठानी पड़ती है, क्यों विधाता का दिया हुआ शरीर हमारे लिए इतना घृणास्पद है कि हम इससे छुटकारा पाना चाहते हैं। सौन्दर्य के नाम पर इसे काट-कूटकर विकृत, वीभत्स कर देते हैं? अगर हमारा शरीर हमारे रचयिता के लिए इतना ही अप्रिय है तो वह इसे रचता क्यों है? रचता है तो फिर अपने बन्दों के हाथों उसकी ऐसी दुर्दशा क्यों करवाता है? हम मनुष्य विधाता के सृजन पर चाकू, कैंची चलाते हैं उसे दुरुस्त करने के लिए। तो क्या हम उनसे भी बड़े कलाकार हैं! क्या किसी रचना का अपमान उसके रचयिता का अपमान नहीं?

हम पेड़-पौधों को, पशु-पक्षियों को, यहाँ तक कि कीट-पतंगों तक को उनके मौलिक स्वरूप में स्वीकार करते हैं। तो फिर हम स्वयं को क्यों नहीं स्वीकार पाते? मुझे लगता, कोई मेरे इन प्रश्नों का जवाब दे, मुझे बताये कि यह दुनिया अगर ऐसी है तो ऐसी क्यों है! जब मैं चहचहाते हुए पंछियों को, रंग-बिरंगी तितलियों को, नदी, सूरज, चाँद, सितारों को देखती हूँ, मुझे लगता है ईश्वर है। मगर जब अपने जिस्म के दर्द में डूबती हूँ, जिबह किये हुए जानवरों की तरह तड़पती हुई लड़कियों को देखती हूँ, दीदी की ख़ूबसूरत आँखों के बुझे हुए सितारों की याद आती है, लगता है, यहाँ शैतान की हुकूमत चलती है। बुरी आत्माओं का डेरा है ज़मीन पर। फ़रिश्ते यहाँ नहीं आते, ऊपरवाला भी मुँह फेर कर रहता है हमसे!

माँ कहती हैं, ये सब हमारे मज़हब में है। मुझे इसके-उसके उदाहरण देती हैं—"नेक औरतें हमेशा अपने जिस्म से पाक रहती हैं। माँ होने के लिए, एक जान को धरती पर लाने के लिए उसे अपने शरीर का

उपयोग करना चाहिए, ना कि हवस के लिए। देखो ज़रा राबिया की माँ को। चौथे बच्चे के जन्म के बाद सफेद प्रदर की बीमारी हो गयी। शहर के डॉक्टर ने सलाह दी फिर से जननांग ना बन्द करवाने की, मगर वह ना मानी। ''क्या बेहतर है? एक बदसूरत छेद शरीर में या एक मर्यादा से मूँदा हुआ जननांग?'' कहकर उसने सबको निरुत्तर कर दिया। फिर से खुद को बन्द करवा कर मानी। चाहे इसके लिए उसे कितनी ही तकलीफ़ों का सामना क्यों ना करना पड़ा। बाद में तो उसका हाल ये हुआ दर्द से कि ठीक से चल-फिर भी नहीं पाती थी। ख़ुदा की बन्दी!''

सुन कर मैं बुरी तरह से दुविधा में पड़ जाती थी। मैं भी एक नेक औरत बनना चाहती थी अपनी माँ की तरह, समाज की अन्य औरतों की तरह। मगर एक अच्छी औरत होने के लिए एक दुखी औरत होने की क्या ज़रूरत है? क्या बिना पीड़ित हुए, बिना रोये हम अच्छी औरत नहीं हो सकतीं? आस-पड़ोस की बड़ी-बूढ़ियाँ अपनी कहानियों से मेरी दुविधा और भी बढ़ा देतीं–''फिर कितनी गन्दी चीज़ होता है जननांग का ये बाहरी हिस्सा! अगर सम्भोग के समय पुरुष के अंग को छू जाय तो सर्वनाश ही हो जाय! प्रसव के दौरान भी इससे छू जाना बच्चे के लिए घातक सिद्ध हो सकता है। नवजात शिशु के शरीर में पानी भर जाता है, माँ का दूध विषाक्त हो जाता है! इन्हें न काटो-छाँटो तो बढ़-बढ़ कर घुटनों तक लटक आता है...तौबा-तौबा!''

ये बातें सुन कर मैं सहम जाती, क्या यह सब सचमुच होता है! होता होगा...। सब झूठ क्यों बोलेंगे! या मेरे मौला! हम औरतों का शरीर इतना अद्भुत क्यों होता है! माँ की देह उसकी सन्तान के लिए ख़तरनाक! मेरा सूखा चेहरा देख सबीला की दादी कहती–"और फिर जो औरत सुन्ना नहीं करवाती वह कितनी गन्दी होती है। उसके हाथ का खाना, पानी सब मना है! हम तो छूते भी नहीं! देखा नहीं मुहम्मद की बेटी को, कोई उसके हाथ का पानी नहीं पीता था जब तक ना उसने अपना सुन्ना करवाया। मुहम्मद ईसाइयों के यहाँ रह कर और चार अक्षर अंग्रेज़ी का सीख कर खुद को साहब समझने लगा था। मगर अपने मज़हब को ना मानने वाला मूर्ख होता है। कोई अपनी जाति से बाहर हमेशा नहीं रह सकता। एक दिन ना एक दिन उसे लौटना ही पड़ता है।"

माँ मासा के सर पर हाथ फेरते हुए कहतीं—"हम तो इतना जानते हैं कि ऐसा करने से सन्तान उत्पत्ति की क्षमता बढ़ती है, एक औरत की गरिमा में बढ़ोतरी होती है..." ऐसा कहते हुए माँ के चेहरे पर कैसी अलौकिक कान्ति आ जाती थी। देख कर मैं ग्लानि से भर उठती। कितनी महान है इनकी सोच और मैं जाने इनके बारे में क्या-क्या अटकलें लगाये जा रही थी!

साबीला की बड़ी बहन मेरका शहर में रहती है। उसका पति वहाँ ऊँट गाड़ी में माल ढोने का काम करता है। वह बहुत मज़हबी औरत है। खुद हर बच्चे के जन्म के बाद अपना जननांग बन्द करवाती है। उन्हीं से बाद में सुना था कितने सारे देशों में कितनी तरह से सुन्ना करवाया जाता है। इसे अलग-अलग देशों में अलग-अलग नामों से भी जाना जाता है। इथिओपिआ में इसे फालाशास कहते हैं जो नवजात बच्ची पर किया जाता है। गोद में हुमक रही फूल-सी बच्ची, उसका कोमल अंग और उस पर चलता चाकू...कैसे झेल पाती होंगी वे बच्चियाँ इतना दर्द! झेल पाती भी होंगी! कौन बताये! यहाँ औरतों का जन्मना-मरना गिनता कौन है! वे किसी गिनती में नहीं...। अमहारा में आठवें दिन, अडेरे, ओरोमो में चार साल से लेकर किशोर लड़कियों तक का तथा हमारे देश में साधारणतया चार से नौ साल तक की बच्चियों का। कुछ लोग शादी से पहले भी यह करते हैं और कुछ प्रथम गर्भ के ठीक पहले या तुरन्त बाद। जैसी जिसकी सुविधा या हालात। मगर यह करना हर हाल में होता है। गेद्दा यानी सुन्ना करने वालियों के अलावा लड़कियों की माँएँ तथा दादियाँ भी यह काम करती हैं। मुझे सुन कर अजीब लगा था कि नाइजीरिया तथा ईजिप्ट में मर्द लड़कियों का सुन्ना करते हैं। यह काम नाइयों से करवाया जाता है!

जान कर मैं सिहरती रही थी। कैसी जिल्लत और शर्म का सामना करना पड़ता होगा उन लड़कियों को! कैसे माँएँ अपनी बच्चियों पर उस्तरा चलाती होंगी!

साबीला की बड़ी बहन तो यह सब खुद अपनी आँखों से देख चुकी थी। उसकी पड़ोसन जो कि नाइजीरिया की थी, अपनी दस साल की बेटी को एक दिन बाथरूम में ले जाकर खुद उसका सुन्ना कर दिया

था। बाद में घाव के पक जाने और उससे शरीर में ज़हर फैल जाने से उसे अस्पताल में भर्ती कर बड़ी मुश्किल से उसकी जान बचाई गयी थी। सुन कर मेरे हाथ-पैर ठंडे हो गये थे।

साल भर हो गया था। अक्टूबर का महीना आते ही बारिश शुरू हो गयी थी। यह मौसम हम बंजारों के लिए वरदान है। दो मौसम यहाँ सूखे का होता है और दो मानसून का। अप्रैल से लेकर जून तथा अक्टूबर से लेकर नवम्बर तक अच्छी बारिश होती है यहाँ। इस समय हम अपने मवेशियों को लेकर दक्षिण मध्य शाबील्ले तथा जुब्बा नदी के इलाके में चले जाते हैं। शाबील्ले एक बहुत बड़ी नदी है। शाबील्ले यानी सोमाली भाषा में तेंदुआ। जुब्बा भी बहुत बड़ी है। यह आगे चल कर हिन्द महासागर में गिरती हैं। बरसात के मौसम में दो नदियों के बीच का इलाका हमारे लिए किसी स्वर्ग से कम नहीं होता। जिधर नज़र जाये दूर-दूर तक हरियाली ही हरियाली...कहाँ तो महीनों हम बंजर ज़मीन और सूखी हवा, तपते आसमान के नीचे मुट्ठी भर छाँव, ओक भर पानी के लिए भटकते रहते हैं और कहाँ ये झमाझम बरसता आकाश, उफनती, लहराती नदियाँ और हरीतिमा से नहाई धरती। चारों तरफ़ वनस्पति, फूल-फल और पशुओं के लिए हरे-भरे चरागाह! नदी में मछली भी ख़ूब, मगर हमें मछली इतनी पसन्द नहीं। माँ कभी थाल में परोस देती हैं तो मेरा मुँह बन जाता है। मासा तो छूती भी नहीं। कहती है, बदबू आती है! अब वह भी सबकी तरह शुरू की तीन अँगुलियों से खाना सीख गयी है, मगर केले के तिकोने पत्ते से हमारी तरह अब भी खा नहीं पाती। माँ कहती है, तुझे अब तक इतना भी नहीं आता! इस ज़मीन की बेटी है तू...छीः!

पानी हमारे लिए दुनिया की सबसे ख़ूबसूरत चीज़ है। पानी तृप्ति देता है, पानी हरियाली देता है, पानी बीज को उसका जीवन और किसान को उसका स्वप्न देता है। जिस ज़मीन में पानी नहीं उस ज़मीन का रूप नहीं, लावण्य नहीं। शृंगार नहीं। विधवा का-सा चेहरा होता है उसका। सारा दिन यहाँ-वहाँ घूम-घूमकर मैं बस प्रकृति का नयनाभिराम रूप देखती रहती। जुब्बा नदी की कूल-किनारा तोड़ कर बहती अबाध्य, उच्छृंखल धारा, जल की मटमैली अगाध राशि...प्रतीत होता, रात-दिन

झरते आकाश के नीचे जल-थल एक हो गया है। विरल जंगल, सूखी, भूरी पहाड़ियाँ ताज़ी हरियाली से भर उठती हैं। जंगली-जानवरों का आह्लाद भी देखते बनता है। झुंड के झुंड निकल आते हैं पहाड़ों-जंगलों से। कितनी जाति-प्रजाति के पशु-पक्षी--हाथी, जंगली सूअर, लंगूर, शेर, जंगली बिल्ली, हिरण, ज़िराफ, ज़ेबरा, दरियाई घोड़ा...पानी भी मगरमच्छ, घड़ियाल, कछुआ से भरा रहता। चारों तरफ़ तरह-तरह की छिपकलियाँ, साँप-बिच्छू, मकड़ी...शाम होते ही पूरा इलाका मेढक की टरटराहट, झींगुरों की आवाज़ से भर जाता। धुआँसा आकाश के नीचे टाट और प्लास्टिक की छोटी झोंपड़ियों में बंजारों के परिवार सिमट-सिकुड़ कर रात काटते। कभी लगता चलती हवा में हमारा घर तिनके की तरह उड़ जायेगा तो कभी लगता, पानी के रेले में काग़ज़ की पुड़िया की तरह गल जायेगा। सीली हवा, सड़ती लकड़ी, काई आदि की गन्ध, गहरा स्लेटी आकाश और दिगन्त तक फैली हरियाली की चादर...प्रकृति का यह रूप हमें डराता, विस्मित करता और मोहता भी। चमकती बिजली, कड़कड़ाते मेघ और धारासार बारिश में हम सोते-जागते रात बिताते। रात जितनी स्याह, गम्भीर होती, सुबह उतनी ही उजली और ताज़ा। जंगली तोतों के कलरव से चारों दिशाएँ भर जातीं। लम्बी गर्दनवाले शुतुरमुर्ग, कबूतर, बत्तख और जंगलों में ज़हर थूकने वाले काले नाग, करेट, विषाक्त मकड़ियाँ...। चारों तरफ़ जीवन, चारों तरफ़ स्पंदन... अँखुआता, खिलता, पल्लवित होता हुआ।

यह ऋतु प्रजनन का भी है। जब प्रचुर मात्रा में खाद्य उपलब्ध हो, पानी हो, स्वास्थ्य हो तब प्रकृति जीवन सिरजना शुरू करती है। यही प्रेम और निर्माण की ऋतु भी है। हर तरफ़ जीवन आँखें खोलता, मुस्कराता, प्रस्फुटित होता। मुझे सबकुछ विस्मयकारी प्रतीत होता था। हमेशा देख-देखकर अघाती नहीं। देह की पीड़ा मन की किंचित ख़ुशी में थोड़ी सह्य हो आयी थी। दैनन्दिन जीवन की असुविधाएँ, महीने के पाँच दिनों के सन्ताप तो थे, मगर कहीं से अवसाद का रंग थोड़ा फीका हुआ था। रातों को नींद आने लगी थी, डरावनी परछाइयाँ अब हर कोने में घिर नहीं आती थीं। जीवन में रंग, गन्ध, स्वाद लौट रहा था, बहुत धीरे पाँव...

कभी-कभार माँ, मौसी की बातें कानों में पड़ जातीं--"चलो सुन्ना के बाद निश्चिन्त हैं। अब इन जवान छोकरियों पर नज़र नहीं रखनी

पड़ती। वर्ना मन में पाप के पैदा होने में ज़रा भी समय लगता है क्या! औरतों की दैहिक शुचिता बनाये रखने में इससे .ज्यादा कारगर कोई दूसरा उपाय नहीं! इच्छाएँ भी स्वाभाविक रूप से कम हो जाती हैं।"

"और क्या! नरक के उस खनी को ही बन्द कर देना जिस से पाप जन्मता है..."

''नेक औरतें अपनी देह का उपयोग सिर्फ़ जीवन के निर्माण और सृजन के लिए करती हैं, वासना के लिए नहीं! क्या कहती हो बहन?''

''बिल्कुल!''

साँझ की धूमिल रोशनी में उन औरतों की परछाइयाँ ढिबरी की काँपती हुई लौ में दीवारों पर प्रेतात्माओं की तरह नाचती रहतीं। औरतें–वही प्राचीन औरतें...। आज के जिस्म में ठूँसी हुईं पुरानी रूहें...। इन्हें अपनी क़ैद में ही रहना है। पुरानी, जंग खाई ज़ंजीरों से इनकी रिहाई नहीं, ना उसकी कामना ही!

दूर निविड़ वन से लोमड़ियों का समवेत स्वर में रुदन सुनायी पड़ता, काले, घने बादलों के रुपहले किनारों से चाँद का एक कोना दिखता, पूरा वन-प्रान्तर चाँदनी और बादलों की बनती-बिगड़ती छायाओं से आप्लावित हो उठता, रात ढलती धीरे-धीरे...

मैंने दुनिया नहीं देखी। मेरी दुनिया तो यही है–हमारा देश! रेत और कँटीले पेड़ों, बौनी झाड़ियों का। कहीं समन्दर तो कहीं रेगिस्तान। अनियमित हल्की बारिश। समुद्री तटों में उमस, रेतीले इलाके में गर्म, सूखी हवा...अकासिआ, काँटे के, पपीता के पेड़, मैन्ग्रोव...इसके अलावा निर्यात किये हुए पेड़-पौधे भी–देवदार, नारियल, ताड़...उत्तर-पूर्व में तो दिसम्बर-फ़रवरी के मानसून के महीने में उमस सबसे .ज्यादा हो जाती है। हम बंजारे मौसम के हिसाब से चलते-रुकते और जगह-जगह डेरा डालते हैं। इसकी नब्ज़ को भी ख़ूब समझते हैं। आकाश का रंग, हवा का रुख, मिट्टी की गन्ध...इन्हीं के आधार पर हम अपनी दिशा तय करते हैं, घर बाँधने या डेरा-डंडा उठाने का निर्णय लेते हैं। इससे पहले कि मन रमने लगे, सम्बन्ध गाढ़ा हो जाय, हमें चल पड़ना होता है। मुड़ कर चाहे सौ बार देखें, रुकने की बिल्कुल अनुमति नहीं। जहाँ हरियाली है, पानी है, पशुओं के लिए चारा है, वहीं हमारा घर है, गन्तव्य है।

हमारी टोली देश भर में घूमती रहती है इसलिए बहुत-सी जगहें देखी हैं। हालाँकि हम शहरों में कभी नहीं जाते। शहर में हमारे लिए कुछ है भी नहीं। कई बार घर के, टोली के मर्द शहर जा कर हमारे हाथ के बने सामान जैसे टोकरियाँ, मिट्टी के बर्तन, लकड़ी के नक़्क़ाशीदार सामान, मोती, मनके तथा पत्थरों के गहने आदि बेच आते हैं। बिजली की भारी किल्लत के बावजूद रातों को कई बार दूर से शहर की रोशनियाँ देखी हैं। साबीला की दादी कहती हैं जो शहर जाता है वह कभी लौट कर नहीं आता। शहर में जादूगरनियाँ होती हैं जो मर्दों की आँखों में आँखें डाल कर उन्हें सब भुला देती हैं। सुन कर मुझे डर लगता है। सोचती हूँ जाने कैसी दिखती होंगी ये जादूगरनियाँ! साबीला की दादी कहती हैं इन जादूगरनियों की सबसे बड़ी पहचान होती है इनके सीधे बाल और कंजी-भूरी आँखें। ये जब हँसती हैं, इनके दाँत कटार-से चमकते हैं! आँखों में बिजली के फूल कौंधते हैं रह-रह कर और इनकी देह से मछली की गन्ध आती है!

इस बार दिसम्बर का महीना जल्द ही आ पहुँचा था। दिसम्बर से मार्च का महीना यानी जिलाल—सबसे ज़्यादा सूखा मौसम! हम बंजारों को इन महीनों से दहशत होती है। कहीं चारा नहीं, पानी नहीं। पशुओं की ही नहीं, हमारी हालत भी ख़राब हो जाती है। फिर दूसरा सूखा पड़ता है जुलाई-सितम्बर के महीने में—हागा! ये समय भी बहुत कठिन होता है हमारे लिए। मवेशियों को बचाना एक बहुत बड़ी चुनौती बन जाती है। भीषण सूखे के समय हम लोग ओगो के पश्चिमी इलाके में चले जाते हैं जहाँ मीठे पानी के कई स्थायी कुएँ हैं। ओगो के पहाड़ के ऊपरी समतल क्षेत्र में अच्छा जंगल भी है। दरअसल हौद ही यहाँ का सबसे बढ़िया चरागाह है। यहाँ बारिश के मौसम में पानी भर कर कई तालाब और जलाशय बन जाते हैं। जहाँ पानी है, जहाँ हरियाली है वहीं हमारा स्वर्ग है। पानी से लबालब भरे हुए जलाशयों को देख कर जी चाहता है इनमें डूब मरें! मरु और प्यास के रिश्ते को हमारे सिवा कोई दूसरा नहीं समझ सकता। पानी की एक-एक बूँद हमारे लिए मोती-माणिक है! या शायद उससे भी बढ़ कर कुछ...

ख़ैर! बारिश और भीषण सूखे का मौसम यहाँ-वहाँ बिता कर हम फिर

से अपने पुराने इलाके में लौट आये थे। अपने पुराने इलाके में लौट कर देखा था, रेत के बनते-बिगड़ते टीलों को, कैक्टस के जंगलों को, दूर तक पसरे सन्नाटे को...इन रेतों में कितनी जल्दी पाँव के निशान मिट जाते हैं! वो बदनसीब लड़कियाँ जो रेगिस्तान की रेत पर नंगे पैर चल कर आकाश के सितारों को छूने निकली थीं और बीच में ही किसी हवा में उड़ते रेत कणों के झरझराते भँवर में नामालूम खो गयी थीं, उनकी उन स्वप्न यात्राओं के पद-चिह्न तक कहीं शेष नहीं! मैं जानती हूँ वे लड़कियाँ यहीं छोड़ गयी थीं अपने उच्छ्वास, अपने डगमगाते पाँवों के साथ...मैं दीदी के क़दमों के निशान ढूँढ़ती हूँ, उनके गर्म रेत में खो गयीं आँसू की अनगिन बूँदों को भी। इस बार मुझे यहाँ लौटना अच्छा नहीं लग रहा। यहाँ की रेत के टीलों पर बजती हवाएँ टूटे पंखों की छटपटाहट-सी लगती हैं, जाने कौन बेतरतीब ढूहों के उस पार रात भर सिसक-सिसक कर रोता है। स्याह, लम्बे बालों की तरह धरती के नंगे कन्धों पर रात उतरती है, फैलती है आसेब की तरह हर तरफ़। सियार हूँकता है, लकड़बग्घे हँसते हैं, शेर के जबड़े में फँसा हिरण देर तक छटपटाता है...ऐसे में उनकी काले मनकों-सी ख़ूबसूरत, चमकीली आँखों में दर्द की एक पूरी दुनिया धीरे-धीरे ठहर जाती है, हमेशा के लिए चुप हो जाती है। रातें जो जाने कितनों के जीवन से उनकी भोर छीन ले जाती हैं, भोर जिसमें कोई उजाला नहीं होता...मैं अपना तलपेट दबाये शरीर के दर्द को भींचे जबड़ों से बर्दाश्त करने की कोशिश में करवट बदलते हुए रात को दिन और दिन को रात करती रहती। माँ देखतीं मगर कुछ नहीं कहतीं। वे भी तो सालों से इसी दर्द में जी रही होंगी! मैंने कभी उन्हें रोते-कराहते नहीं देखा है। दर्द पी कर मुस्कराने में ही औरतों का सौन्दर्य है, मर्यादा है। इस लिहाज़ से मेरी माँ बहुत सुन्दर हैं, बहुत गरिमामयी हैं। फिर मुझे क्यों इतना रोना आता है! इस रेगिस्तान की रेत कणों ने मुझे पत्थर नहीं, पानी बनाया है—नखलिस्तान! शायद यही मेरी सबसे बड़ी त्रासदी है!

इस बार लौटकर एक नयी बात भी देखी थी, सूखी नदी के पास एक छोटा-सा पीले पत्थरों का घर बन गया है। वहाँ एक गोरी मेम रहती हैं अपने पति के साथ। दोनों इस इलाके में किसी विशेष काम से आये हैं। शायद कोई किताब लिख रहे हैं यहाँ के लोगों पर। मेम साथ में लोगों को होमियोपैथी की दवाई भी मुफ्त में देती हैं। थोड़े

दिन शक की नज़र से देखने के बाद अब लोग उनके पास जाने लगे हैं। दवाई भी लेते हैं। ख़ासकर बुखार और दस्त की।

एक बार मैंने सकीना को उनके यहाँ से दोपहर को छिपते-छिपाते निकलकर आते हुए देखा था। मुझे सामने देखकर वह घबराई थी। किसी को ना बताने की कसम देकर बताया था वह गोरी मेम के पास पेट दर्द की दवा लेने गयी थी। उससे माहवारी का दर्द सह नहीं रहा था। तीन दिन से बुखार चढ़ा हुआ था। इसलिए आज मेम से दवा माँगकर ले आयी है। दूसरे दिन वह मुझे मेम के पास लेकर गयी थी। मेम को घर के काम के लिए कोई चाहिए था। माँ ने सुनकर मुझे भेज दिया था। मगर मुझे देखकर मेम ने ना कह दिया था—"नहीं! ये नहीं! हम बच्चों से काम नहीं करवाते!" सकीना के बहुत कहने पर वह छोटे-मोटे कामों के लिए मुझे रखने को तैयार हो गयी थीं। इसके बाद सुबह और शाम के समय मैं उनके वहाँ जाने लगी थी। कितनी अजीब-अजीब चीज़ें थीं उसके पास—दूरबीन, कैमरा, आवाज़ रिकॉर्ड करने का यन्त्र...दोनों पति-पत्नी जाली लगी हुई जीप में तरह-तरह के सामान और यन्त्र लेकर रेगिस्तान में दिन-दिनभर घूमते रहते। शाम को लौटते तो एक कप चाय पीकर पहला काम यही करते कि लैपटॉप, कैमरा आदि लेकर बैठ जाते और जाने देर तक क्या-क्या करते रहते। कभी दोनों में बहुत बहस होती। मेम साहब सिगरेट फूँकती रहतीं। साहब शराब पीते रहते। मेम साहब की उघड़ी टाँगें और खुली बाँहें देखकर मुझे अजीब लगता। हम बुर्का तो नहीं पहनते, मगर हमारे कपड़े ऊपर से नीचे तक शरीर को ढँके रहते हैं। उनका शराब पीना भी मुझे अच्छा नहीं लगता। हम सुन्नी मुसलमान इन नशे की चीज़ों से परहेज करते हैं। यहाँ शराब का चलन नहीं।

साहब और मेम को यहाँ सब कुछ अद्‌भुत प्रतीत होता है। एक मकड़ी, साँप, शेर दिखा नहीं कि कैमरा लेकर उनके पीछे भागेंगे। इन में ख़ास है क्या! हम तो यह सब रात-दिन देखते हैं।

मेम के घर में मेरा मुख्य काम होता है सामानों से धूल झाड़ना, लैम्प के काँच साफ़ करना और उनके कुत्ते जैंगो को टहलाने ले जाना। जब भी काम निबटाकर मैं उनके दरवाज़े के पास बैठती हूँ, वे मुझसे हमारे जीवन के विषय में तरह-तरह के सवाल पूछती हैं। कभी-कभी लैपटॉप पर चलती-फिरती तस्वीरें भी दिखाती हैं। देखकर मेरा मुँह हैरत

से खुला रह जाता है। कैसे कैमरे हैं—अँधेरे में भी तस्वीरें खींच लेते हैं। शेर के माँद के भीतर क्या हो रहा है, इसकी भी जानकारी इन्हें मिल जाती है। सब कुछ देखकर मैं दंग रह जाती। गोरी मेम दिल की भी बड़ी अच्छी है। मुझे, मासा को हमेशा कुछ न कुछ खाने को भी देती हैं। कभी बिस्कुट, कभी केक या कभी कुछ और। कई बार मैं मासा को अपने साथ ले जाती थी उनके यहाँ। वे हमारे बारे में बहुत कुछ जानना चाहती हैं। ख़ासकर सुन्ना के विषय में। मगर माँ ने कहा है, ऐसे विषय पर बाहर के लोगों से बात नहीं की जाती। फिर मुझे संकोच भी होता है। साहब के सामने तो मैं अधिकतर जाती ही नहीं।

उनके पास बैठकर गाना सुनना मुझे बेहद पसन्द था। उनके पास बहुत गाने थे। जब वे काम करते, पास रखे रिकॉर्डर में गाना बजता रहता। उन गीतों के बोल तो मुझे समझ नहीं आते थे, मगर सुनना अच्छा लगता था।

एक बार गोरी मेम ने मुझे और मासा को दो स्लेट लाकर दिया था—"कल से मैं तुम दोनों को पढ़ाऊँगी, ठीक ना?" हमने एक साथ सर हिलाया था। उस सारी रात मुझे नींद नहीं आयी थी। क्या वाकई गोरी मेम हमें पढ़ाएँगी! दूसरे दिन मैं समय से पहले ही उनके यहाँ पहुँच गयी थी। मगर उस दिन मेम बहुत व्यस्त थीं। देर तक लैपटॉप पर बैठी खट-पट करती रही थीं। उन्हें शायद हमें पढ़ाने की बात याद ही नहीं रह गयी थी। देर तक बैठकर मैं निराश लौट आयी थी। दूसरे दिन भी ऐसा हुआ था। मुझे अब लगने लगा था कि जैसे मेम ने हमारे साथ मज़ाक़ किया होगा। उन्हें पढ़ाना-वढ़ाना कुछ है नहीं। मगर चौथे दिन मेम खुद ही स्लेट लेकर हमें ए बी सी डी सिखाने बैठ गयी थीं। मुझे लगता है सात दिन के भीतर मैंने ए बी सी डी सीख लिया था। मासा भी लगभग सीख चुकी थी। पढ़ने के पीछे मासा का आकर्षण थीं वे चॉकलेट्स जो मेम हमें पढ़ाई के बाद दिया करती थीं। कुछ दिनों बाद मेम ने हमें रंग-बिरंगी तस्वीरों वाली कई किताबें ला दी थीं। मासा को ये किताबें बहुत पसन्द थीं। बैठ-बैठकर देर तक तस्वीरें देखती रहती।

हमें पाँच-छह साल की छोटी उमर से ही काम करना पड़ता है। अब मासा भी इधर-उधर के छोटे-मोटे काम करने लगी थी। मगर चूँकि मेम हमें रोज़ कुछ ना कुछ खाने को देती थीं और साथ में अच्छे पैसे भी, माँ हमें यहाँ आने से रोकती नहीं थीं।

गोरी मेम को कितना कुछ पता था! हमारे देश के बारे में हमसे भी ज़्यादा। उन्हीं से पता चला था हमारे देश सोमाली में छह सम्प्रदाय हैं—डारोड, इसाक़, हाविये, डिर, डिजिल, राहावेयन। मगर मुख्य दो में इन्हें बाँटकर देखा जाता है—सोमाली और बंटु। सुनकर मैं उनका मुँह देखती रह गयी थी। वे हमारे सामने हमारे देश का मानचित्र फैलाकर हमें दिखातीं हम कहाँ रहते हैं। देखकर मुझे हैरत होती कि क्या हम इन छोटे-छोटे धब्बों में रहते हैं! दो लम्बी लकीरों को दिखाकर कहतीं ये जुब्बा और साबील्ले नदियाँ हैं। मुझे हँसी आ जाती है। मेम हमें बहुत मूर्ख समझती हैं शायद। उन्हें पता नहीं मैंने ये नदियाँ देखी हुई हैं। कितनी बड़ी और गहरी हैं ये और मेम दो पतली लकीरों को दिखाकर कहती हैं ये वो नदियाँ हैं! एक दिन कुछ चित्रों को दिखाकर उन्होंने बताया था ये मुहम्मद बुवे उसमान के बनाये चित्र हैं—सोमाली के बहुत मशहूर चित्रकार! मैंने उनका नाम कभी नहीं सुना था। पता नहीं मेम को यह सब बातें कैसे पता चलती थीं। किसी अबदिल्लाही कारशे का नाम लेकर कहतीं, ये सोमाली संगीत के जनक माने जाते हैं। सुनकर मैं और मासा एक-दूसरे का मुँह देखते। संगीत का ख़ास चलन हमारे यहाँ नहीं है। अलबत्ता खाड़ी के देशों का संगीत ज़रूर थोड़ा बहुत यहाँ-वहाँ बजता है। एक सरकारी समारोह में हमने एक बार बाटार ड्रम बजते सुना था। लगता था जैसे सीने के भीतर बादल गरज रहे हैं। कविता का चलन यहाँ ज़रूर है। जो अच्छी कविता करता है उसका सम्मान होता है। लोग उसे विशेष मानते हैं। हमारी टोली में उसैद चाचा अपनी कविताओं के लिए जाने जाते हैं। वे कोई भी बात कविता में ढालकर कितने सुन्दर ढंग से बोल देते हैं! सुनकर ताज्जुब होता है।

एक बार मेम ने मुझे दर्द की दवा दी थी, खुद ही। माहवारी की वजह से जब कई दिन तक मैं उनके पास जा नहीं पायी थी, तब शायद उन्होंने खुद ही इस बात का अनुमान लगा लिया था। मुझसे पूछा था कि मैंने कभी उनसे दवा क्यों नहीं माँगी। मैं क्या कहती, सकुचाकर कहा था, औरतों को तो दर्द सहना ही पड़ता है। सुनकर उन्होंने मुझे समझाया था कि नहीं, ज़रूरी नहीं कि औरत हैं तो दर्द सहना ही पड़ेगा। बहुत-से दर्द क़ुदरत ने नहीं, इनसान ने औरत के लिए पैदा किये हैं। इनसान अपनी बनाई हुई तकलीफ़ों का शिकार है। दुनिया की आधी से ज़्यादा तकलीफ़ें मनुष्य ने खुद अपने लिए पैदा की हैं। जिस दिन

वह चाहेगा, यह दुनिया बेहतर हो सकती है, इसके अधिकतर दुख मिट सकते हैं। ख़ासकर औरतों के दुख। उस समय सुनकर मैं चुप रह गयी थी, लेकिन बाद में दूर तक उनकी बातें मेरा पीछा करती रही थीं। उस रात फिर मैं ठीक से सो नहीं पायी थी। उनकी बातों से छनकर आता सच...सच को कोई आवरण ढँक नहीं पाता शायद, सूरज की रोशनी की तरह। बादल से घिरे होने के बावजूद उसकी आभा हर तरफ़ फैलती रहती है। मुझे मेम की बातों में झलकता हुआ सच दिख रहा था। मेरे मन में भी तो ऐसी ही कुछ बातें आती थीं जिन्हें मैं ठीक से परिभाषित नहीं कर पाती थी। बस अन्दर कुछ अबूझ भाव उमड़ते-घुमड़ते रहते थे। मैं अनमन, उदास फिरती थी।

एक तरफ़ मेरे संस्कार थे, परवरिश थी, दूसरी तरफ़ मेरे सवाल, मेरे संशय...बीच में मैं परेशान, भ्रमित। कहाँ जाऊँ, किससे बात करूँ, समझ नहीं पाती थी। अन्दर ही अन्दर घुटती रहती थी। कभी-कभी सोचती थी, ख़ुदा ने मुझे भी औरों की तरह क्यों नहीं बनाया! क्यों मैं अपनी उम्र की दूसरी लड़कियों की तरह निश्चिन्त, ख़ुश नहीं रह पाती! काश कि मैं भी दूसरों की तरह यह मान पाती कि दुख हम औरतों की नियति है, कि हमें इसी में जीना और इसी में मरना है... कभी किसी फकीर को कहते हुए सुना था—'हव्वा पर उसके गुनाह के लिए अताब-ए-ईलाही टूटा था...उसके किये की सज़ा उसकी बेटियों को भुगतनी ही पड़ेगी, क़ुदरत इतनी जल्दी उन्हें भुला नहीं सकती...!' सुनकर मैं सहम गयी थी। हव्वा कौन थी? उसने क्या गुनाह किया था? उसके किये की सज़ा हर औरत को क्यों भुगतनी पड़ेगी! साबीला की दादी ने ही फिर कहा था—औरत खता की पुतली होती है। वह बार-बार गुनाह करती है। उसके फितरत में वफ़ा नहीं होती। इसलिए उस पर यक़ीन नहीं किया जा सकता। उस पर नज़र रखनी पड़ती है। ये बातें मुझे जाने क्यों अच्छी नहीं लगी थीं। मैं दूसरों के बारे में तो नहीं जानती, मगर मुझे पता है कि मैं ऐसी नहीं हूँ। मुझमें वफ़ा भी है, प्यार भी है और अच्छाइयाँ भी। औरतें अपने बारे में ऐसी बातें क्यों सुन लेती हैं! अगर वे खुद अपना सम्मान नहीं करेंगी तो कोई दूसरा भला कैसे करेगा? मगर मैं अपने मन की बातें किसी को बता नहीं पाती। एक बार माँ से करने की कोशिश की थी मगर उन्होंने मुझे डपट दिया था। कहा था, मैं क़ुफ्र बोल रही हूँ। मुझे ऐसी बातें नहीं

करनी चाहिए। उस दिन के बाद उनसे इस तरह की बातें करने की मेरी फिर कभी हिम्मत नहीं हुई थी।

इस बीच मैं धीरे-धीरे मेम से काफ़ी हद तक घुलमिल गयी थी। मैंने समझ लिया था, वे एक बेहद भली महिला हैं। साहब भी ऐसे ही थे--बहुत नेक। हम दो बहनों के लिए उनके मन में बहुत स्नेह था। एक बार उन्होंने अब्बू के सामने मासा को गोद लेने की ख़्वाहिश भी ज़ाहिर की थी। सुनकर माँ बेहद नाराज़ हो गयी थीं। उन्होंने बहुत दिनों तक हम दोनों का उनके वहाँ जाना बन्द कर दिया था। बहुत समझाने-बुझाने के बाद वे सिर्फ़ मुझे उनके यहाँ भेजने को राजी हुई थीं, मगर मासा का जाना एकदम बन्द कर दिया था। इससे मेम बहुत दुखी हो गयी थीं, मगर इसके बाद उन्होंने ऐसी बात फिर कभी नहीं की थी।

कितना प्यार करती थी मेम अपने कुत्ते से! देखकर मुझे ईर्ष्या होती थी। ऐसे आराम का जीवन कुत्ते का! ऐसी सुख-सुविधा! कुत्ते को खिलाया-पिलाया जाता, नहलाया जाता, साफ़-सुथरे बिस्तर में सुलाया जाता। अपने इस सफेद पोमेरियन कुत्ते पर साहब, मेम साहब बलिहारी जाते। कभी वह मेम की गोद में होता तो कभी साहब के। कितना प्यार-दुलार उसका। कोई अपने बच्चे से भी इतना प्यार कहाँ करता होगा! मुझे मेम और साहब के साथ रहना बहुत भला लगता। उनका व्यवहार बहुत अच्छा होता था मेरे साथ। उनके साथ जाने मुझे ऐसा क्यों लगता था कि ज़िन्दगी सिर्फ़ दुख और परेशानी नहीं है, काम और लाचारी नहीं है। उनका रात-दिन लिखने-पढ़ने में लगे रहना, बहुत साफ़-सुथरा रहन-सहन, जीने का एक उन्मुक्त तरीका...सबकुछ मुझे मुग्ध करता था। अपने देश, जीवन की सुख-सुविधाएँ छोड़कर हमारी इस सूखी-बंजर ज़मीन पर पड़े हुए थे, हमारे बारे में सोचते थे, कुछ करना चाहते थे। मुझसे बार-बार कहते हैं, माहरा! तुम्हारी उम्र खेलने-खाने की है, पढ़ने-लिखने की है। तुम्हें बहुत कुछ सीखना है, तुम्हारे जैसे बच्चों को तो बस बेफ़िक्र होकर जीना चाहिए...मैं सुनती और अपना सर झुका लेती। कहती भी तो क्या!

उन्हीं से अपने ही देश और संस्कृति के बारे में कितना कुछ सुना-सीखा था--हमारी जाति सामाल केनया, इथिओपिआ, डिजबौटि—हर जगह फैली हुई है इसलिए ये एक सबसे बड़ा जातीय समुदाय मानी जाती है। यहाँ की भाषा की जड़ अफ़्रिकन-एशियाई भाषा में है। वैसे

मुझे ये तो पता था कि क़ुरान की भाषा होने की वजह से यहाँ अरबी को सम्मान दिया जाता है। इसके अलावा भी और बहुत कुछ उनसे जाना था। जैसे तेंदुआ हमारा राष्ट्रीय प्रतीक है। ऊँट एक महत्त्वपूर्ण पशु है। उन्हीं के लैपटॉप में हमारे देश का झंडा भी देखा था—पाँच कोणोंवाला सफ़ेद सितारा और नये चाँद की तस्वीर थी उस पर। सब कुछ मैं देखती और घर जाकर चुपके-चुपके मासा को बताती। मासा सब सुनती मगर जाने कुछ समझती भी कि नहीं! उसे मेम के द्वारा उसके लिए मेरे हाथों भेजी गयी तस्वीरों वाली किताबों का बेसब्री से इन्तज़ार रहता था। फुरसत के समय बैठ-बैठकर उन्हें तन्मयता के साथ देखती रहती। कितने सारे जानवरों, फूल-पौधों, पंछियों के अंग्रेज़ी नाम उसे अबतक याद हो गये थे। जब वह उनके नाम बताती, सब हैरत से मुँह खोलकर सुनते! मुझे प्रतीत होता, मेम ने एक बहुत बड़े आकाश पर हमारे लिए खिड़की खोल दी है। हम अपनी मुँदी हुई संकुल दुनिया से पूरे ब्रह्माण्ड को देख सकते हैं, सुन और महसूस सकते हैं। किसी वर्षों से बन्द पड़े सीलन भरे कमरे में हवा के ताज़े झोंके की तरह था मेम का हमारे जीवन में आना। एक राहत भरी लम्बी साँस की तरह...

पेट से ज़्यादा दिमाग़ के लिए भोजन दिया था उन्होंने हमें। युगों से बन्द पड़े कपाट खोले थे, बोसीदा सोचों को धूप दिखाई थी, हवा का स्पर्श दिया था। सड़ते हुए पानी को निकास का मार्ग मिल गया था। उनके साहचर्य के वे थोड़े-से दिन हमारे लिए उम्मीदों और सपनों से भरे ख़ूबसूरत दिन थे। दुख की मलिन छायाओं से परे धूप की उजली तितलियों की तरह ख़ुशरंग और निश्चिन्त! मेम के साथ के उन दिनों में जाने क्यों मुझे सब कुछ बेहतर और आशाओं से भरा हुआ लगता था। हमारे भीतर जैसी सोच होती है, बाहर का मौसम भी वैसा ही होता है, ख़ुशनुमा या अवसाद भरा।

इन्हीं दिनों एक सुबह उठकर मैंने मासा का बिस्तर खाली पाया था। मेरा दिल बैठ गया था। या ख़ुदा! तो क्या मासा को भी...! दिन चढ़ते-चढ़ते मेरा शक यक़ीन में बदल गया था। मासा को भी बलिबेदी पर चढ़ा दिया गया था! पिछली रात जब उसे माँ ने गर्म दूध के साथ ढेर सारे खजूर दिये थे, गोद में बिठाकर दोपहर को उसकी चोटियाँ गूँथी थीं,

मैं मासा के लिए उनके आकस्मिक उमड़ते स्नेह को समझ नहीं पायी थी। अब सोचती हूँ तो सारी बातें स्पष्ट नज़र आती हैं। मन एकदम से भर आया था। आह मेरी छोटी मासा! उसके मासूम चेहरे को याद कर-करके मैं दोपहर तक रोती रही थी। इस बीच कई बार माँ मुझे बुलाने आयी थी। मासा के लिए झोंपड़ी बनाने तथा दूसरे काम करने मगर वहाँ जाने की मेरी हिम्मत नहीं हुई थी। कैसे देखूँगी मैं मासा को उस हालत में! मुझसे नहीं होगा...मैं पड़ी-पड़ी रोती रही थी।

शाम को साबीला की दादी जबरन मुझे वहाँ खींच ले गयी थीं। माँ फिर पेट से हैं, उनसे सब अकेले सम्हाला नहीं जाता। हर दूसरे-तीसरे साल माँ गर्भवती हो जाती हैं। फिर उनकी यन्त्रणाओं का लम्बा दौर...पूरा घर प्रसूति-गृह में तब्दील हो जाता है। नये बच्चे का पें-पें, उसके पोथरे, जड़ी-बूटी, तेल आदि की गन्ध...मुझे जाने क्यों अब इन चीज़ों से वितृष्णा-सी होने लगी थी। सारी बातों के पीछे छिपी माँ की तकलीफ़ें, हम सबके अझेल दुख-दारिद्र्य!

उस वधस्थल में जाकर मासा को जिबह किये हुए पशु की तरह ही पीड़ित और कातर पाया था। वही सँकरी-सी घास-फूस की झोंपड़ी, वही कमर से नीचे पैर तक बँधी हुई ख़ून से लिथड़ी मासा और वही उसका करुण, हृदय को चीर देनेवाला रुदन...उसके माथे को अपनी गोद में लेकर उस दिन मैं भी देर तक फ़फककर रोयी थी। मुझे बहुत डर लग रहा था। पता नहीं वह छोटी-सी जान ऐसा अत्याचार सह पायेगी भी या नहीं! उस रात मैं मासा के लिए देर तक दुआ करती रही थी। ऊपरवाले का कोई स्पष्ट चेहरा नहीं है मेरे ज़ेहन में, मगर मुझे लगता है जिसने इतनी बड़ी और सुन्दर दुनिया बनाई है, वह ज़रूर बहुत उदार और दयालु होगा। उन्हें मासा पर दया आयेगी, इस नरक यन्त्रणा को बर्दाश्त करने की वह मासा को अवश्य शक्ति देंगे। शायद जीवन में पहली बार मैंने इस तरह से डूबकर दुआ की थी। मासा की काली कंचे जैसी चमकीली पुतलियाँ दर्द से पिघली रहतीं, उसे ठीक से समझ नहीं आता, उसके अपनों ने उसके साथ क्या किया है। उसने जैसे सब पर विश्वास ही खो दिया है। कोई पास भी जाता तो वह डर जाती। माँ को देखकर भी आतंकित हो उठती। रोने-काँपने लगती। बस मेरे साथ ही ज़रा निश्चिन्त रहती थी। अक्सर मुझसे रुलाई भरी आवाज़ में कहती—दीदी! दुखता है...बहुत दुखता है! मैं उसके कपड़े

बदलते, साफ़-सफाई करते किस भयंकर मानसिक यन्त्रणा से गुज़र रही थी यह मैं ही जानती थी। उसके घाव पक गये थे। ज़ख़्म से मवाद बहता रहता। तेज़ बुखार में वह जलती रहती, कभी दर्द से गोंगियाती तो कभी असहनीय पीड़ा में पानी से निकली मछली की तरह छटपटाती रहती। मासा की हालत देखकर मैं सोचती मासा ने कौन-सा पाप किया होगा कि उसे इस नरक यन्त्रणा से गुज़रना पड़ रहा है। क्या वाकई औरत होना एक गुनाह है! अगर ये हव्वा के कर्मों का फल है तो इसे हमें क्यों भुगतना पड़ रहा है! किसी का किया किसी और पर कैसे आ सकता है! कैसा न्याय है यह? सोच-सोचकर मेरा सर चकराने लगता। कभी तो दुख के अथाह सागर में डूबने लगती तो कभी विवश क्रोध में सुलग उठती।

मासा की हालत बीच में कुछ ज़्यादा ही बिगड़ गयी थी। वह दिनों तक अचेत-सी पड़ी रही थी। कई बार तो यह भी समझ नहीं आता था कि वह ज़िन्दा है कि मर गयी है। हाथों में नब्ज़ नहीं मिलती, दिल की धड़कन भी एकदम डूबी-सी। कितनी बार मैं डर जाती, उसे घबराकर हिलाने-डुलाने लगती, नाम लेकर पुकारने लगती। धीरे-धीरे जब वह फिर से कराहने लगती, मेरी जान में जान वापस आती। ऐसे में मुझे उसका रोना-कराहना भी अच्छा लगता। कम-से-कम वह ज़िन्दा तो थी!

दो महीने तक उस झोंपड़ी में पड़ी रहकर आखिर मासा घर लौटी थी। मगर मैं जानती थी, जो घर लौटी है वह पुरानी वाली मासा नहीं, कोई और ही है। अपने जिस्म के एक हिस्से के साथ वह अपने आप का भी एक बहुत बड़ा हिस्सा उस बंजारन के हाथों में हमेशा के लिए खो आयी थी। अब वह पहले जैसी हँसमुख, नटखट मासा कभी नहीं बन पायेगी जिसकी काली, चमकीली आँखों में हरदम शरारत घुली रहती थी, जो खिलखिलाते, हँसते थकती नहीं थी। अचानक से अपना बचपन, भोलापन खोकर वह बहुत बड़ी हो गयी थी, जैसे जीवन के कई साल कुछ ही क़दमों में तय कर लिए हों। अधिकतर समय एक कोने में गुमसुम बैठी या तो वह अपने पैर के अँगूठे से मिट्टी कुरेदती रहती या चुपचाप लेटी रहती। ज़ाहिर है जो भी हुआ था वह उसके लिए एक बहुत बड़ा शारीरिक हादसा ही नहीं एक मानसिक आघात भी था जिससे इतनी जल्दी उबर पाना उसके लिए सम्भव नहीं था। मैं उसकी मनःस्थिति अच्छी तरह समझ सकती थी। कुछ ही समय पहले मैं भी

इसी हालत से गुज़र चुकी थी। कई बार मासा फूट-फूटकर रोती और मैं चुपचाप उसका सर अपनी गोद में लिए बैठी रहती। इसके सिवा मैं उसके लिए कर भी क्या सकती थी! उसके छोटे-से शरीर में या अबोध मन में इतना सामर्थ्य नहीं था कि वह इतनी भारी-भरकम मानसिक या शारीरिक यन्त्रणा का बोझ उठा सकती। बस या तो रोती रहती या गुमसुम पड़ी रहती। मेरे भीतर उसके दुख उमड़ते-घुमड़ते रहते। मैं अपने साथ-साथ उसके हिस्से के दुख में भी जीने के लिए अभिशप्त थी। मेम के करीब आने से जो एक प्रच्छन्न ख़ुशी जीवन में आयी थी वह यकायक फिर से कहीं खो गयी थी।

जब मेम को मासा के बारे में पता चला था वह साहब के कन्धे पर सर रखकर देर तक निर्वाक् बैठी रही थीं। दुख की मलिन छाया से उनका ख़ूबसूरत गोरा चेहरा स्याह पड़ गया था। बाद में एक लम्बी साँस लेकर बस इतना ही कहा था—मैं उसके लिए कुछ नहीं कर सकती माहरा! अपनी विवशता आज बहुत खल रही है। मैं जानती थी, मासा को वे कितना चाहती थीं। गोद लेना चाहती थीं। अपनी बेटी बनाना चाहती थीं। इसके एक महीने बाद मेम और साहब हमारे इलाके को छोड़कर मेरका शहर चले गये थे। यह शहर हमारे यहाँ से काफ़ी दूर था। सोमाली के एकमात्र विश्वविद्यालय में भी उनका कुछ काम था। जाते हुए यही बताया था मेम ने। सुबह-सुबह उनके घर जाकर मैं स्तम्भित रह गयी थी। घर के सामान गाड़ी में लादकर वे जाने की तैयारी में थे। इससे पहले कई दिनों तक मैं उनके यहाँ काम के लिए जा नहीं पायी थी। मासा बीमार थी। उसे फ्लू-सा कुछ हुआ था। बुखार, गले में दर्द आदि। माँ छोटे भाई को लेकर व्यस्त थीं जो कुछ दिन पहले ही पैदा हुआ था। इसलिए मासा की देखभाल मुझे ही करनी पड़ रही थी। कल से वह कुछ बेहतर थी इसलिए मैं मेम के यहाँ काम पर आयी थी। उन्हें जाते देख जाने क्यों मुझे ऐसा लगा था कि मेरी ज़िन्दगी से उम्मीद की आखिरी किरण भी चली जा रही है। मेम ने जाते हुए मुझे ढेर-से सामान दिये थे—खाने-पीने के, कुछ कपड़े, बर्तन, दवाइयाँ। मुझे रोते देख एक काग़ज़ में लिखकर अपना पता भी दिया था—जब भी कोई ज़रूरत हो मुझे लिखना और हाँ अपनी पढ़ाई ज़ारी रखना...उनकी दी हुई किताबें मैंने एहतियात से सम्हाल ली थीं। जाते हुए उनकी बड़ी इच्छा थी एक बार मासा से मिलने की, मगर ये

सम्भव नहीं था।

उनकी धूल उड़ाकर जाती हुई गाड़ी की ओर दूरतक देखते हुए उस दिन मैं बहुत रोयी थी। अचानक से जैसे अकेली हो गयी थी। मुझे बहुत डर लगा था। मानो किसी बीहड़ में खो गयी हूँ।

इन दिनों अपनी जिस्मानी तकलीफ़ों के साथ-साथ मुझे मासा को भी सम्हालना पड़ रहा था। वह ठीक से चल-फिर भी नहीं पा रही थी। दर्द से अकड़ी रहती। गनीमत थी कि अभी उसे माहवारी का दर्द नहीं झेलना पड़ता था, वर्ना जाने उसकी हालत क्या होती। मैं उसे अपने साथ जंगलों में जानवरों को चराने ले जाती थी। वहाँ भी वह बस चुपचाप बैठी रहती। उसकी काली, चमकीली आँखों में एक अजब-सा सन्नाटा घुल आया था। मुकम्मल औरत बनाने के लिए जिस प्रक्रिया का इस्तेमाल किया जाता था वह औरत को कितना अधूरा कर देती है यह मैं समझ रही थी। लोगों की आँखों में मज़हब, रीति-रिवाज़ों का ऐसा पर्दा पड़ा रहता है कि वे कुछ तार्किक ढंग से सोच ही नहीं पाते। मेरे मन में भी ऊपरवाले का भय है मगर मेरे समक्ष अभी मज़हब का कोई स्पष्ट स्वरूप नहीं है। अपनी सहज बुद्धि से मैं इतना ही सोच-समझ पाती हूँ कि यदि अल्लाह है और उसी ने यह दुनिया बनाई है, हम सबको बनाया है तो वह निश्चय ही हम सब से प्रेम भी करता होगा। आख़िर वह हमारा रचयिता है, अपनी रचना से हर निर्माता को प्यार होता है। वह अपनी बनाई हुई इस दुनिया को, इसके प्राणियों को दुख देना नहीं चाहता होगा। उन्हें दुख में देखकर ख़ुश नहीं होता होगा। मनुष्य स्वयं मनुष्य को ऊपर वाले का नाम लेकर दुख पहुँचाता है। कई बार मुझे यह सोचकर हैरत होती है कि पुरुषों से ज़्यादा स्त्रियाँ ही इन रिवाज़ों के निर्वहन में दिलचस्पी लेती हैं। बहुत बार माँएँ, दादियाँ ही बच्चियों पर इस काम को अंजाम देती हैं। यह बात कइयों के मुँह से सुनी थी। ऐसा करते हुए वे कितनी कठोर हो जाती होंगी! कर्तव्य के सामने उनकी ममता भी आड़े नहीं आती! मेम ने ही बताया था, अफ्रीका के कितने देशों में सुन्ना की यह प्रथा प्रचलित है। ये बात अलग है कि हर जगह इसे अलग-अलग नाम से जाना जाता है। ईजिप्ट में ताहारा, सुदान में ताहुर, माली में बोलोकोली, काकिआ में बुनडु। बोलोकोली का अर्थ है पवित्र करना। बुनडु शब्द भी काकिआ के एक धार्मिक सम्प्रदाय से आया है। एक विशेष तरह के खतना को कई

देशों में सुन्ना भी कहते हैं। सुदान जहाँ जननांग के एक ख़ास हिस्से को आधा काट दिया जाता है, इसे सुन्ना काशफा कहते हैं। सुदान में एक और तरह के सुन्ना को जिसमें जननांग का लगभग पूरा ही बाहरी हिस्सा काटकर अलग कर दिया जाता है, मातवासात कहा जाता है।

सुनकर मैं निराश हो गयी थी। जब यह प्रथा इतनी प्रचलित है तो फिर कभी समाप्त नहीं होगी। मेम ने ही बताया था कि यह सिर्फ़ मुसलमानों में ही नहीं, कुछ देशों के ईसाइयों तथा अन्य जातियों में भी प्रचलित है। मेम ने ही यह भी बताया था कि इसमें कुछ भी मज़हबी नहीं है। लोग अपनी अज्ञानता में इसे एक धार्मिक रीति मान लेते हैं, जबकि इसका धर्म से कुछ लेना-देना नहीं है। कुछ धार्मिक गुरुओं ने तो इसका विरोध भी किया है। सुदान के एक मुफ्ती ने कुछ समय पहले इसका खुलेआम निषेध किया था। कई महिला संगठन भी इस प्रथा के रोकथाम के लिए वर्षों से काम कर रहे हैं।

मेम से यह जानकर मुझे अच्छा लगा था। कम से कम कोशिश तो हो रही है! यानी कभी कुछ होने की उम्मीद की जा सकती है।

पड़ोस की माहरु को इसी बीच एक दिन देखा था, एक छोटी-सी पोटली लेकर टोली से बाहर जाते हुए। पहला बच्चा उसको तेरह साल की उमर में हो गया था। उसकी अपरिपक्व देह मातृत्व के लिए तैयार नहीं थी। प्रसव के समय मरते-मरते बची थी। जान तो बच गयी थी, मगर शरीर तहस-नहस हो गया था। ऐसे में जो अधिकतर कम उम्र की माँओं के साथ होता है, वही हुआ था उसके साथ। उसके मूत्राशय को गहरी चोट पहुँची थी, उसमें छेद हो गया था। लगभग दो वर्षों से उसके मूत्राशय से पेशाब रिसता रहता था। धीरे-धीरे वह सबसे अलग-थलग पड़ती चली गयी थी। लोगों में उठना-बैठना भी दूभर हो गया था। अपने परिवार में भी उपेक्षित थी। सब उसे देखते ही नाक-भौं सिकोड़ने लगते। उसके पति ने तो उसके हाथों से खाना भी छोड़ दिया था। और अब पिछली रात उसे घर से निकाल दिया था। दूसरी औरतें ऐसी स्थिति में जो करती हैं वह भी वही करने जा रही थी—बस्ती से दूर झोंपड़ी बनाकर अलग-थलग रहने जा रही थी। माहरु सिर्फ़ दो साल बड़ी थी मुझसे, मगर इसी छोटी-सी उमर में उसके जीवन का एक

तरह से अन्त हो गया था। यह सब देखकर कभी-कभी ख़याल आता है, क्या वाकई औरत होकर जन्म लेना कोई गुनाह है! बड़े मस्जिद का मौलवी कहता है—मादर जात पर अताब-ए-इलाही टूटा है। उन्हें अट्ठारह सजाएँ मिली हैं अपने गुनाहों की—हामिला होना, तलाक मिलना, तलाक ना दे सकना, मर्दों को चार शादी का हक, औरतों को नहीं, गवाही में दो औरतों को एक मर्द के बराबर माना जाना वगैरह-वगैरह! औरतें ख़ता की पुतली होती हैं, कुन्द ज़ेहन होती हैं। हज़ार ख़ासियतों में से सिर्फ़ एक ख़ासियत औरत में होती है, बाकी सब मर्दों में। मर्द की एक बायीं पसली से बनी औरत की औकात भी उतनी ही है और हमेशा उतनी ही रहेगी...

सारी औरतें उनकी बातें सुन कर सर हिलाती हैं, मगर उनकी बातों पर मुझे यक़ीन नहीं होता। मुझे मेरा औरत होना भाता है। मेरा चेहरा, शरीर, ताँबे-सा जगमगाता रंग, ख़ूबसूरत बाल, गहरी, सुरमई आँखें...। फिर माँ होना, अपनी देह से एक जीवन को सिरजना, सींचकर बड़ा करना...ये सब सज़ा कैसे हो सकता है! मगर फिर जब अपने और अपने आसपास की औरतों के जीवन में फैले अथाह दुख को देखती हूँ तो संशय में पड़ जाती हूँ। मासा जैसी मासूम बच्चियों ने क्या पाप किये होंगे कि उन्हें ऐसी नरक यन्त्रणा से गुज़रना पड़ रहा है! तो क्या सचमुच यह हव्वा के किये गये पापों की सजा है जो हम औरतें भुगतने के लिए अभिशप्त हैं? सोच-सोचकर मैं परेशान होती रहती मगर मुझे कहीं कोई समाधान नहीं मिलता।

इस बीच मुझे मेम का भेजा हुआ एक पिक्चर कार्ड मिला था। समन्दर की तस्वीर। बड़ी मुश्किल से मैंने उनका सन्देश पढ़ा था। उन्होंने उस पत्र में मासा को भी याद किया था। मैंने मासा को मेम का पत्र पढ़कर सुनाया था। मासा इसी बात से ख़ुश थी कि मेम जल्द ही उसके लिए और भी किताबें भेजने वाली हैं। मेम ने आगे लिखा था कि इन दिनों वे करकार पहाड़ के क्षेत्र में हैं और वहाँ से उत्तर के आंशिक रेगिस्तानी गुबान मैदानी इलाके में थोड़े दिनों के बाद जाने का इरादा रखती हैं जो गल्फ ऑफ़ इडेन के तट के समानान्तर पड़ता है। यहाँ कई सूखी नदियाँ हैं जो बारिश में भर जाती हैं। वर्षा ऋतु में यह प्रदेश मवेशियों के लिए हरे-भरे चरागाह में तब्दील हो जाता है। तब यहाँ बंजारे कुछ समय के लिए अपना डेरा डालते हैं। हमारी टोली

अभी तक इस जगह पहुँची नहीं थी। मेम का पत्र पाकर इस जगह के विषय में मेरी उत्सुकता बढ़ गयी थी। मगर अभी दो महीने तक हम अपनी वर्तमान जगह से कहीं जानेवाले नहीं थे।

उस दिन सुबह मैं मवेशियों को लेकर जंगल जाने की तैयारी कर रही थी जब अब्बू ने मुझे अपने पास बुलाया था। उनके पास पड़ोस के गाँव के एक व्यक्ति बैठे हुए थे। मैं उन्हें देख कर पहचानती थी। अक्सर अब्बू से मिलने आया करते थे। नाम ज़हीर था उनका। मेरे क़रीब जाने पर अब्बू ने मुझसे बहुत ख़ुश लहजे में कहा था—"माहरा! इनको सलाम करो, ये तुम्हारे होने वाले सौहर हैं—ज़हीर मियाँ!" सुनकर मुझे तेज़ झटका लगा था। ज़हीर मियाँ बिल्कुल बूढ़े थे। उनके बाल खिचड़ी थे और सामने के दो दाँत टूटे हुए थे। खाल भी सिलवटों से भरी हुई। कम-से-कम 60 साल की उमर रही होगी उनकी। मैं जानती थी उनका बड़ा बेटा पास की एक कम्पनी में ट्रक चलाता था। उसके भी बाल लगभग सफ़ेद हो चले थे। मेरा चेहरा देख अब्बू ने बात सम्हालने की कोशिश की थी। मुझे वहाँ से जाने का इशारा कर ज़हीर से कहा था, कुछ नहीं, शरमा रही है...ज़हीर भी अब्बू की हाँ में हाँ मिलाकर हँसता रहा था।

वहाँ से आकर मैं कोठरी में सकते की हालत में बैठी रही थी देर तक। बाद में ज़हीर के जाने के बाद अब्बू ने कोठरी में आकर मुझे समझाया था—ज़हीर बहुत अमीर आदमी है, तू उसके यहाँ राज करेगी। सुनकर मुझे रोना आ गया था—मगर अब्बू! ज़हीर मियाँ कितने बूढ़े हैं! उनके दाँत भी नहीं!

"दाँतों का तुम्हें क्या करना है!" सुनकर अब्बू ने मुझे डपट दिया था—"फिर बूढ़ा आदमी अपनी बीवी से बहुत प्यार करता है, उसके नाज-नखरे उठाता है...और ये भी सोचो, कोई दूसरी कर लेने का डर भी नहीं!"

उनकी इन बातों का कोई जवाब मेरे पास नहीं था। उनके जाने के बाद बैठी-बैठी रोती रही थी। सूझ नहीं रहा था क्या करूँ। अचानक से एक और आपदा सर पर आ गिरी थी। वैसे भी क्या ज़िन्दगी कम मुश्किल थी! थोड़ी ही देर में मैंने तय कर लिया था, मैं भी दीदी की

तरह घर से भाग जाऊँगी! यह सोच लेने के बाद मन थोड़ा शान्त हुआ था और मैं सो गयी थी। दोपहर को मासा ने मुझे खाने के लिए उठाया था। टूटे अन्न की नमकीन दलिया परोसते हुए माँ ने फिर मुझे बहुत समझाया था। सर पर हाथ फेरते हुए मुझे बताया था ज़हीर की पहले की दो बीवियाँ मर चुकी हैं। तीसरी बिस्तर पर। सात बच्चे हैं मगर सभी बड़े हो चुके हैं। उसके पास अनगिनत मवेशियाँ हैं, मीठे पानी के कुएँ हैं, कुछ खेती-बाड़ी भी है। माँ ने ही बताया था, मेरे बदले वह अब्बू को तीन ऊँट, पाँच गायें तथा पाँच बकरियाँ देनेवाला है। माँ ने उसके बाद रोते हुए मुझसे वचन लिया था कि मैं दीदी की तरह घर से नहीं भाग जाऊँगी। यदि इस बार ऐसा हुआ और मुझे कुछ हो गया तो वे भी जी नहीं पायेंगी, किसी शेर के मुँह में जाकर जान दे देंगी। फिर मासा, नया भाई—सब अनाथ हो जायेंगे! सुनकर मेरे रोंगटे खड़े हो गये थे। ना चाहते हुए भी मुझे माँ को वचन देना पड़ा था। वचन पाकर माँ मुझसे लिपट गयी थीं और इसके बाद हम देर तक एक-दूसरे से चिपक कर रोते रहे थे। बाद में माँ ने बताया था, तीन महीने बाद हमारी शादी होनी तय हुई है। उससे पहले ज़हीर की छोटी बेटी की शादी होनी थी जो मुझसे एक साल बड़ी थी।

उस रात मुझे नींद नहीं आयी थी। सारी रात जागकर मैंने बिता दिया था। बार-बार मुझे ज़हीर मियाँ का चेहरा याद आ रहा था। कितना बदसूरत था वह! देखकर मन वितृष्णा से भर उठता था। कुछ साल पहले तक मैं उनके सामने खुले बदन घूमती थी। उन्हें नाना कहकर पुकारती थी। वे उम्र में अब्बू से भी काफ़ी बड़े थे। फिर कैसे उनके या अब्बू के दिमाग़ में हमारी शादी की बात आयी! ज़रूर उनकी तरफ़ से ही यह रिश्ता आया होगा और अब्बू ने मान लिया होगा। वैसे यह कोई अनहोनी बात भी नहीं थी हमारे समाज में। अक्सर ऐसी बेमेल शादियाँ होती थीं। अमीर और बूढ़े व्यक्ति ग़रीब घर की कम उम्र लड़कियों से अपने पैसों के बल पर शादी कर लेते थे। ग़रीब माँ-बाप दहेज के लालच में अपनी बच्चियों की शादी ऐसे लोगों से कर भी देते हैं। फिर ये कमउम्र लड़कियाँ अपने बूढ़े पतियों की सेवा, जानवरों की देख-रेख तथा एक के बाद एक बच्चा जनने में अपना जीवन बिता देती हैं और इसी बीच अगर उनका उम्रदां पति मर जाये तो बेवा बनकर अपनी पहाड़-सी ज़िन्दगी तन्हा बिता देती हैं। सोच-सोचकर मैं सारी

रात मासा से लिपट कर चुपचाप रोती रही थी। कई बार ख़याल आया था कि माँ को दिया वचन तोड़ दूँ और घर से भाग जाऊँ, मगर फिर मुझे दीदी का हश्र याद आता और मैं काँप उठती। साथ में मुझे मासा का भी ख़याल आता। उसे छोड़कर जाने के विचार से मुझे रोना आने लगता। आजकल मासा की तबीयत अक्सर ख़राब रहती थी। बहुत बार रातों को बुखार आ जाता। बात-बात में सर्दी-ज़ुक़ाम हो जाता। रात-रातभर खाँसती रहती। मुँह में छाले की वजह से कुछ खा-पी नहीं पाती। जिस्म के कुछ हिस्सों में नर्म गाँठें आ गयी थीं। गला भी अन्दर से लाल रहता, मतली आती रहती, उल्टियाँ भी होतीं, दस्त लगी रहती। हमेशा सर दर्द की शिकायत करती रहती। उसे सम्हालने वाला कोई नहीं था। मेरे बाद उसका क्या होगा! सारी बातें सोचकर मेरा हौसला पस्त हो गया था। नहीं, मैं नहीं भाग सकती। माँ को, मासा को मेरी ज़रूरत थी। उन्हें इस हालत में रख कर मैं कहीं जा नहीं सकती थी।

हम समाल जाति के लोग अपने परिवार में शादी नहीं करते। ख़ून के रिश्ते से परहेज करते हैं, जबकि साब जाति के लोग दूसरी जगह के मुसलमानों की तरह अपने ख़ून के क़रीबी रिश्तों में शादी करते हैं। सोमाली औरतों की ज़िन्दगी हमेशा बहुत कठिन होती है लेकिन शादी के बाद तो यह और भी ज़्यादा कठिन हो जाती है। ज़िम्मेदारियों से भरी हुई। शादी की रस्में तो खुद किसी अग्नि परीक्षा से कम नहीं होतीं। यह सब बहुत बाद में मुझे शादी के समय पता चला था।

जब से हमारी शादी की बात चली है, ज़हीर किसी न किसी बहाने से हमारे घर आ धमकता है। उसका गाँव हमारे गाँव के क़रीब ही था। मुश्किल से तीन-चार किलोमीटर। उसे देखकर मेरा दिल डूब जाता है।

लाल-कत्थई टूटे दाँतों से वह खाँस-खाँसकर पोपली हँसी हँसता है, लालची आँखों से मुझे घूरता है। मेरा मन घिनाता रहता है। सोच नहीं पाती इस आदमी के साथ मैं कैसे रह पाऊँगी। उसके जाने के बाद मैं यहाँ-वहाँ छिप-छिपकर रोती रहती। जंगलों में किसी गोलूल पेड़ की सूखती छाया में बैठकर उम्मीद करती कि कोई दरिन्दा आकर मुझे खा जाय, मैं वहीं बैठी-बैठी मर जाऊँ...। मगर बदनसीबों को शायद मौत भी इतनी आसानी से नहीं आती। धीरे-धीरे दिन ढल जाता, मेरे सामने से कोई शेर हुंकार भरते हुए गुज़र जाता, मगर मेरी तरफ़ देखता भी नहीं। मैं और कातर हो उठती, मेरा यक़ीन और पुख़्ता हो जाता

कि मेरी किस्मत में मौत नहीं है क्योंकि उससे भी बुरी ज़िन्दगी मेरे नसीब में है। शाम ढले मैं हार-थककर घर लौट आती, कुछ खाकर आँगन के एक कोने में पड़ी रहती और पूरी रात जाग-जागकर बिता देती। माँ बीच-बीच में आकर मुझे बताने की कोशिश करती, शादी की क्या-क्या तैयारियाँ हो रही हैं। ज़हीर चाहता है कि ये शादी धूम-धाम से हो क्योंकि यह उसकी आख़िरी शादी होगी। वह मुझे एक रानी की तरह सजा-धजाकर अपने घर ले जाना चाहता है। वह चाहता है कि इस शादी को आस-पास के लोग देर तक याद रखें। मैं चुपचाप सुनती और मुँह फेरकर रोती रहती। ऐसी शानदार शादी किस काम की जिसमें दूल्हा-दुल्हन का जोड़ा इतना बेमेल हो!

शादी-ब्याह का माहौल कितना ख़ुशनुमा होता है हमारे यहाँ! गु या डायर यानी बारिश का मौसम हमारे लिए सुख-समृद्धि का मौसम होता है जब चारों तरफ़ हरियाली होती है और जलाशय पानी से भरे होते हैं। कोसोव यानी हरी, नर्म घास से गर्मी के दिनों के सूखे, नंगे मैदान ढँक जाते हैं। हमारे ऊँट सारा दिन जी भरकर दारान वृक्ष के ताज़े, नमकीन पत्ते चरते रहते हैं। यही ऋतु प्रजनन का भी होता है। अधिकतर पशु अपने बच्चों को इस ऋतु में जन्म देते हैं। धरती मुस्कुराती है, बीज अँखुआता है, जीवन आँख खोलकर चारों ओर देखता है। ऐश्वर्य, सृजन और उत्सव का समय! लोग ऊँट के पौष्टिक दूध डामबर पीकर आगे आनेवाले शुष्क ऋतुओं के लिए स्वास्थ्य संचय करते हैं। ऊँटों का यह ख़ास दूध 'डामबर' जो वे बच्चा जनने के बाद देती हैं, बहुत सेहतमन्द होता है। हम औरतों के लिए भी बरसात का यह मौसम शुभ होता है। हागा या जिलाल यानी सूखे के दिनों में जिस तरह हम बंजारों को लगातार एक जगह से दूसरी जगह पशुओं के लिए चरागाह की तलाश में भटकना पड़ता है और उस क्रम में बार-बार अपने अकाल यानी झोंपड़ियों को तोड़ना-बनाना पड़ता है, वह भी कम झंझट की बात नहीं होती। पुरुषों को भी हरदम के मवेशियों के चारा-पानी की चिन्ता छोड़कर आराम करने का मौक़ा मिल जाता है। वे घने गोलूल पेड़ के नीचे इकट्ठा होकर कविता पढ़ने-सुनने में अपना समय बिताते हैं। ऐसे भरे-पूरे मौसम में अधिकतर शादियाँ भी होती हैं। शादी का मौक़ा कितनी ख़ुशी का मौक़ा होता है। इन्हीं शादियों में कुँवारे लड़के अपने लिए दुल्हन भी ढूँढ़ने निकलते हैं। लड़कियाँ पारम्परिक वेश-भूषा

में गोल-गोल घूमकर नाचती हैं, चारों तरफ़ से सब तालियाँ बजाकर उनका साथ देते हैं। लड़के भी नाचते हैं। तेज़ नाचते हुए कविता भी सुनाते हैं। कविता में अपनी बात करना, सामाजिक, राजनीतिक माहौल पर टीका-टिप्पणी करना इनकी ख़ासियत होती है। जो जितनी अच्छी तरह से कविता रचता है, सुनाता है उसे उतनी अधिक प्रशंसा मिलती है, लोग सराहते हैं। अच्छा नाचकर तथा अच्छी कविता सुनाकर लड़के लड़कियों के दिल जीतते हैं। सांस्कृतिक नाच हुर्रे वालानवाल तथा कामबारो बहुत मशहूर हैं ऐसे मौक़ों में। नाच त्योहारों में भी होता है और शादी-ब्याह के मौक़े पर भी। पहले शादियों का कितना इन्तज़ार रहता था हमें! नये कपड़े, सजना-धजना, खाना-पीना...और अब! अपनी शादी की बात सोच-सोचकर मैं सूखती जा रही थी। काश मेरी शादी भी मेरे मन मुताबिक होती!

बचपन में शादी का अर्थ मेरे लिए खाना-पीना, मौज-मस्ती और नया जीवन होता था। अब तो इसके पीछे छिपी त्रासदियों को भी कुछ-कुछ समझने लगी थी मैं। गहनों की खनक में कहीं साँकल की आवाज़ भी होती है, हँसने-गाने के नीचे दबी कोई सिसकी भी। एक प्रच्छन्न उदासी, चुप्पी...जाने क्यों अब मुझे लगता है, मैं चेहरों को पढ़ने लगी हूँ, मुखौटों के पार तक देखने लगी हूँ। वो बातें, वो अनकही...माँ का चेहरा, दीदी की आँखें, मासा की तोतली ज़ुबान...सब कहती हैं! चुप रहती हैं मगर कहती हैं...। मेरे भीतर ये आवाज़ बजती हैं, गूँज पैदा करती हैं, एक कम्पन तरंग--दूर तक! आजकल जाने क्यों दीदी बहुत याद आने लगी हैं, नये सिरे से। भूला, न भुलाया हुआ...सब कुछ भीतर ही धरा था। अब तो देखकर अचरज होता है--लगभग जस की तस। समय का गर्द झाड़ दिया जाय तो तह में वही सब कुछ पुराना, अविकल तहाकर रखा हुआ। कौन-सा सपना बुनती मैं, मेरे सामने पसरी दीदी की आँखें थीं, धुआँ देती लौ-सी, ठीक जैसे बुझने से पहले होती है! उसकी बातें याद आती हैं, वे गीत भी जो वह गाना चाहती थी, मगर बस गुनगुनाकर रह जाती थी। उसके देखे सपने, उसके अनगाये गीत, उसका न जीया जीवन...सब मेरे आसपास बिखरे पड़े हैं, सूखे पत्ते-से इधर-उधर उड़ते हैं, खड़खड़ाते हैं सुबह-शाम। कितना घिर जाती हूँ कभी-कभी इनसे। निकलने का रास्ता नहीं मिलता।

सभी को बारिश का इन्तज़ार है। बारिश हो, धरती हरियाये, पानी

हर खालीपन को भर दे। फिर जश्न होगा, शादी होगी। अब्बू आजकल ख़ुश रहते हैं। तारिक भाई भी हिसाब-किताब में लगा रहता है। पाँच ऊँट, गाय, बकरियाँ...। शादी में उसे भाई की हैसियत से क्या तोहफे मिलेंगे, वह अपने जीजा से क्या माँगेगा...सब उत्साह से भरे हुए, अपने आप में मशगूल!

ठीक भी है, शादी का मौक़ा इतना ख़ास जो होता है हमारे लिए। खर्चीला भी। विशेषकर लड़के वालों के लिए। जिस दिन वे शादी की बात करने लड़की वालों के घर पहली दफ़ा जाते हैं, उन्हें गाबाटी यानी कोई अच्छा-सा तोहफा लड़की के परिवार को देना पड़ता है। अधिकतर एक जवान ऊँट ही दिया जाता है इस अवसर पर। लड़की वालों को उपहार देने का सिलसिला यहीं से शुरू हो जाता है जो हर रस्म, हर रिवाज़ के साथ चलता रहता है। सगाई के दिन भी लड़के वाले लड़की के परिवार को कोई महँगा उपहार अर्थात् याराद देकर उनके प्रति अपना आभार व्यक्त करते हैं कि उन्होंने अपनी बेटी का हाथ उनके बेटे के हाथ में दिया। ये अक्सर महँगी शॉल और रुपये के रूप में होता है। लड़की के सगे या चचेरे, मौसेरे भाई को भी उपहार मिलता है। लड़की के भाई भेंट में नक़द रुपये की माँग करते हैं। इसे सूरयो कहा जाता है। सगाई का मौक़ा तो वाकई ख़ास होता है। इस दिन दोनों परिवार मिलकर शादी की सारी योजनाएँ तय करते हैं। इसी सगाई के दिन का सबको बेसब्री से इन्तज़ार था। पानी बरसे तो विवाह के मंगल गीत गूँजे! अब्बू, माँ, गाँव की बड़ी-बूढ़ियाँ बार-बार बाहर जाकर आँख पर हथेली धरकर आकाश की तरफ़ देखने लगे थे। उन्हें बरसात का इस साल और भी ज़्यादा इन्तज़ार था। मगर ज़िन्दगी में पहली बार एक बंजारे की बेटी होकर मुझे बारिश का इन्तज़ार नहीं था! मरु के इन्हीं सूखे, निर्मम दिनों में मेरी राहत थी, खैरियत भी। मैं मन ही मन दुआ करती—यूँ ही रीती रहें आकाश की आँखें, एक बूँद ना उतरे इसकी सूखी छाती से...पूरी धरती ऊसर, बंजर पड़ी रहे सदियों तक, तब तक जब तक ना ज़हीर को मौत आ जाये या फिर मुझे ही... जाने क्यों मुझे ऐसा प्रतीत होता कि जैसे रेगिस्तान के क़ब्रों से निकल-निकलकर इस ज़मीन की बदनसीब बेटियाँ दोनों हाथ उठाकर एक आवाज़ में फुसफुसा रही हैं—आमीन! रेत के झड़ते टीले, कैक्टस की कँटीली डालों से उलझकर फरफराते हवा के चीथड़े, उड़ती धूल के बवंडर—सब उनकी आवाज़

में आवाज़ मिलाकर कोरस में कह रहे हैं—आमीन! आमीन! सुनकर मैं अपने भीतर मुट्ठी भर आस सँजोये एक कोने में दुबक कर सो जाती हूँ—नींद में रातभर जागते रहने के लिए, सोने के भ्रम में पड़े रहने के लिए...सुबह का होना आजकल इतना आसान कहाँ रह गया था!

मैं आतंक के साथ देख रही थी, समय मेरी मुट्ठी से धीरे-धीरे झर रहा है। एक-एक पग मैं अपने विवाह की तिथि की तरफ़ बढ़ रही हूँ। अपने पैरों से चलकर अपने वधस्थल की ओर जाना...विवशता का चरम है ये। सब नाचते-गाते चले हैं मेरे साथ, वह भी जिन्हें मेरे दुखों से कोई मतलब नहीं और वे भी जो मुझसे रक्त और स्नेह का सम्बन्ध रखते हैं। मैं सबको असहाय देखती हूँ और अपने भीतर और-और सिमट जाती हूँ। मगर अब सुरक्षा कहीं नहीं। भीतर, बहुत भीतर यह सच भी बजता रहता है। कितनी अकेली हो आयी हूँ यकायक। आसपास का रेगिस्तान अन्दर पसर गया है जैसे। एक मौसम होता है जब कैक्टस की नंगी, कँटीली बाँहें भी नर्म, ख़ूबसूरत फूलों से भर जाती हैं, रेत के सूखे, वीरान सीने पर हरियाली उग आती है, आकाश उमड़ते-घुमड़ते बादलों से घिरता है, शुष्क, गर्म हवा सीली और नम हो जाती है। ऐसा ही कोई जादू क़ुदरत मेरे जीवन में क्यों नहीं रचती! कुछ ऐसा कि मेरे जीवन से लापता हो गयीं खुशियाँ एकबार फिर से लौट आयें, वो हँसी और निश्चिन्तता भी जो सहेलियों की तरह साथ-साथ रहा करती थी...मैं खुश होना चाहती हूँ, खुलकर हँसना चाहती हूँ, गहरी नींद सोना चाहती हूँ और रंग-बिरंगे सपने भी देखना चाहती हूँ। खुशरंग मौसम, फूल—सब कुछ फीका, ज़र्द हो गया है। कोई जायका, कोई स्वाद नहीं अब जीवन में। हर चीज़ का माने बदल गया है सिरे से। मेरे औरत होने ने मुझे ख़त्म कर दिया है जैसे। मैं खुद को ढोती हूँ, अपने औरत होने को ढोती हूँ और प्रतिपल जीने की कोशिश में मरती हूँ। जाने क्यों इस दुनिया के बाशिन्दों ने जीवन को मृत्यु का पर्याय बनाकर रख दिया है। मौत से पहले भी मौत! एकबार नहीं, कई बार...बार-बार!

एक सुबह अपने चेहरे पर बरसती हल्की बूँदों को महसूस कर मैंने आँखें खोलकर देखा था, आकाश सुरमई बादलों से भर गया है और सोंधी मिट्टी की मतवाली गन्ध से भरी हवा में छोटी-छोटी साँवली चिड़ियाँ

कलाबाजियाँ खा रही हैं। माँ इधर-उधर पड़े सामानों को सरियाती हुई हमें मदद के लिए पुकारे जा रही थीं। बरसते हुए आकाश को देखकर मेरा दिल बैठ गया था—तो सावन आ गया!

इस साल बारिश अच्छी होने की सम्भावना थी। शुरू से ही इसके लक्षण दिख रहे थे। सारा दिन बरसात होती रहती। ख़ासकर भोर रात से ज़्यादा ज़ोर पकड़ती। थोड़े ही दिनों में पूरा परिदृश्य ताज़ा हरियाली से भर उठा था। रेत की ढूहों पर चढ़ी लतरों पर सितारों-से चमकीले पीले फूल, घास पर दूध की छींट जैसे बेशुमार नन्हे, सफेद फूल... गोलूल के पेड़ भी ताज़े, नर्म पत्तों से लदने लगे थे, दारान के नमकीन पत्तों की सोंधी गन्ध ऊँट के नथुनों तक पहुँच चुकी थी। छोटे-छोटे बच्चे बारिश के पानी से भरे ताल-तलैया में धमा-चौकड़ी मचा रहे थे। अड़राते ऊँटों के दल में उनके कई छोटे, गुलाबी बच्चे यानी नये सदस्य रोज़-रोज़ शामिल हो रहे थे। यह सुख और सृजन का समय है, प्रेम का भी। पूरी प्रकृति उत्सव में है, एकदम मगन!

एक दिन जब आकाश झमाझम बरस रहा था और हवा बसाते हुए ऊँटों की गन्ध से बोझिल हो रही थी, माँ ने हल्के पीले डामबर दूध का गिलास मुझे थमाते हुए सूचित किया था, अगले महीने की सात तारीख को मेरी सगाई तय हुई है। सुनकर मुझ से दूध पिया नहीं गया था। पीले दूध की सतह में मुझे गाढ़ी मलाई के बीच ज़हीर के पीले दाँत तैरते हुए दिखने लगे थे और ज़ोर से उबकाई आ गयी थी। मेरी प्रतिक्रिया देख माँ का चेहरा पहले तमतमाया था फिर यकायक ज़र्द पड़ गया था।

मैं कोठरी के एक कोने में जा बैठी थी। छिपने की और कोई जगह भी नहीं यहाँ। आकाश और हमारे बीच का ये झीना-सा ओट जिसे हम घर कहते हैं, कुछ चीथड़ों के सिवाय और कुछ नहीं। सुरक्षा या आश्रय—जो भी कहें इसे, शारीरिक से ज़्यादा मानसिक है। वर्ना यह व्यावहारिक रूप से किस काम का! हवा का एक तेज़ झोंका उड़ा ले जाय इसे। चारों तरफ़ सीलन और गीलापन। भारी और बोझिल हवा, उमस भरी। कहीं ज़रा बन्द हुए नहीं कि पसीना से नहा गये। इसी कोने में मासा भी गठरी बनी पड़ी है। गरम देह और लाल भभूका चेहरा। आँखें भी पनीली। जाने उसे क्या हुआ है। हमेशा बीमार रहती है। खाँसी, सर्दी-जुकाम, अधिकतर रातों को आता बुखार। एक बार अब्बू ज़हीर

के साथ उसे शहर ले जाकर किसी डॉक्टर को दिखा आये हैं। कुछ दिन दवाई भी चली, मगर कोई फ़र्क़ नहीं पड़ा। अब तो मुझे उसकी हालत देखकर चिन्ता-सी होने लगी है। जाने उसके साथ क्या ग़लत है!

उसके छोटे, दुर्बल शरीर को अपनी बाँहों में भरकर मैं निःशब्द रोती रही थी। मासा का बुखार में जलता शरीर धीरे-धीरे काँप रहा था। मुझे रोती महसूस कर उसने एक बार अपनी आँखें खोली थीं और फिर मूँद ली थीं। उसके सीने की मद्धिम धक-धक को अपने सीने में महसूस करते हुए जाने मुझे क्या हुआ था, बेतरह रोती रही थी। इतना कि मेरी हिचकियाँ बँध गयी थीं, साँस लेना कठिन हो गया था। मासा तेज़ बुखार में कुछ कह नहीं पा रही थी। बस हूँ-हूँ करती हुई काँपती रही थी। इन दिनों किसी कोने में छिपकर रोना ही मेरा एकमात्र सुख रह गया था। कल पता नहीं यह भी रहे ना रहे!

दूसरे दिन मवेशियों को लेकर लौटते हुए मैंने तारिक भाई और उसके दोस्त कासिम को उनकी झोंपड़ी से चोरों की तरह निकलते हुए देखा था। उन दोनों को मैं अक्सर सबकी नज़र से लुकते-छिपते हुए एक साथ इस तरह देखती थी। पहले समझ नहीं पाती थी, मगर अब एक हद तक समझने लगी हूँ। औरतों की बातें भी कई बार कानों में पड़ ही जाती थीं। हमारे समाज में शादी से पहले औरत और मर्द के मेल-मिलाप को बढ़ावा नहीं दिया जाता। औरतों की शारीरिक पवित्रता पर बहुत ज़ोर दिया जाता है। उसकी इच्छाएँ वश में रहें, वह किसी तरह बहक ना जाये तथा चाह कर भी ग़लत राह पर चल ना सके इसलिए उसकी देह को काट-छाँटकर मूँद दिया जाता है। ऐसे में पुरुष अपनी जिस्मानी ज़रूरतों का क्या करे! उन्हें तो नकारा नहीं जा सकता! वे पूरी होनी भी चाहिए। इसके लिए मर्दों ने अपने में ही मिल-जुलकर रास्ता निकाल लिया है। जब तक शादी ना हो जाये या उसके बाद भी वे अपनी जिस्मानी ज़रूरतें एक-दूसरे से पूरी कर लेते हैं। मुझे इन्हें इस तरह देख कर अजीब लगता है। मन में सवाल भी उठते हैं और साथ ही घबराहट भी होती है। माँ कहती है मेरा मन बहुत चंचल है। मेरे सवाल भी वाहियात होते हैं। एक अच्छी लड़की को इस तरह नहीं सोचना चाहिए, सवाल नहीं करने चाहिए। ये कुफ्र की बातें हैं। ऊपर वाला नाराज़ होता है। बड़े-बुज़ुर्गों ने हमारे लिए जो रास्ते तय किये हैं, पाक किताबों ने जो हिदायतें दी हैं, हमें उन पर बिना मुँह खोले अमल

करना चाहिए। इसी में बरकत है, खैरियत है। मैं सुनती और चुप भी रह जाती, मगर मन में सहज कई प्रश्न उठते और मैं उनमें उलझ कर रह जाती। सोचती, क्या मर्दों के लिए कोई नियम-क़ानून नहीं है! क्या उन्हें सही रास्ते पर चलना नहीं चाहिए! जो बुरा है वह सबके लिए बुरा है, फिर एक ही चीज़ मर्दों के लिए सही और औरतों के लिए ग़लत कैसे हो जाती है! हर बात में मर्दों को छूट और औरतों पर पाबन्दियाँ क्यों? जिन रीति-रिवाज़ों की वजह से औरतों को इतनी तकलीफ़ और दुख उठाने पड़ते हैं, वे इनसानों के बनाये हुए हैं या क़ुदरत के? अगर इनसानों ने बनाये हैं तो हमारे लिए उन्हें मानना क्यों ज़रूरी है और अगर क़ुदरत ने बनाये हैं तो क्यों बनाये हैं? क्या प्रकृति भी स्त्री विरोधी है? अगर है तो हम उन्हें मानते क्यों हैं! शत्रु तो शत्रु है! सोचते हुए मुझे माँ की कही बातों का ख़याल आ जाता—ऐसा बोलना या सोचना कुफ्र है! मैं फिर सहम जाती। एक तरफ़ मेरे सवाल थे, दूसरी तरफ़ मेरी परवरिश, संस्कार! बीच में मैं घुन की तरह पिसती रहती। लगता, एक स्याह समन्दर है और उसमें डूबती हुई मैं रात-दिन हाथ-पैर मार रही हूँ। कहीं कोई राहत नहीं, कूल-किनारा नहीं।

उस रात कोठरी के एक कोने में मासा के साथ लेटकर मुझे यकायक मेम की याद आयी थी। लगा था, गहरे अन्धकार में रोशनी की एक किरण चमकी है। ओह! मैं उन्हें कैसे भूल गयी थी! इस संकट से शायद वे ही मुझे बचा सकती थीं। अचानक मैं आशा से भर उठी थी। बिल्कुल! मुझे उनसे मदद माँगनी चाहिए। वे कभी इनकार नहीं करेंगी। यह सोचते ही मैं उत्साह से भर उठी थी। इसके बाद बहुत दिनों के बाद मैं निश्चिन्त होकर सो गयी थी। दूसरे दिन मैंने एक पोस्टकार्ड में बड़ी मेहनत-मशक्कत से चार पंक्तियाँ लिखकर डाकिया के हाथों डाक में डलवा दिया था। हमारे इलाके में डाकिया आता ही नहीं था। हमें ही तीन-चार मील जंगल का रास्ता तय करके बड़े रास्ते के पास जाकर खड़े रहना पड़ता था कोई चिट्ठी देने या अपना डाक लेने। डाक में मेम के नाम चिट्ठी डाल कर मैं एक तरह से निश्चिन्त हो गयी थी। मुझे लग रहा था, अब सब ठीक हो जायेगा। मैं हर दो-तीन दिन में बड़े रास्ते पर जाकर डाकिया से पूछ आती कि मेरे नाम कोई चिट्ठी आयी है या नहीं। हर बीतते दिन के साथ मेरे भीतर का अँधेरा धीरे-धीरे बढ़ता ही जा रहा था। जाने मेम मेरी चिट्ठी का जवाब क्यों

नहीं दे रही थीं। अब तो सगाई का दिन भी एकदम क़रीब आ चुका था। बीच में बस तीन दिन ही रह गये थे। ओह! मैं किस बेसब्री से मेम के ख़त का इन्तज़ार कर रही थी। मेम मेरे लिए क्या कर सकती थीं, मैं नहीं जानती थी। मगर मेरे लिए वही उम्मीद की एकमात्र किरण थीं। डूबते को तिनके का सहारा ही बहुत होता है। इस समय मेरे लिए वे ही सबकुछ थीं। मेरे समाज में मेरे अपने परिचित, परिजन किसी भी तरह मेरा साथ देनेवाले नहीं थे, क्योंकि उनके हिसाब से मेरे साथ कोई अन्याय नहीं हो रहा था। यह तो होता ही रहता है हमारे समाज में, बल्कि ऐसा ही तो होता है!

सगाई से पहले के दिन मैं सारी दोपहर ही बड़े रास्ते के किनारे खड़ी रही थी। बड़ी उमस हो रही थी उस दिन। बादल हटकर आसमान साफ़ हुआ था, धूप सफेद तेज़ाब की तरह बरस रही थी। ज़मीन से भाप उठने लगा था। दूर तक हल्के धुएँ के बादल-से छाये थे, जैसे बारिश का आकाश धरती पर उतरा हो। हरी घास के दूर तक फैले मैदान में बौनी, घनी झाड़ियाँ गीली-गीली चमक रही थीं। पास ही कहीं मधु मक्खियाँ गुंजार रही थीं।

मुझे लग रहा था मैं गर्मी से बेहोश हो जाऊँगी। माँ ने आज जंगल में जाने से मना किया था, मगर ज़िद करके सुबह मवेशियों को लेकर निकली थी और उन्हें मासा के हवाले कर 'अभी आयी' कहकर यहाँ चली आयी थी। मासा का बुखार दो दिन से उतरा हुआ था, मगर कमज़ोरी बहुत थी। मैं जानती थी वह जानवरों को अकेली सम्हाल नहीं पायेगी। दोपहर तक मेरी बेचैनी बहुत बढ़ गयी थी। गर्मी, भूख, चिन्ता और गहरी निराशा! और आखिर में जब डाकिया आया था, मेरी तरफ़ देखे बिना ही आगे बढ़ गया था। बिना सोचे-समझे मैं उसके पीछे थोड़ी दूर तक भागी थी और फिर ठहर गयी थी। अचानक मेरे भीतर यह सच्चाई नुकीले काँटों की तरह खरोंचते हुए उतरी थी कि अब मेम का ख़त नहीं आयेगा! इस प्रतीति के साथ ही मैं एकदम शून्य-सी हो आयी थी और मुड़कर चल दी थी। उस समय मैंने एकदम से सोचना बन्द कर दिया था। अजीब मनःस्थिति थी—एकदम अनासक्त, शान्त! अब कुछ नहीं हो सकता, अब कुछ नहीं होगा...उम्मीद के ये कुछ दिन बहुत मुश्किल गुज़रे थे। हर पल उत्कंठा में, इन्तज़ार में। अब जब कोई आशा, कोई प्रतीक्षा नहीं मेरे भीतर, मैं हल्की हो आयी

हूँ। अनिश्चितता तोड़ती है, परेशान करती है, मगर अब मैं इससे परे हो गयी हूँ। अब मैं अपनी नियति जानती हूँ, इसलिए एक तरह से शान्त हूँ। पीठ पर धूप का चिलकते काँटे-सा बोझा उठाये मैं चुपचाप चलती रही थी। आसपास की गीली झाड़ियों में मेरी परछाई काँप रही थी, लिसर रही थी, बह रही थी दूर तक। साथ में मेरे भीतर भी बहुत दिनों से जमा कुछ पिघल रहा था। यकायक मैं खोखली-सी होने लगी थी जैसे। रेत की तरह झर रही थी हर क़दम। मेरे पाँव के नीचे की ज़मीन भी भुरभुरी होकर धँसने लगी थी। मगर मैं बिना रुके चलती रही थी, हर क़दम के साथ खुद को थोड़ा-थोड़ा खोते हुए। मैं जानती थी, आज तो बस शुरुआत है, आगे चलकर खोना ही खोना है। पाने को अब कुछ भी नहीं!

जहाँ मासा और मवेशियों को छोड़ आयी थी, वहाँ जाकर देखा था, मासा बैठकर रो रही है और सारे जानवर जाने कहाँ तितर-बितर होकर चले गये हैं। इसके बाद सारी दोपहर मुझे उन्हें ढूँढ़ने और एक जगह इकट्ठा करने में बीत गयी थी। शाम होते-होते जब हम घर लौटे थे, मेरा सर दर्द से फटा पड़ रहा था और शरीर बुखार से जल रहा था। माँ ने मुझे नहा लेने को कहा था, मगर मैं एक कोने में जाकर बेसुध पड़ गयी थी। उसके बाद मुझे कोई होश नहीं रह गया था।

दूसरे दिन किसी ऊँट के करुण क्रन्दन से नींद टूटी थी। शायद उसे हलाल किया जा रहा था। मेरी आँखों के सामने अनायास जारु का चेहरा तैर गया था। वही सबसे बूढ़ा था, ज़रूर उसे ही जिबह किया जा रहा है। अक्सर बूढ़े जानवर को ही काटा जाता है। ख़ासकर ऊँट को। जब वे जवान रहते हैं, बहुत काम के होते हैं। सामान ढोना, दूध देना आदि। बूढ़े होकर जब वे किसी काम के नहीं रह जाते तब काट कर खा लिए जाते हैं। जिबह शब्द के साथ ही मुझे याद आया था, आज मेरी सगाई है। याद आते ही मेरा मन किया था मैं भी जारु की तरह चिल्लाऊँ। मासा बगल में बैठी अपनी घुलघुली पीली आँखों से मुझे देख रही थी। उसके गाल तमतमाये हुए थे। बाहर काफी गहमागहमी थी। कुछ औरतों के एक साथ और ज़ोर-ज़ोर से बोलने की आवाज़ें आ रही थीं। लगता था, सब साथ मिलकर मसाले और अन्न कूट रही हैं। थोड़ी देर बाद माँ भीतर आयी थीं। माँ ने आज नया कपड़ा पहना था, गहरा हरा, सर पर गुलाबी हिज़ाब। गले में काँच और पत्थर की माला।

कितनी अच्छी लग रही थी उनके ताँबे-से चमकते चेहरे पर मोती के आब जैसी मुलायम हँसी! उजली आभा से चेहरा दमक रहा था। उन्हें मैं देखती रह गयी थी। माँ को आखिरी बार मैंने हँसते-मुस्कराते हुए कब देखा था? दीदी के बाद तो शायद कभी नहीं। चुप रहती हैं और अपने काम करती हैं। किसी अदृश्य धागे से मानो उनके होंठ भी सिले हों। बस आँखें हैं जो बोलती हैं, मगर जाने क्या! मुझे उनकी भाषा समझ नहीं आती, मगर ये गहरे तक मुझमें उतरती हैं, नम कर जाती हैं। बोलने के नाम पर, अभिव्यक्ति के नाम पर उनके पास सिर्फ़ यही है शायद—दो पिघली-सी आँखों की मौन चावनी, गहरी, लम्बी साँसें और एक चुप्पी। पहले मेरी संवेदनाएँ उनकी संवेदना से गूँथी हुई थीं। मेरे अपने कोई दुख नहीं थे। बस उनकी भावनाओं में एक अनाम साझेदारी थी जो अजाने मुझ तक बह आती थी। ठीक जैसे धूप की ऊष्मा दीवारों के पार भी छनकर आ जाती है। मगर अब मैं अपने दुख में अकेली हूँ। जाने कैसे माँ मेरे दुश्मनों की जमात में जा मिली हैं। उस सुबह जब एक बेरहम बंजारन के हाथों मेरा जिस्म टुकड़े-टुकड़े हो रहा था, हर एक टुकड़े के साथ मेरे भीतर का विश्वास भी टूट रहा था, मुझसे, मेरे वजूद से अलग हो रहा था। जो अदृश्य नाल कट कर भी मुझे मेरी माँ से जीवन के इतने सालों तक जोड़े रखा था वह अन्ततः उस दिन पूरी तरह कट कर गिर ही गया था। अचानक मैं इस दुनिया में एकदम अकेली हो गयी थी और एक नवजात की तरह गहरे डर और असुरक्षा में चीख-चीखकर रोयी थी। उस दिन मैं अपनी माँ, अपनी आस्था, अपने आश्रय से अलग हो गयी थी! वह दिन मेरे जीवन का शायद सबसे बुरा दिन था। एक ही साथ अकेली ही नहीं, अनाथ भी हो जाना, अपनी डाल से टूट जाना, जड़ से अलग हो जाना, बह जाना सैलाब में कूड़े-करकट की तरह...

क्या कह रही थीं माँ! उनके हाथों में नये कपड़े थे, पिसी मेहँदी का कटोरा भी। मुझे बाहर आने के लिए कहा था, औरतें मेरा इन्तज़ार कर रही थीं। मैं उठकर चुपचाप उनके पीछे हो ली थी।

आज का दिन बदलाया हुआ था, मगर बारिश नहीं हो रही थी। एक गीला, भाप उड़ता हुआ-सा दिन। मवेशियों के बाड़े के पीछे टाट से घिरी एक जगह, फ़र्श पर हाथों से बुनी रंगीन चटाइयाँ। शादी के लिए बुनी जानेवाली ये चटाइयाँ अक्सर दीदी भी गाँव की औरतो के साथ

बैठकर बुनती थीं। उन पर पाँव रखते हुए मुझे उनकी लम्बी उँगलियों की याद हो आयी थी। वही उँगलियाँ जो बाद में रेत पर दूर तक बिखरी मिली थीं—खाई-अधखायी...चटाइयों की चटक रंग तीलियों में अपने सपने बुनते-बुनते वे किस दुःस्वप्न की भेंट चढ़ गयी थीं! मेरी आँखें अनायास वाष्पित हो उठी थीं, सामने फैले चेहरे एकदम धुँधले...औरतें हँस रही थीं, मज़ाक़ कर रही थीं। मेरे बालों में मेहँदी लगायी गयी थी, हाथों में भी। तरह-तरह के गीत, रस्म-रिवाज़...सबकुछ जैसे सपने में घट रहा था। मैं बिल्कुल निर्लिप्त और हर चीज़ से असम्पृक्त कहीं दूर से यह सब देखती रही थी। जो हो रहा है वह मेरे साथ नहीं हो रहा है, हो नहीं सकता! मैं ज़हीर जैसे किसी बूढ़े, क़दाकार व्यक्ति के लिए हथेलियों में मेहँदी नहीं लगा सकती, हरे शाटन के कपड़े और आँखों में सुरमा नहीं लगा सकती। ये इत्र, ये गहने...हवा में पकते मांस और गरम मसाले की गन्ध है, बच्चे चारों तरफ़ धमा-चौकड़ी मचा रहे हैं, मर्द, टोले के बड़े-बुजुर्ग गोलाकार बैठकर भूरी चीनी की चाय पी रहे थे। बूँदी-बादर के दिनों में ऐसी काली, भूरी चाय ख़ूब पी जाती है। कॉफी दाने के छिलके से बनी कॉफी अगर मिल जाय तो क्या बात है। मगर ऐसी अमीरी हम ग़रीब बंजारे शायद ही कभी कर पाते हैं। शराब, नशे की तो हमारे मज़हब में मनाही है, मगर आज कुछ लोग काट-काथा एडुलिस पेड़ के ताज़े पत्ते चबा रहे थे। इससे एक तरह का उद्दीपन मिलता है। मगर औरतें इसे कभी नहीं इस्तेमाल करतीं। हमारे यहाँ तो इतना नहीं मगर देश के उत्तर, ख़ासकर ओगाडेन में यह काफी प्रचलित है। आज मर्दों के कपड़े भी साफ़-सुथरे और अच्छे थे—रंगीन माविस यानी तहमद, ढीले-ढाले कमीज़, शॉल और नक़्क़ाशीदार टोपी जिसे कुफे कहते हैं। आसपास इतने सारे मर्दों के होने से कुछ औरतों ने बुर्का यानी जलबीब ओढ़ लिया है।

दोपहर को ज़हीर आया था अपने रिश्तेदारों के साथ। बहुत सारे उपहार लेकर। इससे पहले वह तारिक भाई को 'सूरयो' में रुपये दे चुका है। शादी की बात पक्की करने के दिन 'गाबाती' में एक जवान ऊँट भी दिया है। अब्बू उससे बहुत ख़ुश हैं। उन्हें पूरी उम्मीद है कि आज के दिन वे उससे 'याराद' में कोई महँगा तोहफा तथा मेहर में अच्छी-ख़ासी रकम ज़रूर मंजूर करवा सकेंगे। सगाई के दिन लड़के वालों से लड़की का मेहर तय करवा लिया जाता है। अब्बू ने पहले

से ही अपनी माँगों की एक लम्बी-चौड़ी फेहरिस्त तैयार कर रखी थी।

ज़हीर 'याराद' में वाकई काफ़ी महँगा तोहफा लाया था—हरी चकमक शॉल में बँधा रुपया, मेवे आदि। वह बहुत ख़ुश दिख रहा था। सुर्मा लगी आँखें कंचे की तरह चमक रही थीं, दायें कान के पीछे इत्र का फाहा, काली, डोरीदार लाल तहमद, जामुनी कमीज़। उसकी कील जड़े पीले दाँतों को देखकर मैं मरी जा रही थी। जाने क्या चबाते हुए वह निरन्तर ऊँट की तरह मुँह चलाता रहता था। मेरा मन कर रहा था, मैं अभी उठकर रेगिस्तान में भाग जाऊँ।

सगाई के बाद देर तक खाना-पीना चला था। ज़हीर ने मेहर में मुझे बहुत कुछ दिया था। अब्बू को भी। सभी ख़ुश थे। वे अपने होने वाले दामाद पर बलिहारी जा रहे थे। ज़हीर सबके सामने ही मुझे बेशर्मी से घूरे जा रहा था। औरतें भी मुझे उसका नाम लेकर छेड़ रही थीं। उनकी बातें मुझे गालियों की तरह पीड़ा पहुँचा रही थीं, मर्माहत कर रही थीं। सर झुका कर सब कुछ सहते चले जाने के सिवा मेरे पास और चारा भी क्या था।

जब देर शाम को सगाई की दावत ख़त्म हुई थी मैं थककर चूर हो गयी थी। मेरे ख़याल से यह थकान मानसिक अधिक थी। अपने कपड़े बदलकर मैं मासा के बगल में आ लेटी थी। वह लगातार खाँसे जा रही थी। मुँह के छालों की वजह से वह कुछ खा-पी भी नहीं पायी थी। थोड़ा-सा ठंडा दूध पीकर सो गयी थी। मैंने उसका माथा छूकर देखा था, उसे उस वक़्त बुखार नहीं था। उसके बगल में लेटी-लेटी मुझे थकान के बावजूद देर तक नींद नहीं आयी थी। देर रात से फिर बारिश शुरू हो गयी थी। बाहर जानवरों के बाड़े में कोई ऊँट लगातार अरड़ा रहा था, जाने क्यों! अब्बू कह रहे थे, मेरी निकाह के बाद सब डेरा-डंडा उठाकर उत्तर की ओर चले जायेंगे जहाँ बेहतर चरागाह और पानी के सोते हैं। सुनकर कितनी निसंग हो आयी थी मैं! सब मुझे छोड़कर चले जायेंगे। रह जाऊँगी बस मैं—ज़हीर के साथ! मैंने सर झटककर अपने डरावने ख़यालों से खुद को मुक्त करने की कोशिश की थी। मगर मेरे भीतर गहरी स्याह परछाइयाँ घिरी हुई थीं, ठीक जैसे झोंपड़ी के बाहर का आकाश। ताड़ के पत्तों की खड़-खड़, सियारों की हूक और तेज़ बहती हवा। हमारी तिरपाल की बनी झोंपड़ी, उसपर लगे प्लास्टिक के पैबन्द...इन सब पर जब पानी की मोटी-मोटी बूँदें बरसतीं, कमरा तेज़

आवाज़ से भर जाता। कभी-कभी लगता था, पूरी झोंपड़ी ही अन्धड़ में उड़ जायेगी। कैसी है हमारी ज़िन्दगी! कभी निश्चिन्त होकर जीना नहीं, बस जीने की कोशिश–मरने तक! हर क्षण, हर पल...हमारी इन्हीं कमज़ोर झोंपड़ियों की तरह है हमारा अस्तित्व, हर झोंके के साथ लरजता हुआ। जाने कब कौन-सी बारिश अपने साथ बहा ले जाय, तूफान तोड़ दे या हवा के साथ उड़ा ले जाय। अनझिप आँखों से चारों तरफ़ फैले अन्धकार को तकते हुए मैं पहर-दर-पहर रात काटती रही थी, जाने किसलिए! मुझे सुबह का इन्तज़ार भी कहाँ था...

सुबह माँ मासा को ले कर ओझा के पास गयी थीं। साथ में मैं भी गयी थी। मासा की गिरती सेहत को लेकर अब सभी को चिन्ता होने लगी थी। दिन पर दिन कमज़ोर पड़ती जा रही थी। पास के गाँव का बूढ़ा सलीम बहुत पहुँचा हुआ वैद्य माना जाता है। हर तरह की बीमारी की दवा देता है। कहते हैं उसके पास जाने वाला कभी कोई निराश नहीं लौटता। सबीला की दादी ने ही माँ को मासा के लिए उनके यहाँ जाने की सलाह दी थी। हम सुबह-सुबह उनके घर पहुँचे थे। हमें देखकर अचरज हुआ था कि उतनी सुबह वे इबादत में लगे हुए थे। उनकी छोटी-सी कोठरी जलती हुई धूनी के धुएँ से भरी हुई थी। चारों तरफ़ लोबान की ख़ुशबू फैली हुई थी। सलीम एक कोने में बैठा कुछ बुदबुदाते हुए माला फेर रहा था। वह बहुत बूढ़ा था। सिकुड़ी हुई पोटली-सा चेहरा, सन-सफेद बाल, ढीले चोगे में धनुष जैसी मुड़ी हुई कमर। क़द से ठिंगना। थोड़ी देर बाद जब वह बाहर झोंपड़ी के चबूतरे पर निकला था, और भी कई लोग तब तक वहाँ इकट्ठे हो गये थे। पीलिया, खाँसी, बुखार के इलाज के लिए लोग अपने बीमार रिश्तेदारों को लेकर दूर-दूर से आये हुए थे। सलीम ने सबसे पहले एक ऐसे बच्चे को अपने पास बुलाया था जिसका सर उसके शरीर के अनुपात में बहुत बड़ा था। इतना बड़ा कि उसे सम्हाल कर चलने में भी जैसे उसे तकलीफ़ हो रही थी। मेम ने मुझे बताया था ऐसा सन्तुलित आहार के अभाव में होता है जिसे 'मारासमुस' कहते हैं जबकि गाँव के लोग इसका कारण कुछ और ही मानते हैं। बाबा सलीम ने एक ख़ास पेड़ की टहनी जलाकर उस बच्चे के सर में दाग दिया था। माना जाता है कि इससे सर का

आकार धीरे-धीरे सामान्य हो जाता है। वह मरियल-सा बच्चा जलने से बिलबिला कर रोने लगा था। देखकर मेरे हाथ-पैर ठंडे होने लगे थे। मासा मुझसे भयभीत होकर लिपट गयी थी। इसके बाद एक पीलिया ग्रस्त बच्चे को भी दागा गया था—दोनों कलाइयों में एक-एक बार तथा पेट में चार बार। थोड़ी ही देर में पूरा माहौल बच्चों के चीखने-चिल्लाने की आवाज़ से भर गया था। हवा में जलते हुए मांस की गन्ध थी। साथ में लोबान की ख़ुशबू भी।

मासा को देखकर बाबा सलीम ने कहा था कि जैसे हर इनसान के भीतर एक दूसरी आत्मा रहती है वैसे ही मासा के अन्दर भी एक आत्मा रहती है और वह आत्मा क्रुद्ध हो गयी है। इसलिए मासा को बुखार, सर दर्द, चक्कर, कमज़ोरी आदि की शिकायत हो रही है। अतः उस आत्मा को प्रसन्न करने के लिए पूजा-पाठ, विशेष अनुष्ठान आदि करने पड़ेंगे। खर्चे की बात सुनकर माँ का चेहरा उतर गया था, मगर मन मार कर उन्हें हाँ करनी ही पड़ी थी। इसके बाद सात दिनों तक लगातार इलाज की प्रक्रिया चली थी। इस दरम्यान एक बकरी, चाँदी के सिक्के, फल, मिठाई और अच्छी-ख़ासी रकम ख़र्च हो गयी थी। मगर अन्त तक कोई फ़ायदा नहीं हुआ था। मासा की हालत जस की तस बनी रही थी। जाने उसे क्या हुआ था। मुझे अब उसके लिए डर लगने लगा था। छोटी-सी जान कहाँ तक झेल पायेगी इतनी तकलीफ़! जाने कौन-सी आत्मा थी उसके भीतर जो इतना क्रोधित हो गयी थी! बेक़स पर हर कोई ग़ुस्सा क्यों हो जाता है! इन पर तो रहम आना चाहिए। मगर मजलूमों पर अगर क़ुदरत को रहम आता तो वे मजलूम होते ही क्यों? बनाये ही क्यों जाते।

मैंने देखा था, धीरे-धीरे मासा की सितारों-सी चमकीली आँखों को बुझते हुए, गालों के प्यारे गड्ढों में मुस्कुराहट की नर्म कलियों को कुम्हलाते हुए...एक शरीर तितली का रेंगता हुआ कीड़ा बन जाना...कितना दुखद था यह सब! बिस्तर पर पड़ी-पड़ी वह कैसी पिघली हुई आँखों से मुझे देखा करती थी! दर्द की गाँठ-सा नन्हा जिस्म, अपने में सिमटा-सिकुड़ा हुआ...बाहर बारिश की हरीतिमा में सींचकर पूरी दुनिया मुस्कुराती, छोटे-छोटे बच्चे अग-जग भुलाकर ताल-तलैया में धमा-चौकड़ी मचाते और वह झोंपड़ी के एक सीले हुए अँधेरे कोने में पड़ी-पड़ी कराहती रहती। कभी मुझसे पूछती—दीदी! इस बार वारिस के फूल खिले हैं?

मेरे हजूर को देखना, उसे शेर खा ना ले...वह एक सफेद मेमने को प्यार से हजूर कहकर बुलाया करती थी। मैं उसे बताने की हिम्मत जुटा नहीं पायी थी कि दो दिन पहले उसके प्यारे हजूर को एक तेंदुआ उठा ले गया था। उसके लिए मेरे पास कोई ख़ुशी नहीं थी, तो दुख में ही इजाफ़ा क्यों करती। उसे उसके दर्द में जीने का सुकून तो मिले कम से कम! ना जाने मुझे ऐसा क्यों लगने लगा था कि अब मासा कभी ठीक नहीं होगी। जो आत्मा उसकी देह के भीतर नाराज़ होकर घूम रही है वह उसे निस्तार नहीं देगी अब, अपने साथ ले जाकर छोड़ेगी।

मेरी शादी के अब कुछ ही दिन रह गये थे। इसी बीच पड़ोस के शेखू चाचा मर गये थे। जाने क्या हुआ था उन्हें। फेफड़े की कोई बीमारी। हाँफ-हाँफकर मर गये थे। पीछे छोड़ गये थे एक 16 साल की बीवी और उसके दो बच्चे। एक दो साल का, एक, एक साल का। उनके मरने की ख़बर सुन कर पूरा गाँव उनके घर उमड़ पड़ा था। कोई बच्चों को सम्हाल रहा था तो कोई खाने-पीने का बन्दोबस्त कर रहा था। शेखू चाचा की बेवा सुबह से बेसुध पड़ी थी। औरतें कानाफूसी कर रही थीं कि वह फिर हामिला है। सभी एक-दूसरे को तसल्ली दे रहे थे कि मरनेवाले की ज़िन्दगी पूरी हो चुकी थी और अब ऊपरवाले की यही मर्ज़ी थी। शव को मौत के 24 घंटे के भीतर दफ़नाना पड़ता है तो इसकी तैयारी चल रही थी। मृत देह को मर्दों ने गर्म पानी से नहलाया था तथा साफ़ कपड़े पहनाये थे। इससे पहले पूरे शरीर को 'कारफ़ान' यानी एक कपड़े के टुकड़े से रगड़ा गया था। फिर उनके पैर आदि एक सफ़ेद कपड़े से बाँध दिये गये थे। इत्र भी छिड़का गया था। शेख साहब ने लाश के ऊपर क़ुरान की आयतें 'सुरा यासिन' पढ़ी थीं। घर से जब शेखू चाचा की मय्यत उठने लगी थी, उनकी बीवी को होश आया था और वे अपने दोनों बच्चों को बिलौटियों की तरह गर्दन से पकड़कर मय्यत के पीछे भागी थी—'इन्हें भी साथ ले जाइये और अपने साथ क़ब्र में दफ़ना दीजिए...' औरतों ने बड़ी मुश्किल से उसे सम्हाला था। शायद वह पागल हो गयी थी। मर्द जनाज़ा उठा कर चले गये थे और वह ज़ोर-ज़ोर से हँसती हुई कभी बालों में लगाने के लिए तेल माँग रही थी तो कभी हाथों में लगाने के लिए मेहँदी। सब उसे हाथ-पाँव से पकड़ रखे थे। उसकी माँ ने उसे तसल्ली देने की कोशिश की थी—नहीं रोते बच्ची, यही ऊपर वाले की मर्ज़ी थी! उनकी

बात सुनकर वह बेतरह भड़की थी—ऊपरवाले की मर्ज़ी या तुम लोगों की मर्ज़ी? 65 साल का बुड्ढा नहीं मरता तो क्या मैं मरती? दस ऊँट उसने तुम्हें दिये और तुमने उन्हें अपनी बेज़ुबान गाय पकड़ा दी? लो! अब मुझे भी काट कर खा जाओ...सुनकर सब एक-दूसरे को टहोके लगाने लगी थीं—कैसी बद्ज़ुबान लड़की है! खाक पड़े इसकी काली ज़ुबान पर! ऐसे ही ये आफत नहीं टूटी है इस पर!

औरतें क़ब्रगाह नहीं जातीं। सो उन्हें घर पर ही रुकना था। सोलह साल से कम उम्र के लोग भी जनाज़े में हिस्सा नहीं लेते। क़ब्रगाह में शेखू चाचा को दफ़नाने के लिए एक बड़े-से गड्ढे के बीच एक और आयताकार गड्ढा खोदा गया था। विदाई से पहले की अन्तिम दुआ 'जानासो' पढ़ कर उनकी लाश को उस आयताकार गड्ढे में उतार दिया गया था और फिर उसे घास और पत्तों से ढँक दिया गया था। कभी-कभी लकड़ी के बुरादे या मिट्टी से भी इसे ढँका जाता है। इसके ऊपर लकड़ी और अन्त में बड़े गड्ढे को मिट्टी से। यह सब मैंने कई बार तारिक भाई के मुँह से सुना था और सुनकर मुझे गहरा रोमांच बोध हुआ था। धड़कती, साँस लेती हुई ज़िन्दगी का देखते ही देखते मिट्टी हो जाना और फिर मिट्टी में नामालूम मिल जाना...सोचकर अजीब-से विषाद से मन भर उठता था। इसी अन्त के लिए हम एक इतनी लम्बी यात्रा तय करते हैं! जाने क्या-क्या तकलीफ़ें उठाते हैं, किन-किन राहों से गुज़रते हैं...। कभी यह भी ख़्याल आता था कि मौत कितनी आसान होती है! ये तो ज़िन्दगी है जो मुश्किल है। शेखू चाचा का मर जाना दो पल की बात थी, बहुत आसान! मुश्किल तो होगा उसकी बेवा के पहाड़-से जीवन को ढोना। ना पहले जी रही थी, ना अब मर पायेगी ...पड़ी रहेगी मिट्टी नसीब ना होने तक अजाब में! उसके बाद भी एक और अजाब का इन्तज़ार क़यामत तक!

बहुत साधारण ढंग से बाद की रस्में निबटायी गयी थीं। सबने मिलकर बेवा के सर पर सफेद कपड़ा डाल दिया था। अब चार महीने दस दिन तक उसे अपने सर को इससे ढँकना था। गमी के दौरान वह इत्र या बालों में तेल भी नहीं लगा सकती थी। उसे अब इन बातों से मतलब भी क्या था। मुर्झाये हुए फूल को ख़ुशबू की ज़रूरत नहीं होती।

दो दिन बाद मेरे घर में शादी की गहमा-गहमी फिर शुरू हो गयी थी। बहुत सारी तैयारियाँ करनी थीं, बहुत काम पड़े थे। ज़हीर ने कहा था वह बाबर्ची का बन्दोबस्त करेगा, दावत के खर्चे भी उठायेगा, मगर शादी अच्छी होनी चाहिए। अब्बू, तारिक भाई—सब ख़ुश थे। पैसों की चिन्ता ना हो तो जश्न का मज़ा ही कुछ और होता है। यह तो रुपये-पैसों की किल्लत होती है जो लोग मन मार कर काम करते हैं। गाँव की औरतें हमारी झोंपड़ी के बाहर इकट्ठी होने लगी थीं। सारी दोपहर सब मिलकर अन्न कूटते, सामान सहेजते। दीदी की शादी के लिए बुनी हुई रंगीन चटाइयाँ एकबार फिर बाहर निकाली गयी थीं। औरतों के सपने इन्हीं चीज़ों में तो अभिव्र्या.क़ पाते हैं—कपड़ों पर फुलकारी, घर की दीवारों पर उकेरे गये चित्र, आँगन की रंगोली...अपनी इच्छाओं को वे किस जतन से आकार देती हैं, किस चाव से हर जगह सजाती हैं। खेतों में बीज रोपते हुए, मिल-जुलकर अन्न कूटते हुए, त्योहार मनाते हुए...उनके हास-परिहास, स्वप्न, उच्छ्वास, रुदन, विलाप...कभी कोई इन्हें ध्यान से देखे—उनका हृदय दिख जायेगा...हर बार बोलने के लिए शब्दों की ही ज़रूरत नहीं होती, भाषा ही अभिव्यक्ति का जरिया नहीं बनती। दीदी की बुनी हुई चटाइयों को देखकर जाने मैं फिर कहाँ-कहाँ भटकने लगी थी।

औरतें हाथों में मेहँदी लगा रही थीं। हँसी-ठिठोली कर रही थीं। माँ सारे मुहल्ले में दौड़-दौड़कर हैरान थीं। छोटा भाई बशीर बीच आँगन धूल में लोट-लोटकर रो रहा था। इस अफरा-तफरी में उसे देखनेवाला कोई नहीं था। उधर झोंपड़ी के अन्दर मासा एक कोने में बीमार पड़ी थी। उसका बुखार उतर नहीं रहा था कई दिनों से। मेरा मन बेतरह उदास था उसके लिए। मुझे कुछ भी अच्छा नहीं लग रहा था। जाने किस बात पर सबको इतनी हँसी आ रही थी। बात-बात पर हँस कर दुहरे हुए जा रहे थे। मुझे अपनी टोली की इन औरतों को देख कर बहुत हैरत होती थी। सबका जीवन कमोबेश एक ही तरह का था, सबके दुख भी एक-से ही। मगर ऐसे मौक़ों पर अपने दुख-दर्द, चिन्ताएँ जाने वे कहाँ छोड़ आती थीं! इतनी हँसी, इतनी बातें...। इन उजले चेहरों को देखकर कोई कहेगा, इनकी रातें इतनी अँधेरी होती हैं! एक बार माँ ने कहा था—हँसना पड़ता है माहरा! जीना पड़ता है! ख़ुशियाँ इस दुनिया में बनी-बनाई नहीं आतीं, उन्हें गढ़ना पड़ता है...टूटे हुए

जीवन के टुकड़ों से खुशियाँ गढ़ना सीखो...ठीक जैसे कूड़ा-करकट से चिड़िया घोंसले बुनती है!

उस दिन जाने मैं किस बात पर सुबह से रो रही थी। उनकी बात सुनकर झल्लायी थी—इतना आसान है क्या यह सब? मेरे ग़ुस्से को अदेखा कर माँ ने शान्त लहजे में कहा था—जिसे गढ़ना आता है वह गढ़ ही लेता है। औरत हो कर जन्म लिया है, खुशियों का रास्ता देखती बैठी रहोगी तो बस, बैठी ही रह जाओगी! उस दिन उनकी बात समझ में नहीं आयी थी, मगर आज उनकी बातों का ज़रा-ज़रा अर्थ समझ में आने लगा था। अक्सर हमारे पास चुनाव का कोई विकल्प नहीं होता। हमें वही स्वीकर करना पड़ता है जो हमें दिया जाता है। चाहे हँस कर स्वीकारें या रोकर। अगर चुनाव हँसी और रोने के बीच है तो फिर हँसी को चुनना ही एक बेहतर निर्णय है। मासा के पास बैठी मैं यही सब सोच रही थी जब आँगन में वह शोर उठा था। बाहर जाकर देखा था माहरु बीच आँगन में पैर फैला कर बैठी हुई है और उसे उठाते हुए सारी औरतें अपनी-अपनी नाक पर कपड़ा दिये चिल्लाये जा रही हैं। बाहर निकल कर मुझे भी अपनी नाक पर कपड़ा रखना पड़ा था। माहरु की देह से दुर्गन्ध के भभाके उड़ रहे थे। सारा शरीर पेशाब से लिथड़ा हुआ था। जाने क्यों आज वह अपने एकान्तवास से बाहर निकल आयी थी। हमेशा की असहाय और कातर-सी दिखने वाली माहरु आज बहुत आक्रोश में दिख रही थी। सब के हाथ झटकते हुए गुर्राये जा रही थी—मैं क्यों जाऊँ उस वनवास में, तुम सब जाओ ...करे कोई और भरे कोई! बदबू आती है मुझसे? घिन आती है? आने दो! मेरे तो शरीर से बदबू आती है, तुम सबकी सोच से बदबू आती है, रूह से बदबू आती है, तुम सबके सब सड़ गये हो...कीड़े पड़ गये हैं तुम सबमें...। मैंने आगे बढ़ कर उसे समझाने की कोशिश की थी तो वह मुझ पर ही उल्टे बरस पड़ी थी—समझाने आयी है दो बित्ते की छोकरी! आज जिस शरीर से सोना झर रहा है ना, कल उसी से पेशाब रिसेगा...कोख छलनी हो जायेगी, चारों तरफ़ बड़ा-बड़ा छेद पड़ जायेगा...फिर देखना, यही सिर आँखों पर बैठाने वाले लोग कल तुझे भी खाज खायी कुतिया की तरह दुरदुरायेंगे...दो औरतें उसे बालों से पकड़ कर घसीटते हुए ले गयी थीं। जाते हुए वह मुँह उठाकर थू-थू थूकती हुई गयी थी। उसके जाने के बाद पूरे आँगन में गहरा सन्नाटा

पसर गया था। सभी कुँवारी लड़कियों के चेहरों पर हवाइयाँ-सी उड़ रही थीं। औरतों के चेहरे सहमे हुए थे। माँ का चेहरा भी फक पड़ गया था, जैसे सारा ख़ून निचुड़ गया हो। मुझे एकदम से चक्कर आ गया था और मैं भाग कर कोठरी के अन्दर आकर बिस्तर में पड़ गयी थी। झूठ इतनी तकलीफ नहीं पहुँचाता जितना सच पहुँचाता है! मैंने आज माहरु में खुद को देखा था और बेतरह डर गयी थी। मेरे भीतर दुर्गन्ध की नालियाँ बहने लगी थीं, गन्दगी के मुँह खुल गये थे, शरीर लिथड़ गया था कीचड़ से। बस यही होना है, आखिर में यही होना है...हम सब औरतों की हथेलियों में एक-सी लकीरें हैं, एक-से हर्फ खुदे हैं सबकी किस्मत में...।

आज मेरी शादी है। सुबह से घर में चहल-पहल मची है। शादी के लिए ख़ास घर का निर्माण हो गया है। उसे सारी ज़रूरी चीज़ों से भर दिया गया है। बर्तन रखे गये हैं, और सामान भी। शाम से पहले रस्में शुरू होनी हैं। सबने मिलकर दोपहर का खाना बनाया है–कोर्मा, पुलाव! उससे पहले नाश्ते में भी बजिये (भजिया), साम्बुसा (समोसा), आइकुन (मिठाई)...काली मेहँदी से मेरे हाथ-पैर सजा दिये गये हैं। शादी के विशेष कपड़े–'गुनटीनो' या 'दिरेक', सर को ढँकने के लिए 'गारबासार' तथा कपड़ों के अन्दर पहनने के लिए 'गूगारो'। कुछ पत्थर और धातु के अलंकार भी थे। गाँव की बुजुर्ग महिलाओं ने मुझे तैयार किया था। बालों को कसकर एक जूड़े में बाँधा था, आँखों में सुरमा डाली थी, कानों के पीछे इत्र लगाया था। नये कपड़े, गहनों, हँसी-ठिठोली के बीच थोड़ी देर के लिए मैं भी सब भूल-सी गयी थी। कितना अच्छा था सब कुछ! हमारे अभाव और संघर्ष से भरे कठिन जीवन में ख़ुशी और उत्सव के पल बहुत विरल होते है। बचपन से अच्छे कपड़े, खाने-पीने के लिए तरसती ही रही हूँ। किसी और परिस्थिति में यह सब कितनी ख़ुशी की बात होती! मैं खुद को आईने में देखती रही थी। सब कहते हैं, मेरी आँखें सुन्दर हैं। आज सुरमे में वे दिप उठी हैं। रंग तांबई, दुबली-पतली, छरहरी काया...ये मैं ही हूँ! मुझे अपना प्रतिबिम्ब अचरज में डाल रहा था। चीथड़ों में, रूखे, तेल विहीन केश, बिवाइयों से भरे पाँव के साथ कैसी लगती हूँ मैं यह आज से पहले कभी ख़याल नहीं

आया था। मगर आज अपना जगमगाता हुआ रूप देख कर अनायास सोच बैठी थी। अपने लिए दुख हुआ था। एक तरह की आत्म-करुण ा से भर उठी थी। मन में इच्छाएँ जागी थीं, जीवन के प्रति लालच के भाव पैदा हुए थे। लगा था, शायद जो माँ, अब्बू कह रहे हैं वह ठीक हो। सुख का स्वाद अब तक नहीं जाना था, इसलिए इसके मोह से भी अपरिचित ही थी। आज अचानक नये कपड़ों की ख़ुशबू, गहनों की चमक के बीच यह मेरे भीतर एकदम से जाग उठा था। बहुत अप्रत्याशित था यह मेरे लिए, नया भी। भीतर महीनों से मुर्झाया हुआ मन बारिश की छुअन से खिल पड़नेवाले किसी रेगिस्तानी फूल की तरह हो उठा था। नहीं, मैं नाहक परेशान हो रही थी। मुझे तो ख़ुश होना चाहिए। मेरी टोली की कितनी लड़कियों की ऐसी शादी हुई होगी! शायद एक की भी नहीं।

मासा मेरे बगल में आ बैठी थी। बहुत चुपचाप। अपनी पीली, बुझी हुई आँखों से मुझे देखती रही थी। जाने कैसी उदास नज़रों से। मेरा मन भर आया था। "क्या आज के बाद तुम यहाँ नहीं रहोगी? हमें छोड़कर चली जाओगी?" उसने इतने विषण्ण भाव से पूछा था कि मेरी आँखों में आँसू ही आ गये थे। उसके उलझे बालों में उँगलियाँ फिराते हुए कहा था—"तू आयेगी मेरे साथ?" उसने झट अपना सर हिलाया था—"हाँ, ज़रूर! माँ से कह दो मुझे भी तुम्हारे संग जाना है..." उसकी बात सुन कर मैंने अपने आँसू जब्त किये थे—"ठीक! मगर उसके लिए पहले तुम्हें स्वस्थ होना पड़ेगा ना?" मेरे सवाल पर उसकी आँखों में उदासी तिर आयी थी—''मैं ठीक कब हूँगी दीदी?'' पूछकर वह मुझे उत्सुक नज़रों से देखती रही थी। मैंने अपना चेहरा दूसरी ओर मोड़ लिया था। उसकी आँखों का सवाल, आशा भरी दृष्टि मुझे कहीं से बहुत छोटी कर गयी थी। कितनी असमर्थ हूँ मैं। जवाब में मेरे पास कुछ नहीं था। ना कोई सच, ना कोई झूठ। बस एक संशय, आशंका और अनिश्चय। मैं उसके सामने से हट गयी थी। लगा था, हम सब मिल कर उस छोटी-सी जान को ठग रहे हैं और वह अपने भोले यक़ीन के हाथों मारी जा रही है। जिनकी उँगली थामकर वह चलती रही है अब तक वही लोग उसे ग़लत रास्ते पर लिए जा रहे हैं। उस रास्ते पर जो अँधेरों की ओर जाते हैं, दुख और त्रासदी की ओर जाते हैं। ज़िन्दगी की ओर नहीं। क्यों अपने ही अपनों के जीवन को इतना मुश्किल बना

देते हैं! मुझे जाने क्या-क्या याद आता रहा था। कई बार मुझे प्रतीत होता था रिवाज़ों में, नियम-क़ानून तथा आचार-व्यवहार में औरतों के प्रति अवमानना छिपी रहती है, एक तरह की साजिश—उसे दबाने की, कुचलने की, प्रताड़ित करने की। वह हमेशा अधीन रहे, असहाय रहे, निर्भर रहे...एक ही परिवार में भैया और हम बेटियों के बीच कितना फ़र्क़ किया जाता है। माँ, अब्बू ने अपने व्यवहार से ही हम बेटियों को समझा दिया है कि समाज और परिवार में हमारा स्थान क्या है, हमारी हैसियत क्या है। बचपन से जब वे ही लोग जो बच्चियों के लिए महत्त्वपूर्ण हैं, बच्चियों को हर बात पर यह एहसास दिलाते हैं कि वे अपने भाई से या दूसरे मर्दों से कमतर हैं, कम योग्य हैं तो धीरे-धीरे ये बात उनके भी मन में घर कर जाती हैं। मगर जाने मैं क्यों इन बातों को मान नहीं पाती। क्यों मेरे मन में सवाल उठते हैं। औरत हो कर भी मुझमें कोई हीन भावना नहीं...। माँ अक्सर कहती थीं, औरत होकर ग़ुस्सा करना, सवाल करना ठीक बात नहीं। जो कहा जाता है किया करो। ज़्यादा सोचने से कोई ख़ुश नहीं रहता।

उनका हर थोड़े दिनों में मेरी देह का मुआयना करना, ये देखने के लिए कि कहीं जननांग का छिद्र बड़ा तो नहीं हो गया, मुझे बहुत अपमानजनक लगता था। हर बात पर रोक-टोक, कड़ा अनुशासन, सन्देह...भैया को तो कोई कुछ नहीं कहता, जबकि सबको पता है वे अपने दोस्तों के साथ यहाँ-वहाँ छिपकर क्या करते रहते हैं। क्या सिर्फ़ लड़कियों को ही अच्छी बनी रहने की ज़रूरत होती है? लड़के कुछ भी कर सकते हैं?

साबीला की दादी की बातें—औरत का जिस्म ही पाप का गढ़ है। जहाँ इच्छाएँ जन्मती हैं, उत्तेजना पैदा होती है उस हिस्से को शरीर से अलग कर देना ही भला। औरत खता की पुतली होती हैं, हव्वा की बेटियाँ...। इनका भरोसा क्या फिर जिस औरत का सुन्ना ना हुआ हो, उसे कौन मर्द अपनायेगा, कैसे उसे भरोसा होगा कि इस औरत ने कोई गुनाह नहीं किया है! उनकी बात सुनकर किसी ने पूछ लिया था—"क्यों, मर्दों को तो यह साबित नहीं करना पड़ता कि वह कुँवारा है या नहीं!" उसकी बात पर कई कमउम्र लड़कियाँ एक साथ खिलखिलाकर हँस पड़ी थीं। दादी ने सबको डपट दिया था—"औरत होकर इतना मुँह चलाना अच्छा नहीं लड़कियो! अपनी औकात में रहना सीखो वर्ना बहुत दुख

उठाने पड़ेंगे। एक बात और भी समझ लो तुम सब, यौन सुख सिर्फ़ पुरुषों के लिए होता है जबकि स्त्रियों के लिए इसका एकमात्र उद्देश्य मातृत्व होना चाहिए!"

आख़िर निक़ाह की घड़ी आ ही गयी थी। 'जेलबिस' यानी दुल्हन को उसके ससुराल पहुँचाने का रस्म सूर्यास्त से पहले शुरू हो गया था। मुझे बीच में खड़ी करके औरतें मेरे दोनों तरफ़ क़तार में खड़ी हो गयी थीं। उन्होंने दोनों तरफ़ से मेरे सर के ऊपर एक लम्बा कपड़ा तान रखा था। फिर हम सब ने धीरे-धीरे चलना शुरू किया था। बाकी औरतें चलते-चलते तालियाँ बजाते हुए मुँह से 'उलु-उलु' की ध्वनि निकाल रही थीं। इसके साथ ही ड्रम बज रहा था। बच्चे तथा दूसरे लोग सड़क के किनारे खड़े होकर उत्सुकता से हमें देख रहे थे। मेरा मन अजीब हो रहा था। बहुत भारी। एक-एक क़दम उठाना भी जैसे भारी पड़ रहा था। आते समय मासा कैसे मेरे साथ आने के लिए बिलख-बिलख कर रो उठी थी! उसे बहुत बुखार था, हम उसे साथ नहीं ला पाये थे। बहुत मुश्किल से उसे समझा-बुझाकर हम घर में रख आये थे। अपने मुहल्ले से चलते समय उसका लगातार 'दीदी-दीदी' कह कर चिल्लाना, अब्बू का उसे डाँट-डपटकर चुप कराना...। याद आ-आकर मुझे अभी भी उदास कर रहा था। औरतों का अपने मायके की दहलीज से यह छोटा-सा सफ़र उसे अपने अपनों से कितनी दूर ले जाता है! इस रास्ते में बस आगे ही आगे बढ़ना होता है, ज़िन्दगी भर और उसकी सीमाओं के पार भी...लौटना कभी नहीं होता। मेरा जी चाह रहा है, मैं यहीं पर रुक जाऊँ, एक क़दम भी आगे ना बढ़ाऊँ, मगर मैं बढ़ रही हूँ। बेबसी जो ना कराये कम है। मुझे लग रहा था, मैं हर क़दम पर खुद को ही पीछे छोड़ती जा रही हूँ, स्वयं से अलग हो रही हूँ। उस समय कितनी अजीब मनःस्थिति हो रही थी मेरी! तेज़ धूप की किरणें कपड़े के पतले आवरण को भेद कर मुझ पर बरस रही थीं। चारों तरफ़ भीड़, शोर-गुल, बजते हुए ड्रम की आवाज़ और इसके साथ मंगल गीत गाती हुई औरतें—"नेबी अलौ, माक्सामाद नेबी, मागाक सामौ" अर्थात्—ओ नूरे ख़ुदा! ओ अल्लाह के मसीहा! ओ नबी मुहम्मद! कितना ख़ूबसूरत आपका नाम है!

मैं मन ही मन ख़ुदा को याद करते हुए एक पल के लिए अपनी आँखें मूँदती हूँ—रहम मेरे मालिक! मेरे सरकार! जब आँख खोलती हूँ तो हैरत के साथ देखती हूँ, रास्ते के किनारे लोगों की भीड़ में साहब और मेम खड़े होकर मेरी ओर हाथ हिला रहे हैं। उन पर नज़र पड़ते ही मैं बुरी तरह चौंक गयी थी। कहीं मैं सपना तो नहीं देख रही! ओह! मेरा जी चाहा था दौड़कर मेम से लिपट जाऊँ। मैंने आप लोगों का कितना रास्ता देखा मेम साहब! आये तो अब आये? मेरी आँखों से भावावेग में आँसू बहने लगे थे। मेरी खाला ने पास आकर मेरी बाँह में चिकोटी काटी थी। मैंने किसी तरह स्वयं को संयत किया था। मैं यहाँ रुक नहीं सकती थी। मेम ने भी मुझे शान्त रहने का इशारा किया था। वे हमारे साथ-साथ आगे बढ़ रहे थे। अब इस मोड़ पर आकर वे मेरी किस तरह से मदद कर सकते थे यह तो मैं नहीं जानती थी, मगर उनके आने से यकायक मेरा हौसला बढ़ गया था। जाने क्यों लग रहा था, अब सब कुछ ठीक हो जायेगा।

शादी के लिए विशेष रूप से बनाये गये घर में पहुँचकर औरतें मुझे कमरे के अन्दर भेज कर बाहर ही रुक गयी थीं। हमारे पहुँचने के थोड़ी देर बाद लड़के वाले भी दूल्हे को लेकर गाते और प्रार्थना करते हुए वहाँ पहुँच गये थे। बरात के साथ कबीला प्रमुख तथा गाँव के बड़े-बुजुर्ग भी थे। सब मिलकर एक आवाज़ में बोल रहे थे—''अल्लाह हुमा साल्ली कलाल हबीब मुजामाद'' यानी ओ अल्लाह! हमारे प्यारे मुहम्मद पर तुम अपने करम बनाये रखना!

दूल्हे को कमरे में पहुँचा कर अब लड़के वाले भी बाहर खड़े हो गये थे। अब 'आरदा' समाप्त कर समाज और परिवार के बड़े-बुजुर्गों ने निकाह की पवित्रता तथा दूसरी बातों पर अपना वक्तव्य दिया था। उपदेश विशेष रूप से दुल्हन के लिए ही थे। सबने मिलकर वर-वधू को एक सुखी जीवन का आशीर्वाद दिया था। हमारी जोड़ी बनी रहे, हम कुशलतापूर्वक अपनी ज़िम्मेदारियाँ निभायें और ऊपर वाला हमें ढेर सारे बच्चों से नवाजे। इसके बाद क़ुरान की पाक आयतें पढ़ी गयी थीं। अन्त में सबने एक स्वर में आमीन कहा था। भौंरे-जैसे गुंजार से सारा माहौल गूँज उठा था।

पूरा घर लोगों से ठसाठस भरा हुआ था। कहीं पैर रखने की जगह नहीं थी। बहुत गर्मी हो रही थी। मेरे कपड़े, गहने मुझे चुभ रहे थे।

कमरा इत्र और पसीने की मिली-जुली महक से भरा हुआ था। ज़हीर पसीने से भीगा सामने खड़ा था और पेट्रोमैक्स की सफेद रोशनी में गीला-गीला चमक रहा था। उसकी देह से सड़ी हुई दही जैसी तेज़, खट्टी गन्ध उठ रही थी। सुबह से सारे रीति-रिवाज़ निभाते-निभाते मैं थक गयी थी। ठीक से खाया-पीया भी नहीं था। मुझे ज़ोर से मतली आने लगी थी। ज़हीर का हरा तहमद मेरी नज़रों के आगे पीला पड़ने लगा था।

बाहर प्रथा के अनुसार तीन लोगों ने बारी-बारी से तीन गोलियाँ चलाई थीं। इसके साथ ही 'जेलबिस' समाप्त हो गया था। अब खाने की बारी थी। लोग ऊँट का मांस और दूध खा-पी रहे थे। चारों तरफ़ तेज़ शोर मचा हुआ था। सभी ख़ुश दिख रहे थे। एक-दूसरे से बतिया रहे थे। ज़हीर के लाल, हरे दाँत सफेद रोशनी में चमक रहे थे। शायद वह 'कात' कुछ ज़्यादा ही चबाता होगा। उसी से दाँतों का रंग ऐसा हरा, लाल पड़ जाता है। उन्हें देखते हुए एक दिन मासा ने कहा था, ज़हीर को दाँतों के पारम्परिक डॉक्टर 'मो अलेम' के पास जल्दी जाना चाहिए वर्ना बचे-खुचे दाँत भी झर जायेंगे। उसकी मासूम बातों को याद करते हुए मैं अपनी उबकाई रोके हुए किसी तरह बैठी हुई थी। मुझे बार-बार मासा की याद आ रही थी। जाने कैसी होगी! इतना तेज़ बुखार था उसे!

थोड़ी देर बाद मेम मेरे पास आयी थी। उन्हें देख कर जाने क्यों मेरी आँखों में एकदम से आँसू आ गये थे। उन्होंने मुझे गले से लगा लिया था—"बधाई हो! मुझे तुम्हारी शादी का पता नहीं था, वर्ना कोई उपहार लाती। ख़ैर ये उधार रहा मुझ पर।" इधर-उधर देखकर फिर उन्होंने पूछा था—"मासा कहाँ है? वह नज़र नहीं आ रही है...उम्मीद थी कि आज उसे एक नज़र देख पाऊँगी।" उनके सवाल पर मुझे और भी ज़ोर से रोना आ गया था। किसी तरह खुद को ज़ब्त कर उन्हें मासा के बारे में बताया था। सुन कर उनके चेहरे पर भी चिन्ता झलक आयी थी। मुझसे परेशान न होने की बात करके वे चली गयी थीं। जाते हुए विदा में 'नाबाद गेलयो' कह कर फिर मिलने का वादा भी किया था। साहब बाहर से हाथ हिला कर मुझसे विदा ले रहे थे। उनके जाते ही उस भरे-पूरे घर में मैं फिर से एकदम अकेली हो गयी थी। माँ ने सात-आठ साल की उमर से मुझे शादी और उसकी ज़िम्मेदारियों के लिए प्रशिक्षण देना शुरू कर दिया था, मगर आज मैं स्वयं को बिल्कुल

शून्य महसूस कर रही हूँ। जाने सारी बातें, उपदेश कहाँ गुम गयीं! मुझे मेरी सही-सही उम्र का तो पता नहीं मगर सबकी तरह अपने जीवन में आये बारिश के मौसम 'गु' को गिनकर लगता है मेरी अवस्था 14 या 15 साल की है। इस उम्र तक हमारे समाज की अधिकतर लड़कियों की शादी हो जाती है। शादी, काम, सौहर को ख़ुश रखना और बच्चे पैदा करना—औरतों के जीवन का बस यही उद्देश्य होता है...हर क़दम में हमें यही सिखाया जाता है। मन की गहराइयों में जड़ जमा चुके संस्कारों से लड़ना इतना आसान कहाँ होता है। एक तरफ़ दिमाग़ होता है, दूसरी तरफ़ ख़ून में घुले नमक की तरह संस्कार! औरतों को समाज से ही नहीं, हर क़दम पर खुद से भी लड़ना पड़ता है। कोई नया रास्ता चुनना बहुत कठिन होता है। आज भी इतने सारे लोगों के बीच, सारी रस्में निभाते, क़ुरान की पाक आयतें सुनते हुए मन में अजीब द्वन्द्व मचा है। क्या सही है, क्या ग़लत? एक तरफ़ पूरी दुनिया, दूसरी तरफ़ अकेला मन! अपने भीतर की जंग में ही मैं छीजती जा रही हूँ।

शादी का जश्न तो लगातार सात दिनों तक मनाया जाता है हमारे में। पहला दिन शादी का, फिर तीन दिन का जश्न 'सादेक्सदा' जिसका अर्थ ही होता है तीसरा, लड़कीवालों के घर पर मनाया जाता है। इस दौरान ख़ूब नाच-गाना होता है। इसके बाद के तीन दिनों का जश्न 'तोद्दोबादा' दूल्हे के घर में। हर जश्न मर्द और औरत अलग-अलग मनाते हैं। 'बारामबुर' के दौरान सब मिल कर दूल्हा और दुल्हन की प्रशंसा में कविताएँ सुनाते हैं, गीत गाते हैं। मुल्ला दूल्हा-दुल्हन की तारीफ़ में गाता है—विल इयो कानो, गबर इयो कानो...अर्थात् दूल्हा दूध का धुला, दुल्हन भी दूध की धुली...शादी में दुल्हन तथा दूल्हे के साथ उनके एक-एक ख़ास मित्र भी होते हैं। यह सब मैंने कुछ बड़े लोगों की शादियों में देखा था। हम सभी सुन्नी मुसलमानों में निकाह की रस्में तो लगभग एक-सी ही होती हैं, मगर जश्न और दावत सब अपनी-अपनी औकात और हैसियत के मुताबिक़ ही करते हैं। चूँकि ज़हीर को सब कुछ जल्दी-जल्दी निबटाने में दिलचस्पी थी, सारी रस्में संक्षेप में पूरी की जा रही थीं। बीच में कोई मेहमान मेरा चेहरा देख कर चुटकी ले गयी थी—ऐसी चाँद-सी लड़की के लिए सिर्फ़ पाँच ऊँट! इसके लिए तो सौ ऊँट भी कम ही थे... सुन कर सब हँसे थे। देर रात को खाना-पीना ख़त्म हुआ था फिर सभी ने ऊँट, घोड़े आदि के जुलूस

के साथ हमें घर पहुँचाया था। घर पहुँचते-पहुँचते मैं सो गयी थी। दो-तीन दिन से ठीक से सो नहीं पायी थी। फिर उत्तेजना तो थी ही।

अपने नये घर में आज मेरी सुहाग रात थी। हमारा 'बीशा मालाबका' यानी मधु चन्द्रिका शुरू हो चुका था। एक बड़े कमरे में मैं नीम अँधेरे में बैठी थी। कोने में एक लैम्प जल रहा था। दरवाज़े, खिड़कियाँ बन्द, गहरी ऊमस। बहुत गर्मी हो रही थी। ऊपर से इतने सारे कपड़े। देर से बहुत नींद भी आ रही थी। दो औरतों ने मुझे तैयार करके इस कमरे में बिठा दिया था। कई घंटे पहले। मुझे यहाँ का माहौल अजीब लगा था। मनहूसियत भरा। बड़े-बड़े कमरे, अनाज की बोरियों से भरे हुए। साथ में खेती-बाड़ी में काम आनेवाले औजार और कुछ मशीनें भी। आँगन के पार लम्बी क़तार में बँधे हुए जानवर। हर तरफ़ गोबर-लीद की तेज़ गन्ध...शाम से जाने सारे लोग कहाँ चले गये थे। पड़ोस में कोई बच्चा लगातार रोये जा रहा था। सब कुछ मुझे बड़ा असह्य लग रहा था। साथ में डर तो था ही। पहली बार किसी अजनबी परिवेश में घरवालों से दूर—एकदम अकेली! प्यास से गला सूख रहा था। देर तक सतर्क मुद्रा में बैठी-बैठी मैं थकने लगी थी और जाने कब बिस्तर की पाटी से लगी-लगी ही सो गयी थी।

रात का पता नहीं क्या बजा था जब ज़हीर कमरे में आया था। आते ही उसने कमरे का दरवाज़ा बन्द किया था और बिस्तर पर आ बैठा था। दरवाज़े की आवाज़ सुनकर मैं अचकचा कर उठ बैठी थी। ज़हीर सामने बैठा मुझे घूरकर देखते हुए मुस्करा रहा था। मुस्कराते ही उसके सारे दाँत मसूड़ा सहित बाहर निकल आते थे। उसका मसूड़ा बहुत लाल था और दाँत हरे, पीले, कत्थे। उसके हँसने से उसके गाल ऊपर की ओर उठकर उसकी चुँधी हुई आँखों को पूरी तरह मूँद देते थे। बाल कच्चे-पक्के और सर के बीच से बिल्कुल नदारद। आज पहली बार उसे इतने क़रीब से देखा था। उसकी देह से वही सड़ी दही जैसी तेज़, खट्टी गन्ध उठ रही थी। मेरा जी एक बार फिर से घुलाने लगा था।

थोड़ी देर मेरी तरफ़ एकटक देख कर उसने अचानक मेरे कपड़े में हाथ डाल कर मेरा शरीर टटोलना शुरू कर दिया था। यह बहुत अप्रत्याशित था मेरे लिए। इससे पहले ऐसा कोई अनुभव नहीं था मेरे

जीवन में। हमें हमेशा मर्दों से दूर ही रहना सिखाया जाता है। मैं चिहुँक कर पीछे हटी थी, मगर ज़हीर ने बिस्तर पर चढ़कर मुझे दबोच लिया था। उसकी उँगलियाँ हड़ियल थीं जिनसे वह मुझे मसल रहा था। मेरी देह की अविकसित रेखायें दर्द से टीस उठी थीं। जाने वह क्या चाहता था! किसी अन्धे की तरह मुझे टटोले जा रहा था। लैम्प की काँपती हुई पीली लौ में उसकी परछाईं पूरी दीवार को घेर कर नाच रही थी। उसका तरबूज जैसा सर, चील-सी टेढ़ी नाक और लम्बी, सूखी सींक जैसी उँगलियाँ...। जैसे कोई प्रेतात्मा ही मुझ पर झपट्टा मार रहा हो।

उसने थोड़ी ही देर में मेरे शरीर से लगभग सारे ही कपड़े नोंच फेंके थे। अब वह मुझे बुरी तरह से नोच-खसोट रहा था। ऐसा करते हुए उत्तेजना में उसके मुँह से साँप की तरह 'हिश-हिश' आवाज़ निकलने लगी थी। लग रहा था जैसे उस पर कोई आसेब उतरा है। रोशनी की पृष्ठभूमि में उसका चेहरा बिल्कुल छिप गया था। कभी-कभी पीली आँखें चमक उठती थीं। गहरे आतंक और तकलीफ़ से अब मैं रोने लगी थी। 'रोना नहीं जान! देखो अभी तुम्हें बहुत मज़ा आयेगा' कहते हुए अब वह मेरी जांघों के बीच हाथ डालने की कोशिश करने लगा था। मैंने दोनों हाथों से अपने नग्न शरीर को ढँकते हुए अपने दोनों पैर सख़्ती से आपस में जोड़ लिए थे। मगर थोड़ी ही देर में उसने उन्हें अलग कर मेरे भीतर अपनी हड़ियल उँगली धँसा दी थी। ओह! तेज़ पीड़ा की लहर मेरे पूरे शरीर में दौड़ती चली गयी थी। लगा था, किसी ने चाकू से चीर दिया है। मैं हलक फाड़कर चिल्लाई थी और फिर चिल्लाती ही चली गयी थी। मगर ज़हीर ने अपनी उँगली बाहर नहीं निकाली थी, बल्कि और भी अन्दर तक घुसाता चला गया था। सिलाई के बाद शायद मेरे शरीर के भीतर का हिस्सा लगभग पूरी तरह से मुँद गया था। घाव भी पुर आया था। मगर आज अपनी लम्बी नाख़ून सहित उँगली डालकर ज़हीर ने मेरे ज़ख़्म को उधेड़ दिया था। उसने अपने मुँह से मेरे मुँह को बन्द कर रखा था। मेरा मुँह पूरी तरह से उसके मुँह के भीतर था जिसे वह धीरे-धीरे चबा रहा था। उसकी साँसों की तेज़ दुर्गन्ध मेरे फेफड़ों में भर गयी थी। इस समय उत्तेजना से हॉफते हुए वह अपनी रोमस जाँघों से मेरी दोनों टाँगों को चाँप कर मेरे भीतर प्रविष्ट करने का प्रयास कर रहा था। ओह मेरे ख़ुदा!! इतनी घुटन! इतनी पीड़ा! मुझे प्रतीत हो रहा था, कोई जलती हुई सलाख

से मुझे छेद रहा है। ज़हीर किसी भूखे दरिन्दे की तरह मुझ पर सवार होकर मुझे बेरहमी से भंभोरे जा रहा था। गहरा अँधेरा, गर्मी, घुटन और जानलेवा दर्द...मैं लगातार गोंगियाये जा रही थी।

बहुत देर कोशिश करने के बावजूद ज़हीर मेरे भीतर प्रवेश नहीं कर पाया था। बेरहमी से लगातार कोशिश कर-करके आखिर वह झल्ला कर उठा था और अपना तहमद लपेटकर कमरे से बाहर निकल गया था। उस समय कमरे में घुप अँधेरा था। मैं बिस्तर पर अपने ज़ख़्मी शरीर को दोनों हाथों से दबाये पड़ी-पड़ी देर तक रोती रही थी।

उस समय मुझे जाने क्यों अपनी माँ की बहुत याद आ रही थी। शायद इनसान जब खुद को बहुत अकेला, असहाय और भय से घिरा पाता है, उसे अपनी माँ की ही याद आती है, फिर चाहे वह उम्र की किसी भी अवस्था में क्यों ना हो। मुझे लग रहा था, कहीं से इस समय माँ आये और मुझे अपनी गोद में ले ले। मुझे बचपन में मिला उनका वात्सल्य भरा स्पर्श याद आ रहा था, मीठी लोरियाँ, ममता भरी चावनी...माँ! कहाँ हो तुम? देखो तुम्हारी माहरा की क्या हालत कर दी है इस राक्षस ने...माँ! माँ! मैं कराह-कराहकर रोये जा रही थी जब कमरे में कोई लैम्प लेकर दाखिल हुआ था। पूरे कमरे में रोशनी फैल गयी थी। पहले जो लैम्प जल रहा था वह कब का बुझ चुका था। मैंने गहरे आश्चर्य से देखा था, मेरे सरहाने माँ खड़ी थीं। साथ में एक और औरत भी। मुझे यक़ीन नहीं हुआ था—ओह मेरे मालिक! तुमने आज पहली बार इतनी जल्दी मेरी दुआ क़बूल कर ली! आज तो मैं शायद जो माँगती मुझे मिल जाता...मैं उठकर चीख-चीखकर रोते हुए माँ से बेतहाशा लिपट गयी थी—"माँ! ओ माँ! मुझे यहाँ से ले चलो। अपनी माहरा को, अपनी गुड़िया को! वर्ना ये मुझे मार डालेगा माँ...।" मैं माँ से बुरी तरह चिपटकर बिलखे जा रही थी। मुझे प्रतीत हो रहा था, अब मेरा कोई कुछ नहीं बिगाड़ सकता, अब मैं सुरक्षित हूँ, अपनी माँ की गोद में हूँ!

कुछ देर चुपचाप खड़ी रहकर माँ ने मुझे अचानक धकेलकर खुद से परे किया था। उनके दिये धक्के से मैं बिस्तर पर चित गिर पड़ी थी। गिरते हुए मैंने आश्चर्य से माँ के चेहरे की ओर देखा था और डर से शून्य पड़ गयी थी। वो मेरी माँ नहीं थीं—हो नहीं सकती थीं! मेरी माँ का चेहरा तो कितना कोमल है, स्नेहिल, वात्सल्य से भरा...और ये जो

मेरे सामने खड़ी है? ...पत्थर-सा कठोर चेहरा, सख़्त, निर्मम, अजनबी आँखें, भिंचा हुआ जबड़ा...इससे पहले कि मैं कुछ सोच या समझ पाती, मैंने माँ के हाथ में वह चाकू देखा था—जंग खाया, भोंथरा! मेरे भीतर आतंक का एक तेज़, घुमड़ता हुआ बवंडर उठा था—"माँ!" माँ ने बिना मेरी ओर देखे ठंडी आवाज़ में उस औरत से कहा था—"पकड़ो इसे!" और इसके साथ ही उस औरत ने जो किसी जंगली भैंसे की तरह मोटी थी, मुझे लपक कर पकड़ लिया था। मैंने स्तब्ध होकर देखा था, मेरी टाँगों को चौड़ा कर माँ मेरे ऊपर झुक गयी हैं। तेज़, भयानक पीड़ा के बीच मैंने इतना ही समझा था, माँ मेरे जननांग के लगभग बन्द पड़ गये छेद को उस भोंथरे चाकू से काट कर खोलने का प्रयास कर रही हैं। ओह मेरे अल्ला! माँ ये मेरे साथ क्या कर रही हैं! इससे तो अच्छा था सब मिलकर मुझे एक ही बार में मार देते...ये दर्द...और नहीं सहा जाता...माँ! अल्लाह! अब मैं किसे पुकारूँ? मेरी आँखों के सामने स्याह धब्बे रुई के फाहे की तरह उड़ने लगे थे, कानों में जैसे हज़ारों झिंगुर एक साथ चिल्ला रहे थे, दिमाग़ के भीतर कुछ धपधपा रहा था, जैसे गीली मिट्टी को कोई हथौड़े से पीट रहा हो...भीतर सब मलीदा बनता जा रहा था—कीचड़ का दलदल...! मेरी जाँघों के बीच कुछ गरम, चिपचिपा-सा फैल रहा था। ख़ून होगा! मेरे गले से अब आवाज़ नहीं निकल रही थी।

मुझे अचेत-सी छोड़कर माँ और वह औरत एक समय के बाद चली गयी थी। जाते हुए शायद माँ ने कहा था—"अपने परिवार का सम्मान नष्ट मत होने देना!" मैं बस अपनी धुँधली नज़रों से उन्हें चुपचाप जाते हुए देखती रही थी। बाहर कोई भेड़िया पास के जंगल में रो रहा था। शायद बादल फट कर चाँद भी निकल आया था। खिड़की के बाहर यकायक उजाला-सा हो गया था। कमरे में फ़ीका अन्धकार नीली स्याही की तरह फैला था। मैं सोच रही थी, सुबह कब होगी!

मैं अचेत थी कि तन्द्रालस पता नहीं। शायद भोर रात के क़रीब ज़हीर फिर कमरे में आया था। आते ही वह मुझ पर चढ़ाई कर बैठा था। मैंने चीखने की एक असफल कोशिश की थी, मगर गले से बस एक घरघराहट की-सी आवाज़ निकल कर रह गयी थी। वैसे भी ज़हीर ने अपने पंजे से मेरा मुँह दबा रखा था। मैं अपने ख़ून में लिथड़ी पड़ी थी और ज़हीर पूरी ताकत से मेरे ताज़े कटे हुए जननांग में प्रविष्ट होने

की कोशिश कर रहा था। मैं महसूस कर सकती थी, मेरी पुरती हुई त्वचा, घाव धीरे-धीरे फट रहा है, टाँके उधड़ रहे हैं। दर्द...इस चरम पीड़ा को मैं किसी शब्द में बयान नहीं कर सकती। मैं इस समय बस इतना ही चाहती थी कि मैं मर जाऊँ, बस मर जाऊँ! रहम मेरे मालिक! करम मेरे मौला! गोंगियाते-गोंगियाते जाने मैं कब अचेत हो गयी थी।

सुबह कई औरतों के सम्मिलित स्वर ने मुझे होश में लाया था। शायद मेरे चेहरे पर पानी भी छिड़का गया था। बड़ी मुश्किल से आँखें खोल कर मैंने देखा था, पूरा कमरा औरतों से भरा हुआ था। सभी ज़ोर-ज़ोर से जाने क्या बोले जा रही थीं! मुझे लगा था, मेरी आँखों के पपोटे में किसी ने मिर्च का बुरादा मल दिया है। कितनी बुरी तरह से वे जल रहे थे! दो-तीन बार पानी के छींटे मुँह पर डालने के बाद मेरा दिमाग़ थोड़ा साफ़ हुआ था। सभी औरतें मुझे घेर कर खड़ी थीं और उल्लास से फटी पड़ रही थीं। अब मैंने उनकी ख़ुशी का कारण समझा था। वे बिस्तर में पड़े ख़ून के धब्बों को देख कर ख़ुश हो रही थीं। इतना सारा ख़ून! अब मेरी नज़र माँ पर पड़ी थी। सभी उन्हें इस बात की बधाई दे रहे थे कि उन्होंने अपनी बेटी की बहुत बढ़िया परवरिश की है, उसे अच्छे संस्कार दिये हैं तभी तो सुहाग की सेज तक वह कुँवारी पहुँची है! बिस्तर पर पड़ा इतना सारा ख़ून इसी बात की गवाही देता है। माँ का चेहरा गर्व से दिप रहा है। यह क्षण उनके लिए—हमारे देश की किसी भी माँ के लिए गौरव और अभिमान का क्षण है। इसी सम्मान और प्रशंसा के लिए वह सालों तक किस परिश्रम और अनुशासन के साथ अपनी बेटी का लालन-पालन करती है! उसकी माहवारी पर नज़र रखना, उसके जननांग का सूक्ष्म मुआयना करना, सुन्ना करवाना...और भी जाने क्या-क्या...इसी शुभ दिन के लिए तो जब एक मर्द की अमानत उसे सही-सलामत सौंपी जा सके। ऊपरवाले की मेहरबानी से आज वह दिन उनके जीवन में आया है। माँ वाकई बहुत ख़ुश थीं। उन्होंने ऊपरवाले का शुक्रिया अदा करने के लिए अपने दोनों हाथ ऊपर उठाये थे और बढ़ कर मुझे अपनी बाँहों में भींच लिया था। मैं चुपचाप पड़ी रही थी। जाने क्यों उस समय मैं अन्दर से बिल्कुल ठंडी और असम्पृक्त महसूस कर रही थी। माँ के स्पर्श से अन्दर वितृष्णा के अजनबी अहसास से घिरना मेरे लिए एक नया अनुभव था। ऐसा पहले कभी नहीं हुआ था। ये सबकुछ असह्य लग रहा था मुझे।

किसी तरह खुद को समेटे पड़ी रही थी। देर तक शोर-गुल मचाकर और मेरी तथा मेरी माँ की प्रशंसा में काव्य-पाठ करके औरतें एक-एक कर चली गयी थीं। उनके जाने के बाद माँ मेरे बिस्तर पर बैठ गयी थीं। मैंने उनकी तरफ़ नहीं देखा था। इच्छा नहीं हो रही थी। उन्होंने भी बहुत देर तक कुछ नहीं कहा था। मुझे लगा था, कुछ कहने के लिए वे मन ही मन तैयार हो रही हैं। मैं चुपचाप उनके बोलने का इन्तज़ार करती रही थी। एक समय बाद वे बोली थीं—"आज सुबह-सुबह मेम और साहब घर आये थे। मासा को बहुत बुखार था उस समय। देख कर दोनों बहुत चिन्ता कर रहे थे। कह रहे थे, इसके लक्षण अच्छे नहीं। उसे अपने साथ मोगादेसु ले जाना चाहते हैं किसी बड़े डॉक्टर को दिखाने। इजाज़त माँग रहे थे। मेरा तो जी नहीं मानता। 'बाद में बताती हूँ' कह कर आयी हूँ। तुम क्या सोचती हो?" उनकी बात सुन कर मैं जाग-सी गयी थी। यही एक मौक़ा था मासा के लिए। ऊपरवाले ने ही जैसे खुद मेम और साहब को मासा की जान बचाने के लिए भेजा था। मैंने उठ कर माँ का हाथ थाम लिया था—"उसे उनके साथ जाने दो माँ! बहुत ख़राब हालत है उसकी। ख़ुदा ना करे उसे कुछ हो जाये। मुझे उसके लिए बहुत डर लगता है माँ!" माँ ने मेरी बात सुन कर अपना चेहरा झुका लिया था। मुझे लगा था उनकी आँखों में आँसू हैं। कहते हुए मेरा गला भी भर्रा उठा था। इसके बाद माँ उठकर चली गयी थीं। उनके जाते ही मैंने महसूस किया था, मेरे शरीर का निचला हिस्सा अन्दर से धप-धप कर रहा है और पूरी तरह दर्द से जम गया है। मैंने उठने की कोशिश की थी और कराह कर गिर पड़ी थी। पूरे घर में जैसे कोई नहीं था। बाहर सिर्फ़ कुछ ऊँटों के लगातार अरड़ाने की आवाज़ आ रही थी। मैं बिस्तर में पड़ी-पड़ी रोती रही थी। मगर दुख के इस क्षण में जाने क्यों आज माँ याद नहीं आयी थीं। शायद इसीलिए यह दुख अझेल प्रतीत हो रहा था।

इसके बाद मैं तीन दिन तक तेज़ बुखार में पड़ी रही थी। इस बीच मुझे कुछ होश नहीं रहा था। जब भी कभी आँख खुलती थी, कुछ अजनबी चेहरों को अपने आसपास पाती थी। जाने वे कौन थे। शरीर में इतना तेज़ दर्द था कि मैं हिल-डुल भी नहीं पाती थी। कभी थोड़ा होश आता और मैं फिर तन्द्रा के एक काले सागर में डूब जाती। इस दौरान मुझे अजीब-अजीब सपने आते, डरावने और अस्पष्ट।

शादी के शायद सात दिनों बाद मैं अपने कमरे से बाहर निकली थी। इस बीच ज़हीर मुझे कहीं नहीं दिखा था। शायद कहीं बाहर गया हुआ हो। एक मोटी और निहायत काली औरत जिसने सुहाग रात के दिन मुझे पकड़ने में माँ की मदद की थी, मुझे पूरा घर घुमाकर दिखलायी थी। वह रिश्ते में ज़हीर की खाला लगती थी, मगर उमर में उससे कम थी। ज़हीर का घर बड़ा था। वे किसान लोग थे। ढेर सारे मवेशी, ज़मीन, कुएँ और कुछ व्यापार। उसकी पहले की तीन बीवियाँ थीं। दो मर चुकी थीं जिससे तीन बच्चे थे और तीसरी लकवा मारकर बिस्तर में पड़ी थी। उसके चार बच्चे थे। तीन बेटे, एक बेटी। बेटी की शादी अभी-अभी हुई थी। खाला ने मुझे बताया था, मेरा मुख्य काम है ज़हीर की अपंग बीवी की देखभाल करना। मैंने अँधेरे कमरे में पड़ी उस औरत को देखा था—आधा चेहरा टेढ़ा और आधा शरीर भी निर्जीव। एक पैर और एक हाथ बेजान होकर झूलता हुआ! उसकी आँखें अजीब थीं। कोटर में गहरे धँसी और सुलगती हुईं। कितनी हिकारत थी उन आँखों में। मुझे घूरकर देख रही थी। उसे देखकर मेरे शरीर में झुरझुरी-सी दौड़ गयी थी। वह औरत थी कि कोई चुड़ैल! मेरे क़रीब जाते ही वह गोंगियाने लगी थी और फिर अचानक मेरे झुके हुए चेहरे पर थूक दिया था। उसकी इस हरकत पर आसपास खड़े बच्चे ज़ोर-ज़ोर से हँसने लगे थे—"थूकने वाली गन्दी अम्मा! थूकने वाली गन्दी अम्मा!" खाला भी मुँह फेरकर अपनी हँसी दबाने का प्रयत्न कर रही थी। यानी सबको पता था ये ऐसी हरकत करनेवाली हैं और तमाशा देखने के इन्तज़ार में थे। खाला भी इनकी साज़िश में शामिल। मुझे ज़ोर से रोना आया था। अपना चेहरा पोंछती हुई मैं कमरे से बाहर निकल आयी थी। इन बीते कई दिनों में मैंने ज़हीर को नहीं देखा था। अल्लाह करे कभी देखना भी ना पड़े।

शादी के बाद मैं पहली बार अपने मायके गयी थी। बहुत आवभगत हुई थी मेरी। घर की हालत इन कुछ दिनों में ही काफ़ी बेहतर नज़र आ रही थी। मेरी कीमत शायद बहुत अच्छी मिली थी अब्बू को। सहन में बँधे बहुत सारे ऊँट, गाय, बकरियाँ, घर में नयी चीज़ें, तारिक भाई की नयी कमीज़, बजता हुआ ट्रांजिस्टर! मैं सबकुछ सूखी आँखों से देखती

रही थी। मुझे पता था, इन चीज़ों के लिए कैसा मूल्य मैंने चुकाया था। अब भी ठीक से चल-फिर नहीं पा रही थी। हर क़दम के साथ भीतर कुछ चिलक उठता था। नसों में आग की नदी-सी बह रही थी।

माँ ने बताया था, मेम मासा को शहर ले गयी हैं। जल्दी लौटेंगी। मैंने मन ही मन अपने ऊपर वाले का धन्यवाद किया था। चलो इन्हें इतनी तो सद्बुद्धि हुई! माँ ने बताया था, थोड़े ही दिनों के बाद वे चरागाह की तलाश में दूसरी जगह चले जायेंगे। सुनकर मेरी आँखों के कोने जल उठे थे। मगर फिर सब शान्त हो गया था। अपने भीतर की एक आवेग भरी नदी को धीरे-धीरे रेत की ढूह में तब्दील होते हुए महसूस कर रही थी, मगर यहीं तक...बस! और कुछ नहीं। इस देश की सूखी धरती पर जाने कितनी नदियाँ इसी तरह खो गयी हैं—नामालूम... आज उनका कोई निशान तक बाकी नहीं! बची हैं तो कुछ रेखायें और स्मृतियाँ...। पता नहीं, मैं इस स्तर पर भी कहीं रहूँगी कि नहीं! मुझे तो लग रहा था, इस घर के लोगों ने मुझे अभी से भुला दिया है।

मायके से लौट आयी थी एक अजीब-सी मनःस्थिति के साथ। वहाँ रुकना नहीं चाहती थी, यहाँ लौटना नहीं चाहती थी। मगर और कोई विकल्प भी नहीं था मेरे पास। सो लौट आयी थी।

उस रात फिर ज़हीर ने मुझ पर आक्रमण कर दिया था। मर्दों को इस मामले में सब्र से काम लेने की नसीहत दी जाती है मगर ज़हीर में कोई सब्र नहीं। पहली रात वह मुझमें पूरी तरह से प्रविष्ट नहीं हो पाया था। इस बार वह कसम खाकर आया था शायद कि अपनी कोशिश में ज़रूर सफल होकर रहेगा। मुझे बुरी तरह रौंदते हुए उसने हिसहिसा कर कहा था—"अब तक मैंने चौदह बच्चे पैदा किये हैं, तीन औरतों को माँ बनाया है! तू क्या चाहती है, तेरी वजह से लोग मुझे बूढ़ा और नामर्द समझने लगें? मेरा भी नाम ज़हीर है...तुझे महीने भर के अन्दर गर्भवती ना किया तो एक बाप की औलाद नहीं!"

मैं रोयी थी, गिड़गिड़ाई थी और अन्त में अचेत हो गयी थी। मेरे इख्तियार में बस इतना ही था, मैं यही कर सकती थी! इसके बाद के दिन किसी दुःस्वप्न की तरह बीते थे। हर दूसरे दिन ज़हीर मेरे साथ एकसार होने की कोशिश करता और नाकामयाब रहता। मेरा ज़ख़्म अन्दर तक भर गया था। एक माचिस की तीली के बराबर छेद के सिवा कुछ भी ना बचा था। योनि का भीतरी हिस्सा भी एक तरह से बन्द

ही हो गया था। चाकू से काट-काटकर योनि के द्वार को खोलने का प्रयत्न तो किया गया था मगर यह पूरी तरह से खुल नहीं पाया था। ज़हीर की समस्या अलग तरह की थी। हमारे समाज में जो शादी के बाद कुछ दिनों के भीतर अपनी स्त्री के साथ सफलतापूर्वक सम्भोग नहीं कर पाता उसे एक समर्थ पुरुष नहीं माना जाता। ज़हीर को मुझे जल्द से जल्द गर्भवती करना था, वर्ना उसका मज़ाक़ उड़ाया जाता। इसलिए ज़हीर की बेसब्री हर गुज़रते हुए दिन के साथ बढ़ती ही जा रही थी। वह अक्सर कोई ना कोई नयी तरकीब ढूँढ़ता मुझ पर काबू पाने के लिए। सारा दिन मैं उसकी अपंग बीवी फातिमा की सेवा-शुश्रूषा करती और रातों को उसके अत्याचार सहती। मेरा जीवन नरक से बदतर हो चुका था। अथक परिश्रम, पीड़ा तथा आतंक...बस यही और इतना ही! ज़हीर कभी मुझसे ठीक से बात भी नहीं करता था। एक इनसान या उसकी जीवनसंगिनी के रूप में मुझे जानने की शायद उसमें ज़रा भी दिलचस्पी नहीं थी। वह बस मुझसे ढेर सारे काम लेना चाहता था और किसी तरह मुझे भोग कर मुझसे बच्चे पैदा करना चाहता था। जब तक वह घर से बाहर रहता, मैं निश्चिन्त रहती। हालाँकि उस समय मुझे बहुत काम रहता। खाना बनाना, अन्न कूटना, फातिमा बीवी की देखभाल करना।

फातिमा बीवी का स्वभाव बहुत अजीब था। सारा दिन अकेली पड़ी-पड़ी गोंगियाती रहती थीं, मगर किसी के पास आते ही थूकना शुरू कर देती थीं। जाने उसके भीतर कितनी घृणा और वितृष्णा भरी हुई थी। मुझे खा जानेवाली नज़रों से घूरती और गुर्राती रहती। लकवे के कारण उसकी जीभ भी ऐंठ चुकी थी। एक करवट पड़े रहने के कारण मुँह से लार बहती रहती थी। कपड़ों से तेज़ दुर्गन्ध आती थी। नाक पर कपड़ा रखकर ही उसके पास जाया जा सकता था। बावजूद इन सबके जाने क्यों मुझे उस पर दया आती थी। बहुत दयनीय थी उसकी हालत। देखी नहीं जाती थी।

वह लगभग रोज़ थूकती थी मेरे ऊपर और रोज़ बिना कुछ कहे मैं उसकी साफ़-सफाई करके उठ आती थी। एक दिन खाला के सामने उसने मुझ पर थूका था और खाला ने इस बात पर उसे कई थप्पड़ जड़ दिये थे। मैंने ही बीच-बचाव कर उन्हें रोका था। थप्पड़ खा कर फातिमा बी बेसुरी आवाज़ में देर तक रोती रही थी। खाला के जाने के

बाद जब मैं अपना काम ख़त्म कर वहाँ से उठने लगी थी, उसने एक हाथ बढ़ाकर मुझे रोक लिया था। मेरे मुड़कर देखने पर वह कुछ कहने की कोशिश किये बगैर बस रोती रही थी। उस समय उसके गले से बस एक घरघराहट-सी निकल रही थी। कितना भयावह लग रहा था उस समय उसका चेहरा! मगर साथ ही बहुत कातर भी। उसकी हर वक़्त की धधकने वाली आँखें बुझकर राख हो गयी थीं, बही जा रही थीं आँसुओं के साथ। मैंने बिना कुछ कहे उसे रो लेने दिया था। वह देर तक रोती रही थी ख़ूब हिलक-हिलककर। जब वह कुछ शान्त हुई थी, मैंने उसका गीला चेहरा पोंछकर साफ़ कर दिया था और उसे पानी पिलाकर वहाँ से चली आयी थी। आते समय मैंने देखा था, अजीब करुणा-विगलित आँखों से वह मुझे देख रही है। उस दिन कुछ अदृश्य-सा बँधा था हमारे बीच। एक रिश्ता, बगैर किसी नाम, सम्बोधन के। दर्द जोड़ता है, ठीक जैसे सुख तोड़ता है, दूर करता है। उसके पास दुनिया का दिया ज़हर था जो वह रात-दिन दूसरों पर उड़ेलती रहती थी। उसी में शायद उसने अपना सुख ढूँढ़ लिया था। मगर मेरे चुपचाप सहन करने ने उसे हरा दिया था। मुझे सता कर, प्रताड़ित करके उसे कोई मज़ा नहीं आ रहा था। अपने दग्ध हृदय को ढँकने, छिपाने के लिए उसने प्रतिरक्षा में जो घृणा का मुखौटा ओढ़ा था वह एकदम से उतर गया था और उसके पीछे से निकल आयी थी वह औरत जो बहुत दुखी थी, पीड़ित और असहाय थी। जिसे इस निर्मम दुनिया ने बहुत सताया था। अपनी सारी नफ़रत, ग़ुस्सा और अहंकार त्यागकर उस दिन वह मेरे सामने रोयी थी। उसके इस रुदन में उस दिन मैंने अपने लिए स्वीकार देखा था। अच्छा लगा था। जानती थी, वह मुझे कुछ नहीं दे सकती। हथेली भर ओट भी नहीं। मगर थोड़ा-सा अपनापन, छाँह...यह भी क्या कम था मेरे लिए। घर से छूटकर, विशेषकर माँ से, एकदम यतीम हो गयी थी। लग रहा था, अकेली हूँ इस दुनिया में। ना मेरी कोई ज़मीन है, जड़ है, ना आकाश...एक डाल से टूटा पत्ता, बाढ़ में बहते खर-पतवार...रातों के अन्धकार में डर लगता था, लगता था ये मुझे निगल जायेगा। माँ की गोद याद आती थी, अपना निश्चिन्त बचपन याद आता था। इच्छा होती थी कि काश फिर से अपने बचपन में लौट सकती! उन दिनों में जब सब कुछ सुन्दर, सहज हुआ करता था, जब रिश्तों की एक भरी-पूरी दुनिया के बीच मैं खुद को सुरक्षित

पाती थी। कितनी बार जन्म लेना पड़ता है औरत को, कितनी-कितनी बार ज़िन्दगी से समझौता करना पड़ता है! एक घर से दूसरा घर, एक दुनिया से दूसरी दुनिया का सफ़र—अपने सारे सीखे को, विगत जीवन को, परिवेश को पीछे छोड़कर फिर से नयी होना, एक नयी, अनजान ज़मीन पर खुद को रोपना, उसपर परवान चढ़ना...सहज नहीं होता। अपनी एक उम्र को उसके सारे सीखे-जीये के साथ अनहुआ करना, एक तरह से नकार कर लगभग नये सिरे से सब कुछ शुरू करना...समय लगता है! ढेर सारी ऊर्जा भी...खर्च हो जाती है औरत बहुत सारा। छीजती रहती है हर एक अनुभव के साथ। उसका पुरना भी जैसे खोह-खन्दकों को रेत से भर जाता है। भरकर भी उसका खोखलापन नहीं जाता। भीतर बना रहता है आजीवन खाली सुरंगों की तरह!

यहाँ आस-पड़ोस के ढेर-से बच्चे थे जो इस घर के आँगन में दिन भर ऊधम मचाते रहते थे। विधवा खाला बोलती बहुत हैं, पेड़-पौधों से लेकर चिड़ियों तक से। उन्हें पूरी दुनिया से शिकायत है। सबको कोसती रहती हैं, गाली देती हैं। जाने किस बात की दुश्मनी थी उन्हें सबसे। मगर धीरे-धीरे मैंने समझा था, ये और कुछ नहीं, उनका अकेलापन है। दुश्मनी किसी से नहीं, बस दोस्ती ना होने का मलाल है। वह रिश्ता ढूँढ़ती हैं, स्नेह का नहीं तो दुश्मनी का सही। कोई उनकी नहीं सुनता, इसलिए वह गाली देती हैं। इसी तरह सही, कोई तो उसे सुने! वे दूसरों के अबोले में सम्बन्ध तलाशती हैं, अवज्ञा में शब्द तलाशती हैं। जीने के कितने सारे और कैसे-कैसे बहाने खोज लेते हैं लोग! अपनी कोठरी में एक गिलहरी पाल रखी हैं उन्होंने। रोज़ दोपहर को फुरसत के समय उससे बैठ-बैठकर बतियाती रहती हैं। जाने क्या-क्या! शुरू-शुरू के दिनों में मुझे भी सताने के नित नये तरीके ढूँढ़ निकालती थीं, मगर मुझसे कोई प्रतिक्रिया ना पाकर धीरे-धीरे पस्त होने लगी थीं। बारह साल की उमर में इनकी शादी एक बूढ़े से हो गयी थी। चौदह साल में ही बेवा भी हो गयी थीं। इस बीच दो बच्चे पैदा हुए, मगर मरे हुए। तब से इस घर में आश्रित बनकर हैं। रात दिन खटती हैं और फिर थक कर एक कोने में पड़ी रहती हैं।

धीरे-धीरे मैं उनके क़रीब गयी थी। पहले-पहल उन्होंने मुझे परे कर देने की कोशिश की थी। उनकी आँखों में पूरी दुनिया के लिए सन्देह है। विश्वास करना सीखा ही नहीं उन्होंने! या किसी ने उन्हें

विश्वास में लिया ही नहीं। हमेशा सतर्क रहती हैं, जाने कब किधर से कौन हमला बोल दे। जीवन-भर की प्रताड़ना ने उन्हें ऐसी बना दिया था! शायद—हमेशा प्रतिरक्षा में—सशंकित, सतर्क! लगता था, उन्हें मेरे सहृदय व्यवहार ने परेशान किया था। यह नया था उनके लिए। काफ़ी समय लग गया था उन्हें सहज होने में। जब खुली तो लगा चट्टानों के भीतर से कैसे जल का सोता फूटता है...एकदम तटबन्ध टूटी नदी की तरह उद्दाम वेग में बह आयी थीं! कितना कुछ जमा था उनके अन्दर, कितनी भरी हुई थीं वे! कभी रोना, कभी हँसना, कभी निरन्तर बोलते चले जाना...मेरा उनको सुनना ही उनके लिए एक बहुत बड़ी बात थी। कहती भी थीं—“सालों दीवारों से बात करती रही, बेज़ुबान जानवरों से, पेड़-पौधों से...कभी-कभी सोचती थी, पागल होती जा रही हूँ! अकेलेपन से बड़ी कोई सज़ा नहीं माहरा!” मैं जानती थी। मेरे अन्दर भी तो एक अर्से से यह कसकता रहता है। जिस्म के भीतर भी एक खाली मकान होता है, हर खाली मकान की तरह उसमें एक भूत भी रहता है जो समय-असमय हमें धर दबोचता है, उत्पात मचाता है। मेरा फातिमा बी से जुड़ना, खाला के क़रीब आना भी तो उसी अकेलेपन से छूटने की एक कवायद है। ये अकेलापन जिस्मानी से .ज्यादा रूहानी है। अकेली तो पहले भी ख़ूब रहती थी। मवेशियों को चराते हुए रेगिस्तान के वीराने में दूर तक भटकती थी। तब अपना अकेला होना इस तरह दंश नहीं देता था। तब मेरे साथ रिश्तों के साथ-साथ यक़ीन की एक पूरी दुनिया हुआ करती थी। सूखी रेत के बीच मेरे भीतर नमी थी, सजलता थी। अब जो जिस्म की भीड़ में खो गयी हूँ, अकेली हो गयी हूँ! ठीक जैसे सैकड़ों नदियाँ खो जाती हैं इस मरुभूमि में! पत्थरों की तरह मटमैली, काही आँखों में उन प्रांजल धाराओं की सूखी चमक के सिवा और कोई चिह्न नहीं बचा। रेत और हवा की साजिश में पड़कर इस ज़मीन के सारे घाव, सारे निशान मिट जाते हैं। साथ ही स्मृतियाँ भी। बेज़ुबान, मजलूम लड़कियों के आँसुओं को रेत में दबाकर बेरहम समय चल देता है, अपनी धार में फँसे किसी और तिनके को स्वयं के साथ नामालूम बहा ले जाने के लिए। मैं भी बह रही हूँ, यह जानते हुए कि मेरा अब कोई कूल-किनारा नहीं होना है। एक अजीब-सा परिवर्तन हुआ है मुझमें—अब मैं रो नहीं पाती! अन्दर आँवा की तरह कुछ धधकता रहता है, मगर आँखें रेत की तरह सूखी रहती हैं। एक

बूँद पानी नहीं उतरता। सारा दिन मुझे रात का डर सताता है, मगर जब रात आती है, जैसे कोई बीमार पशु अपनी मृत्यु का वरण करने स्वयं कहीं एकान्त में जाकर बैठ जाता है, मैं चुपचाप अपनी कोठरी में घुसकर ज़हीर के इन्तज़ार में जागकर बैठी रहती हूँ। पहले-पहल सो जाती थी। ज़हीर आता था और मुझे जगाने की जहमत उठाये बिना मुझ पर टूट पड़ता था। नींद में मैं बहुत डर जाती थी, रोने-चिल्लाने लगती थी। इसलिए अब मैं सोती नहीं हूँ। जगकर अपनी यातना की प्रतीक्षा करती हूँ। ज़हीर रोज़ आता है और मुझे पूरी तरह से पाने की कोशिश करता है। मेरा सुन्ना, जैसा कि हमारे देश में अधिकतर किया जाता है, बहुत ही भयंकर तरीके से किया गया है अब समझ में आ रहा था। पहली रात माँ के द्वारा काटे जाने के बावजूद ज़हीर मुझमें पूरी तरह प्रविष्ट नहीं हो पाया था। मेरा ताज़ा कटा घाव ज़रा भरता नहीं कि ज़हीर के मुझ पर पूरा क़ब्ज़ा करने के प्रयत्न से पुरता ज़ख़्म फिर से खुल जाता। इस तकलीफ़ का वर्णन शब्दों में किया नहीं जा सकता! नरक यन्त्रणा! मैं चिल्लाती रहती और ज़हीर कोशिश करता रहता। मुझे ऐसे में बकरीद में हलाल किये जाते जानवरों की याद आती थी–फ़र्श पर यहाँ से वहाँ तक छटपटाते हुए, अपने ही ख़ून में सने हुए, उबली हुई आँखें, बाहर निकली हुई जीभ...मेरी दशा भी कुछ-कुछ वैसी ही थी। ज़हीर जब चला जाता, मैं बिस्तर पर पड़ी-पड़ी गोंगियाती रहती। मेरे कपड़े ख़ून से लिथड़ जाते। ऐसे में बहुत बार खाला चुपचाप आकर मेरे सरहाने बैठ जाती थीं। बिना मुँह से एक शब्द उच्चारे देर तक मेरा सर अपनी गोद में लेकर बैठी रहतीं। मैं रोती और फिर रोते-रोते ही कई बार थककर सो जाती। ज़हीर बीतते दिनों के साथ बेहद उतावला होता जा रहा था। उसे डर था कि अगर सही समय पर वह मुझे गर्भवती नहीं कर पाया तो समाज के लोग उसकी खिल्ली उड़ाने लगेंगे। अक्तूबर के महीने में इस बार उसे बड़ी ईद के लिए काबा जाना था हज पर। उससे पहले उसे हर हाल में मुझे गर्भवती करना था।

आज की रात वह अपने साथ एक चाकू ले आया था। चाकू देखते ही मेरे हाथ-पैर ठंडे हो गये थे। हमबिस्तर ना हो पाने की स्थिति में हमारे यहाँ मर्दों को अधिकार होता है कि वह अपनी स्त्री का जननांग खुद काटकर उसे सम्भोग के योग्य बनाये। ज़हीर के मेरी तरफ़ बढ़ते

ही मैंने बिलखते हुए उसके पाँव पकड़ लिए थे। पीड़ा और भय के चरम क्षणों में मैं आज भी उसे पहले की तरह 'नाना' कहकर सम्बोधित करने लगती थी। मगर मेरी मिन्नतों का उस पर कोई भी असर नहीं हुआ था। उसने मुझे अपने भोंथरी चाकू से बेरहमी से काटा था और फिर जब मैं हलाल होते हुए जानवर की तरह डकार रही थी, उसने मेरे साथ फिर सम्भोग करने की कोशिश की थी। कटे हुए घाव को चीरता हुआ उसका कठोर अंग...यह अथाह दर्द सहने की सारी सीमाओं के पार था! मैं चिल्लाती रही थी, चिल्लाती रही थी, यह जानकर भी कि कोई मुझे बचाने नहीं आयेगा। पूरा गाँव चुप पड़ा था। मेरी चीखें हर घर, हर दरवाज़े पर जाकर अपना सर धुनती रही थीं, साँकल खटखटाती रही थीं, मगर कहीं से कोई आवाज़ नहीं आयी थी। पूरा गाँव चुप होकर तमाशा देख रहा था। ज़हीर के साथ सबको इन्तज़ार था कि किस तरह से मुझमें बलात् प्रविष्ट करके मुझे औरत बनाया जाये, गर्भ धारण करवाया जाये। ऐसा हुए बिना हव्वा की बेटियों का जन्म लेना निरर्थक था। चीखते-चीखते एक समय मैं अचेत हो गयी थी।

इसके बाद मैं फिर सात दिनों तक बिस्तर पर तेज़ बुखार लेकर पड़ी रही थी। जब भी आँख खुली थी, खाला को अपने सरहाने बैठी हुई पायी थी। उनकी तरफ़ देखते हुए मेरी आँखों से अविरल आँसू बहते रहते मगर वे एक भी शब्द उच्चारे बिना चुपचाप बैठी रहतीं। जब मैं माँ के पास जाने के लिए उनसे बिनती करती तो वे जाने कैसी नज़रों से मुझे देखतीं। बरसने-बरसने को हो आयी मेघिल आकाश-सी आँखें, भाषा के शोर-गुल से परे! मेरे बिलखने पर सर पर हाथ फेरतीं या फिर दूसरी तरफ़ देखकर आँखें पोंछतीं। मैंने समझा था, इस ज़मीन पर कोई ऐसा नहीं जो मुझे बचा सके। मुझे दर्द की उन नीली नदी और अँधेरी सुरंगों से गुज़रना ही पड़ेगा जिनमें से होकर इस देश की अनगिनत औरतों को जाने कब से गुज़रना पड़ता है! ये बेरहम रिवाज़ें जाने कब ख़त्म होंगी! होंगी भी या नहीं! एकबार मैं खाला की गोद में सर रखकर फूट-फूटकर रोयी थी—"ऐसा क्यों किया जाता है हमारे साथ! इतने दुख हमें हमारे अपने लोग क्यों देते हैं?" उन्होंने मेरा सर सहलाया था—"ऐसा ही चलन है...औरत का जन्म मिला है तो इन सब चीज़ों से गुज़रना ही पड़ेगा...ऊपरवाले का फरमान है!"

"ऊपरवाले का फरमान! ऊपरवाला हमें इतने दुख क्यों देना चाहता

है खाला? वो तो बड़ा रहम-ओ-करीम है ना!" मुझे उनकी बातों पर यक़ीन नहीं आता था। "बस चुप रहो! नेक औरतें इतने सवाल नहीं करतीं! जो हमारे बड़े-बुजुर्ग कहते हैं उसे ऊपरवाले की फरमान समझ कर हमें क़बूल कर लेना चाहिए!" मुझे यह सब नसीहत देते हुए जाने उनका अपना चेहरा कैसा हो आता था। मैं सोचती थी वे जो कह रही हैं क्या उस पर उन्हें खुद भी यक़ीन आता है! एक झूठ को दोहरा-दोहराकर उसे सच कर दिया गया है, लोगों के मानस में बैठा दिया गया है। दिमाग़ कुछ और सोचता है और दिल कुछ और महसूस करता है। मेरा मन करता कि मैं उन पाक किताबों को अपनी आँखों से देखूँ जिनमें ऐसी बातें लिखी हुई हैं। ना जाने क्यों मुझे इस बात पर यक़ीन नहीं आता था कि ये वाहियात रिवाज़ें ऊपरवाले की मर्ज़ी है। जिसने हमें बनाया है वही हमें इस तरह से मिटाना क्यों चाहेगा! कोई अपनी सर्जना को नष्ट होते हुए नहीं देख सकता। इतनी ख़ूबसूरत दुनिया बनाने वाले का दिल इतना कठोर नहीं हो सकता!

दो-चार बार चाकू से काटकर सम्भोग करने के प्रयास में असफल होकर एक दिन ज़हीर एक दाई को पकड़ लाया था। खाला ने किंचित विरोध करने की कोशिश की थी मगर उन्हें धकेलकर बाहर कर दिया गया था। एक गुसल के फिसलन भरे गन्दे फर्श पर चित गिराकर मुझे गहरे तक चीरा गया था। ऐसा करते हुए मेरा मुँह सख्ती से दबाकर रखा गया था। यह काम काफी छिपाकर किया गया था। किसी को पता नहीं चलना चाहिए था वर्ना समाज में ज़हीर का मज़ाक़ उड़ता। जो अपनी औरत के साथ सफलतापूर्वक सम्भोग नहीं कर पाता उसे हमारे समाज में असली मर्द नहीं माना जाता है। यह बहुत शर्म की बात होती है। इसलिए सम्भोग ना कर पाने की स्थिति में मर्दों के पास यही आखिरी उपाय रह जाता है कि वह दाई या बंजारन को बुलाकर औरत के बन्द पड़े जननांग को फिर से काटकर खुलवाये।

इसके बाद कई दिनों तक ज़हीर लगातार मेरे साथ जबर्दस्ती हमबिस्तर होता रहा था। मेरे रोने-चिल्लाने, गिड़गिड़ाने का उस पर कोई असर नहीं हुआ था। मैं अपनी स्थिति का शब्दों में बयान नहीं कर सकती। जो जीवन मेरा था उससे नर्क भी बेहतर होता होगा। मैं रोज़-रोज़ मर

जाना चाहती, आत्महत्या करने की सोचती, कहीं भाग जाना चाहती। सब तमाशा देख रहे थे, मगर चुप थे। जो हो रहा था वह उनके लिए धर्म सम्मत था, जायज़ था। उसमें विघ्न डालकर वे पाप के भागी नहीं बनना चाहते थे। मुझे कुछ औरतों की आँखों में दया नज़र आती थी, मगर वे सब की सब गूँगी थीं। उनके मुँह में ज़ुबान नहीं थी। जाने कितने युगों से उन्होंने बोलना छोड़ दिया था। बस सुनती हैं और सहती हैं...इसी धरती की तरह। ना पैरों के नीचे ज़मीन, ना सर पर आसमान...कितना भयावह अनुभव था यह! ...अपना इस तरह अकेली होना, असहाय होना! बाद के दिनों में मैंने रोना-गिड़गिड़ाना छोड़ दिया था। इनका कोई अर्थ नहीं था ज़हीर के लिए। वह एक मर्द था, बस! पत्थर को जगाना शायद इससे ज़्यादा आसान था।

एक दिन जब उसे यक़ीन हो गया कि वह पूरी तरह से मुझ पर फतह पा चुका है उस दिन जाकर वह ज़रा शान्त हुआ। इसके बाद कई दिनों तक वह मेरे आसपास भी नहीं फटका। मैं कई दिनों तक बिस्तर में पड़ी रही, पर जाने मैं कैसी सख्त जान थी कि हर बार बच जाती थी! मुझे इससे निराशा होती थी। लगता था, क़ुदरत ने भी मेरे साथ नाइंसाफ़ी की है। ज़िन्दगी—ऐसी ज़िन्दगी—किसी भी सज़ा से बदतर थी।

धीरे-धीरे मैं फिर उठकर चलने-फिरने लगी थी। मुझे देखकर फातिमा बी बहुत ख़ुश हुई थीं। लटपटायी ज़ुबान से जाने क्या-क्या पूछा था। बिना कोई जवाब दिये मैं उनकी गोद में सर रखकर देर तक रोती रही थी। मुझे रोती देख वो एकाएक चुप हो गयी थीं। शायद उन्हें सब समझ आ गया था। गीली आँखों से मुझे देखती रही थीं, बहुत असहाय ढंग से और फिर खुद भी रोने लगी थीं। साथ में खाला भी। उस दिन रोते हुए भी मुझे एक तरह की शक्ति का अहसास हुआ था। लगा था, कोई है। एकदम अकेली नहीं मैं इस संसार में। तिनका ही सही, किसी का सहारा है। उसदिन ये भी लगा था, शायद पहली बार, रोना भी सुकून दे सकता है, जैसे कि आज। किसी ने किसी से एक शब्द नहीं कहा था, बस अपने मौन और आँसू से एक-दूसरे को छुआ था, भिगोया था...होने को यह भी कम नहीं था। ख़ासकर तब जब मेरे पास कुछ भी नहीं था।

इसके बाद मेरे मटमैले दिनों की क़तार में उजाले की कुछ छींटें पड़ी थीं, थोड़े हल्के हुए थे पत्थर-से भारी दिन। अनगढ़ समय को एक

आकार मिला था, कुछ स्पष्ट हुआ था जीवन का चेहरा...मैं फातिमा बी की सेवा-टहल करती, घर के दूसरे काम करती और बाकी समय में खाला के साथ बैठकर बेंत की टोकरियाँ बुनती। हमारे यहाँ बेनादिर इलाके में बनी बेंत आदि की टोकरियाँ काफ़ी मशहूर हैं। खाला से मैंने बेंत की टोकरियाँ बुननी सीखी थीं। खाला को और भी बहुत कुछ आता था जैसे मोती और पत्थरों के गहने बनाना। उन्होंने जामुनी पत्थरों की एक ख़ूबसूरत माला बनाकर मुझे दी थी। उन्हें जड़ी-बूटियों की अच्छी जानकारी थी। एक बार जब गोठे में बँधी गाय को एक थूकने वाले बेहद ज़हरीले नाग ने काट खाया था, उन्होंने जाने कैसी दवाई का लेप करके उसे बचाया था! खाला के पास इन सबके अलावा थीं ख़ूब कहानियाँ--इस देश की, जंगलों की, त्योहारों की। वे बच्चों को कहानियाँ सुनाने बैठतीं तो साथ में मैं भी बैठ जाती। कुछ देर जादूगर, डायन-चुड़ैल, तिलस्मी गुफा, उड़नेवाले साँप, जवाहरात के खज़ाने के पहरे पर बैठी हज़ार साल की अन्धी बुढ़िया आदि की कहानियाँ सुनते हुए जैसे मेरा वह बचपन जो अभी भी पूरी तरह से गया नहीं था, कहीं ठिठका खड़ा रह गया था, झिझकते क़दमों से लौट आता था। सबकुछ भूलकर मैं फिर से एक छोटी लड़की बन जाती थी। ऐसे क्षणों में खाला भी नानी-दादी-सी बन जाती थी। कभी-कभी कहानी सुनते हुए मैं उनकी गोद में सर रखकर सो जाती थी। एकबार नींद से उठकर देखा था, मेरा सर अपनी गोद में लेकर वह चुपचाप बैठी हैं। मेरी नींद ना टूट जाये इसलिए वह हिली-डुली भी नहीं थीं। ये स्नेह, ममता के छोटे-छोटे क्षण, अभिव्यक्तियाँ ही अब मेरे उदास, निसंग जीवन के सम्बल थे, दगदगाते घावों पर शीतलता के फाहे थे। जैसे लोग नदी की रेत से सोने के नन्हे-नन्हे कण चुनते हैं, मैं भी वात्सल्य के ये मीठे, ख़ूबसूरत अनुभव अपने आँचल में बटोरती रहती थी, ठीक किसी कंगाल की तरह...वास्तव में मैं थी भी तो यही! हर अर्थ में! रेहन चढ़ी, मोल ली गयी...मुझे मेरा दाम चुकाना था, ज़हीर को अपना पैसा वसूलना था।

रमज़ान का महीना धीरे-धीरे सरका था, भूख, प्यास और काहिली में। साथ में अनुशासन और प्रतिबन्ध में भी। ज़हीर बड़ी सख़्ती से सारे नियमों का पालन करता था। भोर रात को उठना, वजू आदि करके नमाज़ अदा करना, दुआ करना, क़ुरान पाठ करना...पाँचों वक़्त का नमाज़ वह पाबन्दी से अदा करता था। रमज़ान के महीने के दौरान

उसने मेरे पास आना भी छोड़ दिया था। यह भी हराम माना जाता है।

ईद के समय मैं माँ के पास गयी थी। मैं आयी हूँ सुन कर मेम मुझसे मिलने आयी थीं। वे एक दिन पहले ही किसी काम से शहर से लौटी थीं। उन्हें दूसरे दिन ही लौट जाना था। मासा शहर में साहब के पास थी। मेम ने बताया था, मासा को एड्स हुआ है। पहले मैं समझ नहीं पायी थी। मेम ने साधारण शब्दों में समझाने की कोशिश की थी—एक तरह का इन्फेक्शन जिसमें शरीर की बीमारियों से लड़ने की क्षमता नष्ट हो जाती है। लाइलाज! जानलेवा! सुनकर मैं रोयी थी। मेरे भीतर एक लम्बे समय से पल रहे डर को मेम ने आज शब्दों का जामा पहना दिया था। "मगर क्यों! उस छोटी-सी जान को क्यों?" मैं बार-बार उनसे पूछती रही थी। "यह सुन्ना की वजह से हुआ है...जब गन्दे और ख़ून लगे औजारों से इस तरह काटा-चीरा जाता है, हज़ार तरह की दूसरी बीमारियों के साथ एड्स हो जाने का भी ख़तरा रहता है!" "अब क्या होगा?" यह सवाल करते हुए भी मुझे डर लग रहा था। मेम ने तसल्ली दी थी कि इतना डरने की भी बात नहीं। दवाई, अच्छी देख-रेख से आजकल लोग एक हद तक स्वाभाविक और लम्बा जीवन गुजार सकते हैं। मेम ने माँ से अनुरोध किया था कि वे मासा को उनके पास रहने दें ताकि उसकी बेहतर देखभाल हो सके। माँ, अब्बू मान गये थे। एक तरह से राहत की साँस ली थी। कौन इतनी बड़ी ज़िम्मेदारी उठाता!

मैं अपने मन पर बोझ की एक और गठरी लादकर उस दिन घर लौटी थी। मेरी ईद मातम में बदल गयी थी। मेम के हाथों मासा के लिए ईदी भेजते हुए मुझे बहुत रोना आया था। काश मैं ईदी में उसके लिए एक लम्बी उम्र और ढेर सारी ख़ुशियाँ भेज सकती! उस दिन एक अर्से बाद एकान्त में बैठकर मासा की सेहत के लिए मन से दुआ की थी। मेरी यह ज़िन्दगी जो मेरे किसी काम की नहीं, ऊपरवाला उसे दे दे!

अक्तूबर में बड़ी ईद के मौक़े पर ज़हीर हज के लिए मक्का-मदीना गया था। मक्के में हज के बाद वह मदीना तीर्थ के लिए जाने वाला था जो मक्का से 40 कि.मी. की दूरी पर है। कहते हैं हज से लौटने के बाद वह हाजी कहलाने वाला है। मैं बस इतनी उम्मीद कर रही थी कि वह वहाँ से एक इनसान बनकर लौटे। जब मुझे भम्भोरता है तब वह एक दरिन्दे की तरह लगता है। उसके जाने के बाद जीवन में थोड़ी

शान्ति लौटी थी। मैं रातों को निश्चिन्त होकर सो पा रही थी। इसी बीच ज़हीर की छोटी बेटी रज़िया अपने ससुराल से मायके आयी थी। वह पेट से थी। मेरी ही हमउम्र। उसका लम्बा-चौड़ा नाम था रज़िया ज़हीर सुलेमान ज़ैदी। उसकी बड़ी बहन का नाम ज़ोहरा सुलेमान ज़हीर जैदी। हमारे यहाँ शादी के बाद भी औरतों के नाम नहीं बदलते। वे अपने नाम के साथ अपने पिता एवं दादा--दोनों के नाम जोड़ती हैं। इसलिए बहनों के दूसरे तथा तीसरे नाम एक ही होते हैं। रज़िया को देखकर जाने कैसा दुख हुआ था। बेहद दुबली और अपुष्ट। पीली, निस्तेज़ आँखें। चलते-फिरते भी हाँफ जाती थी। मुझे उसकी चिन्ता सताने लगी थी, जाने बच्चा कैसे जनेगी! वह स्वभाव से बेहद चिड़चिड़ी थी। बात-बात पर नकिया कर रोने बैठ जाती, पतली, कर्कश आवाज़ में ज़ोर-ज़ोर से बोलने लगती। मुझसे जाने उसकी कैसी दुश्मनी थी! एकबार भी सीधे मुँह बात नहीं की थी। उसके आने से मेरा काम और भी बढ़ गया था। उसकी एक अजीब-सी आदत थी—हमेशा कुछ न कुछ खाती रहती थी। पता नहीं इतना खाने के बावजूद वह इतनी दुबली कैसे थी। फातिमा बी के पास वह कभी दो पल बैठती नहीं थी। फातिमा बी तरस कर रह जाती थीं। मुझे उनके लिए दुख होता था। वह जब तक घर पर रहीं, अशान्ति का माहौल बना रहा। मैं कोशिश करती थी कि उसके सामने ना पड़ूँ। जिस दिन वह अपने ससुराल लौटी थी, सबने चैन की साँस ली थी। खाला और खुद फातिमा बी उससे ख़ासा परेशान थीं।

उसके जाते ही एक और परेशानी ने मुझे घेर लिया था। एक दिन खाना बनाते हुए मेरा जी मिचलाया था और फिर उल्टी हुई थी। उस समय खाला कहीं गयी हुई थीं। सारा दिन फिर मैं चुपचाप पड़ी रही थी। शाम को जब खाला लौटी थीं, उस समय भी मैं उल्टी कर रही थी। देखकर खाला ने झट कहा था मैं माँ बनने वाली हूँ। सुनकर मैं सन्नाटे में आ गयी थी। माँ और मैं! मुझे यक़ीन नहीं आ रहा था। अचम्भा ख़त्म होते ही एक तेज़ घबराहट ने आ घेरा था मुझे। हाथ-पैर ठंडे हो गये थे यकायक। माँ! बच्चा! ओह! मैं खाला से लिपटकर बेतहाशा रो पड़ी थी—"मुझे माँ नहीं बनना खाला! मुझे बहुत डर लगता है!" खाला ने मुझे डपटकर चुप कराया था—"चुप! अपशकुन की बात नहीं करते! हर औरत को माँ बनना पड़ता है। औरत माँ की जाति

है, बच्चे को जन्म देना, वंश बढ़ाना—यही तो उसके काम हैं!" मैं देर तक रोती रही थी। उस रात ठीक से सो भी नहीं पायी थी। फातिमा बी ने सुनकर दूसरी ओर मुँह फेर लिया था। इसके बाद उसने मुझसे ठीक से बात भी नहीं की थी। मुझे उनके बर्ताव से दुख पहुँचा था। मैं उनमें एक तरह से अपनी माँ को देखने लगी थी। लगा था, एक बार फिर उनके आँचल की छाँह से वंचित हुई हूँ! ज़हीर के हज में जाने से पहले मेरे जननांग को फिर से सी कर बन्द कर दिया गया था। ज़हीर को पूरा यक़ीन था कि मैं ज़रूर जल्द ही गर्भवती हो जाऊँगी। हमारे यहाँ अक्सर ऐसा ही किया जाता है। औरत को पाकीज़ा और वफ़ादार रखने के लिए यह एहतियात ज़रूरी होता है। पहले लड़की का सुन्ना किया जाता है, फिर शादी की रात उसे खोला जाता है, गर्भवती होते ही उसे फिर बन्द कर दिया जाता है। इसके बाद प्रसव के समय उसे एक बार और खोलकर प्रसव के बाद दुबारा बन्द कर दिया जाता है। जिस्म का यह हिस्सा और किसी के लिए हो ना हो, औरत के लिए दोज़ख ज़रूर बन जाता है। एक बद्दुआ जो बार-बार फलती रहती है!

आजकल हर समय मुझे डर लगा रहता है। एक तरह के आतंक में जीती हूँ कि जाने आगे मेरे साथ क्या होने वाला है! बचपन का वह सरल विश्वास खो गया है। जैसे अब मैं किसी को नहीं जानती, किसी पर भरोसा नहीं कर सकती। सुहाग रात के दिन माँ का वह कठोर, हृदयहीन व्यवहार मुझसे भुलाये नहीं भूलता। मेरा पूरे विश्वास के साथ उनकी ओर बढ़ना और उनका उस निर्ममता से मुझे काट-कूट कर रख देना। मेरा लगातार गिड़गिड़ाना, मिन्नतें करना...जैसे उनके कान में भी नहीं पड़ा था। ऐसे मुझे काट रही थीं जैसे कोई जानवर को हलाल करता है। मेरे बुरी तरह छटपटाने से चारों ओर ख़ून के छींटे उड़ रहे थे। मुझे याद आती हैं, लैम्प की रोशनी में माँ के चेहरे पर चमकने वाली ख़ून की बूँदें! आज भी याद करती हूँ तो नसों में बर्फ़ उतर आती है। वह माँ ही थीं! एकदम जल्लाद!

धीरे-धीरे दिन बीतने लगे थे। मेरा शरीर हमेशा घुलता रहता। उल्टी कर-करके मेरी हालत ख़राब हो रही थी। मांस, मछली या तले जाने वाले मसाले की गन्ध से और भी तकलीफ़ होती। जब घर में कोई खाना पकता या बघार दी जाती, मैं नाक पर कपड़ा रखकर बाहर जाकर बैठती। थोड़े ही दिनों में वज़न घटकर मैं आधी हो गयी थी।

इस बीच माँ के वहाँ भी हो आयी थी। सुनकर सब ख़ुश दिख रहे थे। सबके सर से एक बोझ उतर गया था—मैं बच्चा जन सकती थी! ज़हीर को बाप बनने का गौरव प्रदान कर सकती थी। शायद यही बात मायने रखती थी। मुझ पर क्या गुज़र रही है, यह जानने की किसी को ज़रूरत महसूस नहीं हो रही थी। मैं अन्दर ही अन्दर सूखती जा रही थी। सच, मुझे बहुत डर लग रहा था! माँ के घर से लौटते हुए मैंने मुड़कर माँ की ओर देखा था—जाने किस उम्मीद से। मगर माँ ने आँख मिलते ही नज़रें झुका ली थीं। उस पल मैं एक बार फिर से बेसहारा हो गयी थी। बार-बार एक अनाम-सी उम्मीद लेकर उनके पास जाती हूँ और निराश लौट आती हूँ। मेरे भीतर के बच्चे को अब भी शायद माँ की गोद की तलाश है, उनके आश्रय की आशा! वापसी में हर क़दम के साथ पैर भारी होते चले गये थे।

खाला ने कहा था, मैं खाना जितना कम कर दूँ उतना ही अच्छा ताकि पेट में पलनेवाला बच्चा ज़्यादा बढ़ ना सके। वर्ना प्रसव में दिक्कत होगी। मेरा खाना-पीना कम ही था। उनकी बात सुनकर और भी कम कर दिया था। ऊपर से उल्टी भी लगातार हो रही थी। कुल मिलाकर मेरी हालत बहुत ख़राब हो गयी थी। थोड़े ही दिनों में मैंने बिस्तर पकड़ लिया था। पड़ी-पड़ी हाँफती रहती और बीच-बीच में उठकर उल्टी कर आती। इस दौरान एक खाला ही थी जो हरदम मेरे साथ लगी रहती थीं। फातिमा बी ने मुझसे एक अर्सा हुए, बोलना ही छोड़ दिया था। मैं उनके इस रवैये से सकते में थी। कितना स्नेह रखती थीं वे मुझसे। मैं तो उनमें अपनी खोई हुई माँ को ही देखने लगी थी और वे...अचानक से शायद मैं उनकी सौत बन बैठी थी। कितना अद्‌भुत होता है स्त्री का चरित्र! मैं स्वयं स्त्री होकर उन्हें समझने में खुद को असमर्थ पा रही थी। माँ का चरित्र, खाला का चरित्र और अब इस फातिमा बी का! बहुत-सी बातें मुझे परेशान करती हैं, मगर अपने ही भावों को मैं स्पष्ट रूप से समझ नहीं पाती, परिभाषित नहीं कर पाती। जो महसूस करती हूँ उसे शब्दों में अभिव्यक्त करना कठिन लगता है। मगर हाँ, इतना ज़रूर लगता है कि यहाँ सब ठीक नहीं है। कुछ बहुत ग़लत है। औरतों के जीवन में दुख ही दुख हैं और ये सारे दुख केवल क़ुदरत के दिये हुए नहीं हैं। जैसा कि मेम कहती थीं, हमारे अधिकतर दुख इनसानों के खुद के बनाये हुए दुख हैं और जिस दिन

हम चाहेंगे, हमारे आधे से अधिक दुख ख़त्म हो जायेंगे। क्यों हमारे जीवन में इतने दुख हैं! कौन हमें दुख देना चाहता है! ...हमारे माँ-बाप? समाज, पवित्र किताबें या ऊपरवाला? मगर हम तो इन्हें अपना हितैषी मानते हैं, मित्र और प्रियजन मानते हैं! फिर? जो हमें दुख देना चाहे वह हमारा हितैषी या ख़ुदा कैसे हो सकता है! हमारा अपना तो वह होगा जो हमारा भला चाहेगा, हमें विपदाओं से बचायेगा। चाहे मैं मुँह पर कहूँ या ना कहूँ, मगर मुझे जाने क्यों यक़ीन नहीं आता था कि औरतों के इतने सारे दुखों के पीछे क़ुदरत या ऊपरवाला है। मनुष्य ने अपने लिए खुद ये नर्क रचे हैं! जब मैं रेतों के सुनहरे टीले देखती हूँ, उनके पीछे से निकलता चाँद और कैक्टस पर खिले तरह-तरह के फूलों को देखती हूँ, मुझे ख़याल आता है कि इन ख़ूबसूरत चीज़ों को बनाने वाला मालिक बहुत उदार और दयालु होगा। ऐसे सुन्दर संसार को रचने वाला कलाकार औरतों की ज़िन्दगी को भला बदसूरत क्यों बनाना चाहेगा। आख़िर औरत भी तो उसी की बनाई हुई रचना है!

वह एक साँवला-सा दिन था—बारिश के आख़िरी दिन जब बादल खुद को समेटने लगे थे और उसके झीने कोनों से आकाश के नीले टुकड़े छोटे-छोटे रूमाल की तरह लहराने लगे थे। खाला मेरे लिए सुबह का नाश्ता लेकर आयी थीं—शाह यानी चाय के साथ कानजीरो—रोटी और माराक-सब्ज़ी और मांस का शोरबा! मुझे कानजीरो घी और चीनी से खाना पसन्द था। मगर गर्भवती होने के बाद से मुझसे यह भी ठीक से खाया नहीं जाता था। मुझे खिलाने के लिए खाला चाय और तिल के तेल के साथ भी इसे भिगोकर लाती थीं जैसे अक्सर बच्चों को पसन्द आता है। आज भी वह मुझे तरह-तरह से फुसला कर खिलाने की कोशिश में लगी थीं जब पड़ोस के रमजान चाचा का बेटा ख़बर दे गया था कि मक्का में नमाज़ के बाद संग-ए-अस्वत को चूमने की कोशिश करते हुए लोगों में अचानक भगदड़ मच जाने की वजह से सैकड़ों लोग पैरों के नीचे कुचल कर मारे गये हैं। ज़हीर के साथ गये लोगों ने सूचना दी थी कि ज़हीर का कुछ पता नहीं चल पा रहा है। वे उसे ढूँढ़ रहे थे। किसी ने कहा था, ज़हीर की लाश उसने देखी है। जाने सच या झूठ! गाँव का एक और आदमी सुलेमान इस भगदड़ में

कुचलकर मारा गया था। सुनकर घर में लोगों की भीड़ जुड़ गयी थी। चारों तरफ़ कोहराम मच गया था। सब फातिमा बी के कमरे में इकट्ठा हुए थे। तमाम औरतें छाती पीट-पीटकर रो रही थीं। खाला मुझे भी वहीं खींच ले गयी थीं। कमरे में घुसते ही वे भी दहाड़ें मारने लगी थीं।

मेरी तो जैसे सोचने-समझने की शक्ति ही चली गयी थी। सब एकदम से गड्डमड्ड हो गया था। तमाम रोने-धोने के बीच एक ही ख़याल मुझे बार-बार आ रहा था कि ज़हीर अब कभी वापस नहीं आयेगा...कभी नहीं! क्या वाकई? मुझे यक़ीन नहीं हो रहा था। मैं अपने उस समय की मनःस्थिति को शब्दों में बयान नहीं कर सकती। एक अजीब-सी सिहरन मेरे पूरे शरीर में दौड़ रही थी, रोआँ-रोआँ जाग गया था। दिल धड़क रहा था वेग से। भीतर तूफान समेटे मैं बस सूखी आँखों से सबको रोते-चीखते हुए देखे जा रही थी। फातिमा बी भी बिस्तर में पड़ी-पड़ी अपने एक हाथ से सर पीटते हुए मुँह से अजीबोग़रीब आवाज़ निकाल रही थीं। एक समय के बाद खाला ने मुझे घूर कर देखते हुए चिकोटी काटी थी और फिर खुद ज़ोर-ज़ोर से रोने लगी थीं। चिकोटी से मुझे होश आया था और फिर मैं भी आँखों पर हाथ धरकर सिसकने लगी थी। हालाँकि मेरी आँखें सूखी थीं और जल रही थीं। जब भी मेरा रोना थमने लगता खाला मुझे फिर से चिकोटी काटतीं और मैं दुबारा रोने लगती। मुझे खुद समझ में नहीं आ रहा था कि मैं वाकई रो रही हूँ कि क्या कर रही हूँ। अभी भी मेरे दिमाग़ में वही बात चक्कर काट रही थी—ज़हीर अब कभी नहीं लौटेगा!

जाने कितनी देर बाद ज़हीर की बेटी रज़िया अपने बाप की ख़बर सुनकर ससुराल से भागी-भागी आयी थी। उसके आने की ख़बर सुन खाला सहित सभी औरतें रोते-चीखते कमरे से बाहर निकल गयी थीं—शायद उससे मातमपुरसी करने। उनके जाते ही कमरे में यकायक सन्नाटा छा गया था। अब सिर्फ़ मैं और फातिमा बी ही कमरे में रह गये थे। यह अहसास होते ही हम दोनों जाने क्यों एकदम से चुप हो गयी थीं! फातिमा बी की आँखें रो-रोकर लाल हो रही थीं। मेरी भी आँखें रगड़ने से लाल हो गयी थीं। अपनी सूजी हुई लाल आँखों से हम चुपचाप एक-दूसरे को देखते रहे थे और इस बीच कमरे में भी गहरा सन्नाटा पसरा रहा था। क्या था हम दोनों की आँखों में उस समय! एक सच जो अपने होने पर शर्मिन्दा है...या शायद शर्मिन्दा से

भी ज़्यादा डरा हुआ! हम दोनों का चेहरा पारदर्शी हो आया है, इतना कि जैसे काँच! हम आईना बने एक-दूसरे के सामने थे और आँखें चुरा रह थे। गूँगे आईने की तरह हम भी झूठ नहीं बोल पा रहे थे। ज़ुबान झूठ बोल लेती है, ख़ामोशी नहीं। वह बस उजागर हो जाती है! मुझे घबराहट हो रही है। फातिमा बी भी सकते में हैं जैसे–ऐसा नहीं होता, होना नहीं चाहिए। रवायत नहीं! अभी-अभी हम दोनों की दुनिया लुटी है, अभी-अभी हम बेवा हुई हैं। हमें गम में होना है, आँसुओं में होना है...मगर हम दोनों अपने-अपने हिस्से के भयानक सच के साथ स्तब्ध खड़ी हैं। रंगे हाथों पकड़ी गयी हों जैसे! बिना कोई गुनाह किये गुनहगारों की तरह। संस्कार शायद इसी को कहते हैं, अपने युगों के अनुकूलन से सहज बाहर नहीं आया जाता।

थोड़ी देर बाद सभी औरतें रज़िया को लेकर रोती-पीटती कमरे में लौट आयी थीं और उनके आते ही हम एक बार फिर भरभरा कर रो पड़े थे। खाला मुझे इस तरह रोते देख काफ़ी सन्तुष्ट नज़र आ रही थीं मगर रज़िया की गीली आँखों में मेरे लिए आज भी घृणा की नीली लपटें थीं।

उस दिन रोते-रोते मैं थक गयी थी। जब खाला को तसल्ली हो गयी थी कि मैं काफी रो चुकी हूँ, मेरे गर्भवती होने की दुहाई देकर वह मुझे मेरे कमरे में ले आयी थीं। फिर दरवाज़ा बन्द कर खाना भी दिया था। खाना देखते ही मैं किसी भुक्खड़ की तरह खाने पर टूट पड़ी थी और देखते ही देखते पूरी थाली साफ़ कर दी थी। मुझे तो याद ही नहीं था बारिस-भात में इतना स्वाद होता है! जीरा-कामून, इलायची-हेयल, लौंग-कारानफूल और साहजीरा का स्वाद...अर्से बाद मसाले की गन्ध से उल्टी नहीं आयी थी। मेरे और खाना माँगने पर खाला ने मुझे डपट दिया था और चुपचाप लेट जाने को कहा था। मैं हाथ-पैर फैलाकर लेट गयी थी और पलक झपकते ही सो गयी थी। बहुत गहरी नींद! ऐसी नींद जिसमें सपने नहीं होते, दरारें नहीं होतीं। होता है तो बस एक सपाट, मुलायम अँधेरा! जाने कितने समय के बाद मैं इस तरह से सोई थी। मृत्यु की तरह सुखद थी यह।

देर शाम को खाला ने मुझे उठाया था। ढेर सारे रिश्तेदार आये थे मातमपुर्सी के लिए। औरतों के बीच जाकर खाला ने सबको बताया था मैं सारी दोपहर अपने कमरे में अचेत रही। मुझे बहुत अच्छा लगा

था। खाला झूठ उतनी ही सहजता से बोलती थीं जितनी सहजता से सच। एकबार फिर रोना-धोना शुरू हुआ था जो देर रात तक चला था। दूसरे दिन ख़बर मिलने पर माँ आयी थीं, मगर खाला के लाख आँख गरम करने या चिकोटी काटने के बावजूद आज मेरी आँखों से एक बूँद आँसू नहीं गिरा था। अपने भीतर एक जलती हुई अँगीठी लिए मैं बुत बनी बैठी रही थी। मुझे उनका रोना भी सह नहीं रहा था। जी चाह रहा था या तो सब कुछ तहस-नहस कर दूँ या उठकर जंगल में भाग जाऊँ! मैं बहुत विवश थी। कुछ भी नहीं कर सकती थी। मेरी आवाज़ नहीं, हाथ-पैर नहीं, औकात नहीं, मगर मैं इतना तो आज कर ही सकती हूँ कि ना रोऊँ। उनके सामने ना रोना ही मेरा विरोध था। ऐसा करके मुझे बहुत अच्छा लग रहा था। कहीं से खुद को हल्का महसूस कर रही थी। सोचती थी, कहीं कुछ बचा नहीं है। राख हो गयी हूँ, मगर कोई जीवित चिंगारी है जो हवा पाते ही भड़क उठती है। अपना यूँ कहीं से बची रहना, गेहुँवन की तरह ठनक उठना सुखद लगा था। अपमान, प्रताड़ना में निर्विरोध जीते रहना कहीं से बहुत दंश देता था, कसकता रहता था। कुचला हुआ स्वाभिमान किसी केंचुए की देह से कटकर अलग होने के बावजूद देर तक जीवित रह गये हिस्से की तरह छटपटाता रहता था। मेरा रवैया देख माँ का चेहरा उतर गया था। खाला ने ही बढ़कर एक बार फिर बात सम्हाली थी—''क्या करें! बच्ची जब से ख़बर सुनी है सदमे में है!'' सुनकर माँ ने तत्परता से सर हिलाया था। इसके सिवा उनके पास कोई चारा भी क्या था। यह झूठ उनके साझे का था। इसी में उनकी खैर थी।

दो-तीन दिन इसी तरह बीते थे। घर में गमी चल रही थी। इन दिनों मुझे अकेली रहने की दुर्लभ आज़ादी मिल गयी थी। खाला की वजह से ही कुछ और ज़्यादा। मुझे अँधेरे कमरे में चुपचाप पड़े रहना अच्छा लगता था। आँखों के आगे नाचती स्याह तितलियाँ, खिड़की के बाहर दूर तक पसरा धूसर आकाश, हर तरफ़ बिखरी रेत की अनगढ़ ढूहें, ताड़ के पेड़ पर चीखते-झगड़ते गिद्ध...इन सबके माने भी अचानक से बदल गये हैं! अब ये इतने बुरे नहीं लगते। डराते भी नहीं पहले की तरह। एक नींद आती है बेहोशी की तरह...मुझे पल में खुद में डुबो लेती है, मैं एक काली झील में देर तक डूबती-उतराती रहती, तैरती दूर-दूर तक, लहरों के साथ बहती...बहुत सुखद था सब कुछ! एक

श्राप वरदान बन कर फला था—मैं सो सकती थी अँधेरे की गर्म रज़ाई ओढ़कर सदियों तक...मुझे पता नहीं था, मृत्यु ऐसी आह्लादकारी भी हो सकती है। मैं कुछ सोच नहीं रही थी मगर महसूस कर रही थी। मेरी शिराओं में बसन्त उतरा था, मिट्टी महकी थी ठीक जैसे पहली बारिश के बाद! मैंने गहरी साँस ली थी और एक भी सपना नहीं देखा था—देखने की ज़रूरत नहीं पड़ी थी! बीच रात अपने घुप्प अँधेरे कमरे में उठ बैठती और इस डर से खिड़की की तरफ़ देखती कि कहीं सुबह तो नहीं हो गयी! सूरज तो नहीं उग गया! इस अन्धकर के साम्राज्य में मैं सुरक्षित थी, निश्चिन्त थी। मैं नहीं चाहती थी कभी भोर आये, रोशनी फैले, दुनिया का चेहरा फिर से मुझे दिखे! सबकुछ सिरे से भूल जाना चाहती थी, खारिज कर देना चाहती थी हमेशा के लिए। मैं अपने अन्धकार भरे महाद्वीप के इस अथाह अन्धकार से मिल कर एकाकार हो गयी थी! सोमालिया—अफ्रीका हो गयी थी। सही अर्थ में!

मगर समय थमता नहीं। ना हमेशा के लिए अन्धकार ही रहता है। उस दिन सुबह की नर्म धूप में कुछ गौरैया घर के दालान पर चहचहाती हुई दाने चुग रही थीं और मुझे बूराश-दलिया चीनी और मक्खन के साथ नाश्ते में परोसकर खाला अनाज के दाने फ़र्श पर फैला रही थीं जब यकायक दरवाज़े पर ज़हीर आ खड़ा हुआ था। मैंने और खाला ने उसे एक साथ देखा था। मुझे अपनी आँखों पर यक़ीन नहीं आया था। जैसे भूत देख लिया हो। ज़हीर का एक हाथ टूटा हुआ था और पट्टे के सहारे कन्धे से लटका हुआ था। वह बहुत ख़ुश नज़र आ रहा था। उसके सारे हरे, लाल दाँत मसूड़े समेत बाहर निकले हुए थे। उसे देखकर मेरा जी यकायक ज़ोर से मिचलाया था और मैं बूराश की थाली ज़मीन पर फेंककर भीतर की ओर भागी थी।

भीतर आकर मैं सीधे फातिमा बी के कमरे में पहुँची थी और उन पर गिरकर फूट-फूटकर रोने लगी थी। मेरे इस तरह अचानक आ कर रोने से फातिमा बी घबरा गयी थीं और गोंगिया-गोंगियाकर मुझसे कारण पूछने लगी थीं। मगर मुझसे कुछ भी कहा नहीं जा रहा था। बस रोये जा रही थी। थोड़ी देर बाद ज़हीर सारे घर के साथ आकर वहाँ हाज़िर हुआ था। उसे देखकर फातिमा बी एकदम से चुप हो गयी

थीं। उनका गोंगियाना बन्द हो गया था। इधर मैं बेतरह रोये जा रही थी। ज़हीर हम दोनों को गहरे कौतूहल से देख रहा था। आखिर खाला ने ही आगे बढ़कर फिर से बात सम्हाली थी—"ख़ुशी के आँसू हैं! बेचारी अपनी ख़ुशी सम्हाल नहीं पा रही है! सौहर सलामत घर लौट आया..." मैं वाकई खुद को सम्हाल नहीं पा रही थी। अल्लाह ताला ने सब कुछ देकर इस तरह से क्यों वापस ले लिया! मुझे रह-रहकर ज़ोर की उल्टी आने लगी थी।

उस रात एक बार फिर मुझ पर कहर टूटा था। अब चूँकि आम तरीके से जिस्मानी ताल्लुकात मुमकिन नहीं थे और मैं हामिला थी इसलिए ज़हीर ने दूसरी तरह से मेरे साथ होने की कोशिश की थी। यह मेरे लिए बेहद कष्टकर था। आते ही कोई बात करने की जहमत उठाये बिना ही उसने मुझे दीवार के सहारे खड़ी कर दिया था। पहले-पहल मैं समझ नहीं पायी थी, मगर जैसे ही मैंने उसका इरादा समझा था, बहुत डर गयी थी। मगर हमेशा की तरह उसने मेरे रोने-चिल्लाने की कोई परवाह नहीं की थी। मेरे छटपटाने पर यकायक उसने कई तमाचे ताबड़तोड़ जड़ दिये थे, शायद मेरा प्रतिरोध कम करने के लिए। एक हाथ के बँधे होने की वजह से वह मुझसे हाथापाई करने की हालत में नहीं था। इसके बाद मैं चुपचाप दीवार से लगी सिसकती रह गयी थी और वह बलात मुझमें प्रविष्ट कर गया था। मुझे लगा था किसी ने मुझे आरी से चीर दिया है। अन्दर दर्द आग की तरह फैला था। मैं एक बार फिर चीखते-चीखते अचेत हो गयी थी। सुबह मैंने उठकर खुद को ख़ून से सने बिस्तर पर पाया था। खाला एक कोने में बैठी मुझे चुपचाप देख रही थी—जाने कैसी नज़र से। मैंने सरक कर उनकी गोद में सर छिपाया था और फफक पड़ी थी—"बहुत दुखता है खाला! और बर्दाश्त नहीं होता!" खाला ने मुझे रोने दिया था, बिना कुछ कहे और जाने कितनी देर बाद अचानक झल्लाकर कहा था—"सहता नहीं तो मर क्यों नहीं जाती! जान तो छूटे! औरत होकर 'दुखता है', 'दुखता है' की रट!" उनकी बात ने कुछ देर के लिए मुझे सकते में डाल दिया था। खाला ये कैसी बातें कर रही थीं! मेरे चेहरे पर हैरत देखकर ही शायद खाला ने फिर कहा था—"और नहीं तो क्या! औरत होकर जन्म लिया है और दर्द से बचना चाहती है! कैसे सम्भव है? अगर बचना ही चाहती है तो इसका एक ही रास्ता है, मर जा!" सुनकर मैं

बिलखी थी—“ऐसा मत कहो खाला! तुम भी ऐसा कहोगी तो मैं कहाँ जाऊँगी!” इसके बाद हम दोनों देर तक बैठकर बिलखती रही थीं।

दोपहर को हम दोनों की सूजी आँखें देखकर फातिमा बी ने कहा था—“तुम दोनों आज बहुत रोये ना? मुझे साथ नहीं ले सकते थे? साथ रोये तो दुख तो नहीं घटता, मगर सह ज़रूर जाता है। रोने के दुख में एक सुख होता है। मुझे इससे महरूम मत किया करो! बाँटने को और है भी क्या हमारे पास!”

इसके बाद ज़हीर का अत्याचार लगातार ज़ारी रहा था। वह जब-तब आकर मुझे भँभोर कर रख देता था। इसी तरह कई महीने बीते थे। इसी बीच मेरा पूरा परिवार मवेशियों के लिए चरागाह की तलाश में डेरा-डंडा उठाकर फिर सबील्ले नदी की ओर चला गया था। जाने से पहले माँ भैया को लेकर मिलने आयी थी मगर उनसे ज़्यादा बात करने की मुझमें कोई स्पृहा नहीं जागी थी। उन्हें जाते हुए भी मैं रीती आँखों से देखती रही थी।

चढ़ते हुए महीने के साथ ही मेरी तकलीफ़ें भी लगातार बढ़ती जा रही थीं। मुझे पेशाब का इन्फेक्शन लगातार बना रहता। नहीं खा-खाकर मैं काफी कमज़ोर हो गयी थी।

एक बार खाला के बहुत कहने-सुनने और मिन्नतों के बाद ज़हीर मुझे पास के कस्बे के एक हेल्थ सेंटर में ले गया था। महिला डॉक्टर ने जाँच-पड़ताल के बाद निराशा में सर हिलाया था—“इसके योनि का भीतरी हिस्सा लगभग बन्द है। शारीरिक मुआयना सम्भव नहीं। फिर पेशाब के नमूने से भी कुछ पता नहीं चल सकता। सुन्ना की वजह से हुए भीतरी ज़ख़्मों के कारण इसके पेशाब में मल रिस आता है जिससे ये प्रदूषित हो जाता है। ख़ून की कमी तो इसे है ही, पेट का बच्चा भी लगता है सही ढंग से बढ़ नहीं रहा है। माँ और बच्चे—दोनों की हालत अच्छी नहीं!” सुनकर खाला सिर हिलाती रही थी, ज़ाहिर है उनके पल्ले कुछ नहीं पड़ा था। मैंने सुन कर भी कुछ समझने की कोशिश नहीं की थी। अब क्या फ़र्क़ पड़ता है! डॉक्टर ने कुछ दवाइयाँ दी थीं। बाहर आकर देखा था, ज़हीर खड़ा-खड़ा जाने क्या चबाते हुए किसी ऊँट की तरह मुँह चला रहा था। मेरा जी एक बार फिर मिचलाया था...

बारिश के बाद फिर रेगिस्तान में धूप का डेरा पड़ा था, रेत का रंग एकदम पीला! आकाश गर्म लोहे-सा दिखता, जैसे कोई धुआँती हुई

कड़ाही औंधी पड़ी हो! नीचे बालू की चिलमिलाती आँच और क्षितिज पर पानी की काँपती दीवार-सा हवा का रेला...पेड़ों के पत्ते गिनती के हो चले थे, हरियाली के पैबन्द ज़र्द, विरल। सबकी ज़ुबान में प्यास, गले में अनगिन दरार। जिस्म पर पसीना नहीं, बस नमक। हर नमी आकाश से बरसती आग की लपलपाती जीभ सोख ले गयी थी। पशु-पक्षी रात-दिन धौंक रहे थे। हर पानी का सोता, धारा कीचड़ में तब्दील हो गयी थी। पत्थरों की तरह टुकड़ों में बँटी पड़ी थी। हमारे इलाके के अधिकतर बंजारे अपने मवेशियों के लिए चारा और पानी की तलाश में बड़ी नदियों की तरफ़ निकल गये थे। वही उनकी आखिरी उम्मीद थीं!

मौसम की तरह ही मेरी मनःस्थिति हो रही थी—सीझ रही थी आपादमस्तक। उमस और उसाँसों से भरी हुई थी। महसूस होता अन्दर खौल और उबाल के सिवा कुछ नहीं। अपनी देह से ही वितृष्णा हो गयी थी। लगता यही सारे दुखों की जड़ में है। यह नहीं होती तो इसे घेर कर रात-दिन चलने वाला नरभक्षियों का महाभोज भी नहीं होता। मैं अपने जिस्म से, इसके नरक से छूट जाना चाहती थी। मेरे लिए इसका एक ही अर्थ रह गया था और वह था दर्द—हर पोर में, रेशे-रेशे में टीसता हुआ, धड़कता हुआ—किसी विषैले फोड़े की तरह जो पक कर नासूर बन गया हो, एकदम लाइलाज! मेरा उठना-बैठना मुहाल हो गया था। कैल्शियम की कमी से हड्डियाँ, जोड़ दुखते रहते, ख़ून में लोहे की भी अत्यधिक कमी थी, इससे कमज़ोरी ऐसी बढ़ गयी थी कि बैठ-बैठ कर भी चक्कर आने लगते, उठकर खड़ी होती तो आँखों के आगे अँधेरा छा जाता। उस पर पेशाब का इन्फेक्शन—तलपेट में आग-सी लगी रहती। यही हाल सीने का था, खाना हजम नहीं होता, खट्टी और तेज़ाबी डकारें आती रहतीं। लगता, छाती में मिर्च की धूनी लगी हुई है!

हर पल आतंक में जी रही थी मैं! दिन का आतंक, रात का आतंक... सारा दिन आकाश शीशे-सा पिघलता रहता, गहरी उमस और घुटन में मैं पकती रहती, जिस्म का हर जोड़ घाव की तरह दुखता-टीसता और सूरज के डूबते ही रात का काला लबादा ओढ़े किसी प्रेतात्मा की तरह ज़हीर मेरे सीने पर उतर आता! चूँकि अब मैं बच्चे की वजह से पेट के बल बिल्कुल लेट नहीं पाती थी, वह मुझे हमेशा दीवार के सहारे खड़ी करके अत्याचार करता। उसके निर्मम प्रहार से अपने पेट को दीवार

से टकराने से बचाने के लिए मुझे अपने हाथों को दीवार से टेक कर रखना पड़ता, कभी-कभी देर तक। अन्त में मेरे हाथ शून्य पड़ने लगते, जाँघों का भीतरी हिस्सा ख़ून से गीला हो जाता।

एक समय के बाद मैंने समझा था, मेरी चीखें, सिसकियाँ ज़हीर को एक पाशविक आनन्द से भर देती हैं। यह उसके लिए उद्दीपन का काम करते हैं। वह और और उत्तेजित हो उठता है। उसके इस स्वभाव को समझते ही मुझ में भी एक ज़िद भर गयी थी—अपनी तकलीफ़ से तो मुझे निज़ात नहीं मिल सकती, मगर उसे भी मैं कम से कम अपनी तरफ़ से ख़ुश होने का मौक़ा देना नहीं चाहती थी। इसलिए लाख दर्द में होने के बावजूद मैं अब रोती नहीं थी। दाँत भींचकर चुप पड़ी रहती थी। कमरे के अन्धकार में आँसुओं से मेरा चेहरा तर हो जाता, दाँत भींच-भींच कर मुँह दुख जाता मगर मैं उफ तक नहीं करती। ज़हीर मुझे पीड़ा पहुँचाने के लिए और निर्मम हो उठता। मैं फिर भी ख़ामोश रहती। मेरे इस व्यवहार से ज़हीर का उत्साह ठंडा पड़ जाता। वह चिढ़ कर कहता—चीखो! चीखती क्यों नहीं? तुम्हें दर्द हो रहा है ना? और अन्ततः झल्लाते हुए चला जाता। यही मेरी जीत थी—उसे ख़ुश न होने देना! दर्द से सारी देह लथपथ होती मगर भीतर सुकून का एक नन्हा सोता निःशब्द बह निकलता...मैं विवश थी मगर अपने तई एकदम से हारी नहीं थी। एक लड़ाई, एक प्रतिरोध, चाहे वह कितना भी कमज़ोर, नगण्य क्यों न हो, मेरी तरफ़ से ज़ारी थी और इसी में मेरा तिल मात्र सुख निहित था। मैंने पीड़ा की अथाह, अन्धकार रात से अपनी तसल्ली और सुकून के दो-चार जुगनू चुनना सीख लिया था। वो रास्ता जिसका कोई अगला सिरा नहीं था, बस मोड़ ही मोड़ दिखते थे, उस पर चलने का दुःसाहस मैंने किया था। मैं थक गयी थी, डरते हुए, रोते हुए, प्रार्थना करते हुए...मेरा झुका हुआ सर मेरी आत्मा पर भारी पड़ रहा था, मैं सीधी खड़ी होकर ज़िन्दगी से आँख मिलाना चाहती थी, एकबार महसूस करना चाहती थी अपने होने को—होने भर के होने को नहीं, सही अर्थ में होने को!

दिन बीते थे, मौसम और आकाश का रंग बदला था, साथ में उसके तेवर भी। कभी नर्म, कभी शुष्क, कभी एकदम गीला और बोसीदा...धरती

पर दरारें पड़ी थीं, काई जमी थी और फिर घास की मुलायम चाँदनी बिछी थी मीलों तक...मैं मन से बोझिल और जिस्म से भारी हुई थी धीरे-धीरे! मेरे पूरे दिन चल रहे थे। खाला कहती थी, अब बच्चा किसी भी दिन आ सकता है। मैं एक अजीब-से इन्तज़ार में थी जिसमें कोई इन्तज़ार नहीं था। मेरे सारे इन्तज़ार और उम्मीद को मेरा डर—बेपनाह डर—लील गया था। मुझे लगता था, हर वो रफ्तार जो मुझे मेरे दर्द की ओर ले जाती है, थम जाय। मुझे कहीं नहीं जाना, कहीं नहीं पहुँचना!

मगर आखिर वो दिन आ ही गया था! एक अँधेरे कमरे में खाला और एक दाई के बीच मैं बारह घंटे तड़पती रही थी। दर्द से मेरी आँखों के सामने बिछी दुनिया काली पड़ गयी थी, बोध शक्तिशून्य होने लगी थी। इतना चिल्लाई थी कि लगा था गले की नसें फट गयी हैं। और फिर मेरे शरीर को फाड़ कर एक बच्चा पैदा हुआ था—मरा हुआ! पैदा होते हुए देर तक बिना हवा के सँकरे रास्ते में फँसे रहना उस नन्ही-सी जान को भारी पड़ा था। इस बीच एक नाड़ी भी गले से उलझ कर उसके इर्द-गिर्द कस गयी थी। सुन्ना और उससे बुरी तरह से बन्द पड़ गये योनि मार्ग की वजह से जाने कितने बच्चे जन्म से पहले या बाद में मारे जाते हैं। ख़ास कर हमारे जैसे दूर-दराज के इलाकों में...। दाई ने मृत बच्चे को दोनों हाथों में उठाकर कहा था। मैंने अजनबी आँखों से उस कीचड़ की ढेर-से बच्चे को देखा था—छोटी मुसी हुई पोटली-सा नीला चेहरा, गहरे बैंजनी होंठ और कंचे-सी चमकती बेजान आँखें—खुली और हैरत भरी! अचानक अन्दर एक रेला उठा था और मैं अपने आँसुओं में डूब गयी थी! अब तक के अनुभव से यह दर्द एकदम अलग था—बहुत भिन्न स्वाद का! लगा था मेरा कलेजा पानी हुआ जा रहा है, कोई मेरे दिल को आखिरी बूँद तक निचोड़ रहा है। सीने की दूध की तैयारी में उभरी नसें टीस रही थीं, धड़क रही थीं बेतरह। मैं रो-रो कर बेहोश हो गयी थी। दर्द से राख हुए उस छोटे-से चेहरे की नीलिमा ने मुझे भीतर तक खा लिया था। आज मैं एक बार फिर मर जाना चाहती थी। अपने इस बच्चे के साथ, कल तक जिस से मेरा कोई सम्बन्ध नहीं था, मेरे लिए जिसका कोई अस्तित्व नहीं था, उसके साथ मैं मर जाना चाहती थी। मगर माँगने से ही क्या कभी मौत मिलती है! अभी तो मुझे जीना था—एक लम्बी मौत, छोटी-छोटी किस्तों में, जाने कब तक, कहाँ तक...

इसके बाद बहुत दिनों तक मैं चुपचाप बैठी रही थी, अपने आसपास समय का ढेरों गुँजल बिछाये। उन्हीं से उलझती रहती, सुलझाने की कोशिश में। मैं खुद से, अपने वजूद से, इस होने से अलग हो जाना चाहती थी। मेरे सारे दुख मेरे इसी होने से थे। मैं दुखों का डेरा थी। मेरे भीतर का बंजारा अब इसे तोड़ कर आगे निकल जाना चाहता था, किसी चरागाह की तलाश में, पानी की तलाश में। मैंने बोलना-चालना छोड़ दिया था। नहीं! मैं बोलना भूल गयी थी। मेरे शब्द खो गये थे, आवाज़ घुट गयी थी, गले में काँटों का जंगल उग आया था...रह-रह कर मेरी आँखों के आगे एक छोटा-सा नीला चेहरा उभरता और मेरा पूरा शरीर ऐंठने लगता। मैं कराहती, मेरे गले से अजीब-सी घरघराहट निकलती! मैं अपनी ही आवाज़ से डर जाती। आजकल फातिमा बी की तरह गोंगियाने लगी थी मैं! मेरी खाली कोख मेरे पूरे वजूद पर व्याप गयी थी। पहले मैं औरत होने के दुख झेल रही थी, अब उस में माँ होने का दुख भी शामिल हो गया था। खाला कहती हैं, औरत होना दुख में होना है। ठीक कहती हैं वो। मैंने इस सोच को जिया है, हर क्षण मर कर!

नदियों की तरफ़ से लौटकर माँ आयी थीं मातमपुर्सी के लिए। बहुत रोयी थी ज़मीन पर दुहरी होकर। उनकी परनाला-सी बहती आँखों को देख कर ख़याल आया था, औरतें रेत में खो गयी नदियों की तरह होती हैं, भीतर ही भीतर निःशब्द बहती हुई...। तभी तो ये रीती, मरी हुईं आँखें यूँ क्षण में धारा बन जाती हैं! मैं फिर रोने में उनके साथ नहीं हो पायी थी। हम खुद अपनी ज़मीन—अपने जीवन में दुख बोते हैं, फिर उसकी फ़सल को काटते हुए विलाप क्यों करने लगते हैं! काँटों के बीज से कभी फूल नहीं पैदा होते!

एक समय बाद माँ अपने आँसू समेटकर लौट गयी थीं। पराजित-सी। मेरी चुप्पी सबको आहत कर देती है। सब मुझे दुख ओढ़ाते हैं, भेंट देते हैं, मगर मैं उन्हें पी जाती हूँ इस तरह...दर्द पीने के लिए नहीं, उगलने के लिए होता है! मैं अपने सर पर खाक डाल कर रोऊँ, फ़र्श पर लोटूँ, मछली की तरह तड़पती फिरूँ...। तब अच्छा लगेगा सबको, मेरे लिए सहानुभूति से भर उठेंगे, मुझे गोद में ले कर तसल्ली देंगे। शोक भी एक उत्सव है—स्त्रियों का सनातन उत्सव! इसमें सबको शामिल होना पड़ता है, अपने हिस्से का रोना, रोना पड़ता

है, गाना पड़ता है...ये सामाजिकता है, व्यवहार है। मैं असामाजिक हो गयी हूँ। ये किसी को रास नहीं आता। बगावत है इसमें, प्रच्छन्न विद्रोह! जितना कहा गया है उतना करो, जितना दिया गया है उतना जियो...तुम तो इजाज़त से .ज्यादा कहने, सुनने, जीने लगीं! तुम में भी चींटियों की तरह पर आने लगे हैं क्या? झटके की मौत गुनाह है, तुम्हें हलाल किया जायेगा। सब्र रखो—तुम्हें भी मौत आयेगी, मगर एक दिन नहीं, रोज़-रोज़—इसी तरह...नेक औरत! मर-मर कर जीना सीखो और याद करो अपने ख़ुदा को! दर्द का रास्ता वाज़िब रास्ता है! अकेला रास्ता है! जन्नत के रास्ते में फूल या सितारे नहीं होते। होती हैं तो बस कुर्बानी, शहादत, तकलीफ़ें...।

उस दिन सुबह-सुबह मेम आयी थी, अकेली ही। मुझे बताया था वे मासा को ले आये हैं। वह घर लौटना चाहती थी। मुझे बुलाया है। बहुत याद करती है। उसी दिन मासा से मिलने गयी थी। जाते हुए उसके लिए पत्थरों की वह सतरंगी माला लेती गयी थी जो मैंने खाला से सीखकर खुद बनाई थी। दिनों बाद मुझमें जैसे जान लौटी थी। मासा से मिलूँगी, अर्सा हो गये उसे देखे। मगर मुझे मासा नहीं मिली थी। हमारे 'अकाल' के बाहर ज़मीन पर लेटी हुई वह कोई और थी—हड्डियों का ढाँचा, खुश्क चमड़ियों की गुँजल। मैंने उसे उसकी आँखों से पहचाना था, उनकी टिमक अभी गयी नहीं थी। वही मोतिया आब, वही तरलता, जैसे रेगिस्तान के किसी दुर्लभ चश्मे में होती है। उसे पहचान कर मेरे मुँह से बेसाख्ता चीख निकल गयी थी। उसके सिरहाने बैठी हुई मेम ने मुझे आँखों ही आँखों में बरजा था। उनके लाख मना करने के बावजूद मासा उठ बैठी थी और इतने से परिश्रम से ही देर तक बैठी हाँफती रही थी। उसकी साँसें ऐसे चल रही थीं जैसे उसके भीतर कोई मकड़ी का जाला हो जिससे उलझकर हवाएँ आ रही हों—साँय-साँय!

कितनी बातें थीं उसके पास! खाँसते हुए भी लगातार बोलती रही थी—शहर की बातें, मेम के पाले हुए गिलहरी और साँप की बातें। मेम के पास ढेर सारी किताबें हैं, उसे अब सौ पक्षियों के नाम याद हैं! मेम ने उसे बहुत सारे खिलौने और कपड़े दिलवाये हैं। अगली ईद में वह हरा वाला गरारा पहनेगी। मैं किसी तरह अपनी आँखों में आँसू समेटे उसकी बातें सुनती रही थी।

उसे दोपहर को सुला कर मेम ने मुझे बताया था, मासा अब ज़्यादा दिन नहीं बचेगी। उसकी बीमारी अन्तिम चरण पर है। एड्स की वजह से उसे वायरस से लिमफोमा—एक तरह का कैंसर हो गया है। ऐसा कैंसर केपोसिस सैकरोमा के बाद दूसरा बहुत आम कैंसर होता है एड्स के मरीज़ों में। आखिरी समय के सारे लक्षण—ना उतरने वाला बुखार, रातों को पसीना, सूजी हुई गाँठें, तेज़ कँपकँपी, कमज़ोरी, घटता हुआ वज़न, दस्त—सभी कुछ उसमें मौजूद थे। श्वास नली का इन्फेक्शन बढ़ता ही जा रहा था। सीने में धुनी हुई रुई की तरह ठंड भरी हुई थी। भरे हुए कनस्तर की तरह सीना छलछलाता था। आँखें डबडबाई रहती थीं पोखर की तरह! खाँसती थी इस तरह कि लगता था अब मुँह से कलेजा निकल पड़ेगा!

मैंने रो कर पूछा था, क्या अब कुछ नहीं हो सकता? मेम ने निराश सर हिलाया था—नहीं! अब तो बस हम उसकी मौत को आसान करना चाहते हैं! यह बहुत ज़रूरी है। काँटे में बिंधी किसी मछली को देखा है? ज़िन्दा रहती है मगर किस क़दर कलपते हुए! मासा की बची हुई ज़िन्दगी वैसी न हो। बात के अन्त तक आते-आते मेम भी मेरे साथ रोयी थीं।

मासा के पास लौट कर मैंने देखा था, मासा गोलूल पेड़ के पार धूप में एकदम सफेद पड़ गये आसमान की तरफ़ देख रही थी। मेरी आहट पाकर उसने मुझे सूनी आँखों से मुड़कर देखा था—दीदी मुझे सितारे देखने हैं, ख़ासकर वो सबसे उजला वाला—चाँद के पास! शहर में आसमान ज़्यादा नहीं दिखता था। वहाँ मुझे तुम्हारे साथ-साथ इन तारों की भी बहुत याद आती थी। मेम कहती हैं, बहुत जल्द मैं भी तारा बन जाऊँगी—बहुत बड़ा और उजला! ठीक चाँद के पास! तुम सब मुझे देख पाओगे, मैं भी तुम लोगों को देखूँगी...कितना बोल रही थी मासा! जैसे अचानक ऊर्जा से भर उठी हो। बुझने से पहले की लौ की तरह। इस लौ ने आज मुझे रोशन नहीं किया था, दग्ध करके रख दिया था। मासा की भोली बातें, उसकी अतृप्त इच्छाएँ, सपने... सब कुछ मुझे रुलाती रही थी। उस दिन उसने अपनी जो भी ख़्वाहिशें ज़ाहिर की थीं, मैंने उन्हें पूरा करने का वादा किया था। ऐसा करते हुए मुझे कुछ ग़लत नहीं लगा था। यह सब मासा की ख़ुशी के लिए था, वह ख़ुशी जो कभी उसकी ज़िन्दगी में नहीं आनेवाली थी। फकत एक

ख्वाब दिखाना, उसमें भी कंजूसी कर जाऊँ! जैसे ही चलने को होती, मासा मेरा कपड़ा पकड़ लेती—"आपा! बस थोड़ी देर और..." मुझे उससे ना नहीं कहा गया था। शाम उतरते-उतरते ज़हीर खुद मुझे घर ले जाने के लिए आ धमका था। ज़ोर से हँसते हुए मासा से मज़ाक़ किया था—"ज़ल्दी से ठीक हो जा, फिर तुझसे भी निकाह करनी है!" मासा सुन कर बुद्धू की तरह मुस्कुराती रही थी मगर मेरे तन-बदन में आग लग गयी थी। जी चाहा था उसकी वे गन्दी आँखें, जिनसे वह मासूम मासा को घूर रहा है, नोच लूँ। उस रात सोते हुए मुझे धीरे-धीरे पीछे छूटता हुआ वह नीला चेहरा फिर से याद आया था... पहली बार ख़याल आया था, वह जो आ कर चुपचाप चला गया था मेरी ज़िन्दगी से, उसका कोई नाम नहीं था! उसके गुज़रने के महीनों बाद मैंने उसका नाम रखा था—अजान! अब उसे याद करने में सहूलियत रहेगी...मासा की बात याद आयी थी—वह जल्द एक उजला तारा बन जायेगी...मैंने माथे पर बिछे जामुनी आकाश के चन्दोबे में झिलमिलाते लाखों-करोड़ों सितारों को ध्यान से देखा था, नहीं! उनमें कोई साँवला सितारा नहीं था। किसी भी सितारे का रंग ज़र्द, नीला नहीं था। एक गहरी निराशा लेकर मैं भोर से पहले सोने गयी थी और तभी दूर कहीं से अजान की आवाज़ गूँजी थी। 'तुम सितारों के पास नहीं तो क्या, हम सब के बीच हो—इसी ज़मीन में, यहाँ की फिज़ाओं में...।' जाने यकायक मुझे कैसे सुकून ने आ घेरा था, अर्से बाद मैं गहरी नींद सोई थी! यह शायद हर तरफ़ से बेफ़िक्र हो जाने की नींद थी। मेरे पास खोने के लिए अब कुछ नहीं बचा था...मुफलिसी का एक अलग ही मज़ा होता है!

मैं रोज़ मासा के पास जाने लगी थी। मुझे उसके साथ होना था—जहाँ तक हो सके! मैं देख रही थी, वह गल रही थी, मिट रही थी तिल-तिल। बिस्तर से मिलकर एक हो गयी थी। वो जितना मुझसे दूर जा रही थी, मैं उतना उसे कस कर पकड़ने की कोशिश कर रही थी, जैसे कोई हथेली में रेत बाँधता है। जितना वो झर रही थी उतना मैं अपनी मुट्ठी तंग कर रही थी। मगर उसे लाख जतन के बावजूद रोक नहीं पा रही थी। कैसे निराशा भरे दिन थे! मैं भीतर ही भीतर टूट-बिखर रही थी मगर एक अजीब ज़िद से भरी मैं जैसे हारने को तैयार नहीं थी। एक लड़ाई—जाने किससे...

मासा अपनी बातों से मुझे व्यथित करती रहती। कितने सपने

थे उसके भीतर! कैसी-कैसी इच्छाएँ! उसे बारिश देखनी थी, रेत के टीलों से सरपट नीचे उतरना था, दौड़ना था कुलाँचे लेते हिरणों के साथ-साथ...यहाँ सबकी तरह हम भी गु यानी बारिश से अपनी उम्र गिनते हैं। उस हिसाब से वह अबकी बरसात के मौसम में सात साल की हो जायेगी। तरह-तरह की योजनाएँ बनाते हुए कभी वह अचानक से ठिठक जाती—मगर आपा! मैं दौड़ूँगी कैसे? मेरे तो पाँव काँपते हैं! साँस भी नहीं ली जाती...उसकी बड़ी-बड़ी चमकीली मोतियों-सी आँखों में चिन्ता घिर आती, मगर फिर कुछ सोच कर वह उत्साहित हो उठती—"कोई बात नहीं! मैं अपने दूसरे जन्म में ये सब कर लूँगी! तब मैं इतनी कमज़ोर नहीं रहूँगी..." उसकी बातें सुन कर माँ उसे झिड़क देतीं—"काफिरों की तरह बात नहीं करते! हमारे मज़हब में दूसरा जन्म नहीं होता!" "नहीं माँ! मेम कहती हैं, होता है! येसु मसीह ने दुबारा जन्म लिया था..." "दुबारा जन्म!" माँ उसकी बात समझ नहीं पातीं। मुझे भी कौतूहल हो रहा था। "हाँ! जब बुरे लोगों ने येसु को शूली पर चढ़ाकर उनकी जान ले ली थी, वह दो-तीन दिन में फिर जी उठे थे। यह उनका दूसरा जन्म था!" उसकी बातें सुन माँ आग-बबूला हो उठतीं—"और भेजो ईसाइयों के साथ...कुफ्र बोलने लगी है!" मैंने मासा की आँखें देखी थीं, भोले यक़ीन से लबरेज़...उसे अपने सपनों को जीने का और एक अवसर चाहिए था, आश्वासन चाहिए था। मैं मज़हब की बातें नहीं समझती, मुझे बस मासा की अधूरी इच्छाएँ और उम्मीदें दिखती हैं। उस दिन रात के एकान्त में मैंने अपनी सारी आस्थाओं को हथेलियों में समेट कर दुआ की थी—अल्ला! एक बार और मासा को ज़िन्दगी देना, दुबारा इस ज़मीन पर आने देना, उसे अपना ना जिया बचपन जीना है, अब कभी ना आने वाली जवानी देखनी है...मासा के लिए एक बार अपना नियम बदल देना...उस दिन भी अजान की आवाज़ के साथ मैं सोई थी। मुझे जाने क्यों लगा था, मेरी आवाज़ कहीं पहुँची है...आसमान हमेशा धरती से दूर नहीं रहता, कभी-कभी उतरता है यहाँ भी! पाँव रखने का ही सही, ज़मीन तो यही है उसकी...

मासा की बची-खुची ज़िन्दगी की ढेर-सी तकलीफ़ों में मैंने और मेम ने सुख और ख़ुशी के छोटे-छोटे पैबन्द लगाने की कोशिश की थी। एक कहानी, लोरी, तस्वीरों वाली किताबें, मिठाइयाँ...। इन सबके साथ मेम की तीमारदारी, साफ़-सफाई, रातों को जागना आदि तो लगा ही

हुआ था। गहरे दर्द के बीच किसी बात पर मासा की आँखों का ख़ुशी में क्षणांश के लिए दिप उठना, गालों के प्यारे गड्ढों में मुस्कान के भँवर पड़ जाना...हमारी उपलब्धि, हासिल यही था! मैं मेम को देख कर हैरान होती थी। कौन थी वह मासा की!... मगर क्या नहीं थी! मा...। नहीं! शायद माँ से बढ़ कर! कोख से जन्म देना तो एक जैविक प्रक्रिया है, माँ होना इससे आगे की कोई बात होती है। उनकी ममता ने मासा को अपनी गोद में किस करुणा और प्रेम से समेट लिया था! वे ना होतीं तो मासा जाने कब एक तिनके की तरह बह जाती।

ज़हीर के अत्याचार मुझ पर बदस्तूर ज़ारी थे। ऐसा नहीं कि मुझे अब दर्द नहीं होता था मगर अब आदत हो गयी थी। जब कोई बात ज़िन्दगी का हिस्सा बन जाती है तब सह भी जाती है। वह दर्द जिसमें मैं रात-दिन जीने के लिए अभिशप्त थी, मैंने उस पर ध्यान देना छोड़ दिया था। इन दिनों जिस्म के दर्द से ज़्यादा मन की पीड़ा मुझे घेरे हुए थी। लगता था जान में दीमक लग गयी है, कोई कुतर-कुतरकर मुझे मन के आखिरी परतों तक खा रहा है, शिराओं-उपशिराओं में मवाद भर गया है, रगो-रेश से सुबकियाँ रिस रही हैं पानी की तरह...मासा की अनवरत कराहें, रुलाई, तड़प...एक-एक साँस के लिए कटे हुए जानवर की तरह छटपटाना...देख कर बर्दाश्त नहीं होता था मुझसे। लगता था क्या जो करूँ कि उसे ज़रा सुकून मिले। कितना असहाय लगता है ऐसे में! आँखों के सामने उसे इस हालत में देखते रहना और कुछ भी ना कर पाना! दुआ करने की शक्ति भी जैसे अब चूक रही थी। परवरदिगार से कुछ माँगकर अपनी रही-सही आस्था को खोना नहीं चाहती थी। कहीं तो एक उम्मीद बची रहे कि कोई है और वह मजलूमों की सुनता है। अपनी निरुत्तर प्रार्थनाओं ने मुझे बहुत अकेली और असुरक्षित कर दिया था। इनसान इनसान ना हो, चलता है, मगर ख़ुदा भी ना रहे...उसे होना है, हमारे होने के लिए, बहुत ज़रूरी है यह।

और फिर वो दिन भी आया था जिसका इन्तज़ार हम में से किसी ने नहीं किया था, मगर जो शायद हम सब में बना हुआ था—एक आतंक की तरह, जाने कब से। उस दिन का चेहरा बहुत बदसूरत था। उदास भी। सुबह की धूप पीली और ज़र्द थी। हवा भी भाप बनी

हुई थी, ज़मीन की सतह पर धुआँती हुई। आकाश जैसे जंग खाया हुआ लोहा—खुरदरे, गन्दले बादलों के टुकड़ों से भरा हुआ, जैसे रेत का तूफान उठा हो। और उनमें गोल-गोल चक्कर लगाते हुए गिद्ध, उनकी तेज़ टिंहकारी।

फातिमा बी और ज़हीर को नाश्ता देकर मैं बैठी ही थी कि मेम के वहाँ काम करने वाला लड़का दरवाज़े पर हाँफता हुआ आ खड़ा हुआ था—मेम ने बुलाया है, जल्दी! सुन कर मेरे हाथ से पानी का गिलास गिर गया था—मासा!

जाकर देखा था, गोलूल की छाँव में पड़ी हुई मासा को—चढ़ी हुई साँसें और अस्वाभाविक ढंग से चमकती आँखें! हर साँस के लिए वह जूझ रही थी, उसका नन्हा सीना धौंकनी की तरह उठ-गिर रहा था। मुझे देख कर जाने उसने क्या कहना चाहा था। साथ में उसने अपना दायाँ हाथ भी उठा कर आसमान की तरफ़ इशारा किया था। मैंने रोते हुए मेम की तरफ़ देखा था। मेम इस समय अस्वाभाविक रूप से शान्त दिख रही थीं, आँखें लगभग पथरीली और भाव शून्य। ठहरी हुई आवाज़ में उन्होंने मुझसे कहा था—मासा कह रही है कि वह आसमान में जा रही है तारा बनने...सुन कर मैंने बिलखते हुए मासा की तरफ़ देखा था और उसकी स्थिर, ना देखती हुई-सी आँखों पर दृष्टि पड़ते ही एकदम से जड़ हो गयी थी। मेरे पूरे शरीर का रक्त जैसे तत्क्षण हिम हो गया था। वे कुछ पल बहुत लम्बे थे, बहुत त्रासद भी। मैंने अपनी पथराई हुई आँखों से देखा था, मेम ने बढ़ कर मासा की आँखें अपनी हथेली से ढँक कर बन्द कर दी थीं। इसके साथ ही कई चीखें उभरी थीं, कुछ औरतें पछाड़े खाकर मासा की देह पर गिर पड़ी थीं...। मैं सब कुछ किसी अजनबी की तरह देख रही थी, जैसे मेरा इन सब बातों से कोई वास्ता नहीं। माँ रोते हुए मुझसे लिपटने आयी थीं मगर बेहद शान्त ढंग से मैंने उनका हाथ परे कर दिया था। माँ ने मुझे अजीब नज़रों से देखा था। बहुत देर बाद मेम ने आकर मुझे छुआ था। बहुत हल्के से। चौंककर मैंने उन्हें देखा था। कितनी सूखी थीं उनकी आँखें! किसी मरी हुई नदी की तरह, उतनी ही वीरान और उचाट! उनकी तरफ़ देखते हुए मुझे लगा था, आज इस औरत की कोख सूनी हो गयी...इस सोच के साथ ही मेरा पूरा जिस्म यकायक घुल उठा था और मैं भागकर बाहर चली आयी थी, रात का खाया-पिया एक

कोने में उलट कर मैंने हाँफते हुए अपना दुखता हुआ तलपेट दोनों हाथों से दबाया था—मासा! मेरी आवाज़ बुरी तरह लरज रही थी। एक अजीब-सी उत्तेजना और ख़ुशी से! इसके बाद कितना रोयी थी मैं, मुझे चुप कराना सभी के लिए कठिन हो गया था। आखिर में साहब ने मुझे इंजेक्शन देकर शान्त किया था। एक बेहोशी जैसी गहरी नींद में मैं डूब गयी थी। जाने कितने दिनों के लिए।

मैं पूरी तरह से होश में एक लम्बे समय के बाद आयी थी। इस बीच मैं गहरी धुन्ध में डूबी रही थी। कहीं कुछ नहीं, बस अँधेरा और सन्नाटा मुझे प्रतीत होता था, किसी ने मुझे एक तलहीन कुएँ में बन्द कर दिया है। काला, ठंडा, सड़ाँध से भरा हुआ। इस कुएँ के मुहाने पर कोई रोशनी से भरा आकाश नहीं था। लगता था किसी ने एक भारी पत्थर से इसका मुँह चाँप दिया है। मैं बेसुधी के एक अतल दरिया में डूबती-उतराती रहती। मेरे जेहन में स्याही भरी रहती। मुझे जागते हुए डर लगता। कई बार होश में आते ही मैं चीखकर दोबारा बेहोश हो जाती। ऐसा बाद में मेम और खाला ने मुझे बताया था। साहब ने मुझे इंजेक्शन देकर सेडेटेड ना क्या कर रखा था। कहते थे ये मेरे लिए अच्छा है। जिस दिन पूरी तरह से जागी थी, मेम को सामने खड़ी पाया था। वे अपने देश यूरोप लौट रहे थे। मुझसे विदा लेने आये थे। जाते हुए मुझे मासा की कई तस्वीरें देकर कहा था वे लौटेंगे ज़रूर मगर कब वे खुद भी नहीं जानते। उन्हें जाते हुए मैं चुपचाप देखती रही थी। लगा था, मासा के साथ मेरा एक हिस्सा भी मर गया है। मैं अपाहिज हो गयी हूँ। अब मेरे इस अवश शरीर में कोई संवेदना नहीं रह गयी है। ना दुख, ना दर्द, ना कोई अहसास। बस एक खौफ़नाक सन्नाटा! दूसरी तरफ़ एक अजीब-सा स्पन्दन, जैसे रगो-रेश धड़क रहा है। खाला ने बताया था, मैं माँ बनने वाली हूँ। मेरे सामने दूध का गिलास रखते हुए कहा था—"अब और जी ना दुखाना। आने वाले बच्चे की सेहत के लिए अच्छा नहीं।" सुनकर मैंने दूध पी लिया था—"खाला मैं इस बच्चे को जन्म देना चाहती हूँ, ये मासा है..." खाला चिढ़ गयी थी—"लो अब इसकी बात सुनो! मासा है...जो एक बार मर गया सो मर गया! हम मुसलमानों में दूसरा जन्म नहीं होता, समझी!"

"मगर मासा दूसरा जन्म लेगी खाला! उसने कहा था...मैं जानती हूँ वह मेरे पास ज़रूर आयेगी...उसे एक बार अपना ना जिया जीवन

जीना है!" "ये तुम्हारा वहम है माहरा! ऐसा कुछ भी नहीं होगा। मुसलमान मरने के बाद अपने-अपने क़ब्रों में क़यामत के इन्तज़ार में पड़े रहते हैं क़यामत तक। और फिर रोज़-ए-हश्र के दिन ख़ुदा उनके करम का हिसाब करते हैं और उनके मुताबिक उन्हें दोज़ख या जन्नत अता करते हैं।" खाला मुझे समझा-समझा कर हार गयी थीं और अन्त में पाँव पटकते हुए वहाँ से चली गयी थीं। मुझे उनके रवैये ने निराश कर दिया था। क्यों मेरी छोटी-सी उम्मीद को भी वे खाक में मिला देना चाहती हैं! मेरी मासा के मेरे पास लौट आने से किसी का क्या जायेगा! ऊपर वाला मेरे लिए इतना ज़रूर करेगा। जाने कैसे यह बात मेरे भीतर घर कर गयी थी कि मासा ही मेरे पास इस आने वाले बच्चे की शक्ल में लौट रही थी। इसलिए मैं इस बच्चे को हर हाल में चाहती थी।

मैंने अपना ध्यान रखना शुरू कर दिया था। मैं नहीं चाहती थी कि मेरी मनःस्थिति या लापरवाही की वज़ह से मेरे बच्चे को कोई नुक़सान पहुँचे। चाहे बच्चे के वजन बढ़ जाने से मुझे प्रसव के समय बहुत तकलीफ ही क्यों ना हो, मैं अपने खाने-पीने पर ध्यान देने लगी थी। कोशिश करती कि उदास भी ना रहूँ। इसके लिए मैं ज़्यादा से ज़्यादा मशरूफ रहती, खुद को काम में डुबोये रखती। नकारात्मक बातों पर अधिक ध्यान नहीं देती। इसके लिए मैंने अकेली रहना छोड़ दिया था। फातिमा बी की सेवा करती, खाली समय में अनाज कूटती, टोकरी और चटाइयाँ बिनती, जश्न और दावतों तथा त्योहारों में परिचितों के यहाँ आती-जाती, मेहँदी, सगाई, निक़ाह में हिस्सा लेती, सबके साथ नाचती-गाती। मेम कहती हैं, हम जिस तरह दुख ख़त्म कर सकते हैं, उसी तरह चाहे तो ख़ुशियाँ भी पैदा कर सकते हैं। मैं कोशिश करके देखना चाहती थी, इस बच्चे के लिए—मेरी मासा के लिए...मुझे अपना वादा निभाना है, मासा को उसका ना जिया जीवन वापस देना है। इन दिनों मैं निर्माण के नशे में थी। एक जीवन को आकार देना, स्पन्दन देना—धीरे-धीरे, तिल-तिल...मेरा अन्तर्जगत मीठी सरगोशियों, आहटों से भर गया था। कोई मेरी कोख में करवटें लेता, कसमसाता...कितनी अद्भुत थी ये अनुभूति! मेरे ही भीतर एक और जीवन की उपस्थिति! कोई साँस लेता है, धड़कता है...भोर रात को मेरी नींद खुल जाती। चुपचाप बिस्तर में पड़ी-पड़ी मैं 'उसे' महसूस करती। उसका हिलना-डुलना—कभी बहुत धीरे तो कभी ज़ोर से। पेट

का कोई हिस्सा रह-रहकर डोलता रहता...आहटों को महसूस करते हुए मैं एक चेहरा गढ़ लेती—दो काली, चमकीली आँखें, भरे हुए अधखुले होंठ और घुँघराले बाल...और फिर चौंक कर देखती—ये तो मासा है! इस अहसास के साथ ही आँसू और मुस्कराहट से भर उठती। एक गीली, नमकीन ख़ुशी, आँसुओं के वर्क में लिपटी हुई!

दिन बीत रहे थे। मैं भारी हो रही थी। प्रसव का समय निकट आ रहा था। खाला मेरी देखभाल कर रही थीं। फातिमा बी एक बार फिर मेरी माँ बन गयी थीं। अद्भुत था उनका व्यक्तित्व, धूप-छाँव की तरह। कभी ममता के उजाले से भरी हुई तो कभी मटमैली परछाइयों से घिरी। अपने ही अन्दर की कशमकश से परेशान। कभी उन पर उनके भीतर की औरत भारी पड़ जाती तो कभी माँ। मैं उनके दोनों रूपों को समझती थी इसलिए उनकी किसी बात या व्यवहार का बुरा नहीं मानती थी। कभी-कभी वे दिनों तक मुझसे मुँह फेर कर रहतीं और कभी खुद ही अपने पास बुला कर मेरे पेट पर हाथ रख कर बच्चे को महसूस करने की कोशिश करतीं।

मेरी जिस्मानी तकलीफ़ें लगातार बनी हुई थीं मगर अब मेरा उन पर ध्यान कम जाता था। ज़हीर ने इन थोड़े-से दिनों के लिए मेरा पीछा छोड़ दिया था। अब वह अपने नौकर के साथ सोता था। उससे उसका शारीरिक सम्बन्ध पहले से था। इसमें कुछ ख़ास नहीं, हमारे लिए तो यह आम बात है। एक खुला राज!

मुझे नौवाँ महीना चढ़ते-चढ़ते बारिश का मौसम आ गया था। फिर रेत पर फूल उगे थे, फिर सूखा हरियाया था। सोई हुई नदियाँ जागी थीं, धरती की बिवाइयाँ और पपड़ियाँ तर हो कर नरम पड़ गयी थीं। और एक दिन जब आकाश फटा पड़ रहा था और रह-रहकर बिजली चमक रही थी, मासा मेरी गोद में आयी थी। मैं अपना सारा दर्द भुला कर उस छोटी-सी गुड़िया को देखती रह गयी थी—वही चेहरा, वही ख़ूबसूरती...उस चेहरे को देखते हुए एक और चेहरा याद आया था—अजान का चेहरा—कालिख और यातना से भरा हुआ! याद आते ही भीतर कुछ आँधी की तरह सनसना कर उठा था और मैं मिट्टी की कच्ची दीवार की तरह गहरे तक थहरा कर बैठ गयी थी। अपनी बच्ची को सीने से लगाकर बरसते आकाश के साथ कितना रोयी थी मैं उस दिन! अन्तर बहा था पानी की तरह...जाने कब से जमे और पहाड़ बने

दुख और संत्रास पिघले थे इस आकस्मिकता से! मैं अपने भीतर के कीचड़, मवाद और ज़हर से लथपथ हो गयी थी। मुझे खुद को उड़ेलना था, खाली करना था। वर्ना मेरे भीतर के दुख मुझे ही आखिरी परत तक खोद-खोदकर खा जाते। खोखली तो मैं गहरे तक हो ही गयी थी! एक सूखे कुएँ की तरह अन्दर रात-दिन कुछ भाँय-भाँय करता रहता। मेरे साथ खाला भी रोयी थी। बेटी हुई है सुनकर ज़हीर प्रसूति-गृह में झाँकने तक नहीं आया था। परिवार की दूसरी महिलाओं का भी ऐसा ही रवैया था। ज़हीर की बेटी रज़िया ने अपने ससुराल में इसी समय एक बेटे को जन्म दिया था। सब उसी की ख़ुशी में मगन थे। अपने कमरे के अँधेरे कोने में मैं अपनी बेटी को सीने से लगाये इस बात से ख़ुश थी कि मेरी इस ख़ुशी में कोई हिस्सा बँटाने वाला नहीं था। सारी ख़ुशी मुझ अकेली के लिए थी। मासा सिर्फ़ मेरी थी। आज मैं शरीर से नहीं, अपनी आत्मा से माँ बनी थी।

जन्म के बाद मासा को गरम पानी से नहलाया गया था, फिर तिल के तेल से मालिश हुई थी। उसके नाल में 'मालमाल' का लेप किया गया था ताकि वह जल्द सूख जाये। प्रसव के बाद हमें चालीस दिनों तक अर्थात् 'अफातानबाह' के दौरान प्रसूति-गृह में ही रहना था। इस बीच यहाँ सबका अबाध आना-जाना वर्जित था। खाला ही बच्चे की देखभाल कर रही थीं। वे रोज़ मासा की मालिश करती। पूरे कमरे में धूप जला कर दिन में दो-दो बार धुआँ करती ताकि चारों तरफ़ वातावरण में फैला प्रदूषण और गन्ध बच्चे को बीमार ना कर सके। मुझे भी स्वस्थ रखने तथा बुरी बलाओं से बचाने के लिए धागे में लौंग बाँधकर मेरे कानों से बालियों की तरह लटका दिये गये थे। मासा की कलाइयों में धागे से लपेटकर 'मालमाल' बाँधा गया था। इससे बच्चा बुरी नज़रों से महफ़ूज़ रहता है।

मेरा सीना दूध से फटा पड़ रहा था, मगर मुझे अपने बच्चे को प्रसव के बाद का पहला-पहला दूध पिलाने की मनाही थी। इस निषेध के पीछे मान्यता यह है कि यह दूध नवजात के लिए हानिकारक होता है। इसकी जगह गाय, बकरी, ऊँट—सभी का दूध पिलाया जाता है। ऊँट का दूध तो बच्चे के लिए सबसे बेहतर माना जाता है। मुझे याद है, मेम ने इसी विषय पर एक बार बोलते हुए कहा था कि प्रसव के बाद जच्चा का यह पहला गाढ़ा पीला दूध जिसे 'कोलोस्ट्रोम' कहते हैं,

नवजात के लिए सबसे बढ़िया होता है। इसमें एक नवजात के लिए ज़रूरी सारे पोषक तत्त्व उपलब्ध होते हैं। गाय के दूध से एलर्जी का ख़तरा रहता है। मुझे उनकी सारी हिदायतें याद थीं मगर क्या करती! सदियों से चली आ रही रूढ़ियों को तोड़ना इतना सहज भी नहीं था।

मुझे मेरा यह चालीस दिनों का एकान्त रास आ रहा था। ना कोई देखने वाला ना टोकने वाला। खाला के बाद बस मैं और मेरी मासा। अब उसकी आँखें पूरी तरह खुल गयी थीं। मुझे टुकुर-टुकुर देखती, फिक से मुस्कराती या मुँह खोलकर जम्हाई लेती रहती। कैसी मीठी महक आती थी उसके बदन से! मैं उसके गाल से गाल सटा कर उसके सीने की धुक-धुक सुनती रहती। चालीस दिनों के पूरा होने के बाद उसका विधिवत तरीके से नाम रखा जाना था, मगर मेरे लिए वह सिर्फ़ और सिर्फ़ मासा थी।

मेरे मायके से कोई इस बीच मिलने नहीं आया था। माँ के पैर फिर से भारी थे और उनकी तबीयत भी ठीक नहीं थी। पिछली बार उनको देखा था तो अजीब लगा था। वे अब छीजने लगी थीं, देह से और शायद मन से भी। कोटर में धँसी हुई अस्वाभाविक ढंग से चमकती आँखें, उतरा हुआ चेहरा और यहाँ-वहाँ से झाँकती हड्डियाँ...। बैठ-बैठ कर हाँफती रही थीं। बोला बहुत कम था। मेरा मन जाने कैसा हो आया था। आज भी मेरे भीतर का बच्चा उनकी गोद की पनाह माँगता है, आज भी दर्द जब सहने की सीमा से बाहर होने लगता है, उनका नाम ले कर रोती हूँ...। जी चाहा था, बढ़ कर उनकी गोद में सर रख दूँ, कहूँ कि माँ मुझे तुम्हारी बहुत ज़रूरत है...जो उनका आँचल मिलता, उनका साथ रहता तो इतनी अकेली नहीं हो जाती! मगर मैं कुछ भी नहीं कह पायी थी। चुपचाप उन्हें देखती रही थी। आँखों में रेत-सा कुछ रह-रहकर किरकिराता रहा था। अब उनसे बोला नहीं जाता, कुछ बाँटा नहीं जाता। भीतर जो कुछ दरका था वह आज तक जुड़ नहीं पाया था। उन्हें देखते ही कुछ अदृश्य टाँके जाने कहाँ-कहाँ से उधड़ जाते थे। सूखे हुए ज़ख़्म अनायास रिस पड़ते। ना उनकी ममता भूलती है ना उनकी निर्ममता।

चालीस दिन के समापन पर खाला ने कोशिश करके एक छोटा-मोटा आयोजन किया था। दावत के लिए एक बीमार ऊँट को हलाल किया गया था। कुछ आस-पड़ोस की महिलाएँ भी जुटी थीं। नाच-गाना हुआ

था। मासा का नाम गुल बानो रखा गया था। ज़हीर ने पहली बार बड़ी उदासीनता से अपनी बेटी का मुँह देखा था। माँ भी आयी थीं। उनकी हालत और भी ख़राब दिख रही थी। उतरा हुआ रक्त शून्य चेहरा और बड़ा-सा पेट। कमर पर हाथ रख पीछे की ओर झुक कर बड़ी मुश्किल से एक-एक क़दम चल रही थीं। उन्हें देख कर उस दिन जाने मेरे भीतर क्या घटा था। वे एक कोने में सर झुका कर अजनबियों की तरह बैठी हुई थीं। मैंने बढ़ कर मासा को उनकी गोद में डाल दिया था। वे एकदम से चौंक उठी थीं। कुछ देर तक बिना कुछ कहे वे मासा को खोई-खोई नज़रों से देखती रही थीं और फिर जाने क्यों एकदम से फफक-फफक कर रो पड़ी थीं। उन्हें रोता देख मुझे भी रोना आ गया था। हम माँ-बेटी देर तक नाच-गाने के बीच बैठकर चुपचाप रोती रही थीं। मैंने उनसे सिसकते हुए ही मासा की ओर इशारा करके पूछा था—''तुमने इसे पहचाना ना माँ?'' उन्होंने हाँ में सर हिलाते हुए कहा था—''कुफ्र नहीं बोलते...'' सुन कर मेरा मन और भर आया था उनके लिए। बेचारी माँ! अपनी ही क़ैद में पड़ी हुई औरत...

उस दिन माँ के साथ रो कर अच्छा लगा था। भीतर से हल्की हो आयी थी। लगा था, एक पहाड़ उतरा है सीने से। माँ से रूठ कर मैं खुद भी कहाँ जी पा रही थी। लगता था, मैं भीड़ में खो गयी हूँ। कितना दिशाहारा लगता था! आतंक, दुख, पीड़ा...इन सबके बीच वही याद आती रही थीं बार-बार। आज अर्से बाद मेरे भीतर का बच्चा अपनी माँ का आसरा पा कर निश्चिन्त हुआ था। लगा था, अपने घर वापस आ गयी हूँ। उस दिन जाते हुए माँ ने बहुत कस कर मेरा हाथ पकड़ा था। शायद वे कुछ कहना चाह रही थीं, मगर कह नहीं पा रही थीं। उनके होंठ रह-रहकर थरथराते रहे थे। बस आँखें थीं कि बही जा रही थीं। एक समय बाद उन्होंने कहा था—माहरा! अब तो तू भी माँ बन गयी है, शायद मेरी हालत समझ सके...मैं बहुत मजबूर थी बिटिया...इतना कहकर वे झटके से मुड़ कर चल पड़ी थीं, मैं जानती थी, रोते हुए...मुझे एहसास हुआ था, कई बन्द दरवाज़े एक साथ खुले हैं और भीतर फैले अँधेरे में धूप का उजाला भर गया है। जाने किस ख़ुशी में या दुख में मैं एक बार फिर अपनी बेटी को सीने से भींचकर फूट-फूटकर रो पड़ी थी...

एक नन्ही लौ की तरह थी मासा, अपने आसपास उजाला करती

हुई। बहुत अँधेरा था चारों ओर मगर वह थी बहुत हल्की सी, एक उजास थी। दरकी हुई ऊसर, निष्प्राण ज़मीन पर एक कोपल खिला था, ताज़ी हरियाली और नरमाहट से भरी हुई। मैं अनाम उम्मीद से लबरेज़ हो उठी थी। जाने क्या था, कैसा जादू कि सब कुछ हरियाने लगा था, जंग खाई सलाखों पर बर्क चढ़ा था, चमकीली पन्नियों से काई चढ़ी दीवारें मढ़ गयी थीं। मैं एक उम्र बाद ख़ुश थी, मेरे आसपास मासा की गुलाबी मुस्कराहटों के नर्म, रेशमी फाहे थे, किलकारियों का बजता हुआ जल तरंग था...वो पँखुरी-पँखुरी खिल रही थी, बढ़ रही थी चाँद की तरह। मैं उसे देखती और सब भूल जाती। मुझे याद नहीं रह गया था अब कि दुनिया कितनी बदसूरत है, कितने दुख और तकलीफ़ें हैं यहाँ। मैं एक अनिर्वचनीय ख़ुशी में किनारे-किनारे तक भर गयी थी। मुझे अब किसी से कोई शिकायत नहीं रह गयी थी। मैंने सबको माफ कर दिया था। हर गुनाह, अपना कत्ल भी।

मासा सबकी खिलौना थी, मेरे पतझर-से जीवन का अकेला फूल! अब खाला को अपनी गिलहरी का ख़याल नहीं रह गया था। अपने खाली समय में मासा को गोद में लेकर झुलाती रहती, खेलती रहती। कितनी लोरियाँ थीं उनके पास, कितने सारे गीत। अपने उत्साह में मासा को कहानियाँ सुनाने लगती। ऐसे में मासा उन्हें कौतूहल से आँखें गोल करके देखती रहती। फातिमा बी के उदास चेहरे पर भी उसे देखते ही रौनक आ जाती। गोंगिया कर जाने क्या कहने की कोशिश करती। देर तक सब उसे घेरकर बैठे रहते।

ज़हीर इन दिनों कुछ बुझा-बुझा-सा रहता। शायद उसकी तबियत ठीक नहीं थी। अब उसके अधिकतर काम उसका बड़ा बेटा कय्यूम सम्हालने लगा था। वह स्वभाव से बहुत गुस्सैल और बदमिजाज़ किस्म का था। बच्चों को बेरहमी से पीटा करता था। उसकी तीनों बीवियाँ उससे त्रस्त रहती थीं। रोज़ रात उसके घर से किसी ना किसी के रोने की आवाज़ ज़रूर आती थी। उसकी दूसरी बीवी जुलैखा आये दिन अपने मायके भाग जाया करती थी। कई बार बीच रात हमारे यहाँ आकर पनाह लेती थी। कहती थी उसका सौहर मर्द नहीं, हैवान है। वह अपनी तीनों बीवियों को एक साथ बारी-बारी से भोगता था। उसके तरीके भी

बहुत बेरहम हुआ करते थे। तीनों बीवियाँ आये दिन ज़ख़्मी हो जाया करती थीं। उसका हुक्म था कि उसके कमरे में आने से पहले तीनों बीवियाँ अपने सारे कपड़े उतार कर तैयार रहें। जुलैखा की बातें सुन कर लगता था, वह पूरी तरह से विकृत है। ज़हीर के क़मज़ोर पड़ने के साथ-साथ वह उद्दंड होता जा रहा था। कई बार मुझ पर भी आँखें तरेर चुका था। औरतों को वह बहुत नीची नज़र से देखता था। यह उसके सलूक से ही पता चल जाता था। थोड़े दिन पहले बुरी तरह पिटने के बाद उसकी छोटी बीवी घर छोड़कर भाग गयी थी। अफ़वाह थी कि उसे भी शेर खा गया है। बड़ी वाली का हाथ वह दो बार तोड़ चुका था। कुछ ही दिन पहले किसी बात को लेकर ज़हीर से उसका झगड़ा हो गया था। इन दिनों वह उससे बात भी नहीं करता था।

बहुत दिनों बाद एक दिन ज़हीर मेरे पास आया था। मैंने मन ही मन खुद को यातना और अपमान के लिए तैयार किया था मगर उस दिन लाख कोशिश के बाद भी ज़हीर कुछ कर नहीं पाया था। मैं बिस्तर पर औंधी पड़ी-पड़ी इन्तज़ार करती रही थी...एक समय के बाद ज़हीर किसी हारे हुए सिपाही की तरह सर झुकाकर चला गया था। उसे इस तरह जाते हुए देख कर मेरा जी चाहा था, उसकी पीठ पर थूक दूँ। जाने कैसी प्रतिहिंसा से भर कर मैंने उसे पीछे से आवाज़ दी थी–''क्या हुआ? अब तुमसे होता नहीं क्या?'' मेरी बात सुनकर भी ज़हीर ने कोई जवाब नहीं दिया था, चुपचाप चलता रहा था। उसकी चुप्पी ने जाने मुझमें कैसी खौल भर दी थी और ज़ोर से पुकार कर कहा था–''लगता है वाकई बूढ़े हो गये हो...!'' मेरी बात से ज़हीर तड़प कर मुड़ा था और मेरे गाल पर एक झन्नाटेदार चाँटा रसीद कर कमरे से निकल गया था। थप्पड़ खाकर मैं बिस्तर पर गिरी थी और फिर उठ कर हँसते हुए बिस्तर के एक कोने में रोती हुई मासा को अपनी गोद में उठा लिया था। मेरा गाल जल रहा था, मगर सीने में ठंडक-सी पड़ गयी थी। उस दिन मैं अकेली ही देर तक हँसती रही थी। मासा अँधेरे में आँखें चौड़ी कर मुझे देख रही थी। उसे कैसे समझाती आज का दिन मेरे लिए कितनी बड़ी मुक्ति का दिन है!

मासा एक दिन उठ बैठी थी, फिर चली थी–डगमगाते हुए! फिर गिरी थी, गिर कर उठी थी और फिर दौड़ी थी...मैं भी उसके साथ एक बार फिर से उठना, चलना, दौड़ना सीख रही थी। उसमें मेरा बचपन

लौट आया था। मेरी कोख से जन्म लेकर उसने भी जैसे मुझे एक नया जन्म दे दिया था। वो मेरी आँखों के सामने मेरी ही छवि थी। उसकी हँसी में, तोतले बोलों में, मासूम चेहरे में कभी मासा झलक जाती, कभी माँ दिखतीं तो कभी मैं खुद उतर आती...मैं उसमें, उसकी भोली अदाओं में हर पल खुद को जी रही थी। अपने लिए स्वयं का इस तरह लौट आना...बहुत सुखद था सब कुछ! उसके साथ कभी मैं फ़र्श पर घुटनों के बल चलती, कभी लोटती, कभी दौड़ती। मेरी पूरी दुनिया अपने ही अंजाने मासा के इर्द-गिर्द सिमट आयी थी। कितनी ख़ूबसूरत थी वह! गहरे लाल-बादामी चेहरे पर दो काली, चमकीली, बड़ी-बड़ी आँखें, भरे हुए होंठ और दोनों गालों पर गड्ढे...घुँघराले बालों के गुच्छे माथे पर बेतरतीब बिखरे रहते। मैं उन्हें हटाकर उसकी छोटी-सी नाक चूम लेती। इससे शायद उसे गुदगुदी होती थी। अपनी नाक को उलटी हथेली से रगड़ते हुए खिलखिला कर हँस पड़ती थी। मैं उसे ऐसी मुद्राओं में देख-देख कर निहाल होती रहती थी। यकायक मेरी दुनिया नर्म अहसासों और किलकारियों से भर गयी थी। हर तरफ़ धूप थी, उजाला था और थे ढेर-से सपने जिन्हें मैं खुली आँख देखने लगी थी। पहली बार समझ पायी थी, हमारे भीतर की अनुभूतियाँ हमारे आसपास के मौसम को उसका रंग, एहसास और माने देती हैं। जब मन में बसन्त उतरा हो तब बाहर फूल खिलेंगे ही, फिर चाहे वह पतझड़ का ही मौसम क्यों ना हो।

इसी बीच मेम एक बार साहब के साथ फिर आयी थीं। मासा तब दो साल की थी। मासा को दोनों बहुत पहचानी नज़र से देखते रहे थे। मेम की आँखें भीग गयी थीं। साहब का हाल भी यही था। वे अपने साथ मासा की सारी तस्वीरों वाली किताबें, खिलौने, कपड़े ले आये थे। सब मेरी मासा को दे दिया था। जाते हुए मेम ने जाने कैसी आवाज़ में कहा था—"मासा को खोने का दुख अब नहीं रहा माहरा! इसकी देखभाल ठीक से करना..." उस दिन मेम और मैं एक साथ रोये थे, दुख में कम और ख़ुशी में ज़्यादा!

इसके दो साल बाद माँ अपने नौवें बच्चे को जन्म देते हुए मर गयी थी। बच्चा बहुत बड़ा था, माँ उसे किसी भी तरह जन्म दे नहीं पायी थी। चौबीस घंटे दर्द में तड़पने के बाद आखिर वह मर गयी थीं।

वह एक बेहद गर्म और उमस भरी सुबह थी। आकाश किसी भाप उगलती औंधी कड़ाही की तरह दिख रहा था। ठीक से साफ़ भी नहीं हो पाया था। सुबह का तारा बहुत बड़ा और उजला दूर रेत के टीले पर टिका था। मैं ख़बर सुनकर मासा को खाला की गोद में डालकर नंगे पाँव दौड़ती हुई गयी थी। बाहर अब्बू, बड़े भैया और छोटे भाई-बहन चुपचाप बुझते हुए अलाव के सामने बैठे थे। धुएँ के पीछे उनके चेहरे काँपते हुए-से दिख रहे थे। अब्बू का चेहरा निर्विकार था। भैया का चिढ़ा हुआ। दूसरे बच्चे नींद जुड़ाई आँखों से कुछ ना समझने के-से भाव लिए टुकुर-टुकुर देख रहे थे। जाने क्या झोंपड़ी के भीतर माँ फ़र्श पर धूल और ख़ून से लिथड़ी पड़ी थीं। उनकी खुली हुई आँखों में जाने कितनी चीखें पथराई हुई थीं। हमेशा की तरह उनकी पुकार अनुत्तरित रह गयी थी। ज़मीन से आसमान का फासला आज भी उतना ही रह गया था जितना हमेशा से था। उनके आँसू के सूखे दागों से भरे हुए चेहरे की ओर देखते हुए अचानक मैं हल्की हो आयी थी। चलो! उन्हें अपने नर्क से छुटकारा मिल गया! दर्द ने दर्द से निज़ात दिलवा दिया। अब वे सो सकेंगी, अब उन्हें दुखेगा नहीं, अब उनके पास उनका शरीर, उनकी यातना, उनका कारावास नहीं होगा...वे जी सकेंगी—आखिर इस मौत के बाद जी सकेंगी! सब रो रहे थे और मैं चुपचाप बैठी रही थी। उनके लिए ये माँ का अन्त होगा, मगर मेरे लिए तो उनकी पीड़ाओं का अन्त था। मैंने उस दिन बहुत डूब कर माँ के लिए एक गहरी और लम्बी नींद की दुआ की थी—माँ को सोने देना मेरे मालिक! अब इस दुनिया में फिर कभी उनकी आँख ना खुले...और हाँ! ये फोड़े-सी टीसती देह भी उतार लेना उनकी रूह से, बहुत दुखता है, दुखों का गाँव है ये, इसमें रहा नहीं जाता...

माँ का होना मेरे लिए आसमान के होने जैसा था—बहुत दूर, कोई छाँव नहीं, आश्रय नहीं, मगर एक सुरक्षा की प्रच्छन्न अनुभूति कि कोई है, बहुत दूर सही, मगर है! एक पारदर्शी हथेली जिससे धूप, हवा, बारिश छनकर आती है, भिगोती है, पिघलाती है, तर-बतर कर जाती है, मगर होती है छत की, छाँव की, आँचल की कल्पना की तरह, जो नहीं हो कर भी होती है भीतर कहीं...। वो ठौर भी गया जो पनाह तो नहीं देती थी मगर असुरक्षा की घड़ी में जिसकी याद हमेशा आती थी। अब याद करने को भी कुछ नहीं बचा, उम्मीद करने का सुख भी खो गया...

उस दिन मासा को सीने में समेटकर मैं रात भर रोती रही थी। मेरा रोना देख मासा को भी रोना आने लगा था। अपने होंठ उलट कर रोऊँ-रोऊँ चेहरा बनाकर मुझे देखती रही थी, अपने छोटे-छोटे हाथों से मेरे आँसू पोंछती रही थी। उस दिन मैंने शायद पहली बार उसे छोटी माँ कहकर पुकारा था। बेटियाँ एक दिन वाकई अपनी माँ की माँ बन जाती हैं। नन्ही-सी मासा ने उस दिन किस प्यार से मुझे अपनी बाँहों में समेटा था! उसका सम्बल पाकर मैं और और रोयी थी।

सुख का समय जल्दी बीतता है। हमारा भी बीत रहा था। देखते ही देखते मासा दस साल की हो गयी थी। उसे अपनी आँखों के सामने एक-एक दिन बड़ी होते हुए देखना मेरा सबसे बड़ा सुख था। और इस सुख का हर पल मैंने डूब कर जिया था। मासा के दाँत निकलना, पहली बार 'माँ' बोलना, उठकर खड़ी होना, डगमगाते क़दमों से चलना ...कितनी सुन्दर थी मासा! काली, चमकदार, गोल-गोल आँखें, सावन के मेघ-से स्याह, घुँघराले बाल, भरे हुए बादामी होंठ...दस साल की उम्र में ही मुझसे बालिश्त भर लम्बी हो गयी थी। रंग था उसका पकी हुई मिट्टी की तरह—गहरा सुनहरा, बादामी! सब उसे घूर-घूरकर देखते और मैं उसकी नज़र उतारती रहती। उसके प्रति गहरे प्रेम ने मुझे असुरक्षा की भावना से भर दिया था। रात-दिन मुझे उसकी चिन्ता लगी रहती थी। ख़ास कर उसके सात साल पूरा करते ही। साधारणतया सात-आठ साल की होते ही घरों में लड़कियों के सुन्ना की बात होने लगती है, मगर ज़हीर बहुत बीमार चल रहा था। बुजुर्ग के नाम पर वही घर का मुखिया था। फातिमा और खाला ने कभी सुन्ना की बात उठाई भी तो मैंने उन्हें टाल दिया कि थोड़ा और रुका जाय। किसी और को हमारी चिन्ता थी नहीं। मगर फिर भी मुझे रात-दिन एक अजाना डर घेरे रहता कि जाने कब मेरी मासा के साथ कुछ भयानक घट जाय। जब जीवन में कुछ नहीं था, हर अर्थ में ग़रीब थी, तब निश्चिन्त भी थी। कुछ खोने का डर नहीं था। अब मुझे मेरी मासा के रूप में बेशकीमती दौलत देकर विधाता ने मुझे एक नयी तरह के डर और आशंका से भर दिया था। हर पल लगता, अगर मेरी मासा को कुछ हो गया तो! फिर मैं कैसे भी जी नहीं पाऊँगी! मेरे भीतर के डर ने मुझे शक्की और

खब्ती किस्म का बना दिया था। मासा भी मेरी इन बातों से कभी-कभी परेशान हो जाया करती थी। दूसरे लोग तो मेरा मज़ाक़ उड़ाते ही थे। मगर मैं क्या करती, अपने ही मन के हाथों विवश थी।

खाला खुद तो मासा पर जान लुटाती थीं मगर मुझे ताने देने से नहीं चूकती थीं। बैठ-बैठ कर बड़बड़ाती रहतीं--"इसके नखरे देख कर बदन जलता है! बेटी नहीं, परी जनी है...इतना ही है तो ज़मीन में क्यों उतरने देती है, रुई में लपेटकर मखमल के बक्से में बन्द करके रखो! फिर नज़र नहीं लगेगी..." सुनकर मुझे हँसी भी आती और गुस्सा भी चढ़ता—"मुझे सुनाती हो? तुमने इसे कम बिगाड़ा है? कटोरा भर शहद, खजूर, दूध...सब इसे! घर में दूसरे बच्चे नहीं हैं? खा-खाकर दस साल की बच्ची पन्द्रह की दिखती है! लोग रिश्ते लिए चले आ रहे हैं!" मेरी बात से वह और भड़कतीं और हम दोनों के बीच वाक् युद्ध शुरू हो जाता और ये झगड़ा तभी रुकता जब मासा आकर खाला के गले में या मेरे गले में बाँहें डाल कर झूल जाती—"भूख लगी है..." फिर हम दोनों सब भूल-भाल कर मासा के दुलार में एक हो जाते। खाला मुझ पर झुँझलाती—"देखो, बड़ी-बड़ी बात करती है और एक बच्ची नहीं सँभलती इससे!" मैं भी जवाब देती—":ज्यादा बोलने की ज़रूरत नहीं, मेरी बच्ची है, मैं सम्हाल लूँगी!" ऐसी बातों पर खाला रो-रोकर घर बहा देतीं—"लो! तिल-तिल कर इसे बड़ी किया, रात नहीं देखा, दिन नहीं देखा और आज ये बेटी इसकी हो गयी..." अन्त में मुझे उनसे इस बात के लिए माफी माँगनी पड़ती, लाख मान-मनुहार करना पड़ता तब जाकर वे कहीं मानतीं। ऐसे मौक़ों पर मासा मुस्कुराती हुई तमाशा देखती रहतीं और मैं और खाला अपनी झेंप मिटाने के लिए आखिर में उसी पर बरस पड़तीं—"अब तू यहाँ खड़ी-खड़ी मुँह क्या देख रही है? कोई तमाशा हो रहा है?" मासा ज़ोर से हँसती और फातिमा बी के कमरे में भाग जाती। वहाँ जा कर वह जाने फातिमा बी को क्या लगाती कि थोड़ी देर में वहाँ से मेरे और खाला के नाम से समन ज़ारी हो जाता। फिर एक नया तमाशा! कुल मिलाकर बात इतनी-सी थी कि मासा ही हम तीन औरतों के जीवन के केन्द्र में थी। उसी को लेकर हम सपने देखते थे और उसी को लेकर ख़ुश रहते थे या सारा दिन झगड़ते रहते थे। मुझ ग़रीब को, जिसे बचपन से कुछ नहीं मिला था भूख, लाचारी और दुख के सिवा, उसे विधाता ने एक मिट्टी की

साँवली गुड़िया देकर निहाल कर दिया था। अब मुझे ज़िन्दगी से कुछ भी नहीं चाहिए था मासा की सलामती और ख़ुशी के सिवा। वह जिये और मुस्कराती रहे, बस!

दूसरे बच्चों के साथ मैंने भी चार-पाँच साल की आयु से हाड़तोड़ मेहनत की थी। ज़िम्मेदारियों का एक बहुत बड़ा बोझ मेरे नाजुक कन्धों के हिस्से भी आया था। बच्ची थी तो अभाव, असुविधा में भी एक आन्तरिक ख़ुशी से भरी रहती थी। हम महीनों काँच-से सूखे, चमकदार आकाश में घिरे चन्द बादलों के टुकड़ों से कितने सारे खिलौने, चेहरे गढ़ लेते थे! वो ख़ूब नरम, उजला खरगोश, गुदगुदा, झबरा भालू, नीला, विशाल हाथी, मटमैला पीला शेर, उसके उड़ते हुए सुनहरे अयाल...कितनी उर्वर होती थी हमारी कल्पना शक्ति! सूने और उजाड़ में रंग-बिरंगी दुनिया सजा लेती थी, गुड्डे-गुड़ियों का संसार रचा लेती थी...उस ख़ुशी में जी लेती थी जिसका अस्तित्व हमारे दारिद्र्य ग्रस्त जीवन में कहीं नहीं था। रेत के कणों में सोने का समन्दर लहराता था, हीरे-माणिक-से जंगल के अनाम, निर्गन्ध फूल थे—काँटों के खुरदरे आँचल में सलमा-सितारों-से टँके हुए। तब जीवन की छोटी-छोटी बातों में बड़ी-बड़ी ख़ुशियाँ छिपी होती थीं। सब कुछ सुन्दर-सहज और विश्वास भरा था। हमारी उस निर्दोष दुनिया में ख़ुशी थी, प्यार था, यक़ीन और ख़ुदा था! हम सपने देख सकते थे, उम्मीद कर सकते थे, दुआ में आँचल के साथ सारा मन बिछा सकते थे...यह ज़िन्दगी की बहुत बड़ी नियामत थी, बहुत बड़ी दौलत! उस वक़्त शायद इस बात को समझ नहीं पायी थी मगर आज ख़ूब समझ सकती हूँ। जीवन में सपनों का ना होना, उम्मीद का ना होना सबसे बड़ी ग़रीबी है! मुफलिसी है!

मगर वह निश्चिन्त जीवन किस तरह से छीन लिया जाता है यहाँ! मासूम, निर्दोष आँखों में उसके सारे सपनों को नष्ट कर उनमें दुःस्वप्न भर दिया जाता है, खेल-खिलौनों की सुन्दर, सुकुमार दुनिया को यथार्थ की भयावह परछाइयों से भरकर उसे यातना-गृह में बदल कर रख दिया जाता है। मेरी छोटी-सी बुद्धि में किताबों की बड़ी, गम्भीर बातें नहीं आतीं, मगर इतना समझ में आता है कि कुछ रीति-रिवाज़ों और आस्थाओं ने मनुष्य जीवन को बहुत कठिन और दुखदायी बना दिया है, ख़ासकर औरतों का! जाने इसके पीछे कौन-सी सोच या महत् उद्देश्य है! स्वर्ग की कामना में हम अपने लिए जीवन भर नर्क रचते चलते हैं।

मैं चाहती थी, जीवन का यह नर्क, यातनाओं का अथाह संसार मुझ पर ही ख़त्म हो जाये। कभी मुझसे गुज़र कर मेरी बेटी तक ना पहुँचे। इसकी उदास, मलिन छायाएँ कभी उसके चेहरे की निर्दोष रेखाओं को जटिल गुंजल में परिवर्तित ना कर पायें। जीवन का सारा संत्रास मुझ तक आकर थम जाये। इसके लिए मैं अपनी दुर्बल बाँहों से रेत के सारे झंझावात, समुद्र की लहरों और टूटते आकाश को रोकने के लिए तैयार थी। मुझे मेरी सीमाओं का एहसास था मगर हौसले पर सन्देह नहीं।

मासा बड़ी होने के साथ-साथ बरसाती नदी की तरह भर आयी थी। मुझे उसका रूप देख कर डर लगता था। मन ही मन दुआ करती रहती थी—मेरे मौला! इतना ऐश्वर्य नहीं, इतना रूप नहीं! मैं इसे कैसे दुनिया भर की गिद्ध नज़रों से बचा कर रख पाऊँगी!

ज़हीर प्रायः असक्त हो आया था। बिस्तर पर पड़ा-पड़ा खाँसता रहता था। उसकी देखभाल मुझे करनी पड़ती थी। करती भी थी। मगर मन वितृष्णा और तिरस्कार से भरा रहता था। उसे छूने की इच्छा नहीं होती थी। उसके लिजलिजे स्पर्श में मेरी यातनाओं की जाने कितनी स्मृतियाँ भरी थीं! सब जीवन्त हो उठती थीं। एक तरफ़ उसकी बीमारी, लाचारी, दूसरी तरफ़ मेरी बेइंतिहा नफ़रत, गुस्सा। मैं अपने ही भीतर की कशमकश से चूर होकर रह जाती थी। जब मेरा मन करता था उसे ज़हर पिला देने का, तब मुझे बहुत धीरज के साथ उसे गीला और नरम खाना चम्मच से खिलाना पड़ता था। उसका बिस्तर, गन्दगी साफ़ करते मैं बड़ी कठिनाई से अपनी उबकाई रोके रहती थी। सारा काम करने के बाद बाहर आँगन में बैठ कर देर तक गहरी साँसें लेती थी और मासा से छिपकर रोती थी—ये नर्क कब तक मेरे ख़ुदा? इस दोज़ख से निज़ात कब मिलेगी? मिलेगी भी!

बहुत तंग थी मेरी दुनिया—दो-चार अँधेरे में डूबे कमरे, एक टुकड़ा आँगन, दो बीमार लोगों की तीमारदारी, ढेर सारी मवेशियों की देख-रेख और थमका हुआ सन्नाटा! बस एक अकेली तसल्ली मासा और खाला के स्नेह की एक टुकड़ा छाँव! इसे भी मैंने कतर-ब्योंतकर, सिकोड़-समेटकर और छोटा कर लिया था। मैं अपने आसपास के माहौल को बदल नहीं सकती थी इसलिए खुद का ही दायरा तंग करती जा रही थी। मेरे वश में बस इतना ही था। आँधियों से बचने के लिए रेगिस्तान में खानाबदोश लोग ऊँटों को बैठा कर उनकी आड़ में छिप

जाते हैं, खुद को तम्बुओं में बन्द कर लेते हैं। तूफानों को रोका नहीं जा सकता, उनसे बस बचना और छिपना होता है। मेरा हाल भी यही था। मैं अपनी कमज़ोर बाँहों में मासा को लिए दुनिया भर की गन्दी निगाहों से बचती फिर रही थी। कभी फातिमा बी का अन्धकार से भरा कमरा, कभी खाला का जर्जर आँचल तो कभी अपनी ही बाँहें! मैं जानती थी मेरी ये पनाहें कितनी कमज़ोर, कितना नाकाफी हैं। फिर भी किसी डूबते हुए की तरह इन तिनकों-से सहारों को जी-जान से पकड़े हुए थी। इसके सिवा चारा भी क्या था।

ज़हीर के बड़े बेटे ने एक और शादी कर ली थी। कोई बंजारन, गन्दी और रंग-बिरंगी। सुना इस बंजारन में उसकी जान बसने लगी है। हमारे हिस्से के घर की बहुत-सी जगह घेरकर उसके लिए नये कमरे बनाये गये थे। वहाँ वह किसी महारानी की तरह शानो-शौकत से रह रही थी। उसकी बाकी बीवियाँ इस नयी दुल्हन की कनीज बन कर रह गयी थी। उसकी शिकायत पर रोज़ किसी ना किसी की पिटायी हो जाती थी। सारा तमाशा देख कर खाला बैठी-बैठी बड़बड़ातीं—मर्द का हक है वह चार-चार शादियाँ करे, मगर किसी की बात पर किसी को सताना...ये उसका मज़हबी फर्ज़ है कि अपनी हर बीवी को बराबर का दर्जा दे, एक समान प्यार करे।

उस बंजारन को देखकर मेरा कलेजा सूखता था। जाने कैसी बिल्ली जैसी आँखें थीं उसकी। हमेशा कुछ चबाती रहती और यहाँ-वहाँ थूकती रहती। बला की ख़ूबसूरत थी वह मगर उसके पूरे वजूद में एक अजीब-सी बेरहमी और रूखापन था। सुबह-शाम हमारी तरफ़ खुलने वाले आँगन में आकर बैठ जाती और घंटों जमी रहती। मुझे उसका आना और इस तरह मासा से घुलना-मिलना पसन्द नहीं था। मगर मैं उसे रोकती भी तो कैसे। वह हमसे अच्छा बर्ताव करती थी। मासा से तो कुछ ज़्यादा ही हिल-मिल गयी थी। भोली मासा भी उससे थोड़े ही समय में एकदम खुल गयी थी। मैं मासा को कई बार समझाने की कोशिश करती मगर वह समझ नहीं पाती। ज़ाहिर तौर पर कहीं कोई दिक्कत नहीं थी मगर जाने क्यों मेरा दिल किसी अनजाने डर से घबराता रहता था। उसका आँखों में आग और कौंध भरकर मासा को देखना,

ज़रूरत से .ज्यादा मीठा बोलना...मुझे सब कुछ सन्देहजनक लगता। बार-बार कहती--देखना, एक दिन मैं आपकी इस सुन्दर बेटी को चुरा लूँगी! सुन कर मासा ज़ोर से खिलखिला पड़ती मगर मेरा कलेजा बर्फ़ की तरह सर्द पड़ जाता। जाने वह क्या चाहती थी। उसकी नीयत क्या थी। मैं रातों को सोती हुई मासा को सीने से लगा कर मन ही मन दुआ करती रहती—मेरी मासा को हर बला, हर बुरी नज़र से महफ़ूज़ रखना ख़ुदा! इसके सिवा मेरा कोई नहीं!

कय्यूम की बदतमीज़ियाँ इधर दिन पर दिन बढ़ती ही जा रही थीं। वह हर किसी को आँखें दिखाता फिर रहा था। खाला को उनके कमरे से निकाल बाहर किया था, अब वह रसोई में सोने लगी थीं। ज़हीर ने मना करने की कोशिश की थी मगर उसने कोई ध्यान नहीं दिया था। मैं उसके सामने पड़ने से बचती थी। मासा को भी दूर रखती थी। मगर अब उसकी नयी दुल्हन के आने से मासा उसके वहाँ आने-जाने लगी थी जो मुझे बिल्कुल पसन्द नहीं था। मैं चाहती थी मासा अपने खाली समय में मेम की दी हुई किताबें पढ़ा करे, यूँ बेमतलब की बातों में वक़्त जाया ना किया करे। मासा पहले बहुत चाव से किताबें पढ़ा करती थी। मैं जितना भी और जो कुछ भी जानती थी सब उसे सिखा चुकी थी। मैं जानती थी, मासा बहुत ज़हीन लड़की है। सब कुछ जानने-समझने की उसमें एक क़ुदरती भूख है। मैंने बार-बार उसमें यह बात डालने की कोशिश की थी कि इल्म ताकत है, इल्म औरत को उसके पंख, उसका आकाश दे सकता है। सदियों के अँधेरे से, ज़हालत से, गुलामी से आजादी हमें हमारा इल्म ही दे सकता है...उसे समझाते-समझाते मैं मेम के अल्फाज़ दुहराने लगती थी। कितनी छोटी थी मैं जब मेम मुझे और मासा को यह बातें बतलाती थीं। मुझसे उनकी कोई बात नहीं भूली थी। एक अर्सा हुए मेम इधर नहीं आयी थीं। कोई कह रहा था वे यूरोप गयी हुई हैं। इन दिनों मुझे उनकी याद अक्सर आती रहती थी। शायद इसलिए कि मासा को लेकर मैं बहुत असुरक्षित हो गयी थी।

इस गु यानी बारिश में मासा ग्यारह की हो गयी थी। उस दिन जब मेरे सामने हँसते-हँसते आ खड़ी हुई थी, मैंने अपनी आँखें फेर ली थीं। कहते हैं माँ की नज़र सबसे .ज्यादा बच्चों को लगती है। कैसा रूप दिया है उसे ऊपरवाले ने! देखकर आँखें चौंधिया जाती हैं। इस मुल्क की औरतें अपनी ख़ूबसूरती के लिए जानी जाती हैं, मगर मासा में

कोई बात सबसे अलग हट कर है। वह अपने चेहरे से, सलूक से बहुत ज़हीन लगती है। बादाम-सी आँखों में कोई सितारा रह-रहकर कौंधता है, अंगों से अशर्फियाँ झड़ती हैं। अँधेरी रातों में भी दीये की लौ की तरह दिपती है। खाल ऐसी कि जैसे कोई रौशन फ़ानूस!

कैसी-कैसी हसरतें हैं उसमें, कितनी सारी चाहतें! रेत की छत पर बैठ कर आकाश के सितारे गिनती रहती है। उमग कर मुझसे पूछती है—माँ, अगर मेरे पंख होते तो? मैं लम्बी साँस ले कर उसी का सवाल दोहरा देती—तो? "तो मैं उड़ती फिरती...ठीक इन चिड़ियों की तरह! दूर-दूर तक...रोशनी की ऊँची मीनारों पर जा बैठती, बादल की शाखों पर झूलती, हवा के तारों पर फैलकर मीठी धूप में अपने पर सुखाती..." उसके सपनों को सुनते हुए मेरे भीतर कोई फाँस पड़ जाता। एक गहरी साँस में अपने डर को समेटते हुए मैं रुक-रुक कर पूछती—और? "और..." मासा अपनी रौ में बारिश में जन्मी किसी किशोर नदी की तरह अबाध बहती जाती—''और मैं सितारे तोड़ती, चाँद के कंगन बनवाती, आकाश को जिस्म पर लपेटती, झरना बन जाती..."

''बस!'' जाने क्यों उसकी बातें सुनते हुए मुझे घबराहट-सी होने लगती थी—''हमें इसी ज़मीन पर रहना है मासा..." मासा को मेरे डर का एहसास नहीं होता। वह मेरे सीने में भिंची-भिंची कहती—"मगर मुझे आकाश बुलाता है माँ! मुझे सारा आकाश चाहिए!"

"पहले ज़मीन पर अपनी ठौर बना लें हम, फिर आकाश की ओर देखेंगे..." मेरे सीने से लगी मासा का सर मेरे आँसुओं से गीला हो जाता। मासा कुछ समझ नहीं पाती मगर मेरे आँसू उसे सहमा देते। उसे लगता वह कुछ ग़लत बोल गयी है। मगर क्या—उसे मैं कैसे समझाती! यहाँ निर्दोष होना ही शायद सबसे बड़ा दोष होता है। इसी की सजा तो हम सब भुगतते आ रहे हैं! देने को मैं मेरी बेटी को सूरज, चाँद, सितारे—सब दे दूँ मगर विरासत में उसे मेरी बेबसी और आँसू ही मिलेंगे...ये सच मेरे भीतर गजर की तरह शोर मचाता रहता है। उत्तराधिकार के नाम पर मैं उसे रोज़-रोज़ एक नया बन्धन, एक नयी ज़ंज़ीर में बाँधती रहती हूँ। खुद को तो कभी बहला नहीं सकी मगर उसे बहलाने की एक नाकाम कोशिश में लगी रहती हूँ कि यही हमारे गहने हैं, दौलत है! वह मेरी बेटी है, मेरी ही जात की! मेरे सारे झूठ पकड़ लेती है। ज़रा भी नहीं बहलती! मुझे मेरे भीतर का पुराना दर्द

खा जाता—उसकी नियति में भी क्या मैं ही होना लिखा है? जो इनसान के जज़्बात रखेगी तो जानवरों का जीवन कैसे जियेगी! उसे गूँगी होना है, बहरी होना है, अक्ल से अन्धी होना है। मगर उसके पास नज़र भी है और समझ भी। वह जीना चाहती है, ख़ुश होना चाहती है...कहाँ से मिलेगा उसे यह सब? कहाँ से यह सब लाकर दूँगी मैं उसे? मुझे अपनी हक़ीक़त और उसके बेशुमार सपने सताते हैं। सवालों के ढेर में मैं सूई की तरह खो जाती हूँ, उभती-चुभती रहती हूँ गहरे पानी में। कोई कूल-किनारा नहीं मिलता।

खाला मुझे समझातीं—उसके पैर ज़मीन पर रखो, सितारों में किसी का बसेरा नहीं होता। जागने के लिए सपनों का टूटना ज़रूरी होता है। मौसम के कड़े तेवरों से उसकी पहचान करवाओ, समझाओ कि बहार के बाद सर्दी, गर्मी, पतझड़ भी आते हैं। मैं सहमति में अपना सर हिलाती रहती मगर मासा का सामना होते ही कमज़ोर पड़ जाती—इतनी जल्दी क्या है इन खुशियों को मसल देने की, छोटी सही, एक उम्र जी ले वह भी अपने हिसाब से। फिर तो...मैं आगे सोचना नहीं चाहती, मेरे भीतर डर की स्याह परछाइयाँ पसर जातीं।

कितने सवाल करती है मासा। कोई भी बात चुपचाप मान क्यों नहीं लेती। सबकी आँखों में सीधा देख कर बात करती है। गर्दन ऊँची रखती है, ऐसे चलती है जैसे सर पर ताज रखा हो और पूरी दुनिया पर उसी की हुकूमत हो। देख-देख कर मेरा दिल डूबता रहता है। क्यों मैंने उन सपनों के बीज बो दिये जिनका इस बंजर ज़मीन पर फलना नामुमकिन है! जीवन की चाह में अकुलाते इन बीजों का हश्र तो बस नामालूम मर जाना है, बहुत चुपचाप, बेआवाज़...

मैं उसके हिस्से के दुख बीनती हुई उसके साथ लगी रहती, मेरी औकात जितना सुख, सहूलियतें उसके लिए जुटाती रहती। कभी धूप से ओट देने के लिए छाँव बनने की कोशिश करती तो कभी आँधी-पानी को रोकने के लिए छत...मगर इन सबके बीच मेरे भीतर मेरी मजबूरियाँ, मेरी बेबसी घुमड़ती रहतीं। मैं जानती थी अपनी हदें, अपना क़द। बहुत बौनी थीं मैं इन दीवारों के आगे, बहुत छोटी।

मासा भी दूसरे बच्चों के साथ मवेशियाँ चराने जंगल जाया करती थी। जब तक वह नहीं लौटती थी, मेरी जान अटकी रहती थी। शाम होने से पहले दरवाज़े पर जा कर खड़ी हो जाती थी। कितने ख़तरे हैं

इन जंगलों में! खूँखार जानवरों से भरे हुए। लकड़बग्घे, लोमड़ी, शेर, तेंदुआ...कितने लोग आये दिन इन जानवरों के शिकार बनते हैं। मगर क्या करूँ, चाह कर भी उसे जाने से रोक नहीं पाती। सबके साथ उसे भी जाना पड़ता है। मगर मासा को जंगलों में भटकना पसन्द है मैं जानती हूँ। हो भी क्यों ना, वहाँ घर की घुटन और बन्धन नहीं है, वहाँ वह खुल कर साँसें लेती है, खेलती है। कभी जंगली फूलों से शहद इकट्ठा करती है तो कभी कैक्टस के मोटे पत्तों से पानी निकाल कर पीती है। एक बार तो ग़ज़ब ही किया था उसने, शुतुरमुर्ग के घोंसले से उनके अंडे चुराने चली गयी थी! बचपन में हम भी छिप-छिपकर उन्हें देखा करते थे मगर कभी उनके आसपास नहीं जाते थे। वे होते ही इतने ख़तरनाक हैं! बूढ़ा ओगुरु कहता था, शुतुरमुर्ग के दो चंगुलवाले पाँव इतने मजबूत होते हैं कि उनके आघात से शेर भी मर सकते हैं। उड़ नहीं सकते मगर कितनी तेज़ दौड़ते हैं ये पंछी—सत्तर किलोमीटर प्रति घंटा! ओगुरु ने ही बताया था, ज़मीन पर दोपायों में सबसे तेज़! चीता उनसे तेज़ दौड़ता है मगर वह चार पैरोंवाला है। ऊँचे भी कितने होते हैं! 6 से 9 फीट तक। भारी-भरकम! एक साल का बच्चा 45 किलो तक। वयस्क तो 65 से 145 किलोग्राम तक होते हैं। इनके अंडे भी इतने बड़े-बड़े! ओगुरु बताते थे मादागासकर का 'एलिफंट वर्ड' तथा न्यूजीलैंड का 'जाएंट मोआ' जो अब इस धरती पर से ख़त्म हो चुके हैं, उनके अंडे शुतुरमुर्ग के अंडे से बड़े हुआ करते थे। सुन कर हमें ताज्जुब होता था। इससे भी बड़े अंडे! तभी एलिफंट वर्ड कहलाते होंगे। जलते अलाव के चारों ओर ओगुरु को घेर कर बैठे उन से कहानियाँ सुनते हुए हम बच्चे अक्सर सोचा करते थे।

अजीब होते हैं ये देखने में भी—छोटा-सा सर, बड़ी-बड़ी आँखें, नंगी गर्दन और नंगे रोमहीन लम्बे-लम्बे पाँव। मादा मटमैली भूरी और नर काले, सफेद पूँछ के साथ। अपने इन्हीं रंगों की वजह से ये सेतते हुए अपने अंडों को सियार, नेवला और मिस्र के ख़तरनाक गिद्धों से बड़ी चालाकी से बचा लेते हैं। दिन के समय मादा अंडों को सेती है। उसका भूरा, मटमैला रंग रेत के रंग से मिल कर उसे शिकारियों की नज़र से ओझल रखते हैं और रातों को नर का काला रंग अन्धकार से मिल जाता है। इसलिए नर रात को अंडे सेता है। कुदरत ने पक्षियों में भी कितनी समझदारी दी है! हम उनकी हरकतों को देखते हुए सोचते

थे। प्रजनन के मौसम में इनका अजीबोग़रीब सलूक देखने लायक होता है। सर्दियों में तो ये अकेले या जोड़े में घूमते हैं, मगर अंडे देने के मौसम में एक साथ रहते हैं। पाँच से पचास तक के झुंड में! नर दोस्ती तो कई मादाओं से करता है लेकिन जोड़ी एक के साथ ही बनाता है। कितनी अजीब-अजीब हरकतें करते हैं ये नर पक्षी मादा पक्षियों को रिझाने के लिए! हम कैक्टस के झुरमुटों से छिप कर उनका प्रणय नृत्य देखते थे—दोनों पंखों को ऊपर-नीचे फड़फड़ाते हुए बार-बार ज़मीन पर चोंच मारना...और जब मादा रीझ जाये तो उसे एकान्त में ले जा कर साथ-साथ चुगना—फूल, जंगली फल, घास, बीज, कीड़े-मकोड़े...इनके साथ ये कंकड़ और रेत भी निगलते हैं। ओगुरु कहते थे, चूँकि शुतुरमुर्ग के दाँत नहीं होते इसलिए ये कंकड़, रेत निगल कर इससे कुचलवा कर खाना हजम करते हैं। दाना आदि चुगने के बाद जब नर और मादा को महसूस होता है कि अब उनकी दोस्ती काफी गहरी हो गयी है तब नर फिर पंखों को हवा में ऊपर-नीचे लहराकर नाचना शुरू कर देता है। इसके साथ वह ज़मीन पर चोंच मार-मारकर एक छोटा-सा गड्ढा भी खोद लेता है जिसमें नर के चारों ओर अपने पंखों को झुकाकर गोल-गोल घूमते हुए आखिर मादा बैठ जाती है और फिर उनका प्रेम शुरू होता है...आज भी सोचती हूँ तो हैरत होती है—प्रेम पाने के लिए मादा का कितना मनुहार, रिझाना, मनाना...फिर मिल कर घोंसला बनाना, अंडों को सेतना, उनकी देख-रेख, चूजों की परवरिश...सब में परवाह है, प्यार है, दोस्ती है...और एक हम इनसान हैं! प्रेम और सम्बन्ध के नाम पर सिर्फ़ दर्द और बन्धन देते हैं! इतनी तकलीफ तो कोई वहशी भी अपनी मादा को नहीं देता जितनी एक इनसान अपनी औरत को प्यार के नाम पर देता है।

उस दिन मैंने मासा को रात का खाना खिलाते हुए बहुत समझाया था कि वह फिर कभी भूल से भी शुतुरमुर्ग के अंडों को हाथ ना लगाये। मासा ने मेरी बातें एक कान से सुनी थीं, दूसरे कान से निकाल दी थीं। वह ऐसी ही थी—लापरवाह और अल्हड़! उसे लेकर मेरी चिन्ता बढ़ती ही जा रही थी। ऐसी मनमौजी हुई है, जाने इसका आगे क्या होगा! उसे खाने का बहुत शौक है। मन पसन्द खाना ना मिला तो थाली पटक कर उठ जाती है। सुबह शाह यानी चाय के साथ उसे गर्म कांजीरो घी और चीनी के साथ चाहिए। वह भी उसे तोड़ कर टुकड़े-टुकड़े करके

देना पड़ेगा। आज भी उसमें उसे तिल का तेल भी चाहिए वर्ना स्वाद नहीं आता। मुकमाद यानी घी में पका हुआ सूखा गाय, बकरी या ऊँट का मांस भी बहुत पसन्द है। हर एक या दो दिन छोड़ कर मुझे उसके लिए मुकमाद बनाना पड़ता है। रोटी भी जब-तब चाहिए—ख़ूब घी चुपड़ कर! दूसरी तरफ़ बूराश यानी दलिया छुएगी भी नहीं। बार्रिस यानी चावल देख कर उसे उल्टी आती है। खाला हाल-चाल देख कर कहती है—ऐसी राजकुमारी जनी है तू, कहाँ ब्याहेगी इसे सुनूँ? सुनकर मेरी जगह मासा ही जवाब देती—मैं थोड़े ना इस जंगल में रहूँगी! शादी भी कभी नहीं करूँगी। उसकी बात से खाला जल-भुन जाती—अच्छा! तो फिर क्या करेगी हमारी राजकुमारी? सुनूँ तो ज़रा...''तुम्हारी छाती पर जीवन भर मूँग दलूँगी, और क्या!'' खाला को मुँह बिराते हुए मासा बाहर भाग जाती और खाला उसके पीछे देर तक बकती-झकती रहतीं। मैं उन दोनों के बीच कभी नहीं पड़ती थी। मुझे उनका नाटक पता था। खाला को चिढ़ा कर मासा को जितना मज़ा आता था उससे भी ज़्यादा मज़ा खाला को चिढ़ने का अभिनय करके आता था। दिल बहलाने के लिए और था भी क्या हमारे एकाकी जीवन में!

बचपन में खेलते हुए अक्सर मासा हमउम्र लड़कों से झगड़ बैठती थी। उसे बेहद गुस्सा आता था जब लड़के उसे लड़की होने का ताना देते थे। एक बार तो उसने दो लड़कों का पत्थर मारकर सर ही फोड़ दिया था। डाँट पड़ने पर मेरी गोद में दुबक कर गुर्राती रही थी—जो मुझे कमज़ोर समझेगा मैं उसका इसी तरह सर फोड़ दूँगी! कितनी मुश्किल से मैंने उसे शान्त किया था उस दिन! खाला ने शबीह के दाने फेरते हुए खौफ़ से अपनी आँखें फैलाई थीं—''अल्ला रहम करें! कैसी ज़ुबान है इस लड़की की! औरतों का इतना गुस्सा ठीक नहीं, अभी से बाज आ जाओ कहे देती हूँ...।'' सुनकर मासा गेहुँवन-सी ठनकी थी—''सबकुछ मुझे ही समझना है, वे बदमाश लंगूर क्या चाँद से उतरे हैं? वही अल्लाह मियाँ की दी हुई हमारी तरह दो कान, एक नाक, दो आँखें तो हैं उनकी, फिर किस बात का घमंड करते हैं? कहाँ से बेहतर हैं? देखा आज दोनों बहादुरों को, कैसे मुझ कमज़ोर से पिट कर पिन-पिन रो रहे थे?'' सुनकर मेरे साथ खाला को भी हँसी आ गयी थी। किसी तरह खुद को जब्त करके उन्होंने कहा था—''ये असली बात तो तेरी छोटी-सी खोपड़ी में भी आ गयी बिटिया! मर्द को

औरत की असली ताकत का एहसास है, तभी तो उस पर इतनी सारी बन्दिशें लगाये हुए है कि कहीं औरत अपने पर आ गयी तो उनका तख़्त-ओ-ताज छिन जायेगी! लोग गीदड़ को नहीं, शेर को पिंजरे में बन्द रखते हैं। उन्हें पता होता है, असली ख़तरा किससे है!" खाला की बात सुनकर मासा का मिजाज़ बदल गया था। सुबकना छोड़कर खिलखिलाने लगी थी। इसके बाद भी उसने कई बार शरारती लड़कों को पकड़ कर पीटा था। वह दो लड़कों को गिरेबाँ से पकड़ कर उनके सर आपस में टकरा देती थी। नतीजा होता था लड़कों के सरों में निकले हुए आलू और ज़हीर के दरबार में मासा की पेशी! आखिरकार सब मुझे ही झेलना पड़ता था, मासा की शैतानियाँ भी और ज़हीर की डाँट-डपट भी! कभी-कभी तो उसकी हरकतों से लगता था मेरा दिल ही बैठ जायेगा। एक बार एक ज़हरीले साँप को पूँछ से पकड़ कर हवा में फिरकनी की तरह घुमाते हुए लायी थी तो एक बार चीता के दो दूध मुँहे बच्चों को गोद में उठाकर घर में हाजिर हुई थी। उनकी आँखें भी तब ठीक से खुली नहीं थीं। शरीर पर रेशम के फाहे की तरह रोंयें, ऊन के नर्म गोले की तरह सूरत। देखकर तो मेरे हाथ-पैर ठंडे हो गये थे। हज़ार कहने पर भी मासा उन्हें जंगल में लौटाने के लिए राजी नहीं हुई थी। जब मैंने कहा था ये बच्चे अपनी माँ का दूध ना मिलने से मर जायेंगे तब कहीं जाकर मानी थी। हमेशा से ऐसी है—हुक्म दो तो एक नहीं सुनेगी, प्यार से कह कर कुछ भी मनवा लो। जितनी नर्मदिल उतनी गर्ममिजाज़! खाला के साथ-साथ अब मुझे भी फ़िक्र होने लगी थी, इस लड़की का होगा क्या!

एक बार कय्यूम ने उसे जंगल में लड़कों के साथ खेलते हुए देख लिया था। उस दिन उसने उसे एक जंगली पेड़ की कँटीली टहनी से पीटा था। मेरी मासा की पीठ पर नीली धारियाँ पड़ गयी थीं। बाहर शोर सुन कर मैं निकली थी और वहाँ का नज़ारा देखकर सन्न रह गयी थी। कय्यूम बेरहमी से मासा को पीट रहा था। मैं भागी थी और मासा और उसके बीच खड़ी होकर उसकी छड़ी पकड़ ली थी। कय्यूम ने बहुत कोशिश की थी लेकिन मैंने छड़ी नहीं छोड़ी थी। आखिर हार कर वह गालियाँ बकता हुआ चला गया था। तब तक मेरी हथेली लहूलुहान हो चुकी थी। जाने कितने काँटे उसमें धँस गये थे। इसके बाद लगभग महीना भर लगा था मेरा ज़ख़्म भरने में। आखिर ये घाव तो भर गये

थे मगर इस घटना से मेरे दिल पर जो घाव हुआ था वह बहुत गहरा था। मेरी जिस बेटी को कभी मैंने फूल से भी नहीं छुआ था उसे ही इस जालिम ने किस बेदर्दी से पीटा था! सोच-सोच कर मेरी नसों में बहता ख़ून आग बन जाता। अपनी सिसकती हुई मासा को सीने से लगा कर मैं पूरी रात रोती रही थी। कितनी बेबस थी मैं, अपनी बच्ची को पिटते देख कुछ भी नहीं कर पायी थी। मेरा वश चलता तो मैं उस जालिम के हाथ तोड़ देती। ज़हीर से कुछ कहना फ़िजूल था। मुझे पता था वह कय्यूम का ही पक्ष लेगा। एक औरत को सही रास्ते पर रखने की ज़िम्मेदारी पूरे समाज पर होती है और उसे उसकी गलतियों की सज़ा देने का हक भी सभी को है।

दूसरे दिन कय्यूम ज़हीर के कमरे में देर तक बैठा जाने उसे क्या-क्या समझाता रहा था। आशंकाओं से मेरा दिल डूबने लगा था। मन ही मन दुआ करती रही थी। जाने हम पर कैसी आफत आनेवाली थी। विषैले काँटों वाली छड़ी से मार खा कर मासा को बुखार आ गया था। मेरे भी हाथ में बहुत दर्द था। पूरी हथेली रह-रह कर टीस रही थी। कय्यूम के जाने के बाद ज़हीर ने मुझे बुला कर कहा था मासा को आगे से घर के बाहर ना भेजूँ। कय्यूम उसकी शादी के लिए लड़का ढूँढ़ रहा है। सुनकर मैं ठंडी पड़ गयी थी। कय्यूम लड़का ढूँढ़ेगा मेरी मासा के लिए! ओह! मुझे चक्कर-सा आ गया था।

मेरी बात सुन कर मासा जंगली बिल्ली की तरह बिफरी थी। अब तक वह हवाओं में बह रही थी, अब अचानक दीवारों से टकराई थी। चोट के टीसते जायके से वह अनजान थी इसलिए उसका तिलमिलाना भी लाजिमी था। "जंगल नहीं जाऊँगी! मतलब? कल कहोगी साँस ना लू...। तो वह भी मानना पड़ेगा!" कहते हुए उसकी सुलगती हुई आँखों से आँसू बह आये थे। यह दुनिया की आखिरी चीज़ है जो मैं देखना चाहती थी—उसकी आँखों में आँसू! लगा था किसी ने मेरे दिल को अपनी मुट्ठी में लेकर बेरहमी से भींच दिया है। साँसें घुट आयी थीं। उसे समझाने की बहुतेरी कोशिश की थी—"हमेशा के लिए थोड़े ना मना कर रही हूँ! बस कुछ दिन चुपचाप घर में रहो। बात ठंडी पड़ जाय तो फिर जाना जहाँ मन..." मगर मासा ने मेरी एक बात नहीं सुनी थी। रो-रो कर अपना हाल बुरा कर लिया था। मैं क्या करूँ मुझे सूझ नहीं रहा था। कुछ भी हो, मैं मासा को इस हालत में देख नहीं सकती थी।

दूसरे दिन मुँह अँधेरे मवेशियों को लेकर मासा जंगल चली गयी थी। मुझे पता नहीं चला था। उस समय मैं सो रही थी। नींद खुलने पर मासा को उसके बिस्तर पर ना पा कर मैं बेतरह डर गयी थी। ओह! ये सिरफिरी लड़की गयी कहाँ! खुद तो मरेगी, साथ में मुझे भी मरवायेगी! मन ही मन ऊपरवाले को याद करते हुए मैं अपने काम निपटाती रही थी। ज़हीर को नाश्ता करवाते समय ज़हीर ने एक बार मासा के बाबत पूछा भी था। मुझे यकायक सूझा नहीं था कि मैं क्या जवाब दूँ। घबराकर मैंने खाला की ओर देखा था। उन्होंने गोल-मोल बातें करके ज़हीर को टाला था। ज़हीर खाला से पूछताछ करता रहा था, मासा ठीक से परदा करती है या नहीं, उसे पाक किताब की ख़ास आयतें दिल से याद हैं कि नहीं, रोज़ नमाज़ अदा करती है या नहीं। मैं वहाँ से उठ आयी थी। मेरा दिल घबरा रहा था। दोपहर हो गयी, धूप आग बनकर बरस रही है और इस लड़की की कोई ख़बर नहीं! उसका खाना लेकर मैं सारी दोपहर बैठी रह गयी थी।

शाम के ढलते-ढलते कय्यूम उसे फिर बालों से पकड़ कर घसीटते हुए घर ले आया था। देख कर मैं सर से पाँव तक काँप उठी थी। कय्यूम उसे छड़ी से पीटे जा रहा था मगर मासा के मुँह से एक सिसकी तक नहीं निकल रही थी। वह अंगारे बरसाती आँखों से उसे जबड़ा भींच कर घूरे जा रही थी। इससे कय्यूम और भी बौखला उठा था। मैंने और खाला ने बीच-बचाव की कोशिश की थी मगर कय्यूम ने हम दोनों को धकेल कर परे कर दिया था। उस पर आज जैसे भूत सवार हो गया था। वह बेरहमी से मासा को पीटे जा रहा था। मासा की खुली बग़ावत ने उसे पागल कर दिया था जैसे।

हार कर मैं उसकी नयी बंजारन दुल्हन के पास दौड़ गयी थी। मेरी मिन्नत पर उसने आकर कय्यूम को रोका था। तब तक मासा की हालत बहुत बुरी हो गयी थी। वह एक ढेर की तरह निढाल बीच आँगन में पड़ी हुई थी। मैं भाग कर उसके पास गयी थी और ख़ून में भीगे उसके चेहरे को देखते ही खुद भी गश खा कर उस पर गिर पड़ी थी।

इसके बाद खाला ने बहुत शोर मचाकर गाँव के बड़े-बुजुर्गों की पंचायत बुलायी थी और सबसे फरियाद करके यह फरमान ज़ारी करवाया था कि कय्यूम फिर कभी जवान होती लड़की पर हाथ नहीं उठायेगा। मासा को उसकी गलतियों के लिए जो भी सज़ा देनी होगी वह उसके

माँ-बाप देंगे। पंचायत के इस फ़ैसले के बाद कय्यूम का दहशत ज़रा कम हुआ था। अब वह हमारे घर जब जी चाहे मुँह उठा कर आ-जा नहीं सकता था। हालाँकि मासा के घर से अकेली निकलने पर पूरी तरह पाबन्दी लगा दी गयी थी। वह सिर्फ़ घर की दूसरी औरतों के साथ ही बाहर निकल सकती थी। इस फरमान से मासा बेहद नाराज़ थी। शुरू-शुरू में उसने खाना-पीना बन्द कर दिया था। वह सवाल पूछ-पूछ कर मेरी जान लेती रहती थी। मैं क्या जवाब देती। मेरे पास उसके किसी सवाल का जवाब नहीं था। मासा का सारा गुस्सा मुझ पर ही उतरता था। मैं चाहती भी थी वह अपने भीतर खौलते हुए ज्वालामुखी को मुझ पर उड़ेल दे ताकि उसे ज़रा चैन मिल सके। रात-दिन भीतर ही भीतर उबलते रहना कितना तकलीफ़देह होता है ये मुझसे बेहतर और कौन जान सकता है! मैं नहीं चाहती थी कि जिस आग में जल कर मैं राख हुई हूँ उसकी आँच भी मेरी बेटी तक पहुँचे।

खाला उसे तरह-तरह से समझाती रहती थी। धीरे-धीरे इसका असर भी दिखा था मासा पर। वह साधारण ढंग से खाने-पीने लगी थी, बोलने-चालने लगी थी। मैंने राहत की साँस ली थी। मगर इसके बाद उसमें मैंने एक तब्दीली महसूस की थी—अब वह गाहे-बगाहे गुमसुम हो कर कुछ सोचने लगी थी। जाने क्या मुझे उसे ले कर बहुत चिन्ता होने लगी थी। खाला को कहती तो वह उल्टा मुझे ही सुनाने लगती—मैंने पहले ही कहा था, लड़की जात को इतनी आज़ादी देना ठीक नहीं! पतंग कितना भी आकाश में उड़े, एक समय कट कर उसे ज़मीन पर ही गिरना होता है। जिसने एक बार आकाश को छू लिया है उसके लिए ज़मीन पर इस तरह लौटना बहुत तकलीफ़देह होता है माहरा! उनकी बातों में सच्चाई थी। मैं कोई जवाब उन्हें नहीं दे पाती थी। या मेरे ख़ुदा! क्या मैंने अपनी बच्ची की आँखों में वे ख़्वाब रोप दिये जिनका हक़ीक़त में बदलना नामुमकिन है! दुखेंगी अब उसकी आँखें! मरे हुए सपनों के बोझ कैसे उठा पायेंगी वे! क्या उसकी ख़ुशी की उम्मीद में मैंने उसकी किस्मत में अपने हाथों से दुख लिख दिये? ये सब क्या हो गया मुझसे...मुझे अपनी हथेलियाँ मासा के आँसुओं से तर नज़र आतीं। जी चाहता उन्हें दीवार पर दे मारूँ, कूटकर रख दूँ। जो मैं दे नहीं सकती उसकी उम्मीद क्यों उस नन्हे-से दिल में जगाई? रहने देना था उसे उसकी ज़मीन पर, उसके हिस्से के अँधेरे में...। रेतीली धरती

पर सिमटी-सिकुड़ी बोंसाई की तरह, बौनी और जड़ों में उलझी हुई! आसमान दिखाते हुए मैंने बीच की सलाखों का ज़िक्र तक नहीं किया, ज़ंज़ीरों को हवा का झोंका बताया, कटोरे के पानी में चाँद उतार कर उसे बहला दिया कि ले यह अब सिर्फ़ तेरा है...पंछी के गीत सुनाते हुए टूटे पंखों की छटपटाहट से उसे दूर रखा, वह जान नहीं पायी आकाश में ऊँची उड़ती पतंगों का आखिरी ठिकाना कहाँ है! कच्ची दीवारें जब बारिश में बैठती हैं, कोई शोर नहीं होता, मगर हवा देर तक के लिए दम साध लेती है, उसके जिस्म में एक लम्बी दरार पड़ जाती है। वह फिर कभी किसी मौसम के इन्तज़ार में नहीं हो पाता...

इधर कय्यूम की दुल्हन मासा से नज़दीकियाँ बढ़ाये जा रही थी। मुझे यह बिल्कुल पसन्द नहीं था। मगर क्या कर सकती थी। मासा मेरी बात सुनने तक को तैयार नहीं थी। उसके अकेलेपन से भरे हुए जीवन में बंजारन कुछ चहल-पहल ले आयी थी। उसके पास अजीबोग़रीब चीज़ों से भरा पिटारा था। रंग-बिरंगी मालाएँ, फीते, पत्थरों के अनोखे गहने, तेज़, चटक रंगों के कपड़े...मासा उन्हें देख कर एकदम मुग्ध थी। उसकी उम्र ही ऐसी थी। बंजारन ने उसे बहुत सारे तोहफे दिये भी थे। रोज़ उससे कुछ ना कुछ नया लेकर मासा आती थी। बंजारन कभी उसके बालों की अनगिनत नन्ही-नन्ही चोटियाँ गूँथ देती थी तो कभी उसके गले, बाँहों और हथेलियों में ख़ूबसूरत हिना रच देती। मासा इन बातों की वजह से उसकी मुरीद हो गयी थी। एक बार बंजारन के कहने पर वह उसके घर भी सात दिन रहकर आयी थी। इस बीच डर और फ़िक्र से मैं अधमरी हो गयी थी। मुझे बंजारन का भाई बिल्कुल पसन्द नहीं था। सूरत से ही अच्छा इनसान नहीं लगता था। छोटा क़द, जली हुई लकड़ी-सा रंग, घुटा हुआ गंजा सर और चुँधी हुई आँखें! पचास-पचपन के क़रीब उम्र रही होगी उसकी। अक्सर कय्यूम के यहाँ डेरा जमाये रहता था। जाने कोई काम-धन्धा भी करता था या नहीं। उस बार मासा के लौटने पर मैंने पहली बार उसे थप्पड़ मारा था। मुझसे वह लगातार बहस किये जा रही थी। मुझे लगा था, बंजारन की सोहबत में वह बिगड़ती जा रही है। उसे रोकना ज़रूरी था। थप्पड़ खा कर मासा और बिफरी थी, अपने बाल नोच लिए थे, आँगन में लोट-लोट कर रोयी थी। मैं चुप रही थी मगर अन्दर कुछ दरक गया था, रेगिस्तान की मिट्टी की तरह! जाने इस लड़की के पाँव किस तरफ़

को उठ रहे हैं! दिशाहीन यात्रा आवारगी के सिवा कुछ नहीं होती। ये भटकाव उसे किधर ले जायेगा! आह भोली चिड़िया! इस अदृश्य जाल को आकाश मत समझ। इसमें तेरे लिए कोई उड़ान नहीं, सिर्फ़ क़ैद है! पंछियों के लिए यह दुनिया आकाश नहीं, बस पिंज़रा बनाती है...

इन दिनों ज़हीर और फातिमा बी की गहरी छन रही थी। बूढ़ा और कमज़ोर हो कर उसे अपनी इस बीवी की याद आ गयी थी शायद। अक्सर वह फातिमा बी के कमरे में अपना बिस्तर लगा लेता था। दोनों बूढ़ा-बूढ़ी सारा दिन खाँसते-कराहते एक-दूसरे से बतियाते रहते। जाने क्या-क्या किसी के कमरे में आने पर दोनों चुप हो जाते। मुझे फातिमा बी को देखकर हैरत हो रही थी। कल तक जिस इनसान ने उसका जीना मुहाल कर रखा था आज उसी के दो मीठे बोल पर गल कर पानी हुई जा रही हैं! जाने ये औरतें किस मिट्टी की बनी होती हैं! खुद औरत होकर भी मैं उसकी फितरत को समझ नहीं पा रही थी। अब तक का उनका गुस्सा या नफ़रत जो भी था वह शायद ज़हीर का तवज्जो ना पाने का नतीजा था। आज उसकी इनायत पाकर सब कुछ भुला बैठी थी। क्या औरत के जीवन का मकसद बस इतना ही होता है—किसी मर्द से क़बूला जाना! उसने क़बूल लिया तो सारे गिले-शिकवे काफूर!

एक दिन सुबह-सुबह ज़हीर ने मुझे बुलवा भेजा था। उस दिन भी वह फातिमा बी के कमरे में था। मेरे जाने पर ज़हीर ने बड़े ही सपाट लहजे में ऐलान किया था—मासा के लिए बंजारन के भाई की तरफ़ से निकाह का पैगाम आया है। उन्होंने क़बूल किया है। अबकी गु यानी बरसात में उनकी शादी कर दी जायेगी। सुनकर मुझे अपने कानों पर यक़ीन नहीं हुआ था। मैंने फातिमा बी की ओर देखा था। उनके चेहरे पर मुस्कुराहट थी। ख़ुश थी वह। मेरे पैरों के नीचे की ज़मीन यकायक जैसे खिसक गयी थी। तो मुझे जिसका डर था वह दिन आखिर आ ही गया! बिना कुछ कहे मैं उल्टे पाँव लौट आयी थी। कहना भी क्या था! हमें तो बस मान लेना था। किसी ने कुछ पूछा भी नहीं था। हम से कभी कोई पूछता नहीं...। आँगन में आकर देखा था, मासा चिड़ियों को दाना चुगा रही है। धूप की सुनहरी किनारों से जड़ा एक चमकीला फूल...चेहरे पर मुस्कराहट है, जैसे दूध रिस रहा हो! खम्भे की ओट

ले कर मैं उसे देखते हुए रोती रही थी। ख़ुदा! बहुत छोटा-सा सपना है मेरा! उसे आकार देने के लिए बहुत बड़ी जगह की ज़रूरत नहीं। बस इतनी-सी ज़मीन...थोड़ा आकाश, हवा, पानी...तुम्हारी इतनी बड़ी दुनिया है, इतनी सारी दौलत! मेरी मासा के लिए धूप, मिट्टी, पानी के कुछ कतले, कुछ बूँदें...। यह भी बहुत ज़्यादा है क्या? मेरी मासा के सीने की धड़कनों को सुनना, पलकों में कुनमुना रहे सपनों को देखना ...बहुत मासूम हैं वे। काँच के गहनों की तरह सहेजती रही हूँ उन्हें, इस तरह टूट जाने मत देना!

ज़हीर की बीमारी आदि की वजह से मासा का सुन्ना अब तक टलता ही आया था। एक अनकही-सी समझ यही थी कि निकाह से पहले यह कर दिया जायेगा। मगर अब? निकाह और वह भी उस गंजे बूढ़े से! ओह! मैं सोच भी नहीं सकती। मैं सर से पाँव तक काँप उठी थी। मेम की बातें याद आती रही थीं–कम उम्र में बच्चों की शादी नहीं होनी चाहिए। वे इसके लिए जिस्म और दिमाग़ी तौर पर तैयार नहीं होते इस समय। ऐसे में शादी कर देना हर तरह से ग़लत है। ये बातें क्या मैं भी नहीं समझती हूँ? हर रोज़ भुगत रही हूँ इसके नतीजे। ज़िन्दगी खालिस अजाब है! रो-रोकर मेरी आँखें सूज गयी थीं।

कय्यूम का दूसरा फतवा ज़ारी हुआ था, अब मासा का निकाह होने जा रहा है, वह घर से कभी बिना हिज़ाब के ना निकले। ओह! अब ये भी! मैं मासा को कैसे समझाऊँगी। वह सर तो ढँक लेती है लेकिन जालाबीब यानी बुर्के से उसे सख़्त ऐतराज़ है। कहती है, कितनी गर्मी होती है माँ! एक तो ये तेज़ाब-सी धूप, उमस और ऊपर से यह तम्बू... ये ऊँट भी इनके भीतर दो पल नहीं रह पायेंगे, फिर हम तो इनसान हैं! खाला उसे डपट देती–"इनसान नहीं, औरत लड़की! हमेशा उल्टी बात, हिज़ाब को तम्बू कहती है! मर्दों की हवस भरी नज़रों से बचने के लिए ये इन्तजाम किया गया है!" सुन कर मासा की हमेशा की बहस शुरू हो जाती–"वाह! ये कैसा इन्साफ़ है! नज़र मर्दों की बुरी और छिपते फिरें हम! बुर्के की ज़रूरत हमें नहीं, मर्दों की बुरी आँखों को है! उन्हें पहनाओ बुर्का!" खाला तिलमिला कर उसके पीछे झपटतीं और वह हँसती हुई यह जा, वह जा...

बुर्का पहनने की बात सुनकर मासा की आँखों से धुआँ निकलने लगा था–"इससे बेहतर तो यह है कि तुम लोग मुझे ज़िन्दा दफना

दो...मैं ज़मीन पर भी क्यों रहूँ! साँस भी क्यों लूँ! इस तरह रोज़-रोज़ मरने से अच्छा है एक बार ही मर जाऊँ। मुझे बुर्के में घुटन होती है माँ, डर लगता है! लगता है बन्द हूँ, मुझे बन्द जगह से डर लगता है!''

मैं क्या करती! उसे सीने से लगा कर दुलराती रही थी। रो-रोकर उसने मेरा सीना भिगो दिया था। मैं जानती थी, आँसू कभी आँखों में कम नहीं पड़ते, इसलिए उसे रो लेने दिया था। कुछ तो बोझ कम हो मन का!

निकाह की बात मैं किसी भी तरह मासा से कर नहीं पा रही थी। कैसे करती! वह सुनकर ख़ुश होती क्या? मैं तो खुद सदमे में थी। उधर बंजारन उसे नित नये तोहफे दिये जा रही थी। मैं घुट-घुट कर सब कुछ देखने के लिए मजबूर थी। और फिर जिस पल का दहशत था वह आ ही गया! एक दिन मासा पागलों की-सी अस्त-व्यस्त हालत में आ कर मुझे झिंझोड़ते हुए पूछने लगी थी—''माँ! अयान भाभी कह रही थी मेरी जल्द ही निकाह होने वाला है...'' फिर एक पल ठहर कर मुझे घूर कर देखते हुए ठंडी आवाज़ में पूछा था—''किससे?'' उसका सवाल सुन कर मेरी नसों में लहू जम गया था—ओह! उससे मैं क्या कहूँ...। मुझे चुप देख कर मासा की आँखें आँच देने लगी थीं—''तो उसका कहना सही है! मेरी शादी उसके भाई के साथ तय हुई है!'' इसके बाद थोड़ी देर तक फिर चुपचाप रह कर वह अचानक बिजली की तरह कौंधी थी—''तो मेरी भी एक बात सुन लो, मैं मर जाऊँगी मगर उस बदसूरत बुड्ढे से कभी शादी नहीं करूँगी!'' कह कर वह पैर पटकती हुई जंगल में भाग गयी थी। मैं उसके पीछे चाह कर भी जा नहीं पायी थी। मेरे पैरों की जैसे ताकत ही चली गयी थी। वे ज़मीन में बेजान खम्भों की तरह गड़े रह गये थे। ओह! वही हुआ जिसका मुझे डर था!

बाद में खाला ने आ कर मुझे बताया था—''आज मासा बंजारन के तोहफे उसके मुँह पर मार आयी है। बंजारन बेहद गुस्से में है। तब से कय्यूम के कान भर रही है। उसकी बातें सुन कर कय्यूम का भी पारा सातवें आसमान पर चढ़ गया है। कहता है अब वह मासा और तेरी अक्ल ठिकाने लगा कर रहेगा!'' खाला की बातें सुनकर मेरी हालत और भी ख़राब हो गयी थी। जाने वह दरिन्दा आज मेरी मासा की क्या हालत करे! मेरे मौला! रहम करना!

उस दिन देर शाम तक मासा घर नहीं लौटी थी। मैं दरवाज़े पर खड़ी-खड़ी थक गयी थी। खाला को भेजा था उसकी तलाश में मगर उसे भी वह नहीं मिली थी। हार कर मैं ही चादर ओढ़कर बाहर निकली थी। उस समय शाम का आखिरी रंग आकाश के छोर पर धीरे-धीरे मिट रहा था। दूर तक फैली रेत की ऊँची-नीची ढलानों पर चलती हवा की सनसनाहट और बालू के महीन कणों की पारदर्शी चादर बिछी थी। कितना उदास था सब कुछ! छोटी-छोटी कँटीली झाड़ियाँ, भूरी, मटमैली ज़मीन और रेत के बेडौल टीलों का न ख़त्म होनेवाला सिलसिला... मुझे ज़ोर से रोना आया था। कहाँ गयी मेरी मासा! दूर कहीं सियार रो रहे थे। मैंने गर्म रेत पर दौड़ते हुए पुकारा था—''मासा...'' बारिश की तरह रेत से झरझराती हवा में मेरी काँपती आवाज़ नामालूम खो गयी थी। मैंने तेज़ी से उतरती शाम के धुँधलके में इधर-उधर देखा था। पूरा माहौल स्तब्ध पड़ा था। बस सियारों की हूँक और सूखे ताड़ के माथे पर बैठे गिद्धों के विशाल डैनों की झटपटाहट! अचानक मेरे भीतर कुछ काँच की तरह तड़का था। एक ठंडा, काला डर पानी के रेले की तरह मेरे भीतर सनसना कर उठा था और चारों ओर फैल गया था—सीने में, गले में, पूरे जिस्म में...। छाती में जकड़न-सी महसूस हुई थी और साँस लेने में तकलीफ़ होने लगी थी। लगा था, पानी में डूब रही हूँ—मासा को कुछ हो ना गया हो! मेरे ख़ुदा! मेरे मालिक! रहम! इस बेकस पे रहम...इसके बाद मैं फीकी स्याही-से अँधेरे में मासा को पुकारते हुए बेतहाशा भागती चली गयी थी। पैरों के नीचे छिपकलियाँ, बिच्छू, काँटे—जाने क्या-क्या आ रहे थे, रेत में लहरें उठाते साँप, झाड़ियों के पीछे से अचानक निकल कर भागते सियार, नेवले...मुझे कुछ नहीं दिख रहा था! ज़ेहन में बस एक ही ख़याल था—मासा! वह किसी तरह मिल जाय।

देर तक इधर-उधर भागते और मासा को पुकारते हुए आखिर मैं बुरी तरह से थक गयी थी। सूझ नहीं रहा था क्या करूँ, कहाँ जाऊँ। बेतरतीब बिखरे हुए पत्थरों के एक छोटे-से टीले के पास खड़ी होकर मैं बेतरह हाँफ रही थी जब मैंने उसे—मासा को—देखा था—पत्थरों के साये में अपने घुटनों में सर दिये बैठी थी। उसे देख कर मैं देर तक हिल-डुल नहीं पायी थी। भीतर अचानक सब शान्त हो गया था। कोई धड़कन नहीं, कोई शोर नहीं, कोई डर नहीं...। बस. चुप्पी—दूर तक,

हर कहीं। एक समय के बाद धीरे-धीरे चलते हुए मैं उसके पास गयी थी और झुक कर उसका सर अपने सीने से लगा लिया था। मासा चौंकी नहीं थी। जैसे वह जानती थी कि मैं उसे ढूँढ़ ही लूँगी। उसे मेरा इन्तज़ार था। अचानक थमकी हुई हवा में हम दोनों की साँसों के अलावा और कुछ नहीं था। पूरा रेगिस्तान दम साधे पड़ा था। जाने किस प्रतीक्षा में। नहीं जानती कितनी सदियों के बाद मैंने धीरे से पुकारा था—''मासा...'' मासा ने बिना कुछ कहे सर उठा कर चुपचाप मेरी ओर देखा था—बुझे दीये-सी आँखें, धुएँ और कालिख से लिसरी हुई...मेरे भीतर कुछ सुलगा था, बहुत तेज़ लपटों में! मासा की गीली, कातर आँखों ने मुझे एकदम से रेगिस्तान में बदल दिया था—मरी हुई नदियों का क़ब्रगाह! बहुत धीमे मगर साफ़ आवाज़ में मैंने एक समय के बाद कहा था उससे—''मैं तुम्हें कुछ नहीं होने दूँगी मासा! अपनी माँ पर इतना यक़ीन रखो!'' मेरी बात सुनकर मासा की आँखें यकायक उजली हो आयी थीं, गीली भी! पुतलियों में सितारे-से टिमके थे—''सच कहती हो?'' बिना कुछ कहे मैंने धीरे-से सर हिलाया था। वह अचानक मेरे सीने में दुबक कर फफक पड़ी थी—''मैं जानती हूँ माँ! तुम्हारे रहते मेरा कुछ बुरा नहीं हो सकता...'' उसकी बातें मेरी नसों में लहू की तरह दौड़ी थीं। मुझे लगा था, मैं बहुत ताकतवर हो गयी हूँ। मेरी बेटी के लिए मैं ज़मीन से भी टकरा सकती हूँ और आसमान से भी। कोई मेरी मासा को छू कर तो देखे!

धीरे-धीरे मासा शान्त हुई थी। मैं तो कब की हो चुकी थी। जब मैंने उसे घर चलने के लिए कहा था, वह मान गयी थी। तारों की धुँधली छाँव में जब हम घर लौटे थे, खाला दरवाज़े पर खड़ी मिली थी। बेहद परेशान!

इसके दूसरे दिन फातिमा बी ने मुझे अपने कमरे में बुला भेजा था। उस समय वहाँ ज़हीर नहीं था। मेरे जाते ही बिना किसी भूमिका के फातिमा बी ने कहा था—''मासा का निकाह होने वाला है, अब जल्द उसका सुन्ना कर देना है। वैसे भी बहुत देर हो गयी है। गेद्दा अब किसी भी दिन आ जायेगी...ज़हीर ने आदमी दौड़ाया है उसके लिए।'' फातिमा बी के शब्द गाज की तरह गिरे थे मुझ पर। एकदम से शून्य पड़ गयी थी मैं। सुन्ना! मासा पर भी! बिना कुछ कहे चुपचाप अपने कमरे में लौट आयी थी। मासा उस समय खाला के साथ बैठ कर

धागे में काँच की मोतियाँ पिरो रही थी। बहुत ख़ुश और निश्चिन्त। मुझसे तसल्ली पाकर अब वह बेफ़िक्र हो गयी थी। मैं अपने कमरे में से उसे देखती हुई बैठी रही थी। कुछ भी सोचने-समझने की ताकत नहीं थी उस समय मुझमें। धूप भरे आँगन में मासा कितनी ख़ूबसूरत दिख रही थी! पकी हुई मिट्टी-सा बादामी-सुनहरा रंग, माथे पर झूलते हुए बालों के घुँघराले लच्छे, चमकीली तितली-सी शरीर आँखें...। मेरे गले में काँटे-से उग आये थे, लगा था कहीं भीतर ही भीतर ख़ून रिस रहा है। वैसा ही लोहे जैसा नमकीन जायका और महक, पूरे वजूद में!

मैं मज़हब या रिवाज़ की नहीं जानती। मैं बस यही चाहती हूँ कि मेरी मासा उस नर्क से ना गुज़रे जिससे मैं गुज़र रही हूँ। मेम ने कहा था मुझे, इस रिवाज़ का मज़हब से कुछ लेना-देना नहीं है। हमारे देश में इस्लाम के आने से पहले से यह रिवाज़ यहाँ के क़बीलों में मौजूद था। बाद में लोगों ने इसे मज़हब का नाम दे दिया। ईसाइयों में भी इसका चलन है। मैं इतनी बड़ी-बड़ी बातें नहीं समझती। मैं बस अपनी मासा को इस तकलीफ़ और वहशीपन से बचाना चाहती थी। क्या करूँ! कैसे करूँ...। सोचते हुए मुझे यकायक मेम का ख़याल आया था। हाँ! मेम! शायद वह इस बार मेरी कुछ मदद कर सकें। किस तरह से और क्या मदद वह कर सकती हैं, मैं नहीं जानती थी मगर उनकी याद आते ही मुझमें एक हल्की-सी उम्मीद जगी थी। मैंने हाथ फैला कर बहुत डूब कर दिनों बाद दुआ की थी—ख़ुदा! मेरी मासा पर अपना करम बनाये रखना!

इसके बाद ठीक जैसे वर्षों पहले एक दिन सबसे छिपते-छिपाते मैंने मेम को एक ख़त लिखा था, इस बार भी लिखा था कि वह मेरी—उनकी—मासा को किसी तरह इस नरक से बचा ले! मैं नहीं जानती थी कि मेम इस वक़्त इस मुल्क में हैं भी या नहीं। मगर यही मेरा एक मात्र रास्ता था। अगर इस मामले में मेरी कोई मदद कर सकते थे तो वह बस मेम और साहब ही कर सकते थे।

इसके बाद मैं हर रोज़ एक नये आतंक के साथ जीने लगी ही थी कि जाने कब क्या हो जाय। पूरा माहौल थमका हुआ-सा था। भारी और चुप। कहीं कुछ पक रहा था। हवा में साजिश की महक थी। ज़हीर का, कय्यूम का इस तरह से ख़ामोश हो जाना, बंजारन की जलती हुई आँखें और होंठों पर खेलती ज़हरीली मुस्कराहट...सब कुछ मुझे परेशान

कर रहा था। फातिमा बी भी अजीब ढंग से ख़ामोश थीं। मैंने कई बार उनसे बात करने की कोशिश की थी मगर वे अनजान बनी रही थीं। उनके इस रवैये से मुझे बहुत दुख हो रहा था। कल तक तो मासा पर जान लुटाती थीं, आज क्या हो गया! खाला मजबूर थीं—हर तरह से। मैं जानती थी, चाह कर भी वे हमारी कोई मदद नहीं कर सकती थीं। उनसे कुछ भी उम्मीद करना फिजूल था।

मासा अब कहीं आती-जाती नहीं थी। मना भी था और उसका मन भी नहीं लगता था। गुमसुम अपने कमरे में पड़ी रहती थी। उसे ऐसी हालत में देख कर मेरा दिल फटने लगता था। कितनी ख़ुशमिजाज़ लड़की हुआ करती थी! मुँह से लावे की तरह बातें फूटा करती थीं। एक पल जो कभी चुप बैठ जाय! देखकर मैं गहरी साँस ले कर रह जाती। इन दिनों मैं मासा को कभी एक पल के लिए भी अपनी आँखों से ओझल नहीं होने देती थी। हर पल किसी अनहोनी के डर से मेरा दिल काँपता रहता था।

कुछ दिनों के बाद मेम का जवाब आया था। उन्होंने लिखा था साहब की तबीयत बहुत ख़राब थी। उनका कोई ऑपरेशन हुआ था और वे अस्पताल में थे। उनकी देखभाल में फिलहाल वे बहुत मशरूफ हैं और साहब की हालत बेहतर होते ही वे हमसे मिलने आयेगी। ख़त पाकर जहाँ मैं निराश हुई थी वहीं थोड़ी उम्मीद भी बँधी थी कि शायद कुछ हो सकता है।

पड़ोस की अजीज़ा बीबी की बड़ी बेटी अपने पहले बच्चे के जन्म के लिए अपने मायके आयी हुई थी। मैं कभी-कभार उससे मिलने चली जाया करती थी। बच्चे के आने का समय बिल्कुल क़रीब आ गया था। अजीज़ा बीबी मुझसे बच्चे के पैदा होने के समय मदद की उम्मीद कर रही थी। मैंने भी अपनी तरफ़ से हर तरह की मदद करने का वादा किया था।

उस दिन अचानक बीच रात में वो बदहवास-सी हमारे घर आ धमकी थीं। उनकी बेटी को दर्द उठ गया था। मासा गहरी नींद में सोई हुई थी। मैंने उसे जगाया नहीं था और दबे पाँव घर से बाहर निकल आयी थी। खाला दालान में सोई हुई थीं। मैंने उन्हें भी नहीं

जगाया था। सोने दो। इनके जगने से पहले तक तो लौट ही आऊँगी। सितारों की ओर देख कर मैंने अनुमान लगाया था, सुबह होने में अभी काफी देर है।

अजीज़ा की बेटी उनके घर के कोने में बने एक कमरे में पड़ी कराह रही थी। लालटेन की रोशनी में मैंने देखा था, पड़ोस के गाँव की दाई एक पत्थर के टुकड़े पर चाकू की धार तेज़ कर रही है। मैंने अजीज़ा बीबी की तरफ़ हैरत से देखा था। उसने मेरे कान में धीरे से कहा था—''इसका अब तक सुन्ना नहीं हो सका है। इसलिए बच्चा पैदा होने से पहले करना ही पड़ेगा, मज़हब और रवायत की बात है!'' ''यानी अभी? इस हाल में!'' अजीज़ा की बात से मुझे गहरा झटका लगा था। बिचारी पहले ही इतनी तकलीफ में है! कैसे सह पायेगी इतना दर्द!

और फिर एक, डेढ़ घंटे बाद शुरू हुआ था वह रोंगटे खड़े कर देने वाला मंजर! चार औरतों ने कस कर अजीज़ा बीबी की बेटी के हाथ-पैर पकड़े थे और दाई ने उसे धारदार चाकू से काटना शुरू किया था। ओह! वह हलाल होती जानवर की तरह चीख रही थी, इतनी बुरी तरह कि लग रहा था घर की छत नीचे आ गिरेगी। लालटेन की पीली रोशनी में चमकते उन पाँच औरतों के चितकबरे चेहरे, घास-मिट्टी की दीवारों पर काँपती परछाइयाँ, ख़ून के उड़ते छींटे और अजीज़ा की बेटी की वह लम्बी, दर्दनाक चीखें...। मैं दोनों हाथों से अपने कान दबाकर बैठ गयी थी। मुझे गश आने लगा था। ओह! यह तो पूरा अजाब है!

जाने कितनी देर कटे हुए जानवर की तरह तड़पने के बाद उसे बच्चा पैदा हुआ था। तब तक वह दर्द से नील पड़ गयी थी। बहुत ख़ून बहा था। कोने में बैठी-बैठी मैं थरथराती रही थी। मुझसे कुछ भी मदद की नहीं गयी थी। अन्त तक अजीज़ा बीबी की बेटी बेहोश हो गयी थी। उसकी हालत देखकर मैं खौफ़ से मरी जा रही थी मगर बाकी की औरतें बेफ़िक्र दिख रही थीं—क्या फ़िक्र करती हो आपा, दर्द से भी कभी किसी औरत को मौत आयी है! यही तो ज़िन्दगी है उसकी...तकलीफ़ से जान जाने लगे तो इस ज़मीन पर एक भी आदमजात ना बचे!

उनकी बातों में एक बहुत बड़ी सच्चाई थी। आखिर लड़खड़ाते क़दमों से मैं वहाँ से उठ आयी थी। मैंने सोच लिया था, अब कभी ऐसी जगह नहीं जाऊँगी। वर्ना यह सब देख कर कभी मुझे दिल का दौरा ही पड़ जायेगा।

अपने कमरे में लौटकर मैं एक बार फिर धक-से रह गयी थी। मासा का बिस्तर खाली पड़ा था। वह कमरे में नहीं थी। खाला एक कोने में पड़ी सिसक रही थीं। उन्हें रोते देख मेरा दिल बुरी तरह घबराने लगा था—या मेरे ख़ुदा! कहीं कोई अनहोनी ना हो गयी हो! मेरे पूछने पर खाला ने किसी तरह बताया था, कय्यूम की बंजारन दुल्हन और दो और औरतें मासा को जबर्दस्ती उठा कर ले गये हैं। उसने रोकने की कोशिश की थी, मगर उन्होंने उसकी एक नहीं सुनी थी। बंजारन ने उसे मारा भी था।

सुन कर मुझे चक्कर-सा आ गया था—ओह! आख़िर वही हुआ जिसका मुझे डर था! वे मेरी मासा को ज़रूर सुन्ना के लिए ले गये होंगे। खाला ने बताया था, लगभग आधे घंटे पहले वे मासा को ले गये थे। मैंने सोचने की कोशिश की थी, क्या अब तक वे मासा को...? शायद हाँ, शायद नहीं! मैं अचानक बदहवास-सी दरवाज़े की ओर उल्टे पाँव भागी थी। खाला मुझे रोकने के लिए पीछे से चिल्लायी थीं मगर मैंने मुड़ कर नहीं देखा था। आँगन में आ कर मैंने अँधेरे में इधर-उधर देखा था और फिर मवेशियों को हाँकने वाला डंडा उठा लिया था। खाला मेरे पीछे-पीछे कमरे से निकल आयी थीं। वे अब भी चिल्ला रही थीं। मैंने उन पर कोई ध्यान नहीं दिया था। मुझे कुछ सुनायी भी कहाँ दे रहा था। ज़ेहन में एक ही ख़याल घूम रहा था कि कैसे भी हो उन्हें रोकना है। मासा को बचाना है। मैं आँगन का दरवाज़ा खोल बेतहाशा पुराने टीले की ओर भागने लगी थी। हो ना हो वे इस तरफ़ ही गये होंगे। इस गाँव के लोग अधिकतर अपनी लड़कियों का सुन्ना कराने इन्हीं टीलों की तरफ़ आते हैं। आज आकाश में आधा चाँद है—पश्चिम की ओर दूर तक उतरा हुआ। हल्की, फीकी चाँदनी फैली है। सब कुछ धुँधला-धुँधला दिख रहा है। हवा बिल्कुल नहीं चल रही। सारा मंजर दम साधे पड़ा है। आँखों में आये आँसुओं की वजह से मुझे कुछ भी साफ़-साफ़ नहीं दिख रहा। किसी अन्धे की तरह दौड़ रही हूँ मैं। आसपास से बौनी, कँटीली झाड़ियाँ भागती हुई-सी गुज़र रही थीं, दूर बेडौल पत्थर के टीले अनगिनत काले धब्बे की तरह दिख रहे थे। कान में कुछ मक्खी की तरह भनभना रहा था। मुझे अपनी धड़कनों की आवाज़ साफ़ सुनायी पड़ रही थी। लग रहा था, दिल पसलियाँ तोड़ कर बाहर निकल पड़ेगा!

टीलों के क़रीब पहुँच कर किसी पत्थर से उलझ कर मैं मुँह के बल गिरी थी। सर में तेज़ दर्द हुआ था। आँखों के आगे अँधेरा-सा छा गया था और तभी मुझे मासा की चीख सुनायी पड़ी थी—माँ...। उसकी आवाज़ सुन कर मेरे भीतर बिजली की तरह कुछ कौंधा था और मैं एकदम से उठ खड़ी हुई थी। मासा की चीखें सामने के टीलों की तरफ़ से ही आ रही थीं, ठीक उन कैक्टस की घनी झाड़ियों के पीछे से। मैंने ज़मीन पर पड़ी हुई लाठी उठा कर फिर दौड़ना शुरू कर दिया था। उस समय मुझे महसूस हो रहा था कि जैसे मासा की चीखों से मेरे जिस्म और रूह पर फफोले-से पड़ते जा रहे हैं। नसों में बहता लहू आग बन गया है और मैं अब किसी भी पल ज्वालामुखी की मानिंद फूट पड़ूँगी, शोलों में तब्दील हो जाऊँगी और इस सारे रेगिस्तान को जला कर राख कर दूँगी। उन्होंने मेरी मासा को हाथ लगाया है!

पागलों की तरह दौड़ती हुई मैं कैक्टस की उन झाड़ियों के पास पहुँची थी और फिर एक पल के लिए वहाँ का नज़ारा देख कर जैसे जम गयी थी। चाँद की हल्की रोशनी में गहरे रंग के लबादे में ढँकी तीन औरतें मासा को चारों ओर से जकड़े हुए थीं। मासा ज़मीन पर पड़ी बुरी तरह छटपटा रही थी। उन लोगों ने उसका मुँह भी अब कस कर बन्द कर दिया था शायद। सिर्फ़ उसके गोंगियाने की आवाज़ ही आ रही थी। और फिर एक परछाईं के हाथ में चमकता चाकू देख कर जैसे मेरी नींद टूटी थी और मैं चीखती हुई उनकी तरफ़ झपटी थी। मेरी चीख सुन कर तीनों एकदम से चौंक कर मुड़ी थीं और मुझे देख कर हड़बड़ा गयी थीं। मौक़ा मिलते ही मासा उनसे छूट कर उठी थी और भाग कर मुझसे लिपट गयी थी। उस समय उसकी पूरी देह किसी डरे हुए चिड़िया के बच्चे की तरह थर-थर काँप रही थी। उसकी हालत देख कर मेरे भीतर आग-सी धधक उठी थी। लगा था सर पर ख़ून चढ़ गया है।

थोड़ी देर सकते की हालत में खड़ी रह कर तीनों औरतें हमारी ओर झपटी थीं। उनमें सबसे आगे कय्यूम की बीवी अयान थी—"तुम हट जाओ, जानती हो, ये रिवाज़ हमारे मज़हब का है। इसके बीच आना गुनाह है..." उनके पास आते ही मुझ पर पागलपन सवार हो गया था। उस वक़्त मैं बेहद डरी हुई थी और कुछ भी कर सकती थी। सवाल मासा का था। उन्हें और कोई मौक़ा दिये बिना मैं झपटी थी और उन

पर अन्धाधुँध लाठी बरसाने लगी थी। पहली लाठी शायद अयान पर पड़ी थी। वह अपना सर पकड़ कर चीखती हुई ज़मीन पर बैठ गयी थी। बाकी दो औरतें भी चोट खा कर तिलमिलाते हुए पीछे हटी थीं। उनके पीछे हटते ही मैं मुड़ कर मासा को अपने साथ घसीटती हुई फिर से बेतहाशा भागने लगी थी—"मासा! भाग...!"

मासा और मैं जाने किस तरफ़ भाग रहे थे! सामने अँधेरा था और पीछे भी अँधेरा था। मगर हमें यहाँ से, इस जगह से दूर, बहुत दूर चले जाना था। नहीं जानती कहाँ, मगर जाना था...

इसके बाद जाने हम कितनी सदियों तक दौड़ते रहे थे! कितनी पहाड़ियाँ, नदी, जंगल, पार किये थे! पैरों के तले ज़मीन है या आसमान, नहीं देखा था, पैर भी हैं या नहीं, सोचा नहीं था। बस अपने हौसलों के सहारे भागते रहे थे। कई बार मासा थक गयी थी, हार कर बैठ गयी थी। कह दिया था, उससे अब नहीं होगा। वह मरने के लिए तैयार है। पीछे तेज़ शोर था। कय्यूम की पुकार भी। वे लोग लगातार हमारा पीछा कर रहे थे। गहरे सुर्ख क्षितिज पर रेत का भूरा बवंडर उठ रहा था। सुबह रेगिस्तान में आग की नदी की तरह उतर रही थी...

मैंने मासा को पुकारा था—"मासा! उठो! हम अभी रुक नहीं सकते!" मासा की आँखें बन्द हुई जा रही थीं—"अब और नहीं होता माँ! मैं नहीं दौड़ सकती!" "वे हमारे पीछे हैं, हम पकड़ लिए जायेंगे, फिर..." "अब जो भी हो, मैं और दौड़ नहीं सकती..." मासा सचमुच रेत पर ढह गयी थी। मैं खुद निढाल थी मगर अभी रुकना नामुमकिन था। वे किसी भी क्षण हम तक पहुँच सकते थे। मैंने मासा को पकड़ कर झिंझोड़ डाला था—"उठो! मासा, आँखें खोलो!" मासा फिर भी आँखें मूँदे पड़ी रही थी। मैंने घबराकर पीछे की ओर देखा था। रेत का बवंडर पास आता जा रहा था। साथ में शोर भी। मैंने घबराकर उनींदी मासा के चेहरे पर कई तमाचे जड़ दिये थे—"मासा! उठ..." मासा ने दर्द और अचरज से भर कर अपने भारी पपोटे खोले थे, मगर मेरे पास किसी बात के लिए समय नहीं था। मैंने उसे बेरहमी से पकड़ कर खींचा था—"चलो...!" वह गिरती-पड़ती मेरे पीछे भागी थी। मैं भाग रही थी मगर मेरी आँखें आँसुओं से अन्धी हुई जा रही थीं। किस बेरहमी से मारा था मैंने अपनी फूल-सी बेटी को! थकी-हारी है, बेहद डरी हुई भी, ऊपर से...ओह! मेरे ख़ुदा! मजबूरी जो ना कराये कम

है! किसी माँ को फिर कभी इतना मजबूर ना कर देना कि वह अपने कलेजे के टुकड़े को रौंद दे!

इसके बाद हम गिरते-पड़ते भागते रहे थे, बीच-बीच में मासा रुकना चाह रही थी, कभी बैठ भी जा रही थी मगर मैंने उसे रुकने नहीं दिया था। अपने साथ जबरन घसीटती ले चली थी। धीरे-धीरे पीछे से आता शोर घटता चला गया था और एक समय के बाद बन्द भी हो गया था। अब तक दिन का उजाला फैल चुका था। रेत के टीले पहले लाल हुए थे, फिर सुनहरे, फिर भूरे। आकाश गहरा नीला था, एकदम साफ़ और चमकीला! दूर क्षितिज की ओर झुंड के झुंड पंछी उड़े जा रहे थे। कैक्टस के कँटीले पत्तों पर ओस की बूँदें चमक रही थीं। आखिर लड़खड़ाते हुए मासा एक पेड़ के नीचे गिर पड़ी थी—"अब और नहीं मा...। होगा नहीं!" मुझसे भी और भागा नहीं जा रहा था। थकान, उत्तेजना और नींद के मारे बुरा हाल था। लग रहा था किसी भी पल गिर कर मर जाऊँगी। थोड़ी देर खड़ी-खड़ी मैं हाँफती रही थी और फिर मासा के बगल में ढह पड़ी थी। इसके बाद मुझे कुछ भी याद नहीं!

जाने कितनी देर बाद किसी शेर की दहाड़ से मेरी आँखें खुली थीं। आँख खुलते ही सामने का नज़ारा देखकर मेरी साँस रुक गयी थी। एक विशाल शेर दहाड़ते हुए बिल्कुल मासा के सामने खड़ा उसे ही घूर रहा था। मासा जागी हुई थी और पथराई हुई आँखों से चुपचाप शेर को देख रही थी। शायद वह साँस लेना भी भूल गयी थी। ये नज़ारा देखते ही मेरा दिमाग़ खाली-सा हो गया था। ना जाने कितनी देर तक मैं कुछ सोच भी नहीं पायी थी। मैं मासा से थोड़ी दूर थी। शेर किसी भी पल मासा पर झपटने वाला था। उसकी पूँछ लगातार हिल रही थी। मुझे लग रहा था मेरा दम निकल जायेगा। इसी तरह जाने कितना समय बीता था जब वह शेर फिर दहाड़ा था और मैं जैसे नींद से जगी थी। इधर-उधर देखते हुए मुझे एक कँटीली टहनी पास ही पड़ी हुई दिखी थी और मैं उसे उठाकर हवा में लहराते और चिल्लाते हुए शेर की ओर भागी थी। मेरे इस तरह चिल्लाते हुए भागने से शेर एक बारगी जैसे चौंक उठा था और फिर जाने क्या सोचकर पीछे की तरफ़ की झाड़ियों में छलाँग लगाकर खो गया था। शेर के जाते ही मैं टहनी फेंककर मासा के पास बैठ गयी थी और उसे सीने से भींच लिया था। मासा बिना हिले-डुले उसी तरह चुपचाप बैठी रही थी। शायद वह

सकते की हालत में थी। गहरे डर और सदमे में तो मैं भी थी मगर मैं जानती थी, मेरे हारकर बैठ जाने का यह समय नहीं था। मुझे मेरी मासा की हिफाज़त करनी थी, किसी भी हालत में। एक औरत की हैसियत से भले ज़िन्दगी भर हारती रही हूँ, मगर एक माँ के रूप में किसी भी सूरत में हारने के लिए तैयार नहीं थी। मुझे अपनी आखिरी साँस तक लड़ना है। जब तक जान है!

मासा के होंठ सूख कर उस पर पपड़ियाँ जम गयी थीं। उसे बहुत प्यास लगी होगी। मैं इधर-उधर देखकर एक झाड़ी के कुछ मोटे पत्ते तोड़ लायी थी और उन्हें मासा का मुँह खोलकर उसमें निचोड़ दिया था। जाने कितनी-कितनी बार। थोड़ी देर और बैठी रहने के बाद मैंने फिर मासा को खींचकर उठाया था—"हमें चलना चाहिए मासा। वे किसी भी समय हमारा पीछा करते हुए यहाँ तक पहुँच सकते हैं।" मासा इस बार कुछ नहीं बोली थी। चुपचाप उठकर चल दी थी। मैंने देखा था, उसके पैर जगह-जगह से ज़ख़्मी हैं, तलवे पर फफोले हैं, मगर इस समय हम किसी भी तरह रुक नहीं सकते थे। अगर एक बार कय्यूम के हत्थे चढ़ गये तो ख़ैर नहीं! मेरे अपने पैरों की हालत ख़राब थी। दायाँ अँगूठा कुचला हुआ था, पूरा नाख़ून निकल गया था। ख़ून से लिथड़ी अँगुली का रंग गहरा बैंजनी हो रहा था। चलते हुए जाने कहाँ-कहाँ धँसे हुए काँटे कसक उठते थे। मगर मैंने इन बातों पर ध्यान नहीं दिया था। मुझे पता था, हमें अपना यह सफर पैरों से नहीं, अपने हौसले से तय करना है! मासा को उसकी भलाई के लिए मुझे थोड़ी तकलीफ़ देनी ही पड़ेगी और मैं दूँगी भी। ऊपरवाले ने अगर माँ का मन मोम से बनाया है तो उसे वक़्त आने पर चट्टान में भी तब्दील हो जाने का हुनर अदा किया है।

इसके बाद हम जाने कितने दिनों तक भागते रहे थे। अंगारे-सी चिलकती रेत पर, नंगी चट्टानों पर, कँटीले जंगलों में...। आकाश फटा पड़ रहा था, धूप तेज़ाब बनी हुई थी। कभी भर दुपहरी हम किसी सुलगती हुई रेत के टीले पर खड़े होते और हमें पता नहीं होता किधर जाना है। हर तरफ़ फैला रेत का समन्दर, माथे पर आग उगलता सूरज और कहीं दूर-दूर तक छाँव का एक टुकड़ा नहीं। मासा बेदम हो चुकी थी। कभी रेत पर गिरकर कहती—"माँ! अब नहीं होगा! मुझे मर जाने दो!" मुझे चक्कर आता, आँखों के आगे स्याह धब्बे-से नाचते

रहते, प्यास से गला दरक जाता, मगर मैं मासा को अपनी गोद में छिपाकर बैठी रहती, अपनी पीठ पर सारी धूप लिए, रेत भरी हवा से उसे ओट देते हुए। इस बीच हमें खाने के लिए शायद ही कुछ मिला था। कभी मैं जंगली फूलों का शहद निचोड़ लाती थी तो कभी कुछ फल। कई बार जानवरों से भी पाला पड़ा। एक लकड़बग्घे ने दूर तक पीछा किया, शुतुरमुर्ग ने दौड़ाया, साँप-बिच्छुओं से भी सामना हुआ। सबसे बड़ा हादसा होते-होते तब टला जब हम एक समुद्री डाकुओं के टोले से टकराते-टकराते बचे। ये सोमाली समुद्री डाकू अपनी बेरहमी के लिए जाने जाते हैं। उनकी नज़रों से बचने के लिए हम एक छोटी-सी जानवरों की गुफा में घंटों छिपे रहे थे। वहाँ एक अधखाये जानवर की लाश से भयंकर बदबू उठ रही थी। हमें लगातार उबकाइयाँ आ रही थीं। लग रहा था पेट की अन्तड़ियाँ तक बाहर निकल आयेंगी। मगर उसी हालत में मैं मासा को अपने सीने में समेटे साँस रोके बैठी रही थी। वे डाकू शायद किसी जहाज़ में डाका डालने के बाद पुलिस क़ी नज़रों से छिपते फिर रहे थे। उनके जाने के बाद हमें उनके ठहरने की जगह से कुछ खाने के टीन के डब्बे मिले थे। पानी भी। वे किसी ख़बर के मिलने से हड़बड़ी की हालत में वहाँ से उठकर भागे थे। उस दिन जाने कितने दिनों के बाद हमें खाना मिला था। उसके दूसरे दिन हमें सुबह-सुबह उधर से गुज़रते हुए एक बंजारों का टोला मिल गया था। वे मोगादेसु की ओर ही जा रहे थे। हम उनके साथ हो लिए थे।

मेम ने खुली बाँहों से हमारा स्वागत किया था। उनके पास पहुँचते ही लगा था महफ़ूज़ हो गयी हूँ। उन्होंने मुझे ही नहीं, मेरी बेटी को भी अपनी पनाह में ले लिया था। मैं जानती हूँ, मेरी तरह वो भी मेरी मासा में वर्षों पहले खो गयी उस मासा को देखती हैं जिसे उसने अपनी बच्ची की तरह प्यार किया था। पहली बार मासा को देख कर वो जाने कितनी देर तक उसे गीली आँखों से देखती रही थीं। फिर मेरी तरफ़ मुड़ी थीं—''हमारी मासा होती तो आज इसकी तरह ही दिखती, नहीं?'' जवाब में मैं बस अपना सर ही इत्तफाक में हिला पायी थी। इसके बाद हम देर तक चुपचाप रोते रहे थे। मासा हम दोनों को हैरत भरी आँखों से देख रही थी।

साहब ऑपरेशन के बाद एक दिन पहले ही घर लौटे थे। एक बहुत बड़ी इमारत के पिछले हिस्से के दो कमरों में वे रहते थे। बाकी की इमारत में उनका दफ्तर, एक छोटा-सा अनाथालय और नारी निकेतन भी था। नाम था 'डेज़र्ट ड्रीम'। मेम अब भी मुफ्त में होमियोपैथी की दवाई दिया करती थी। सारा दिन उनके यहाँ बीमारों, पीड़ितों और स्वयंसेवियों की भीड़ लगी रहती थी। रेड क्रॉस तथा अन्य मानवाधिकार, समाज सेवी संस्थाओं आदि के साथ मिलकर वे यहाँ काम करते थे। यह सब मुझे यहाँ आने के बाद धीरे-धीरे पता चला था। यह एक नयी दुनिया थी। उस दुनिया से बहुत अलग जहाँ मैं अब तक मर-मरकर जीती आयी थी। वहाँ आकाश नहीं था, धूप नहीं थी, ज़िन्दगी नहीं थी। था तो बस अँधेरा और बेइंतिहा डर, घुटन और दर्द...एक उम्र उन स्याह गुफ़ाओं में गुजार कर मैं अपने ही अनजाने उनकी आदी हो गयी थी। अब जब पिंजरे का दरवाज़ा खुला तो समझ आया कि मेरे पंख तो कब के बेकार हो चुके हैं! पंछी उड़ना भूल गया हैं। ठीक जैसे देर तक अँधेरे में रहने के बाद लोग उजाले में कुछ देख नहीं पाते, मैं भी देख नहीं पा रही थी। मेरी आँखें चौंधिया गयी थीं। मेम के आश्वासन, प्यार और व्यवहार से ही धीरे-धीरे हम माँ-बेटी सहज हो पायी थीं। हमें खुलने में काफी समय लगा था।

मेम ने बताया था, वे कई समाजसेवी संस्थाओं, एन.जी.ओ., रेड क्रॉस आदि के साथ मिलकर एफ़जीएम यानी फीमेल जेनिटल म्युटीलेशन (सुन्ना) के विरोध में काम कर रहे हैं। वे चाहते हैं कि यह कुरीति जिससे लाखों औरतों की ज़िन्दगी बर्वाद हो जाती है, किसी भी सूरत में बन्द हो। इनका ये सामाजिक आन्दोलन अब तक व्यापक स्तर पर फैल चुका है और इसके नतीजे भी बहुत सकारात्मक और उत्साहवर्द्धक आ रहे हैं। सुनकर मुझे हैरत भरी ख़ुशी हुई थी। अगर ऐसा कुछ हो रहा है तो वाकई अच्छी बात है! मेम ने बताया था, यहाँ कुछ दिन रहो फिर धीरे-धीरे तुम लोगों को सारी बात समझ में आ जायेगी।

शुरू-शुरू में मेम ने हमसे कुछ भी नहीं पूछा था। और एक दिन जब अपने पास बैठाकर सब कुछ जानना चाहा था, मैंने रोते हुए उन्हें सारी बातें बता दी थीं। मेम ने बड़े धीरज से मेरी हर बात सुनी थी और फिर पूछा था, आगे मैं क्या करना चाहती हूँ। मैंने कशमकश में सर हिला दिया था—नहीं जानती। फिर उनके हाथ पकड़कर मिन्नत की

थी—"बस मेरी बेटी को बचा लो! मैं नहीं चाहती वह भी उस दोज़ख से गुज़रे जिससे मैं अब तक गुज़रती रही हूँ!" मेम ने मुझे सब ठीक हो जाने की तसल्ली दी थी। कुछ दिन सारी फ़िक्र भुलाकर चुपचाप रहने की सलाह भी दी थी। आगे वो सोचेंगी क्या किया जा सकता है।

मैंने महिला आश्रम में खाना बनाने का काम सँभाल लिया था। मासा पेड़-पौधों को पानी देने के साथ आश्रम के हर छोटे-मोटे काम ख़ुशी-ख़ुशी किया करती थी। जाने कितने दिनों बाद मैंने और मेरी बेटी ने खुलकर साँस ली थी! मैं बहुत ख़ुश थी। मासा भी।

मेम और साहब कितना काम करते थे। रात-दिन! शायद ही कभी उन्हें आराम करते हुए देखती थी। शिकायत करने पर मेम हँस देती थीं—"अभी बहुत काम है माहरा! अभी आराम करने से कैसे चलेगा! हमारी मासा की तरह कितनी मासायें हैं जिन्हें एफ़जीएम के अभिशाप से मुक्त करना है..." अब तक मैं एफ़जीएम शब्द का मतलब समझने लगी थी। मासा भी। मेम की इस संस्था में एफ़जीएम से जान बचाकर भाग आयी जाने कितनी लड़कियाँ थीं। उन्हें यहाँ सिर्फ़ पनाह ही नहीं दी गयी थी, उनकी पढ़ाई-लिखाई और दूसरी तरह की तालीम का भी बन्दोबस्त किया गया था। मासा अपनी इन हमउम्र लड़कियों से जल्द ही घुल-मिल गयी थी। उनके साथ वह पढ़ भी रही थी। इस बात की मुझे सबसे ज़्यादा ख़ुशी थी। मेरी हमेशा से यह दिली तमन्ना थी कि मासा तालीम हासिल करे। बूढ़ा ओगुरु बात-बात पर कहता था, इल्म ताकत है। इल्म के बिना इनसान अपाहिज होता है। हमारे पैगम्बर कहते थे—इल्म हासिल करने के लिए चीन तक जाओ! उसी इल्म का दुश्मन हमारा समाज क्योंकर हो गया। मासा जब दुपट्टे से अपना सर ढाँक कर दूसरी लड़कियों के साथ बैठकर अपनी पढ़ाई करती थी, मैं उसे छिपकर एकटक देखती रहती थी। ख़ुशी से बार-बार मेरी आँखें भर आती थीं। ऊपरवाले ने मुझे यह दिन भी दिखाया!

यहाँ रहते हुए मुझे बहुत-सी बातें पता चली थीं। मुझे यह सोचकर हैरत होती थी कि इस देश की होकर मुझे यहाँ की जो बातें पता नहीं थीं वह इन विदेशी लोगों को पता थीं। यहाँ रह कर मैंने जैसे अपने देश और यहाँ के लोगों को नये सिरे से जाना था। बचपन में देखे हुए नक़्शे मैं एक बार फिर देख रही थी और अपने घर, जंगल, ज़मीन को इनमें ढूँढ़ रही थी। ओह! इन्हीं छोटी-छोटी काली बिन्दुओं में हमारी ज़िन्दगी

पैदा होती है, युगों तक सिमटी रहती है और आखिर में नामालूम फना हो जाती है...इस दरम्याँ हमारे साथ होता है बेशुमार अन्धेरा और दर्द! कुछ सपने भी जो कभी पूरे नहीं होते! उन धब्बों को छूकर मैं उनमें बहुत पहले खो गयी अपनी बहन मासा को, बच्चे जुनैद को महसूसने की कोशिश करती रहती थी।

मासा अपनी नयी इल्म के जोश में मुझे नक़्शा फैलाकर दिखाती रहती—ये देखो हमारा मुल्क सोमालिया! इसे 'हॉर्न ऑफ अफ्रीका' भी कहते हैं! ये देखो हमारी सरहदें—उत्तर में गल्फ ऑफ इडेन, पूरब में हिन्द सागर, दक्षिण-पश्चिम में केनिया, पश्चिम और उत्तर पश्चिम-इथिओपिआ, दजिबौटि...सुनकर मैं सर हिलाती जाती मगर पल्ले कुछ भी नहीं पड़ता। मासा उँगली से एक-एक चीज़ दिखाती चलती—"ये करकार पर्वत, ये ओगो पर्वत, जुब्बा नदी, ये सबील्ले..." सुनते हुए मेरी आँखें भर आतीं। बचपन में इसी तरह मैं और मासा इन नक़्शों को हैरत से भर कर देखा करते थे, वो ज़मीन, पहाड़, नदियाँ—सब वैसी ही रह गयी हैं, बस वो वक़्त और मासा कहीं खो गयी है...! बोलते-बोलते मासा मेरी आँखों में आँसू देखकर थम जाती और पूछती—"क्या हुआ!" मैं आँसू पोंछते हुए झेंपकर अपना सर हिला देती—"कुछ नहीं!" मासा मेरा जवाब सुनकर चिढ़ जाती—"तुम्हें रोते रहने की बुरी आदत पड़ गयी है...!" शायद वह ठीक कह रही थी। मैं तो ख़ूब हँसती थी, बात-बात पर! पड़ोस की रामिरो खाला अक्सर कहा करती थीं माँ से—"अयन्ना! तेरी बेटी इतना हँसती है! देखना ये अपने जीवन में कभी ख़ुश नहीं रहेगी...!" ऐसी ही दुआएँ हुआ करती हैं इस ज़मीन की औरतों की अपनी बेटियों के लिए...सोचकर मन अवसाद से भर आता है। दुखी औरतों के आँचल में बस दुख ही होते हैं अपनी बेटियों को देने के लिए। यही जीवन में, यही विरासत में, यही वसीयत मे...। कब मैं हँसते-हँसते रोने लगी और कब ये मेरी शख़्सियत का हिस्सा हो गया, मैंने जाना ही नहीं! अब मुस्कराना एक घटना होती है, एक तरह से ऐयाशी ही! अब कभी-कभी अफसोस होता है—क्यों इतना हँसती थी बचपन में! सारी मुस्कराहट खर्च हो गयी!

मेम और साहब का खाना मैं ही पहुँचाती थी। उनकी दूसरी ज़रूरतों का ख़याल भी मैं ही रखती थी। मेम आज भी मुझे पहले की तरह हर छोटी-बड़ी बात तफसील से बताती, समझाती थीं। उन्होंने बताया था,

अपनी किताब पूरी करने के बाद वे अपने देश हमेशा के लिए लौट नहीं पाये थे। इस देश से उन्हें जाने कब इतना प्यार हो गया था। यहाँ की अनोखी संस्कृति से अधिक यहाँ के लोगों के दुख-दर्द ने उन्हें बाँधा था। ख़ासकर औरतों की तकलीफ़ ने। वे यहाँ की ख़बरें विदेशों के कई समाचार-पत्रों और पत्रिकाओं में भेजा करते थे। वे फ्रीलांस पत्रकार की हैसियत से काम करने लगे थे कुछ वर्षों से। मेम ने आगे बताया था मासा की मौत की घटना ने उन्हें बुरी तरह से झिंझोड़कर रख दिया था। उन्हें लगा था, वे इस तरह ख़ामोशी से और तमाशबीन बने यह बेइंतिहा जुल्म देखते नहीं रह सकते। उन्हें यह रिवाज़ रोकने के लिए कुछ न कुछ ज़रूर करना चाहिए। इसके बाद वे एफ़जीएम के विरोध में काम करनेवाली कई स्वयंसेवी, राष्ट्रीय, अन्तरराष्ट्रीय, सरकारी, गैर-सरकारी संस्थाओं से जुड़े और उनके साथ काम करने लगे।

मुझे यह जानकर हैरत हुई थी और ख़ुशी भी कि इस ग़लत रिवाज़ के ख़िलाफ़ दुनिया के हर कोने से आवाज़ उठने लगी है और यह अब एक बहुत बड़े मुहिम में तब्दील हो चुका है। सिर्फ़ औरतें ही नहीं, मर्द भी इस मुहिम में शामिल हैं और सबसे बड़ी तसल्ली की बात ये है कि इनमें हमारे देश और महादेश के औरत-मर्द भी बड़ी तादाद में शामिल हैं। मेम ने बताया था–"माहरा! तुम्हें शायद पता नहीं, इस रवायत के ख़िलाफ़ पहले-पहल आवाज़ इसी धरती से उठी, यहाँ की औरतों से। मगर वे दूर तक पहुँच नहीं पा रही थीं। दुनिया का ध्यान तो तब इस ओर खिंचा जब तरक्की कर गये मुल्कों की औरतें इस लड़ाई में उनके साथ शामिल हुईं। अब तो एक नहीं, दो नहीं, कई-कई मुल्कों में इसके ख़िलाफ़ आवाज़ बुलन्द होने लगी है। काम भी बड़े पैमाने पर हो रहा है और कामयाबी भी हासिल हो रही है। सब कुछ जान-समझकर मेरा हौसला बढ़ गया था। लगा था, नहीं, सब कुछ ग़लत नहीं है। यहाँ उम्मीद भी है और रोशनी भी! हो सकता है, हाँ हो सकता है एक दिन ये सूरत बदले, ये बद्दुआ ख़त्म हो...कितने खत, ट्विटर, सन्देश ...संस्थान के नाम रोज़ सैकड़ों ख़त आते, मनीआर्डर भी।" मेम हमें वे ख़त पढ़कर सुनातीं। दुनिया के कोने-कोने से अनजान, गोरी-काली औरतें लिखतीं–हम तुम्हारे साथ हैं! सुन कर मैं सबकी आँख बचाकर रोती–इस दुनिया में ऐसे भी लोग हैं! हम बदनसीबों का साथ हमारे अपने भी नहीं देते और ये विदेशी औरतें...।

सब कुछ देख-सुनकर मैंने भी ठान लिया था, अगर दूसरे हमारी लड़ाई इस तरह से लड़ सकते हैं तो हमें भी हार कर नहीं बैठना है—लड़ना है!

उस रात जाने कितने अर्से के बाद मैं मासा को अपने सीने से लगा कर बेफ़िक्री की नींद सोयी थी। मासा के चेहरे पर मौसम का आधा चाँद था, आकाश पर लाखों, करोड़ों सितारे। हवा में आते हुए मौसम की सोंधी महक थी। एक नर्म-सी आहट! कुछ नया जो बहुत पुराना भी है...हम इमारत के पिछवाड़े की तरफ़ के दालान में सोये थे। मैं, मासा और कुछ औरतें। देर तक जागने के बाद जब मैं सोयी थी, मुझे बड़ी अच्छी नींद आयी थी। ऐसी नींद जिसमें कोई सपने नहीं होते।

इस शहर में हर तरह के लोग थे, रूप-रंग, ज़ुबान और मिजाज़ के लिहाज से भी। कभी पढ़ा था हमारे देश में स्थानीय लोग मुख्य रूप से छह समूहों में बँटे हुए हैं—दारोद, इसाक, हाविये, दिर, दिजिल, राहानवेयेन। इसके अलावा अरब भी काफी तादाद में हैं। फिर हिन्दुस्तानी। इटली और फ्रांस के लोग तो बहुत पहले से यहाँ हैं ही। उनका उपनिवेश रह चुका है यह देश। इसलिए मोगादेशु की गलियों में हर तरह के लोग दिख जाते थे। जब भी मैं और मासा किसी काम से बाहर निकलते थे, उन्हें गहरी दिलचस्पी और हैरत से देखा करते थे। यह एक नयी दुनिया थी हमारे लिए। यहीं आकर पहली बार हमने हिन्दी फिल्मों के गाने सुने थे!

हमारी संस्था में एक पाकिस्तानी औरत थी जायदा। शादी के बाद वह यहाँ अपने सौहर के साथ आयी थी और फिर दो वर्षों के बाद उसका सौहर किसी और के इश्क़ की ख़ातिर उसे ठुकरा कर चला गया था। उसने ही बताया था कि उनके मुल्क में भी बहुत सारे सम्प्रदायों तथा क़बीलों में सुन्ना का रिवाज़ है। ईरान, बलुचिस्तान के सरहदी इलाकों में, कुछ क़बीलों में तथा दाऊदी-बोहरा समाज के लोग आज भी अपनी औरतों का सुन्ना करवाते हैं। वहाँ इसे मज़हबी रिवाज़ माना जाता है और वाकई इसका जश्न भी मनाया जाता है। हालाँकि वहाँ यह कम पैमाने पर होता है और औरतों को ज़्यादा दर्द सहना नहीं पड़ता। यह सुन कर मुझे राहत मिली थी। हमारे मुल्क में यह जितने ख़तरनाक और बेरहम ढंग से होता है अल्लाह करे और कहीं ना हो!

यहाँ मेरा तरह-तरह के लोग और उनके अजीबो-ग़रीब ख़यालात से

सामना हो रहा था। ताहिरा—एक व्यापारी की औरत जो खुद भी एक टीचर थी—सुन्ना की पुरज़ोर हिमायत किया करती थी। उसका कहना था औरत और मर्द में कुछ बुनियादी फ़र्क़ ज़रूर होना चाहिए। सुन्ना के बाद ही एक औरत सही माने में औरत बनती है। उससे पहले तो वह मर्द जैसा ही होती है!

मैंने एक बार उससे बहस करने की कोशिश की थी—"क़ुदरत ने हमें औरत बनाया है। उसके जिस्म में बदलाव लाकर क्या हम क़ुदरत के काम में दख़ल नहीं डाल रहे?" मेरी बात सुनकर वह बेइंतिहा भड़की थी—"लो, अब इस जाहिल औरत की बात सुनो! औरत के जिस्म का वह हिस्सा जो बदसूरत और ज़हरीला है, उससे निज़ात पाना हर तरह से लाजिमी है। एक तो इससे औरत की पाकीजगी और ख़ूबसूरती बनी रहती है, अधिक से अधिक बच्चे पैदा करने की ताकत हासिल होती है और मर्द को ज़्यादा लुत्फ़ मिलता है। बिना सुन्ना के औरतों में ज़्यादा गर्मी होती है और वे आवारा बन जाती हैं!" इसके बाद उसने बड़ी शान से अपनी पहली रात की कहानी सुनायी थी कि कैसे उसका सौहर अपनी उँगली में रूमाल लपेटकर उसमें दाखिल हुआ था और फिर वह ख़ूनआलूदा रूमाल जाकर सारे रिश्तेदारों को दिखाया था। उन रिश्तेदारों में ताहिरा के भाई भी थे। सभी सुहाग की उस रात उनके कमरे के बाहर दुल्हन के कुँवारेपन का सबूत देखने इकट्ठे हुए थे।

मुझसे ताहिरा की बातें सुनकर मेम ने मुझे समझाया था कि मुझे ऐसी बातें सुनकर निराश होने की ज़रूरत नहीं। ये बातें लोगों के दिलोदिमाग़ में गहरे जड़ जमाये बैठी हैं। इनमें रातों-रात बदलाव आने की उम्मीद नहीं करनी चाहिए। हमें बहुत धीरज से काम लेना है। इनकी सोच में बदलाव लाने के लिए हमें अभी बहुत काम करना है। मुझे मेम की बातें समझ में आयी थीं। सच! वे कितना सही सोचती हैं! जो रिवाज़ें हज़ारों वर्षों से चली आ रही हैं उन्हें एक दिन में ख़त्म नहीं किया जा सकता।

मेम ने यह भी समझाया था कि पूरी दुनिया जितनी भी कोशिश कर ले, ये कुरीतियाँ तब तक नहीं मिटेंगी जब तक यहाँ के लोग इसके लिए दिलोदिमाग़ से तैयार नहीं होते। बदलाव बाहर से नहीं, भीतर से आना चाहिए तभी वह स्थायी हो पायेगा। मेम की बातों ने जैसे मेरे लिए पूरी दुनिया पर एक खिड़की खोल दी थी। नहीं! यहाँ सिर्फ़ अँधेरा

नहीं है, नाउम्मीदी नहीं है। कुछ हो रहा है। कुछ होने को है। बस समय की बात है। रातों को मेम की ये बातें मेरी आँखों में चमकदार सपने बन कर उतरतीं। मैं देर तक इनमें डूबी रहती।

उन्हीं से पता चला था कि पहले-पहल अफ्रीकी मुल्क के लोग विदेशियों की नीयत को शक की नज़र से देखते थे। उन्हें लगता था कि ये रीति-रिवाज़ उनके मज़हब, संस्कृति से जुड़े मामले हैं, इनमें विदेशियों को दख़ल नहीं देना चाहिए। इसी वजह से शुरुआती दौर में लोगों ने विदेशियों का विरोध भी किया था। उन्हें यह समझाने में काफ़ी वक़्त लगा कि वे उनका भला चाहते हैं और किसी भी तरह उनके मज़हब और दूसरे ज़ाती मामलों में दख़ल देने का इरादा नहीं रखते। ऐसा कुछ तो मैंने अपने इलाके में भी देखा था। खानाबदोश लोग विदेशियों से दूर ही रहना पसन्द करते हैं। माँ खुद कहती थीं, इनके पास मत जाना, ये बच्चे चुरा कर भागते हैं। काफिर लोग हैं।

इतनी सारी बातों की जानकारी पा मुझे लगा था अब तक जिस ज़मीन पर हम जीते या यूँ कहें कि मरते आये थे, वहाँ धूप तो बहुत थी मगर रोशनी ज़रा नहीं। अब जैसे एक लम्बी रात के बाद सुबह हुई है और हमारे अँधेरे में डूबी ज़िन्दगी में किरणों के पाँव चमके हैं, ताजगी भरी बयार चली है। अब इन दुखों और बेइंतिहा हादसों के मटमैले, स्याह धब्बों को ज़िन्दगी से बुहार कर फेंक देना है, जगह बनानी है जीवन में उस ख़ुशी के लिए जिसका अर्थ भी अब याद नहीं! लिये नहीं, ना सही, मगर अपनी मासा के लिए ये सारे उजले, ख़ूबसूरत लफ़्ज़ एक बार फिर चुन लाने हैं हर कोने से ढूँढ़-ढूँढ़कर। सारे के सारे बिखर गये हैं ऐसे...

अब एक नया काम मिल गया है मुझे—मासा के लिए सपने देखना। दिन-रात! पहले उम्मीद न थी। अब जो ये बँधी है तो हौसला भी बढ़ गया है। साथ ही लालच भी। अब ज़िन्दगी से ढेर सारी चीज़ें चाहने लगी हूँ। एक लम्बी फेहरिस्त है मुरादों की। सोचने लगूँ तो जाने क्या-क्या! वो सारे सपने जो जाने कब भूल गये थे अब एक-एक कर याद आने लगे हैं। ढलती साँझ में सुनहरी रेत की कालीन पर उकेरी गयी तस्वीरें, वो बारिश की भीगी रातों में सपनों की रंग-बिरंगी पैबन्द लगी चादर ओढ़कर सोना और उसी में चुपचाप जागना...लगता था एक उम्र के बाद अपने भीतर का वो कमरा खोला है जिसमें मेरा

सारा सामान सँजोया रह गया था। बासी-बोसीदा गन्ध से भरा, एकदम सिला-बोझिल! इस कमरे को धूप, हवा और ताजगी से भरना है। यहाँ एक बार फिर ज़िन्दगी बसानी है...

मासा पढ़ रही थी, काम भी कर रही थी। दूसरे बच्चों के साथ भी बाकी के समय मशरूफ रहती। मैं भी बहुत काम करती मगर जाने कैसे मेरे पास बावजूद इसके बहुत सारा समय बचा रह जाता था। अपने खाली समय में अक्सर बैठकर मैं जाने क्या-क्या सोचा करती थी। मुझे फातिमा बी और खाला की बहुत याद आती थी यहाँ। जाने हमारे पीछे वे कैसी होंगी! मासा भी उनका ज़िक्र करती रहती थी। ख़ासकर रातों को सोते समय।

मुझे गहरी सोच में डूबी देख एक बार मेम ने पूछा था—"इतना क्या सोचती रहती हो? हमेशा देखती हूँ...।" "बस मासा के बारे में...।" मैंने झेंपते हुए कहा था। "कभी अपने बारे में भी सोचा करो! क्या उम्र है तुम्हारी?" मेम के सवाल पर मैं चौंक पड़ी थी—अपने बारे में! क्या...? उस दिन एक आईने के सामने खड़ी हो कर मैंने जाने कितने ज़माने के बाद खुद को देखा था—ये मैं ही हूँ? मुझे खुद को पहचानने की कोशिश करनी पड़ी थी। कभी सब कहते थे मैं ख़ूबसूरत हूँ...। मैंने अपनी बेजान आँखें, खुश्क खाल और ज़र्द रंगत देखी थी। क्या उम्र है मेरी? लगता तो है जैसे कई सदियों से जीती चली आ रही हूँ! नहीं, अब कुछ याद नहीं! ये छोटी ज़िन्दगी कितनी लम्बी है...काटे नहीं कटती!

इसके दो दिन बाद हम पास के ही एक गाँव गये थे मेम के साथ दावत खाने। इस पूरे गाँव ने सुन्ना प्रथा को हमेशा के लिए छोड़ने का निर्णय लिया था। उनके इस निर्णय के पीछे मेम और उनके जैसे बहुत सारे लोगों, संस्थाओं की सालों की मेहनत भी थी जो अब रंग ला रही थी। मेम ने बताया था पहले-पहल उन लोगों ने इस गाँव के उन लोगों से सम्पर्क स्थापित किया था जो पढ़े-लिखे थे और सुन्ना जैसे रिवाज़ को ग़लत समझते थे। फिर उनके साथ मिलकर उन्होंने लोगों को धीरे-धीरे इस रिवाज़ के बारे में समझाना शुरू किया। गाँव के बड़े-बुजुर्ग, मौलवी आदि को भी यक़ीन में लिया गया। कई ग़लतफ़हमियाँ दूर की गयीं, सही जानकारी मुहैया करवाई गयी। फ़िल्म, नाटक, चित्र, कहानी के जरिये उन तक एफ़जीएम के बुरे नतीजों को

पहुँचाया गया। दस साल की कड़ी मेहनत के बाद आखिर इस गाँव ने तथा इसकी तरह और भी कई गाँवों ने एफ़जीएम के ख़िलाफ़ फ़ैसला लिया। यह दिन वाकई उनके लिए बहुत मायने रखता था। सुनने में आया था पड़ोसी देश माली में चौदह गाँवों ने एफ़जीएम को एकदम से समाप्त कर दिया था। मेम को यक़ीन था, सोमालिया में भी ऐसा जल्द ही होनेवाला है। उस रात देर तक खाना-पीना और नाच-गाना चलता रहा था। मासा लड़कियों के झुंड में शामिल हो कर ख़ूब नाची थी। मासा को इतनी ख़ुश देख कर मेरी आँखें बार-बार भर आ रही थीं। मैंने लौटते हुए रास्ते में मेम से पूछा था—क्या अब एफ़जीएम इस दुनिया से हमेशा के लिए ख़त्म हो गया? जवाब में मेम ने गहरी साँस ली थी—नहीं! इतनी जल्दी नहीं माहरा! ये तो शुरुआत है...। अभी लम्बा रास्ता तय करना है। अफ्रीका के 28 देशों में यह रिवाज़ माना जाता है। वैसे तो इनमें से 14 देशों ने इस रिवाज़ पर वाकायदा क़ानूनी तौर पर रोक लगा दिया है, मगर हक़ीक़त में यह अब भी पूरी तरह चलन में है। तुम्हें सुन कर हैरत होगी कि 140 मिलियन औरतें एफ़जीएम की शिकार हो चुकी हैं। दस साल तक की उम्र की लगभग 101 मिलियन बच्चियाँ किसी ना किसी तरह के एफ़जीएम से गुज़र चुकी हैं। दजिबौटि, लेओन, माली, सोमालिया, गुयनिया में तो अभी भी हर दस में से नौ लड़की एफ़जीएम के हत्थे चढ़ जाती हैं! सुनकर मेरा दिल बैठ गया था—ओह! तो अभी भी इस रिवाज़ के हाथ-पाँव किसी ऑक्टोपस की तरह दूर-दूर तक फैले हुए हैं!

मेम ने मेरा हाथ दबाया था—शुरुआत हो चुकी है। उम्मीद रखो! कितनी आशावादी हैं मेम! मुझे उन्हें देख कर अक्सर हैरत होती थी।

उस दिन सुबह-सुबह कोई मेरे और मासा के बारे में पूछते हुए आया था। उस समय मासा स्कूल में थी और मैं दूसरी औरतों के साथ मिलकर दोपहर का खाना बना रही थी—बार्रिस यानी जीरा, इलायची, लौंग आदि डालकर पकाया हुआ चावल और माराक यानी तरह-तरह की सब्ज़ियों का शोरबा। थोड़ी देर बाद मेम ने मुझे अपने दफ्तर में बुला भेजा था। जब मैं वहाँ गयी थी वे येसू के ऑल्टर के सामने खड़ी थीं। उनकी पीठ मेरी ओर थी। मेरी आहट पाकर वे मुड़ी थीं। उस समय उनका चेहरा बेहद गम्भीर था। बिना कोई सवाल किये मैं चुपचाप उनके बोलने

की प्रतीक्षा में खड़ी रही थी। जाने क्यों मेरा दिल बहुत ज़ोर से धड़क रहा था। थोड़ी देर बाद उन्होंने कहा था–"माहरा! कोई तुम लोगों के गाँव से आया है। तुम दोनों के बारे में पूछताछ कर रहा है..." इतना कहकर वो एक पल के लिए रुकी थीं फिर बोली थीं–"वो कह रहा है...ज़हीर का इन्तकाल हो गया है..." उनकी बात सुनकर अचानक से मेरे हाथ में पकड़ा टीन का डब्बा झनझनाकर फ़र्श पर गिर गया था। मेम ने शान्त आवाज़ में आगे कहा था–"पहले मैंने साफ़ इनकार कर दिया था कि यहाँ माहरा और मासा नाम की कोई नहीं रहती। मगर अब ज़हीर के बारे में सुनने के बाद...उससे क्या कहूँ?" मैंने झुककर डब्बा फ़र्श से उठाया था और सीधी उनकी आँखों में देखकर ठहरी हुई आवाज़ में कहा था–"कह दीजिए, यहाँ कोई माहरा या मासा नहीं रहती..." अपनी बात कहकर मैं मुड़ी थी और बहुत इत्मीनान से चलते हुए वहाँ से लौट आयी थी। बरामदे के दूसरे सिरे में पहुँचते-पहुँचते मैं एकदम से हल्की हो आयी थी। मैंने आकाश की ओर देखा था। वह बिल्कुल साफ़ था। धूप के रंग में हल्दी पड़ गयी थी। हवा ने आग पकड़ ली थी, दिन आँच देने लगा था।

मासा सुनकर चुप हो गयी थी। उसकी आँखों में सदमा था, एक ठिठका हुआ खौफ़! देर बाद मेरे सीने से सर उठा कर बोली थी–तुम्हारा एक दुख कम हुआ...मैंने उसे एक बार फिर सीने में समेट लिया था–सोचना मत, मैं हूँ ना...उस रात मैं बहुत रोयी थी। मुझे अपने हर दुख याद आ गये थे। सारा जीया-सहा...हादसे के वक़्त तो इनसान हौसला कर जाता है मगर उसके बीतने के बाद उसकी तासीर का एहसास होता है। एक दूरी से आज तमाम बीते हुए को देख मैं जैसे अपने ही आँसुओं में डूब गयी थी। कितने दिन, कितनी रातें! मौसम और तारीख...धीमी आँच में चढ़ी हाँडी की तरह वर्षों पकती-सींझती रही थी। अब उस तपिश को महसूस कर पायी थी पूरी शिद्दत से! लगा था–ओह! कैसे बर्दाश्त कर गयी इतना सब कुछ! एक-एक वाक़या, हादसा ज़िन्दा हो उठा था बुरे ख़्वाब की तरह! मैं डर और तकलीफ़ की एक गठरी बन कर रह गयी थी। लगा था, एक बहुत बड़ा शिफर है ज़िन्दगी। ना इसके पीछे कुछ था ना आगे ही कुछ है। बस अँधेरा–गहरा और बेपनाह!

दूसरे दिन मेरी सूजी हुई आँखें देख मासा की आँखें गीली हो

गयी थीं--तुम रात भर रोती रहीं! मैंने मुस्कराने की कोशिश करते हुए उसकी आँखें पोंछ दी थीं--हाँ! मगर दुख में नहीं...!

बाद में मेम ने बताया था, उन लोगों को शायद मेम की बातों पर यक़ीन नहीं आया था। पुलिस बुलाने की धमकी देने पर ही वे वहाँ से टले थे। जाते हुए मेम को कहा भी था कि यह वे अच्छा नहीं कर रही हैं। सुन कर मेरा दिल बैठ गया था। मेम ने तसल्ली दी थी कि मैं चिन्ता ना करूँ। ऐसे हालात से उन्हें अक्सर निपटना पड़ता है। जब भी किसी औरत या बच्ची को वे कहीं से निकाल कर लाते हैं या अपने यहाँ शरण देते हैं, उनके मित्र-परिजन आ कर उन्हें इसी तरह परेशान करते हैं। अब तो उन्हें इन बातों की अच्छी-ख़ासी आदत पड़ गयी है।

मेम की बातों से भी मुझे भरोसा नहीं हुआ था। बहुत दिनों तक मैंने मासा को अकेली संस्था से बाहर निकलने नहीं दिया था। हर समय एक अजाना डर लगा रहता था।

इस घटना के बाद एक मीटिंग के दौरान मुझे तवान मिला था। वह भी एक संगठन के साथ एफ़जीएम उन्मूलन के लिए काम कर रहा था। मैंने उसे नहीं पहचाना था। उसने मुझे पहचाना था। कहा था--"कैसे नहीं पहचानता तुम्हें, बिल्कुल अपनी दीदी की तरह दिखती हो!" बातचीत के दौरान पता चला था वह अकेला है। अब तक शादी नहीं की। कारण पूछने पर जाने कैसी आवाज़ में कहा था--"जो लड़की सालों पहले अपनी पूरी दुनिया ठुकराकर मुझसे मिलने एक रात अपने घर से निकली थी और रेगिस्तान में खो गयी थी, उसी का रास्ता देख रहा हूँ!" उसकी बात सुनकर मेरे भीतर कुछ अजीब-सा घटा था। मुझे लगा था यहाँ के लोग बस रेत नहीं होते, उनके भीतर नदियाँ भी होती हैं! हर खुश्क ज़मीन के नीचे, बहुत नीचे, नमी का एक टुकड़ा होता है। उस दिन हम दोनों दीदी को याद कर देर तक साथ रोये थे। मासा हम दोनों को हैरत से देखती रही थी।

मेम एक गाँव में स्कूल खोलना चाहती थी। मगर इसके लिए हज़ारों परेशानियाँ सामने आ रही थीं। अनपढ़, कबीलाई लोग गोरे लोगों को शक की निगाह से देखते थे। कई बार तो लोगों ने इनका स्कूल ही

तोड़ डाला, मारपीट भी की। मेम इस सबसे निराश तो नहीं होती थीं मगर कभी-कभार थक ज़रूर जाती थीं। मुझसे कहा करती थीं—''बहुत अभागा है ये देश माहरा! अपनी ही अन्दरूनी लड़ाई में ख़त्म हुआ जा रहा है। इतने सारे क़बीले, जातियाँ...। इन्हें तरक्की, ख़ुशहाली की नहीं पड़ी है, सब कुछ तबाह हो रहा है, बच्चे भूखे मर रहे हैं मगर ये अपनी आन-बान-शान के लिए लड़े जा रहे हैं। अरे जब तुम ही नहीं रहोगे तो तुम्हारे आन-बान का क्या!''

मैंने जंग की बातें सुनी थीं। इसके असर को भी महसूसा था, मगर इसके पीछे की सियासत को नहीं समझती थी। मुल्क के बारे में जानते भी क्या हमारी दुनिया तो बहुत छोटी थी। कुछ मवेशियाँ, घास, पत्ते, प्लास्टिक के टुकड़ों से बनी कुछ गज की झोंपड़ियाँ और जंगली-जानवरों से भरा रेगिस्तान...जहाँ तक नज़र जाये! और इन सब के साथ गले में, सीने में, रूह में रात-दिन नागफनी-सी कसकती प्यास, जानलेवा प्यास! जिस्म नमक और कालिख का, रूह बस भूख और प्यास...ऊपर से दर्द का बोझ! बहुत बड़ा! हमारे वजूद को ढाँपे हुए! इतने में ही जीना और मरना। और बाकी कुछ नहीं!

मेम कहतीं—"अब मोगादेशु—यहाँ की राजधानी को ही ले लो। इतना ख़ूबसूरत पुराना शहर 1990 के गृहयुद्ध में एक तरह से बर्बाद ही हो गया! कभी सूखा तो कभी आपसी जंग! लोग मर रहे हैं कीड़े-मकोड़ों की तरह! सातवीं सदी में यहाँ इस्लाम आया अरबों के द्वारा। कबीलाई जंग तो यहाँ चलती ही रहती थी, अब 15-16 सदी के आसपास यहाँ के मुसलमान बने सोमालियों ने अरबों के साथ मिलकर इथिओपिआ के ईसाइयों के ख़िलाफ़ जेहाद छेड़ दिया। ये लड़ाई भी लम्बी चली। 18वीं सदी में इन लोगों ने ओरोमो जाति के लोगों पर विजय प्राप्त कर लिया। तब से इनका दबदबा बढ़ गया। सोमालिया तथा इथिओपिआ के ईसाइयों से सोमालिया के मुसलमानों की बहुत पुरानी दुश्मनी है।''

मेरे साथ मासा भी मेम की बातें ध्यान से सुना करती थी। वह भी जोश से भर कर मुझे अपनी किताबें पढ़ कर सुनाया करती थी—19वीं सदी में ब्रिटेन, फ्रांस, इटली ने यहाँ क़ब्जा जमा लिया था! मैं उसकी बात काटकर कहती—''मगर मेम आस्ट्रेलिया की है!'' मासा हँस देती—''हाँ बाबा जानती हूँ! आगे तो सुनो—यहाँ कभी गोरिल्ला युद्ध हुआ, कभी अलग-अलग क़बीलों के बीच तो कभी विदेशियों के

साथ भी। इन लड़ाइयों की वजह से 1991-93 के बीच तीन लाख से ज़्यादा लोग यहाँ मारे गये।"

मुझे याद है, माँ कहा करती थीं पहले यहाँ स्कूल होते थे। बाद में सब ख़त्म हो गया। मैंने भी तो गोलूल के पेड़ों के नीचे चलने वाले स्कूल देखे थे! उन दिनों हम बादल की उम्मीद में आकाश की ओर देखते थे, मगर हमें वहाँ धुएँ के स्याह पहाड़ दिखते थे—दूर तक! हर दूसरे दिन हम अपना ठिकाना बदलते थे, सामान समेटकर रात के निपट अँधेरे में चलते रहते थे। उन दिनों हवा में डर था, मौत की तीखी महक। गिद्धों के विशाल डैनों के पीछे सूरज छिप जाता था, झुंड के झुंड लकड़बग्घे खिखियाते फिरते थे। उनका वह लाशों पर झगड़ना, भेड़ियों का गुर्राना, चील की टिंहकारी...सबकुछ दुःस्वप्न की तरह याद आता है। एक ज़माने से यादों में धूल पड़ी थी, माजी का पन्ना भूल गया था। अब धुँधला-धुँधला सब दिखने लगा है, बहुत-से हादसे ज़िन्दा होकर लौट रहे हैं। कितनी बार गोलूल के पेड़ों के नीचे पंचायत बैठती थी। झगड़ों का निबटारा किया जाता था। एक-दूसरे के नुक़सान की भरपाई की जाती थी।

मेम सही कहती हैं—इनसान के अधिकतर दुख उसके अपने बनाये हुए हैं। जिस दिन वह चाहेगा, उसके आधे से अधिक दुख ख़त्म हो जायेंगे। मगर इसका कोई आसार नज़र नहीं आता। कभी जात के नाम पर, कभी क़बीले के नाम पर, कभी मज़हब तो कभी बोली के नाम पर इनसान इस दुनिया को तोड़-फोड़ रहा है। इससे भी उसका जी नहीं भरता। फिर वह औरत के जिस्म को काट-छाँटकर, लहूलुहान करके अपनी वहशी भूख मिटाता है। उसे औरत को हिज़ाब में क़ैद करके, गुलाम बना कर, तकलीफ़ें देकर ही चैन नहीं मिला, उसे उसके औरतपन से भी महरूम करने की साजिश रच बैठा! उससे उसका जिस्म, उसकी पहचान भी छीन ली। क़ुदरत ने जो औरत बनाई उस पर औजार, चलाकर उसे भी आधा-अधूरा, अपाहिज बना दिया। मेम कह रही थी, सुन्ना को ईजिप्ट में ताहारा, सुडान में ताहुर, माली में बोलोकोली यानी पाकीजा बनाना कहा जाता है। और भी जैसे काकिआ, बुनड्डु...सूडान में काशफा और वही एक ख़ास तरह के एफ़जीएम को मातवासात!

कितनी अजीब बात है, हम जिस क़ुदरत को या ऊपरवाले को सबसे बड़ा कलाकार मानते हैं, उसी के काम में मीन-मेख निकालते हैं,

उसे बदसूरत कहते हैं और उसमें कतर-ब्योंतकर उसके काम में दख़ल देते हैं। क्या यह गुनाह या हिमाक़त नहीं?

उस दिन मेम सुबह-सुबह दालान में धूप की छतरी लगाकर बैठी थीं, सामने फ़ाइलों का अम्बार लगाये। रात भर बारिश हुई थी, सुबह की धूप में धार नहीं आयी थी अभी। मगर रास्तों, गलियों से भाप उठ रहा था। दालान के एक किनारे क़तार से लगे पाम के नाटे, छतनार पेड़ों में एक झुंड चिड़िया चहक रही थी। आकाश शीशे की तरह साफ़ और चमकीला था। दूर-दूर तक बादल का एक टुकड़ा नहीं। मैंने गौर किया था, मेम बूढ़ी लगने लगी थीं। सुनहरे बाल कनपटियों पर आधे से अधिक सफेद हो गये हैं, चेहरे पर की महीन रेखाएँ गहरी हो आयी हैं, त्वचा नर्म और ढीली पड़ने लगी है। शरीर भी भारी हो गया है पहले की तुलना में। जाने क्यों दुख हुआ था! समय के यूँ गुज़र जाने से...ज़िन्दगी क्या है! बस मुट्ठी में बँधी रेत...!

आईने की तरफ़ मैं नहीं देखती, मगर जानती हूँ उसके पास भी एक कड़वा सच है मेरे लिए। पहले किस्मत अच्छी नहीं थी, अब सूरत भी उसके साथ हो गयी है। ख़ैर! क्या फ़र्क़ पड़ता है! मौसम पहले भी ज़र्द था, अब भी है, एक फूल का खिलना ना खिलना क्या...

मैंने कॉफी बीन के छिलके से बनी काली कॉफी का मग उनके सामने रखा था। उन्होंने सर उठा कर मुझे एक नज़र देखा था और हल्के से मुस्करा कर फिर पढ़ने में मशगूल हो गयी थीं। थोड़ी देर चुप रहकर मैंने अपना गला साफ़ किया था—"मुझे कुछ पूछना था..." मेरी बात से मेम जैसे चौंकी थीं—"पूछना है! क्या?" मैं उनके पास ज़मीन पर बैठ गयी थी—"लोग कहते हैं सुन्ना करवाना हमारा मज़हबी फर्ज़ है...ऐसा किताबों में लिखा है...सच है क्या?"

मेरे सवाल पर मेम के माथे पर बल पड़ गये थे। वे देर तक सोचती रह गयी थीं। मैं चुपचाप उनके बोलने का इन्तज़ार करती रही थी। एक समय के बाद वे बोली थीं—"इसका जवाब इतना आसान नहीं है माहरा! कुछ लोग इसे वाकायदा ऊपरवाले का फरमान मानते हैं। इसकी तरफ़ से दलील और सबूत भी पेश करते हैं। इसका एकदम हाँ या ना में जवाब मुश्किल है। सच तो ये है कि ये रिवाज़ इस्लाम

के पहले से इस देश में चला आ रहा है। पाँचवीं सदी ई. पू. से! मिस्र के फेरोह के समय में भी ये प्रथा प्रचलित थी। तो समझ सकती हो ये कितना पुराना था...” कहते हुए उन्होंने अपने सामने पड़ी फ़ाइलें समेटी थीं। मैंने कॉफी का मग उनकी ओर बढ़ाया था–“कॉफी ठंडी हो रही है...” मग से एक चुस्की लेकर मेम ने मुँह बनाया था और मग फिर से मेज़ पर रख दिया था। शायद कॉफी वाकई ठंडी हो गयी थी। उन्होंने बात आगे बढ़ाई थी–“और ये ईसाई आदि धर्मों के लोगों के बीच भी प्रचलित है। मज़हब के कई बड़े जानकार लोगों का कहना है कि क़ुरान में ऐसा कुछ नहीं कहा गया है मगर बकौल कुछ लोगों के, ऐसे संकेत मिलते हैं कि नबी ने सुन्ना की बात तो की मगर बज्र यानी औरत के जिस्म को नष्ट करने से मना किया। अब ये भी कितना सही है, कह नहीं सकती। कुछ लोगों का मानना है पाक किताब में औरत और मर्द दोनों के लिए खतना/सुन्ना ज़रूरी बताया गया है जबकि कुछ कहते हैं औरत के लिए ये बस एक रस्मी चीज़ है अपने सौहर की जानिब।” मैं चुपचाप सुन रही थी। मेम ने ज़रा जोशीले अन्दाज़ में आगे कहा था–“मगर एक तसल्ली की बात ये है कि मुसलमान समाज के भीतर से ही इसके ख़िलाफ़ काफ़ी आवाज़ें उठीं! मसलन ईजिप्ट के अल-अज़हर यूनिवर्सिटी के एक सम्मेलन में यह ऐलान किया गया कि एफ़जीएम इस्लाम को ग़लत ढंग से समझने का नतीजा है। ईजिप्ट के ही एक शेख, शेख अल शेख साद ने इसके ख़िलाफ़ फ़तवा ज़ारी किया था। अल-अज़हर सुप्रीम काउंसिल ऑफ इस्लामिक रिसर्च, ईजिप्ट ने भी ऐलान कर दिया है कि एफ़जीएम का इस्लाम से कोई ताल्लुक नहीं। इसके बाद ईजिप्ट ने 2007 में इस प्रथा को ख़त्म कर दिया। मौरितानिआ जहाँ पहले 70% तक लड़कियों को एफ़जीएम से गुज़रना पड़ता था, वहाँ भी इस पर प्रतिबन्ध लगा। जानती हो, 34 मुल्कों के स्कॉलर्स ने एक साथ इस रिवाज़ के ख़िलाफ़ फ़तवा ज़ारी कर इसे ख़त्म करने की माँग की! है ना बड़ी बात?”

मैंने हाँ में गर्दन हिलाई थी। यह सब जानकर मुझे अच्छा लग रहा था। ये दुनिया आखिर इतनी भी बुरी नहीं! मेम उठ खड़ी हुई थीं–“इन रिवाज़ों की जड़ें बहुत गहरी होती हैं माहरा! इतनी आसानी से निकलती नहीं! अच्छा तो यह सब किसको लगता होगा मगर मज़हब, संस्कृति के नाम पर लोग डिफेंसिव होने लगते हैं। ख़ैर! अब चलूँगी, हैरी को

आज एक बहुत दूर के इलाके में जाना है। मैं साथ जा नहीं पाऊँगी, मुझे यहाँ एक सेमिनार में हिस्सा लेना है।"

मेम के जाने के बाद देर तक उनकी कही हुई बातें मेरे दिमाग़ में घूमती रही थीं। तो बहुत कुछ हो रहा है! मेरा तो जो होना था हो चुका, मगर जिस दुनिया में मेरी मासा को आगे रहना था, जीना था, वह बेहतर हो यही उम्मीद करती थी। उसे उसके हिस्से का आकाश मिले, धूप, हवा और बारिश मिले...अपनी आँखों को भींचकर मैंने अपने आँसू रोके थे—ख़ुदा!

उस दिन दोपहर को तवान मुझसे मिलने आया था। दरवाज़े की ओट से मैंने उससे बात की थी। मुझे बड़ी झिझक हो रही थी। अपने गाँव में हम किसी गैर-मर्द से इस तरह बात नहीं कर सकते थे। मैंने मासा को बुलाकर उससे तवान को सलाम करवाया था। तवान ने उसके हाथ में कुछ रुपये रखे थे—"तुम्हारे लिए कुछ ला नहीं पाया..." मासा रुपये लेकर वहाँ से भाग गयी थी। उसे पौधों को पानी देना था। मेम ने कुछ अच्छे फूलों के पौधे बाहर से मँगवाकर लगाये थे। तवान ज़्यादा कुछ कह नहीं पाया था। झिझक उसे भी हो रही थी। मैंने पूछा कैसे आना हुआ तो "बस..." कहकर रह गया। मेम ने सेमिनार के लिए निकलते हुए हमें देखा था मगर कुछ पूछा नहीं था। वो तवान को पहले से जानती थीं।

उस दिन जाते हुए तवान एक पल के लिए ठिठका था और मुड़कर धीरे से कहा था—"एक बात कहूँ...। उस दिन जब तुम मिली थीं ना...मुझे जाने क्यों ऐसा लगा था कि जो लड़की वर्षों पहले मुझसे मिलने अपने घर से भागी थी वह आज मुझ तक पहुँची है..." इतना कह कर वह रुका नहीं था, तेज़ क़दमों से चलते हुए चला गया था। मैं कुछ कह नहीं पायी थी। भीतर कुछ घुमड़ा था। आँखों के कोर जल उठे थे। मुझे उस पल अपनी दस उँगलियों से ढेर सारे सतरंगी ख़्वाब बुनते दो हाथ याद आये थे, उन हाथों का अंजाम याद आया था—रेत पर बिखरे मांस के ख़ूनआलूदा कतले...वो प्यार था जो रेगिस्तान में बिखरा था, वो उम्मीदें थीं जो फना हुई थीं उस दिन...जिस्म मिट जाते हैं, मगर उन ज़िन्दा साँसों का क्या जो रेत के सूने में रोती फिरती हैं सुबह-शाम! मैं उन्हें पहचानने लगी थी। वे प्यार की बेचैन रूहें हैं, उनकी शिकस्त की कहानी...

उस दिन शाम को मासा मुझसे लिपट गयी थी—"माँ ये तवान चाचा को तुम कब से जानती हो?" और फिर जवाब का इन्तज़ार किये बिना दूसरा सवाल कर दिया था—"आज तुम मिट्टी से नहाई हो? चेहरा दिप रहा है..." सुनकर जाने क्यों मेरे कान गरम हो गये थे। मैंने उसके किसी सवाल का जवाब नहीं दिया था। उसने भी दुबारा नहीं पूछा था। बस मुझे एकटक देखती रही थी। मैं उन आँखों की ठंडी आँच से पिघल आयी थी। ये बेटियाँ कितनी जल्दी बड़ी हो जाती हैं! और समझदार भी...

उस रात हम जल्दी सो गये थे। बिजली शाम से नहीं थी। यहाँ बिजली की बड़ी किल्लत है। अक्सर बिजली नहीं रहती। इसलिए हमने खाना आदि जल्द निबटा लिया था और सोने चले गये थे। मेम भी दिन भर की दौड़-धूप से बेहद थक गयी थीं। वो एक अच्छी नींद चाहती थीं।

नारियल के लम्बे, चिरे पत्तों से छनकर आती चाँदनी में मासा का चेहरा स्वप्निल प्रतीत हो रहा था, नीले तिलस्म से भरा। होंठों पर एक ठहरी-सी हँसी! जैसे किसी ख्वाब में गुम हो। क्या देखती है वो सपने में! कैसा रंग होता है उनका! कभी-कभी मेरी इच्छा होती है, उसकी पलकों से उसके ख़्वाब चुरा लाऊँ और पढ़कर देखूँ। क्या सोचती है वो, क्या चाहती है। काश सपनों में सेंध लगाई जा सकती! मासा के माथे पर बिखर आये बालों को हटाते हुए मैंने सोचा था। मासा के बाद मेरे लिए साँवला दुनिया का सबसे ख़ूबसूरत रंग हो गया है। ये चाँद के उजले रंग से बेहतर है, सोने की पीली कौंध से बेहतर है, मोती का आब और सुबह की उजास भी इस रंग के आगे फ़ीकी। श्यामल मेघ-सा, नयी दूर्वा-सा, जुब्बा के गहरे नीले जल-सा मासा का रंग रात के नील में घुलकर मोरपंखी हो जाता है...जैसे कोई जादू!

मैं नींद भरी आँखों से उसे देखती रहती हूँ और एक समय बाद सो जाती हूँ...।

रात का जाने क्या बजा था जब तेज़ शोर और चीख-पुकार से हमारी नींद खुल गयी थी। मासा और मैं हड़बड़ाकर उठ बैठे थे। शोर इमारत के सामने वाले हिस्से से आ रहा था जहाँ हमारी संस्था 'डेज़र्ट ड्रीम' का दफ़्तर था। हम अपना सर ढाँकते हुए उधर दौड़े थे और वहाँ पहुँचकर वहाँ का नज़ारा देखकर सन्न रह गये थे। चार-पाँच टॉर्च और गैस बत्ती की रोशनी के घेरे में साहब की ख़ून से लथपथ

लाश पड़ी थी और मेम उसके सामने पत्थर के बुत की तरह चुपचाप खड़ी थीं। लोग चिल्ला रहे थे, एक साथ बोल रहे थे। किसी की कोई बात समझ में नहीं आ रही थी। संस्था की औरतें दहाड़ें मार रही थीं, अपनी छातियाँ पीट रही थीं। मासा साहब की लाश देखते ही गश खाकर मेरी बाँहों में झूल गयी थी। मेरा जी ज़ोर से मिचलाया था। आँखों के आगे स्याह धब्बे तैर आये थे। सीने में तेज़ जकड़न महसूस हुई थी। मैंने मासा को सम्हालते हुए मेम की तरफ़ फिर देखा था। वो उसी तरह सीधी खड़ी थी, जाने क्या देखते हुए। उनकी नज़र साहब के पिटे-कुचले जिस्म के पार थी।

कोरफा—इस संस्थान का एक कर्मचारी—लगातार चिल्ला-चिल्लाकर साहब के साथ घटे हादसे का ब्योरा बयान किये जा रहा था—किस तरह देर शाम को नादी गाँव के पास कुछ लोगों ने हथियार से लैस होकर उनके कैम्प पर अचानक से हमला कर दिया था और बुरी तरह पीट-पीटकर साहब की जान ले ली थी। उस समय सारे दिन की दौड़-धूप के बाद साहब खाने पर बैठे थे। उन्हें कुछ समझ ही नहीं आ रहा था यह सब क्या हो रहा था उनके साथ। साहब ने उन लोगों को पहले-पहल बहुत समझाने की कोशिश की थी मगर उन पर तो जैसे पागलपन ही सवार था। वे लगातार चिल्ला रहे थे—तुम मिशनरी लोग हमारे मज़हब के मामले में दख़ल देते हो, औरतों को बरगलाते हो! हम तुम्हें ज़िन्दा नहीं छोड़ेंगे!

आख़िर साहब नीचे गिर पड़े थे और फिर उन जालिमों ने उनको रौंद डाला था...कोरफा रोये जा रहा था और बोले जा रहा था। उसकी बात बहुत ध्यान देने पर ही समझ आ रही थी। मगर उसकी बातों का अर्थ यही था। मेम ने बहुत देर बाद शान्त आवाज़ में कहा था, पुलिस आगे की कार्यवाही के लिए हैरी की लाश ले जा सकती है और फिर मुड़कर अपने कमरे में चली गयी थीं। संस्था की औरतें उनके पीछे लपकी थीं, मगर उन्होंने सख़्ती से मना कर दिया था—मैं कुछ देर अकेली रहना चाहती हूँ, ये मेरी प्रार्थना का समय है!

ओह! कैसी भयानक थी वो रात! हम सब ने पलकों पर काट दी थी। देर रात को मैं मेम के कमरे में पानी लेकर गयी थी। उस समय वह येसू के ऑल्टर के सामने हाथ बाँधे खड़ी थी, वैसे ही पत्थर की तरह! मेरे हाथ से पानी का गिलास उन्होंने ले लिया था और उससे

घूँट-घूँट पीते हुए मुझसे मासा के बारे में पूछा था—"मासा कहाँ है? उसे इन चीज़ों से दूर रखो, बच्ची है!" सुनकर मैं भरभरा कर रो पड़ी थी—"मेम साहब! ये क्या हो गया!" उसने मुझे रोने दिया था और धीरे-धीरे मेरी पीठ सहलाती रही थी—"मत रो! उधर देखो, उस मसीहा को। पूरी दुनिया के पाप और दुख का बोझ अपने सर लेकर सूली पर लटका है! सबको अपने-अपने हिस्से का सलीब उठाना पड़ता है माहरा..."

"लेकिन साहब इतने अच्छे थे! उन्होंने किसी का कब क्या बिगाड़ा था..." तेज़ हिचकियों की वजह से मैं ठीक से बोल भी नहीं पा रही थी। मेम अजीब ढंग से मुस्कराई थी—"ये तो एक ना एक दिन होना ही था माहरा!

हम तो जाने कब से तैयार थे! लगातार धमकियाँ मिल रही थीं! मैंने अपने आँसू पोंछे थे—"अब आप यहाँ से चली जाओ मेम साहब! ये हमारे दुख हैं...।"

"अब कोई दुख पराया नहीं रहा माहरा! तुम लोगों को छोड़कर कहाँ ख़ुश रह पाऊँगी!" एक गहरी साँस लेकर मेम बिस्तर पर ढह गयी थीं—"आज की रात हो सके तो तुम दोनों मेरे कमरे में सो जाओ... तीस सालों में हैरी के बिना शायद यह पहली रात है...अकेली गुज़ार नहीं सकूँगी! बहुत भारी है मुझ पर!"

उस रात हम मेम के कमरे में फ़र्श पर बिस्तर बिछा कर सोये थे। मासा मेरे सीने में एक छोटी बच्ची की तरह दुबक कर सोयी थी। मैं भी उससे चिपटकर पड़ी रही थी। हम दोनों एक-दूसरे के आसरे में थे। आज मेम कितनी अकेली और असहाय लग रही थीं!

दूसरा दिन साहब के आख़िरी काम में गुज़रा था। उन्हें ईसाइयों के एक स्थानीय क़ब्रगाह में दफ़नाया गया था। मेम मय्यत में सुर्ख लाल कपड़ों में शामिल हुई थीं। मातम के काले कपड़ों में नहीं। बकौल उनके, साहब चाहते थे वह हमेशा ख़ुश रहे। ज़िन्दगी और मौत—दोनों का सामना हिम्मत और धीरज से करे! चर्च का घंटा रह-रहकर थोड़े-थोड़े अन्तराल से बज रहा था। हवा में उसकी उदास आवाज़ दूर तक गूँज रही थी। पादरी की गम्भीर आवाज़ में बाइबल का पाठ, अन्त में सभी का मधुमक्खी की गुंजार की तरह कोरस में 'आमीन' कहना...सब कुछ कितना बोझिल और उदास! उस दिन सुबह से बारिश हो रही थी, हल्की झींसी में। आकाश गँदला मटमैला था। चारों तरफ़ भाप गर्म

साँस की तरह उड़ रही थी। टोपी के काले नेट से ढँका मेम का आधा चेहरा, दो थकी हुई बोझिल आँखें...। काली छतरी के नीचे सर झुकाये वह चुपचाप घर लौट आयी थीं। तवान हमारे साथ-साथ था, हर काम में सबसे आगे। उसके आने से जाने कैसी तसल्ली मिली थी। एक बड़ी भीड़ में एकदम अकेली हो आयी थी। लग रहा था घर से बहुत दूर हूँ। तवान से जुड़ी मेरे बचपन, मेरे गाँव की याद है। उससे मेरी दीदी ने बहुत प्यार किया था...वो गैर था मगर फिर भी अपना था। उसके साथ चलते हुए 'डेज़र्ट ड्रीम' से क़ब्रिस्तान और फिर वहाँ से घर का रास्ता कम तो नहीं मगर ज़रा आसान ज़रूर हो गया था। मैंने उसकी तरफ़ एकबार भी नहीं देखा था। उसने भी शायद नहीं, मगर हम जानते थे हम साथ हैं। ऐसा साथ जो किसी दूरी या नज़दीकी का मोहताज़ नहीं होता!

उस दिन उनके लिए चाय बनाते हुए मैं सोचती रही थी, अब मेम कैसे जीयेंगी! उनके दिन कैसे बीतेंगे! एक लम्बी-चौड़ी भाँय-भाँय करती ज़िन्दगी और निपट अकेलापन! मगर मेम ने चाय पीते हुए मुझसे कहा था मैं उसकी पैकिंग में मदद कर दूँ। उन्हें कल सुबह ही नादी गाँव जाना है...स्कूल का काम हर हाल में पूरा होना है! सुन कर मेरे हाथ-पाँव ठंडे पड़ गये थे। फिर उसी जगह...! मैं उन्हें कभी नहीं जाने दूँगी! मगर मेरी किसी बात का उन पर कोई असर नहीं हुआ था। ठहरी हुई आवाज़ में कहती रही थी–"ऐसे डर कर बैठ जाने से तो नहीं होगा! मुश्किलें तो आती रहेंगी! हैरी की क़ुर्बानी को जाया नहीं होने देना है! आख़िर मैं हार कर चुप रह गयी थी। वो सुबह-सुबह संस्था के कुछ लोगों के साथ निकल गयी थी। मैं उनके पीछे मन ही मन दुआ करती रही थी–ख़ुदा! इस नेक दिल औरत की हिफाज़त करना!

तीन दिन बाद जब मेम लौटी थीं, मैं और माही फूलों की क्यारियों में पानी दे रहे थे। कुछ दिन पहले ही साहब ने हिन्दुस्तान से मोगरे के जो पौधे मँगवाये थे, उनमें फूल आ गये थे। आज ही गुच्छे भर कलियाँ खिली थीं, उनके आसपास की हवा गजरे की तरह महक रही थी। माही ने मेम को बुलाकर दिखाया था। जो मेम साहब की ख़ूनआलूदा लाश देख कर भी शान्त रही थी, उन फूलों को देखकर भरभरा कर रो पड़ी थीं। हम सब भौंचक रह गये थे। जाने कितनी देर तक वह वहीं बैठी-बैठी साहब का नाम ले-लेकर रोती रही थीं। आसपास एक भीड़

इकट्ठी हो गयी थी। आख़िर मासा उन्हें वहाँ से उठाकर उनके कमरे में ले गयी थी। मेम का सफ़ेद सूट कीचड़ से लिथड़ गया था, चेहरा आँसुओं से गीला था। उस समय मेम कितनी असहाय, कितनी टूटी हुई दिख रही थीं! किसी छोटी बच्ची की तरह! उन्हें सहारा देकर ले जाती हुई मासा उनसे बड़ी और ज़िम्मेदार लग रही थी। संवेदनशील मन दुख के आघात सह लेता है, मगर प्रेम के एक हल्के स्पर्श से भी पिघल उठता है। मेम बेरहम मौत का सामना कर आयी थीं मगर कुछ फूलों ने उन्हें बेतरह रुला दिया था। वे मज़बूत थीं, कठोर नहीं। प्रेम का यही स्वरूप होता है!

अब तवान पहले से अधिक 'डेज़र्ट ड्रीम' में आने लगा था। वह हर काम में मेम का हाथ बँटाता था। उसे चाय-नाश्ता या खाना कभी-कभी मैं भी पहुँचा आती थी। मासा भी जाती थी। हमारी बात ना के बराबर होती थी, मगर एक मौन संवाद-जैसा कुछ हमारे बीच हमेशा बना रहता था। चुप रह कर भी किसी के साथ एक निरन्तर संवाद में हुआ जा सकता है, सूने में दो होकर जीया जा सकता है...यह एक नया अनुभव था मेरे लिए! अर्से बाद मैंने महसूस किया था, मेरे जिस्म में कुछ ज़िन्दा रगें हैं जो रह-रहकर धड़कती हैं, एक पंछी रात के आख़िरी पहर बहुत भीतर कहीं बोलता है, एक किशोर नदी बहती है झिझकती हुई मुझसे होकर, मुझसे परे...जाने किस समन्दर की तलाश है उसे!

मासा का मन पढ़ाई में ख़ूब लग रहा था। वह बड़ी होकर डॉक्टर बनना चाहती थी। मैं कभी उसे टोकने भी जाती तो मेम रोक देतीं—"उसे किसी बात के लिए मत रोको! सपनों की कोई सीमा नहीं होती। इस में भी कतर-ब्योंत करोगी तो कैसे होगा। उसे पंख दो और कहो—स्काई इज़ द लिमिट! हम उनके लिए बन्धन नहीं, मुक्ति बनें, पिंजरा नहीं, सारा आकाश बनें..." सुनकर मेरी आँखें भीग जातीं। मेम ने मुझे आश्वस्त किया था, मासा जितना चाहे वह उसे पढ़ायेगी। मासा उसकी ज़िम्मेदारी है। कहती—माहरा! हम औरतों को एक होना है, अलग-अलग रहकर हम थोड़ा-बहुत सुख तो जुटा लेंगे अपने-अपने लिए, मगर हक़ और इज़्ज़त नहीं। मज़हब, शादी जैसी संस्थाएँ, रीति-रिवाज़—सब औरतों को कब्जे में रखने और गुलाम बनाये रखने के जरिये हैं, हथियार हैं... ख़ूबसूरत लफ़्ज़ों से, गहनों से, रुतबों से औरत को भरमाना, उसे इस ग़लतफ़हमी में रखना कि वह बहुत ख़ास है, नाज़ुक है, उसे हिफाज़त

की ज़रूरत है—उसे काल कोठरी में बन्द कर दिया जाता है, हिज़ाब में छिपा दिया जाता है। औरत घर की रानी होने के मुगालते में घर की, रिश्तों की दासी बन कर रह जाती है और धीरे-धीरे कब उससे उसका चेहरा, उसका नाम, उसकी पहचान और अस्मिता छीन ली जाती है उसे पता भी नहीं चलता। उसका जिस्म तो उसकी सबसे बड़ी क़ैद है जिसकी मांसल दीवारों के पीछे उसे—उसकी रूह को—ताउम्र छिप कर रहना पड़ता है...सुन कर मेरे रोंगटे खड़े हो जाते। उफ! मेम को जादू आता है क्या! कैसे वह मेरे भीतर तक पहुँच जाती हैं, मेरी सोच पढ़ लेती हैं! यही सब कुछ तो मेरे अन्दर उमड़ता-घुमड़ता रहता था रात-दिन! जिन ख़यालों को मैं शब्द नहीं दे पाती थी, वे वही कह रही थीं। वो पढ़ी-लिखी हैं, उनके पास भाषा और अभिव्यक्ति है, हम जैसों के पास होने के नाम पर बस अनगढ़ संवेदनाएँ...।

मेम मुझसे बातें करते हुए जैसे खुद से ही बात करने लगती थीं, खिड़की पर खड़ी होकर आकाश की ओर देखते हुए—"एक औरत को इस दुनिया में बड़ी मेहनत से औरत बनाया जाता है, वर्ना वह पैदा तो इनसान की हैसियत से ही होती है, उतनी ही अच्छी या बुरी जितना कि एक मर्द! जन्म के बाद शुरू होती है उसे बदलने की, बदसूरत और कमज़ोर बनाने की ताउम्र साजिश! झूठ के, मिथ के साँचे में उसे ढाला जाता है, उस पर समाज, दायित्व, संस्कार और धर्म के इतने मुलम्मे, मुखौटे और कलई चढ़ाये जाते हैं कि आखिरकार वह अपना असली वजूद खो ही नहीं देती, बल्कि उसे भूल भी जाती है। उसे समझ नहीं आता, वह अपनी अस्मिता, अपने स्व को नहीं, समाज की धारणा और अपेक्षा को जी रही है। वह अपनी अच्छाई और मासूमियत में वह सब कुछ बन जाती है जो यह समाज उसे बनाना चाहता है सिवाय उसके जो वह हक़ीक़त में होती है! यह एक बहुत बड़ी हिंसा और षड्यन्त्र है माहरा जो यह दुनिया, इसकी पितृसत्तात्मक ताकतें सदियों से बड़े सुनियोजित और शातिर ढंग से अंजाम देती आ रही हैं।

उनकी बातें मेरे सर के ऊपर से गुज़रने लगतीं मगर उनमें छिपी सच्चाई का अहसास मुझ तक ज़रूर पहुँचता। मुझे जाने क्यों ऐसा लगता था, ये वही बातें हैं जिसे दुनिया की हर औरत कभी न कभी महसूस करती या अपनी ज़ुबान में सोचती होगी।

आज यही औरतें हर देश में, हर ज़ुबान में बोल रही थीं अपनी

कहानी। एक बहनापा—दुनिया के इस छोर से उस छोर तक—जहाँ तक दृष्टि जाय! दर्द की जाइयों की कही-अनकही, उनकी हँसी, आँसू और गुस्सा। अब ये ज़मीन को ही नहीं, आसमान को भी सुना कर रहेंगी अपनी बात! अब युगों का मौन टूटेगा, अब बोलेंगी औरतें और सुनना पड़ेगा सारे संसार को! कितने रंग, कितने चेहरे और कितनी बोलियाँ, मगर सबका कहना एक...वही कोख का दर्द, जिस्म का दर्द, मन का दर्द...

मेम कहतीं, पहले-पहल यहाँ की औरतों ने इस प्रथा का समर्थन भी किया। रूढ़ी और संस्कार की जड़ें हमारे हाड़-मज्जे तक में धँसी होती हैं। इतना आसान कहाँ होता है इन्हें उखाड़ फेंकना। सदियों की गुलामी, अनुकूलन...उन्हें दोष भी नहीं दे सकते। इसे वे अपनी पहचान, अपनी परम्परा, अपने मज़हब और संस्कृति से जोड़कर देखते हैं। उन्हें लगता है ये प्रथा ख़त्म हुई तो उनका सांस्कृतिक परिचय भी समाप्त हो जायेगा। कई बार तो एफ़जीएम का विरोध करने वालों के विरोध में यहाँ की बच्ची-बच्ची लड़कियों तक ने खुद अपना सुन्ना कर लिया। बड़ा भयंकर था वह सब। तुमने तो सुना ही होगा। मगर फिर इन्हीं में से चिंगारी निकली और आग भड़की। वारिस डिरिइ—एक मशहूर सोमाली मॉडेल जिसका बचपन में एफ़जीएम किया गया था, ने घर से भाग कर जब पूरी दुनिया को अपनी और अपनी जैसी लाखों अफ्रीकन लड़कियों की दर्द भरी कहानी सुनाई तो पूरी दुनिया का ध्यान इधर गया।

मेम की ये बातें मासा भी बहुत ध्यान से सुनती थी। कभी तो वह खुद मेम से खोद-खोद कर पूछती रहती थी इसके बारे में—कहाँ क्या हुआ, कब हुआ...मेम बहुत धैर्य के साथ उसके सारे सवालों के जवाब दिया करती थीं। मेम ने बताया था युनीसेफ एनजीओस के साथ मिलकर इस रिवाज़ को बन्द करवाने की दिशा में काम कर रहा है। यू एन तथा एन सी सी एम ने मिलकर एफ़जीएम के बारे में लोगों को जानकारी देने के लिए कई वर्कशॉप का आयोजन किया। मीडिया ने भी इसे भरपूर सहयोग दिया।

एफ़जीएम के ख़िलाफ़ लोगों को जागरूक करने के लिए कलाकारों से भी सहायता ली गयी। कविता, कहानी, ड्रामा, फ़िल्म, पेंटिंग आदि के माध्यम से लोगों तक बात पहुँचाई गयी। हमारी संस्था 'डेज़र्ट ड्रीम' की तरफ़ से कई बार नुक्कड़ नाटकों का आयोजन किया गया था।

हमने भी देखा था। इनमें इसी तरह के मुद्दे उठाये जाते थे। सोलह महत्त्वपूर्ण संस्थाओं ने भी इस काम में बहुत सहयोग किया—टू मेनी अफ़्रीका, अफ़्रीकन ओमेनस ऑर्गनाइजेशन (ऑस्ट्रिया), बैन एफ़जीएम, कैम्पेन अगैन्स्ट एफ़जीएम, डॉटर ऑफ इव, यू. के. आदि-आदि। इन सभी संस्थाओं का एक ही मकसद है—एफ़जीएम को पूरी तरह समाप्त करना। इसके लिए शिक्षा के साथ-साथ हर तरह के अन्धविश्वास तथा पुरातनपन्थी मानसिकता को ख़त्म करना भी ज़रूरी है। अन्तरराष्ट्रीय सरकारी, गैर-सरकारी संस्थाएँ जैसे इंटरनेशनल ह्यूमन राइट्स कन्वेंशन, यूनिसेफ, हू आदि ने भी इसका खुल कर निषेध किया। सबसे बड़ी उपलब्धि है यू एन जेनरल असेम्बली का एफ़जीएम के ख़िलाफ़ 16 नवम्बर 1012 को रेसोल्यूशन पारित करना।

इतना सबकुछ! स्याह बादल के रुपहले कोने! दुनिया बेहतर होगी, आज नहीं तो कल! मेरे लिए यह सब मेरी मासा के होने के साथ जुड़ा था इसलिए बहुत अहम था। अपने लिए मैं किसी सुनहरे दिन के इन्तज़ार में अब नहीं थी। जो होना था मेरा हो चुका!

एक दिन मेम ने अचानक मुझसे कहा था, तवान बहुत अच्छा लड़का है। मैं इस बात का कोई जवाब नहीं दे पायी थी। मेम ने भी फिर कुछ नहीं कहा था। मगर उनका यह कहना मेरे दिमाग़ में रह-रहकर घूमता रहा था। हाँ, वह अच्छा तो था ही, सबसे अलग भी। उन सारे मर्दों से अलग जिन्हें मैं अब तक की अपनी ज़िन्दगी में देखती आयी थी। वे औरतों को मांस, बोटी, चमड़ी से अधिक कहाँ समझते हैं! औरत उनकी तरह ही इनसान होती हैं, उन्हें भी दुख होता है, दर्द होता है, वे महसूस करती हैं, सोचती हैं, उनकी पसन्द, नापसन्द, मर्ज़ी होती है ...इन बातों को कौन तरजीह देता है! उससे अपनी ज़रूरत पूरी करनी है और लुत्फ़ उठा लेना है, बस! फिर पड़ी रहे औरत अपने ज़ख़्म और आँसू लिए...औरत से कोई इस शिद्दत से प्यार भी कर सकता है यह तवान को देख कर ही मैंने जाना था। हर औरत के मन में जिस मर्द की तलाश रहती है तवान उसी का मुकम्मल चेहरा था!

मेम ने एक दिन बुलाकर कहा था, वे थोड़े दिनों के लिए अपने मुल्क ऑस्ट्रेलिया जायेंगी। मासा को अपने साथ ले जाना चाहती थीं।

वे चाहती थीं, मासा वहीं उनकी बहन के पास रह कर अपनी आगे की पढ़ाई पूरी करे। सुनकर मेरा दिल धक से रह गया था। ऑस्ट्रेलिया! वो तो सुना बहुत दूर है! बीच में कई समन्दर पड़ते हैं! मेरा चेहरा देख कर मेम मुस्कराई थी—"हमें हमारे अपनों की भलाई के लिए कभी-कभी उनसे दूर भी रहना पड़ता है माहरा! तुम माँ हो, तुम्हें मज़बूत तो होना ही पड़ेगा।" उनकी बात सुनकर मैं अपना सर हिलाती रही थी, मगर अपने आँसुओं को बहने से रोक नहीं पायी थी। मेम ने मेरी पीठ थपथपा कर कहा था—"फिर तय रहा, मासा इस बार मेरे साथ ऑस्ट्रेलिया जा रही है। मैं उसके जाने के लिए ज़रूरी कागजात बनवाती हूँ। सबसे पहले उसका पासपोर्ट बनाना पड़ेगा।"

मासा को यह बात बताते ही वह मुझसे लिपट गयी थी—"नहीं माँ! मुझे कहीं नहीं जाना है। मैं तुम्हारे पास रहूँगी!" मैंने बड़ी मुश्किल से उसे अपने से अलग किया था—"छोड़! बच्ची बन जाती है! सारी ज़िन्दगी माँ की गोद में ही रहेगी तो डॉक्टर कैसे बनेगी? बनना है ना डॉक्टर? तो फिर?"

डॉक्टर बनने की बात पर मासा ज़रा शान्त हुई थी मगर उसका सिसकना देर तक रुका नहीं था। मैं उसके सामने मज़बूत बनी रही थी मगर देर रात खाली रसोई में बैठकर बहुत रोयी थी। मासा के बिना मैं कैसे रह पाऊँगी यह मैं खुद ही नहीं जानती थी।

तवान सुनकर ख़ुश हुआ था—"उसे जाने दो! वहाँ बेहतर मौक़े हैं।" तवान की यही बातें मुझे भली लगती हैं। कितना तरक्कीपसन्द और खुले ख़यालों का! काश दुनिया का हर मर्द इस तरह से सोच सकता! तब शायद यह दुनिया बेहतर होती।

मैंने झिझक के साथ कहा था—"मगर सोचती हूँ मासा के बिना मैं कैसे रह पाऊँगी! एकदम अकेली पड़ जाऊँगी..." मेरी बात सुन कर तवान ने बहुत संजीदा होकर कहा था—"तुम अब कभी अकेली नहीं होगी...मैं हूँ ना!"

ये लफ़्ज़ मैंने अपनी अब तक की ज़िन्दगी में पहली बार सुना थे। जलालत, बेरुखी बर्दाश्त हो जाती है मगर ये अपनापन, भरोसा... उस दिन मैं तवान के आगे फूट-फूटकर रोयी थी! तवान ने मुझे रोका नहीं था, रोने दिया था। बहुत देर बाद मेरे चुप हो जाने के बाद कहा था—"अगर इसी तरह मेरी इन बातों पर रोती रहोगी तो फिर सोच लो,

तुम्हें उम्र भर रोना पड़ेगा। सुन कर मैं फिर रो पड़ी थी। मुझे आज से पहले पता नहीं था, रो कर भी इतना हल्का, इतना बेहतर महसूस किया जा सकता है! कभी रोना हँसने से बेहतर लगता है! जैसे कि आज!

उस दिन मैं दोपहर के वक़्त संस्था की कुछ औरतों के साथ मिल कर टोकरियाँ बुन रही थी जब कोई मुझसे मिलने आया था। मैं उसे पहचानती नहीं थी। उसने मेरा नाम पूछ कर बताया था कि वह हमारे गाँव से आया है। उसे फ़ातिमा बी ने भेजा है। खाला सख़्त बीमार हैं। जीने की कोई उम्मीद नहीं। वह मरने से पहले एक बार मुझे और मासा को देखना चाहती हैं। सुनकर मेरा दिल बैठ गया था। उसे रुकने के लिए कह कर मैं अन्दर आ गयी थी। मासा उस समय पढ़ने बैठी थी। यह ख़बर सुनते ही वह फफक कर रोने लगी थी—"तभी मेरा मन कई दिनों से ऐसे घबरा रहा था! माँ मुझे नानी से मिलना है!" मेरी समझ में कुछ नहीं आ रहा था कि क्या करूँ! मेम कुछ दिनों के लिए बाहर गयी हुई थीं। तवान भी उनके साथ था। खाला के लिए मेरा मन बेचैन था मगर गाँव जाने की बात सोच कर मुझे डर लग रहा था। क्या वहाँ जाना ठीक रहेगा! हालाँकि अब ज़हीर नहीं रहा और पैगाम लाने वाला लड़का बता रहा था कय्यूम अब वहाँ नहीं रहता। वह अपनी बंजारन बीवी के साथ दूसरे शहर गया हुआ है। वहीं कोई व्यापार करता है। फ़ातिमा बी ने कहला भेजा था, मैं किसी बात की चिन्ता ना करूँ, वह सब सम्हाल लेगी। काश किसी तरह एक बार मेम से बात कर पाती! मैंने दफ़्तर के फ़ोन से उनके मोबाइल पर कई बार फ़ोन करने की कोशिश की थी मगर नहीं लगा था। नेटवर्क चल नहीं रहा था। इधर वह लड़का बार-बार जल्दी निकलने के लिए कह रहा था—दोपहर का एक बज गया है। अभी नहीं निकले तो पहले पड़ाव पर शाम से पहले नहीं पहुँचा जा सकेगा। वहाँ रात भर रुक कर दूसरे दिन सुबह-सुबह निकल पड़ना है। तभी कल शाम होने से पहले गाँव पहुँचा जा सकेगा। मासा लगातार रोये जा रही थी। हार कर मैं बैग में हमारे दो-चार कपड़े और कुछ पैसे ले कर उस लड़के के साथ निकल पड़ी थी। जाते हुए मैंने मेम के लिए सन्देश छोड़ दिया था कि हम दो-चार दिन में गाँव से लौट आयेंगे। मेम ने दौरे पर जाने से पहले

हमें इत्तिला किया था कि मासा का पासपोर्ट बन गया है और दौरे से लौटने के बाद वे ऑस्ट्रेलिया जाने की तैयारी शुरू कर देगी।

हमने मोटर, ऊँट गाड़ी और आखिर के पाँच-छह घंटे का रास्ता पैदल तय किया था। इस बीच हम पहली रात एक सादे-से सराय में ठहरे थे और बीच-बीच में यहाँ-वहाँ रुक कर आराम भी किया था। पैदल सफ़र बहुत भारी पड़ा था। दोपहर का समय था और धूप बेहद तेज़। ज़्यादा रुकने की गुंज़ाइश नहीं थी। हमें शाम ढलने तक हर हाल में घर पहुँचना था। रेगिस्तान में रात को फँस जाना बहुत ख़तरनाक बात होती।

जब हम गाँव पहुँचे थे। सूरज ढल चुका था। पश्चिम का आकाश गहरा गेरुआ हो रहा था। गाँव की सड़कों पर धूल का बवंडर उठ रहा था। लौटते हुए मवेशियों के खुरों की आवाज़ और अड़राते ऊँटों की बेडौल, धूसर परछाइयों से गलियाँ अँटी हुई थीं। पेशाब, गोबर, लीद और जानवरों की देह से उठती तेज़ गन्ध...अचानक भीतर आत्मीय-सा कुछ गुमड़ा था। आँखें भर आयी थीं।

अपने घर के दरवाज़े पर कुछ पल रुक कर मैंने अपने धड़कते दिल को काबू में करने की कोशिश की थी और फिर हाथ बढ़ा कर दरवाज़े के किवाड़ ठेलकर खोल दिये थे। किवाड़ खुलते ही मेरी साँस जहाँ की तहाँ रुक गयी थी–आँगन के बीचोबीच खाला बैठी थीं, धूप में सुखाये अनाज समेटती हुई! मैं लड़खड़ाई-सी दो-चार क़दम आगे बढ़ी थी। उधर मासा ख़ुशी से चीखती हुई उनकी ओर दोनों बाँहें फैलाकर भागी थी। मैंने देखा था, हमें देख कर खाला की आँखों की पुतलियाँ बेतरह फैल गयी थीं। उसी क्षण मेरे भीतर कुछ बिजली की तरह कौंधा था और मैं झटके से पीछे मुड़ी थी। मेरा डर सही निकला था–दरवाज़े को घेर कर कय्यूम, बंजारन, उसका भाई और जाने कौन-कौन आठ-दस लोग खड़े थे। वह लड़का जो हमें बुला ले आया था, कहीं नहीं दिख रहा था। मेरा दिमाग़ एकदम से खाली हो गया था। जाने क्या सोच कर चीख कर मासा को पुकारते हुए मैं उन्हीं की ओर भागी थी। शायद इसलिए कि मेरी सुप्त चेतना में उस समय यह बात थी कि इस घर से निकलने का यही एकमात्र रास्ता है।

मेरे दरवाज़े तक पहुँचते ही कय्यूम ने मुझे बालों से पकड़ लिया था और घसीटते हुए आँगन के बीच में ले आया था। चीखती हुई

मासा को बंजारन ने दबोच लिया था। मेरी तरफ़ आती हुई खाला को बंजारन के भाई ने बेरहमी से धक्का दिया था। वो एक कोने में छिटक कर गिरी थी और शान्त हो गयी थी। इसके बाद कय्यूम और बंजारन के भाई ने मुझे लात-घूँसों से कोंच कर रख दिया था। ओह! हर चोट के साथ मेरे भीतर दर्द की एक तेज़ लहर उठती और मैं ज़मीन पर दोहरी हो जाती। मुँह, पेट, सीना—हर जगह पाँव की ठोकरें और घूँसे! मैं साँस नहीं ले पा रही थी। हर चोट के साथ आँखों के आगे अँधेरा छा जाता और मैं हवा के लिए मछली की तरह मुँह खोलती मगर गले से एक तेज़ डकार की तरह आवाज़ निकल कर रह जाती। सबके बीच ज़मीन पर पड़ी मैं बार-बार मासा को देखने की कोशिश कर रही थी मगर वह अब कहीं नहीं दिख रही थी। शायद बंजारन उसे यहाँ से लेकर चली गयी थी। ठोकरों, लात, घूँसों के बीच मैं ठीक से कुछ सोच नहीं पा रही थी। दर्द से मेरा माथा शून्य पड़ता जा रहा था। मुँह में ख़ून का नमकीन स्वाद था, सर के ज़ख़्म से बहते हुए ख़ून से आँखें अन्धी हो गयी थीं। भीतर लोहे की महक भर गयी थी जैसे। वे मुझे लगातार पीट रहे थे। साथ गन्दी गालियाँ और फ़ब्तियाँ। मेरी चीखें मेरे कानों में किसी हलाल होते जानवर की चीख की तरह सुनाई पड़ रही थीं, एकदम अजनबी-सी। जैसे किसी और की हों! धीरे-धीरे मेरा चीखना कम होता चला गया था, साथ ही दर्द का अहसास भी। पूरा जिस्म अवश हो गया था, गोंद की तरह पिलपिला और बोध शून्य, भोंथरा! हर चोट के साथ एक दबाव-सा महसूस होता मगर दर्द नहीं। मैं अपने जिस्म को अब और महसूस नहीं कर पा रही थी। दिमाग़ में सनसनाहट हो रही थी, कानों में तेज़ सीटी...सबकी आवाज़ें मक्खी की भिनभिनाहट जैसी। कान के पीछे से नीचे की ओर उतरता चींटियों की क़तार-सा कुछ, पूरे जिस्म में फैलता हुआ। आखिरकार मेरी आवाज़ बन्द हो गयी थी। बस एक तेज़ घरघराहट और साँय-साँय...आँखों के आगे नाचती बदसूरत परछाइयाँ धुँधली पड़ गयी थीं, आवाज़ें अस्पष्ट। एक ठंडा, काला पानी का रेला ख़ामोशी से ऊपर उठा था और धीरे-धीरे मुझ पर फैलता चला गया था। मैं एक गहरे गड्ढे में फिसलती हुई उतर गयी थी। मगर होश खोते हुए भी मुझे बस एक ही ख़याल था—मासा!

किसी बच्चे की चीख से मुझे होश आया था। मेरी आँखों के पपोटे नहीं खुल रहे थे। लग रहा था, उनमें मिर्ची लगी हुई है। किसी तरह

खोल कर देखा था, एक छोटा बच्चा मेरी ओर डरी हुई आँखों से देखते हुए रोये जा रहा है। मैंने हिलने की कोशिश की थी और इसके साथ ही मेरे मुँह से तेज़ चीख निकल गयी थी। मेरा पूरा शरीर दर्द से शून्य था। मैंने अपने हाथों की ओर देखा था—कुचली और सूजी हुई स्याह, नीली उँगलियाँ...। दाहिना पाँव एक खिड़की की सलाख से मोटी जूट की रस्सी के जरिये बन्धा हुआ था। मैंने अपने आसपास देखा था। यह फातिमा बी का बगलवाला कमरा था। इसके दूसरी तरफ़ हमारा कमरा हुआ करता था। शायद बाहर दिन काफी चढ़ आया था। धूप का रंग खिड़की पर एकदम सफ़ेद था। मुझे बहुत प्यास लगी थी। गला फटा जा रहा था। साथ ही सर भी। दोनों कनपटियाँ धप-धप कर रही थीं। पूरी पीठ जम-सी गयी थी। जैसे किसी ने इस पर पत्थर बाँध दिया हो।

बच्चे के रोने की आवाज़ सुन कर एक औरत कमरे में आयी थी और बच्चे को गोद में उठा लिया था। गौर से देखने पर मैंने उसे पहचाना था। कय्यूम की तीसरी बीवी रुकैया। किसी तरह गोंगिया कर मैंने उससे पानी माँगा था मगर उसने मुझे वितृष्णा और खौफ़ भरी नज़रों से देखा था और बिना कोई जवाब दिये वहाँ से चली गयी थी। उसके पीछे थोड़ी देर पुकार कर मैं फफक कर रो पड़ी थी। ओह! कितनी प्यास! मेरा सीना फट जायेगा...और ये दर्द! सारे कच्चे ज़ख़्म टीस रहे थे पके फोड़े की तरह। सर पर हथौड़े-से चल रहे थे। रोते हुए मुझे बगल के कमरे से फातिमा बी के गोंगियाने की आवाज़ आयी थी। वह शायद किसी को पुकार रही थीं।

बहुत देर रोने के बाद मैं आखिर थक कर चुप हो गयी थी। अब मुझमें रोने की ताकत भी नहीं बची थी। एक बार फिर मुझे झपकी-सी आ गयी थी। जाने कितनी देर बाद मुझे खाला ने जगाया था। वे मेरे लिए पानी के साथ दो रोटियाँ ले आयी थीं। वो बहुत डरी और परेशान दिख रही थीं। सर पर बँधी पट्टी में हल्दी और ख़ून के धब्बे, आँखों के नीचे गहरे गड्ढे! एक ही साल में कितनी बूढ़ी हो गयी थीं वो। जैसे सौ साल की उमर हो। मैंने बिना कुछ कहे उनके हाथ से पानी का बर्तन छीन लिया था और एक ही साँस में पूरा पानी पी गयी थी। पानी पीते हुए मुझे लगा था इस समय मुझे समन्दर भी मिले जाये तो मैं उसे पूरा पी सकती हूँ। पानी पी कर मैंने खाला का हाथ पकड़ लिया था—"खाला! मेरी मासा कहाँ?" खाला जवाब में कुछ कह नहीं

पायी थीं, बस रोती रही थीं। खाला के रोने ने मुझे और भी डरा दिया था। मैंने बेसब्र होकर उन्हें झिंझोड़ डाला था–''खाला बताओ! ख़ुदा के लिए बताओ! ये कैसा बैर निकाल रही हो मुझसे...?''

मेरे सवाल पर खाला और भी फूट-फूटकर रोने लगी थीं और इससे पहले कि मैं और कुछ पूछती, अचानक वहाँ बंजारन आ गयी थी और खाला को धकियाते हुए वहाँ से बाहर ले गयी थी–''उसने मना किया था ना तुम्हें इस चुड़ैल के पास आने से! ख़बरदार जो फिर इसे कोई दाना-पानी दिया, वर्ना तुम्हारी भी ख़ैर नहीं! वो तुम्हारी खाल उधेड़ लेगा कहे देती हूँ!'' बाहर जाकर बंजारन ने दरवाज़े पर सिटकनी चढ़ा दी थी। पूरे कमरे में हल्का अँधेरा छा गया था। मैं फिर रोने लगी थी। मुझे अपनी मजबूरी का एहसास बहुत ज़ोरों से हो रहा था।

इसके बाद सारा दिन बीत गया था, कोई मेरी तरफ़ झाँकने तक नहीं आया था। मेरा पूरा शरीर पके घाव की तरह जगह-जगह से टीस रहा था। चेहरा बुरी तरह से सूजा हुआ था। निचला होंठ गहरा बैंजनी होकर बाहर निकल आया था। मैं हिल-डुल भी नहीं पा रही थी। शाम होते-होते मुझे बुखार चढ़ आया था। सामने दो रोटियाँ पड़ी थीं, मगर मेरा उनकी तरफ़ देखने का भी मन नहीं हुआ था। हाँ, प्यास बेतरह लगी हुई थी। बन्द कमरे में गर्मी और उमस थी। शाम के उतरने के साथ अब अँधेरा भी घना हो आया था।

दिन भर बाहर लोगों के चलने, बोलने की आवाज़ें आती रही थीं। बच्चे रो रहे थे। औरतें आपस में बतिया रही थीं। मैं पड़ी-पड़ी सुनती रही थी। कहीं मासा की आवाज़ सुनाई पड़ जाय! मगर नहीं सुनाई पड़ी थी। मेरा दिल तरह-तरह की आशंकाओं से डूबता रहा था। जाने उन लोगों ने मासा के साथ क्या किया होगा! खाला मासा की बात पर इतना रो क्यों रही थी! कहीं उन जालिमों ने उसके साथ तो कुछ...नहीं! नहीं! ऐसा कभी नहीं हो सकता! मेरे ख़ुदा! उसकी हिफाज़त करना...सोच कर मेरी रूह तक बार-बार काँप उठ रही थी। मैं उम्मीद कर रही थी, मेम हमारे लिए कुछ करेंगी। पता नहीं वह अब तक लौटी भी होंगी या नहीं! चार दिन का कह कर गयी थीं। अगर आ गयी होंगी तो हमें वहाँ ना पा कर क्या सोची होंगी? और तवान! उसकी प्रतिक्रिया क्या होगी!

अगर हमारे आने को वह साधारण ढंग से लेंगी तो शायद और

दो-चार दिन तक हमारी ख़बर भी नहीं लेंगी! ओह मेरे ख़ुदा! फिर तो कोई उम्मीद ही नहीं! मगर तवान तो यहाँ का है। वह कय्यूम जैसे लोगों की फितरत पहचानता है। उसे तो शक होना ही चाहिए कि कहीं कुछ ग़लत है। मैं मन ही मन दुआ करती रही थी कि मेम और तवान जल्द दौरे से लौट आयें और हमारी खोज-ख़बर लें। मेरे मालिक! मेरी बेटी की हिफाज़त करना...रोते-रोते मैं शायद फिर ऊँघ गयी थी।

जाने कितनी रात बीती थी जब कोई आहट सुनकर मेरी नींद खुल गयी थी। कमरे में गहरा अँधेरा छाया हुआ था। मैंने अपनी आँखें फाड़-फाड़कर चारों ओर देखने की कोशिश की थी। मुझे लगा था कोई फुसफुसा कर मुझे मेरा नाम लेकर बुला रहा है। थोड़ा ध्यान से सुनने के बाद मैं समझ पायी थी, यह आवाज़ खाला की थी। पिछली खिड़की से आ रही है। मेरे दोनों हाथ बँधे थे और पैर भी। खाला मुझे दबी आवाज़ में लगातार बुलाये जा रही थी। बड़ी मुश्किल से घसीटती हुई मैं किसी तरह खिड़की के पास पहुँची थी। खिड़की थोड़ी ऊँचाई पर थी। खाला मुझसे अपने हाथ उनकी ओर ऊपर उठाने के लिए कह रही थी। हाथ और पैर बँधे होने की वजह से मैं उठ कर बैठ भी नहीं पा रही थी। हिलने-डुलने में ही जैसे जान निकल रही थी। जाने कितनी कोशिश के बाद मैं उठ कर बैठ सकी थी और इतने में ही मेरा बुरा हाल हो गया था। दीवार से टेक लगा कर देर तक हाँफती बैठी रह गयी थी। थोड़ी देर बाद खाला ने मुझे पुकारा था और मैंने अपने हाथ खिड़की की तरफ़ उठा दिये थे। खाला ने झुक कर एक दराँती से मेरे हाथ की रस्सियाँ धीरे-धीरे काटी थीं और फिर दराँती मेरे हाथ में पकड़ा दी थी। देर तक बँधे होने के कारण मेरी कलाइयाँ झनझना रही थीं। मैंने दराँती लेकर फ़र्श पर रख दी थी और किसी तरह कहा था—''खाला! थोड़ा पानी...'' सुनकर खाला अँधेरे में ग़ायब हो गयी थीं और फिर थोड़ी देर बाद पानी लेकर लौट आयी थीं—''जल्दी से पी लो, हमारे पास ज़्यादा वक़्त नहीं है!'' मैंने एक ही साँस में सारा पानी पी लिया था। अगर थोड़ी देर और पानी नहीं मिलता तो शायद मैं मर ही जाती! मेरे पानी पीते ही खाला ने बेसब्र आवाज़ में कहा था—''माहरा! अपने पैर की रस्सी खोल और उठ! दरवाज़ा बाहर से खुला हुआ है...वे मासा को कुछ देर पहले काले टीले की ओर ले गये हैं। थोड़ी देर में उसका सुन्ना किया जायेगा। एक गेद्दा को बाहर से

बुलाया गया है। वो तो कहो ऊपर वाले की मेहरबानी से वह कल रात पहुँच नहीं पायी वर्ना अब तक उसका सुन्ना हो गया होता। अब वह किसी भी समय पहुँचती होगी या पहुँच चुकी होगी। उसके बाद आज ही रात उसका निक़ाह बंजारन के भाई से कर दिया जायेगा। मासा को उन लोगों ने धमकाया है कि निक़ाह क़बूल नहीं किया तो तुम्हें जान से मार देंगे। निक़ाह के तुरन्त बाद उसे बंजारन के भाई बिलाल को सौंप दिया जायेगा। सुहाग रात मनाने के बाद वह मासा को लेकर मुँह अँधेरे यहाँ से बहुत दूर चला जायेगा...”

खाला की बात सुन कर मैं एकदम काठ हो गयी थी। यह क्या कह रही थी खाला! ओह! अब? मुझे लग रहा था मैं वहीं गिर कर मर जाऊँगी। मेरा पूरा जिस्म अवश हो आया था एकदम से। मुझे चुप देख कर खाला ने अधीर होकर मुझे फिर पुकारा था—“अब क्या सोच रही है! ज़्यादा समय नहीं है। मेरे वश में जितना था मैंने किया। जा, अब तू कुछ कर सकती है तो कर! मैं अब यहाँ से निकल रही हूँ, अगर उन्होंने मुझे इस बार पकड़ लिया तो जान से मार देंगे!” इतना कह कर खाला मुड़ कर अँधेरे में ग़ायब हो गयी थीं। उनके जाते ही जैसे मुझे होश आया था—वे मासा का सुन्ना करेंगे! उसका जबर्दस्ती निक़ाह भी कर देंगे! मैंने अँधेरे में पड़ी हुई दराँती टटोल कर उठाई थी और उठ खड़ी हुई थी। इस बार मुझे किसी दर्द का अहसास नहीं हुआ था। मेरे हाथ-पाँव—सारा जिस्म मेरे पास लौट आया था, ज़िन्दा हो गया था। भीतर एक चिंगारी-सी कौंधी थी और दूसरे ही पल रगों में आग लग गयी थी—ऐसा कभी नहीं होगा, मेरे जीते जी तो कभी नहीं!

मैंने भिड़ा हुआ दरवाज़ा बेआवाज़ खोला था और बाहर का दरवाज़ा ठेल कर बाहर निकल गयी थी। इस समय चारों तरफ़ अँधेरा था। सिर्फ़ दालान के आखिरी सिरे पर बंजारन के कमरे में रोशनी हो रही थी। गाँव वाले अधिकतर जल्दी सो जाते हैं। थोड़ी देर दबे पाँव चल कर गली से बाहर आते ही अचानक मैं सरपट काले टीले की ओर दौड़ने लगी थी। एक साल पहले इसी रास्ते पर मैं मासा को बचाने के लिए दौड़ी थी। उस दिन ऊपर वाले ने मेरी मदद की थी, आज भी करे। मेरी आँखों से लगातार आँसू बह रहे थे। दौड़ते हुए लग रहा था मेरे हाथ-पाँव एक-एक कर टूट कर गिरते जा रहे हैं। हवा छिले हुए जिस्म पर चाबुक की तरह चल रही थी, तलवों में आग लगी थी।

मगर मैं दौड़ रही थी। मुझे मासा तक पहुँचना है। इससे पहले कि वे दरिन्दे मेरी मासा को ज़िन्दगी भर के लिए अपाहिज बना दें, मुझे उस तक पहुँचना है।

मुझे मासा से किया हुआ अपना वादा याद आ रहा था—मैं उसे कभी कुछ नहीं होने दूँगी! मैंने अपने बहते हुए आँसू पोंछे थे—हाँ मासा! यक़ीन रखना, मैं तुम्हें कुछ नहीं होने दूँगी! रास्ते में वही काँटे थे, झाड़ियों में छिपे हुए जानवर, नंगे बबूल के पेड़ों पर आसेब की तरह बैठे गिद्ध! मगर मुझे कुछ भी नहीं दिख रहा था। सारा परिदृश्य मेरे आसपास से दौड़ते हुए गुज़र रहा था। कृष्ण पक्ष का आधा चाँद अभी-अभी पीछे की तरफ़ रेत की लहरदार ढलानों से झांका था। चारों तरफ़ छाई गहरी नीली चाँदनी, कुहासे की तरह...

टीले के पास पहुँचते-पहुँचते मुझे कुछ अस्पष्ट-सी आवाज़ें आने लगी थीं। जैसे कोई गोंगिया रहा हो! मेरे दिल की धड़कनें यकायक इतनी तेज़ हो गयी थीं कि मुझे लगा था, अब मेरा दिल पसलियों को तोड़ कर बाहर निकल आयेगा! मेरी रफ़्तार और तेज़ हो गयी थी। साथ ही दराँती पर मेरी पकड़ मज़बूत। अब मुझे ना दर्द हो रहा था ना किसी तरह का डर लग रहा था। मैं इन सब चीज़ों से परे हो गयी थी। अब मेरे पास खोने के लिए कुछ नहीं था और सब कुछ था भी—सवाल मेरी मासा का था! ये ज़िन्दगी से बढ़ कर, उससे आगे की कोई चीज़ थी...बहुत डर लिया! बहुत मर लिया! मुझे इन चन्द पलों में जाने क्या-क्या याद आ रहा था—ज़हीर से मेरा निकाह, पहली रात, दर्द, घुटन, तकलीफ़, आँसू...हर पल, हर क्षण, महीनों, सालों, युगों...। जुल्म का, दरिन्दगी का ना ख़त्म होने वाला सिलसिला...वो सारा वक़्त मेरी रूह में दर्ज़ है, जिस्म में ख़ुदा हुआ है बेइंतिहा दाग-धब्बों की फेहरिस्त बनकर। मैंने जी लिया अपना दोज़ख, सारी सजाएँ काट लीं। मगर बस यहीं तक! मुझ तक! अब इससे आगे मुझसे गुज़र कर ये जहन्नुम मेरी बेटी तक नहीं पहुँच सकेगा! कैसे भी नहीं! कभी भी नहीं!

दौड़ते हुए अब मैं काले टीले के बिल्कुल पास आ गयी थी। मुझे हर तरफ़ फैले बेतरतीब पत्थरों के बीच अब वे दिखने लगे थे—तीन-चार परछाइयाँ! लगता था दो मर्द और दो औरतों ने मिलकर मासा को पकड़ रखा था। वह बुरी तरह छटपटा रही थी और वे उसे जबरन ज़मीन पर सुलाये रखने की कोशिश कर रहे थे। मैं अचानक कैक्टस की झाड़ियों

के बीच से निकली थी। मासा के लगातार चीखने-चिल्लाने और छटपटाने की वजह से पहले उनका ध्यान मेरी तरफ़ नहीं गया था शायद। मेरे इस तरह से अचानक सामने आने से वे एकदम बौखला गये थे। गेहा शायद अभी तक पहुँची नहीं थी। मासा को क़ाबू में रखने के लिए दोनों मर्द साथ आये थे। बाकी दो औरतों में एक बंजारन और दूसरी कोई अनजान औरत थी। सामने पहुँचते ही मैंने अन्धाधुन्ध दरांती चलानी शुरू कर दी थी। मेरा पहला वार बंजारन के भाई पर पड़ा था। बिल्कुल सर पर! वह चीख कर दोनों हाथों से अपना सर पकड़ कर ज़मीन पर बैठ गया था। यह देख कर दोनों औरतें गालियाँ बकती हुई मेरी ओर झपटी थीं। मैंने कुछ सोचा नहीं था। सोच सकती भी नहीं थी। कोई आसेब उतरा हुआ था उस समय मुझ पर। मैं बस वार किये जा रही थी। मेरा कोई जिस्म नहीं था, दर्द नहीं था, डर नहीं था...बस दो आँखें थीं और उनमें भरी हुई आग थी। आज मुझे हर उस शैतान को ख़त्म कर देना है जो मेरी बेटी की ओर ग़लत नज़रों से देखता है। फिर वे कोई भी हों, कितने भी हों। जाने उन दोनों को कहाँ चोट पहुँची थी। दोनों ही चीखते हुए पीछे की ओर भागी थीं। उनसे छूटते ही मासा रोती हुई आ कर मुझसे लिपट गयी थी—कस कर! वह बहुत डरी हुई थी उस समय। उसका पूरा जिस्म सूखे पत्ते की तरह काँप रहा था। मैंने उससे खुद को छुड़ाने की कोशिश की थी। सामने से कय्यूम झपटा आ रहा था। मगर मासा ने मुझे किसी भी तरह छोड़ा नहीं था। वह पीठ की ओर से मुझे दोनों बाँहों में जकड़ी हुई रोये जा रही थी। मैंने आखिर मासा को अपनी कुहनियों से ज़ोर से धक्का दिया था और तभी कय्यूम ने मुझ पर वार किया था। जाने किस चीज़ से। मेरी आँखों के आगे सितारे-से चमके थे और इसके साथ ही मैं दूर जाकर गिरी थी। मुझसे साँस नहीं ली जा रही थी। पेट में जैसे आग लग गयी थी। मैंने अपनी आँखें भींच कर एक बार फिर साँस खींचने की कोशिश की थी और तभी मासा की चीख सुनकर जैसे मैं चौंक कर जाग गयी थी। कय्यूम ज़मीन पर पड़ी मासा को बालों से पकड़ खींच कर लिए जा रहा था। मासा उससे खुद को छुड़ाने के लिए छटपटाते हुए मुझे पुकार रही थी। उसका 'माँ' कह कर इस तरह पुकारना...सुनते ही वही आग एक बार फिर मेरी नाभि से उठी थी। मैंने एक झटके से उठ कर कुछ दूर पड़ी हुई दराँती को टटोल कर उठाया था और चीखते हुए कय्यूम

की ओर भागी थी और बिना एक पल गँवाये दराँती उसकी पीठ पर पूरी ताकत से उतार दिया था।

कय्यूम तड़पकर चीखा था और इसके साथ ही मासा को छोड़ मुँह के बल रेत पर गिर पड़ा था। उसके आसपास गहरी भूरी रेत के बादल उड़े थे। इसके साथ ही दूर ताड़ पर बैठा कोई गिद्ध कर्कश स्वर में चीखा था। उसके विशाल डैनों की परछाइयाँ प्रेतात्माओं की तरह टीले के अनगढ़ पत्थरों पर झटपटाती हुई उतर आयी थीं। कय्यूम के गिरते ही मैंने मासा का हाथ पकड़ कर भागना शुरू कर दिया था—मासा भाग! भाग मासा...

पीछे कय्यूम के डकारने और दोनों औरतों के चीखने-चिल्लाने की आवाज़ें आ रही थीं और हम एक बार फिर सामने बिछे गाढ़े नीले अन्धकार की ओर भागे जा रहे थे। हमें उस समय पता नहीं था हम किधर जा रहे हैं या कहाँ जा रहे हैं। हमें बस भागना था—यहाँ से, इस अँधेरी, ज़ाहिल दुनिया से...दूर, बहुत दूर! मासा ने मज़बूती से मेरा हाथ पकड़ रखा था और हम दोनों बेतहाशा भागे जा रहे थे। पैर के नीचे जाने क्या-क्या आ रहा था—पत्थर, काँटे, साँप-बिच्छू...मगर अब इन बातों का कोई माने नहीं रह गया था हम माँ-बेटी के लिए। हम आज सिर्फ़ इस जगह से नहीं भाग रहे थे बल्कि इस ज़मीन के सीने पर सदियों से बँधी ज़हालत, जुल्म और तकलीफ़ से भाग रहे थे। उधर जहाँ उजाला था, जहाँ इंसाफ़ था और ज़िन्दगी थी! एक ऐसी दुनिया की ओर जहाँ औरत होना गुनाह नहीं होता, जहाँ उसे उसके जिस्म के परे भी पहचाना जाता है...

देर तक दौड़ते हुए जैसे ही मुझे लगा था हम उन लोगों से एक महफूज़ दूरी पर आ गये हैं, धीरे-धीरे मेरा जिस्म लौट आया था—इसके तमाम दर्द और थकान के साथ। मैंने महसूस किया था, इस तेज़ उमस भरी रात में मेरे हाथ-पैर ठंडे पड़ते जा रहे हैं। डूबने जैसा एहसास ...और फिर एक चौंक के साथ मैंने पहली बार महसूस किया था, मेरे शरीर का निचला हिस्सा पूरी तरह गीला है—एक गर्म, चिपचिपा, गाढ़ा गीलापन...ये ख़ून था! अचानक मेरे भीतर सब कुछ खाली-सा हो गया था। एकदम खोखला! नसों में, हड्डियों में मानो हवा भर गयी हो—ठंडी, सनसनाती हुई। मैंने आकाश की ओर देखा था। वहाँ सारे सितारे एक-दूसरे में गड्डमड्ड थे, रोशनी का एक बड़ा, चमकता हुआ

गुंजल...धीरे-धीरे सिकुड़ता हुआ, फैलता हुआ...मैंने मुँह खोल कर साँस लेने की कोशिश की थी, मगर अन्दर एक गहरा अँधेरा उतर आया था! जैसे मैं मैं नहीं, कोई पाताल कुआँ बन गयी हूँ अनायास। सूखा और गूँजता हुआ! मुझे घबराहट हुई थी। मैं अचानक हवा में लहराई थी और ज़मीन पर आ गिरी थी! दिमाग़ में फैलते डरावने अन्धकार के बीच मासा की चीख गूँजी थी और गूँजती चली गयी थी। वह मुझे लगातार रो-रोकर पुकार रही थी—माँ! माँ! माँ! इसके साथ ही दूर से आती कुछ और आवाज़ें, घोड़ों की टापों की, बहुत सारे लोगों के एक साथ बोलने की! उन लोगों ने हमारा पीछा नहीं छोड़ा है! और भी कई लोगों को इकट्ठा करके अब वे एक साथ आ रहे होंगे...

मैंने अपनी सारी ताकत समेटी थी और किसी तरह आँखें खोली थी। मासा मुझ पर झुकी रोये जा रही थी—नीली धुन्ध में डूबा साँवले चाँद-सा चेहरा! गीला और कातर! मेरी बेटी! मेरी मासा! तुम्हें इस तरह से नहीं रोना है, हारकर नहीं बैठ जाना है...आगे लम्बी सड़क पड़ी है...उससे भी लम्बा रास्ता! अभी से हार जाओगी तो कैसे होगा! अपने भीतर उमड़ते आँसू के रेले को जबरन पीछे धकेलते हुए मैं मासा को धक्का दे कर चीखी थी—अब मैं और चल नहीं सकती मासा! तू भाग! मगर मासा फिर मेरे पास सरक आयी थी—"नहीं माँ! मुझे तुम्हें छोड़ कर कहीं नहीं जाना। अब मरना है तो साथ मरेंगे! उसकी बात सुन कर मेरे भीतर फिर कुछ आग-सा कौंधा था। दूर से आता हुआ शोर और और पास आता जा रहा था। वे बहुत जल्द यहाँ पहुँचने वाले थे। मैंने इस बार उसे बेरहमी से धकेला था—मरेंगे! तुझे मरने के लिए मैंने जन्म नहीं दिया है! समझी! बस! मेरे पास मत आना! भाग...मैं कहती हूँ भाग...उसे उठकर दुबारा अपनी ओर बढ़ते देख मैंने दराँती उठा ली थी! दराँती देख मासा सिहर कर ठिठक गयी थी। मैं और ज़ोर से चीखी थी—भाग! अब ज़रा मत रुकना!

मासा झिझक के साथ मुड़ कर दो क़दम चली थी और एक बार फिर मुड़ कर मेरी ओर देखा था—मुझे डर लग रहा है माँ...। उस एक छोटे-से पल के लिए हमारी आँखें मिली थीं और कई सदियाँ उसमें ठिठककर रह गयी थीं। क्या कुछ नहीं गुज़रा था उस पल मेरे भीतर से होकर! सब कुछ! जन्म तो उसे मैंने सालों पहले दिया था, मगर मुझसे अलग वो आज हुई थी। आज, इस लम्हा हमारे बीच का नाल

टूटा था! भीतर एक गहरी पीड़ा और जानलेवा खिंचाव! जैसे कोई मेरा दो हिस्सा कर रहा है! हाँ! बँट ही तो रही हूँ मैं, टुकड़े-टुकड़े हो रही हूँ। जानती हूँ, आज के बाद मैं फिर कभी मुकम्मल नहीं हो सकूँगी! मासा—मेरी मासा—मेरा ज़िन्दा और सबसे ख़ूबसूरत हिस्सा—मुझसे अलग हो रही है! इस दुनिया में, इस ज़िन्दगी में हमारे बीच का यह आखिरी क्षण है। इस एक क्षण को मुझे एक पूरी ज़िन्दगी की तरह जी लेना है, सँजो लेना है रूह में, आगे के तमाम सफ़र के लिए...मैंने आँख भर कर अपनी मासा को देखा था, धुँधली आँखों से भी और मन की आँखों से भी—वही बादामी-सुनहरा चेहरा, घुँघराले बाल, भरे हुए होंठ और दायें गाल पर प्यारा-सा गड्ढा! मैंने अपनी पलकें भींच कर इस रूप को अन्दर समेटा था और एक बार फिर ज़ोर से चीखी थी—अब भाग! मासा भाग! मेरे चिल्लाते ही मासा हड़बड़ा कर भाग खड़ी हुई थी। उस समय वह ज़ोर-ज़ोर से रो रही थी...रेत में भागते पाँवों के साथ उसके गहनों की झन-झन और डरी हुई चिड़िया की चीख-सी आवाज़...मेरे भीतर की पूरी दुनिया एक पल में टूट कर रेजा-रेजा हो गयी थी। मैंने हवा में बिखरती उसकी सुबकियों को अपनी साँसों में समेटा था, सीने में सेंत लिया था जवाहरात की तरह। मेरी दुआओं की ताबीज़ बँधी रहे उसके जिस्म से, रूह से ताउम्र...मैं सर से पाँव तक सजदे में पड़ी थी रेत के उस आसमान तक बिछे जाय नमाज पर—जा बेटी! इस बदनसीब, अभिशप्त धरती से जा...उस दुनिया की ओर जहाँ ज़िन्दगी की धूप है, खुशियों की सूरजमुखी हैं, हवा है, आकाश है...तू जीना, हँसना, चहचहाना, उड़ना दूर तक! मेम तुझे अपनी छाँव देंगी, ज़मीन और तेरे हिस्से का आकाश देंगी...बेफ़िक्र हो कर जा, अब मुड़ कर मत देखना...यहाँ मैं खड़ी हूँ तेरे और इस दुनिया के बीच अपनी आखिरी साँस तक। तुझे मेरा वादा याद है ना—मेरे रहते तुझे कुछ नहीं होने दूँगी...

एक समय के बाद वह शोर बहुत पास आ गया था—घोड़े की टाप, उनकी हिनहिनाहट, लोगों की चीख-पुकार...मगर अब ये आवाज़ें मुझे परेशान नहीं कर रहीं। मैं जानती हूँ, मैं और मेरी मासा इस बेरहम दुनिया की जद से बाहर आ गये हैं। मासा जा रही है अपनी नयी दुनिया की ओर और मैं अपने जिस्म की गिरहें ढीली कर रही हूँ। बस कुछ पेंचें, चन्द गाँठें रह गयी हैं...। उसके बाद मैं हूँ और मेरा आकाश,

मेरी रूह की उड़ान...साँस की एक कमज़ोर-सी डोर टूटनी है फिर मैं पतंग बन जाऊँगी...उसके बाद तो बस आज़ादी ही आज़ादी—इस देह से, मिट्टी से, दर्द और जहालत से...अब कोई जिस्म नहीं दुखने के लिए, जलील होने के लिए, रूँदने के लिए...सारी सरहदें, दीवारें, सलाखें और ज़ंज़ीरें ढह रही हैं, टूट रही हैं, ख़त्म हो रही हैं...। अब मेरी रूह बेलिबास है! अब कोई हिज़ाब नहीं। कफ़न जिस्म को चाहिए होता है, रस्सियों से भी वहीं बँधता है! रूह के लिए कोई क़ैद नहीं बनी, दीवारों से हवाएँ नहीं घिरतीं...।

मैं सारे शोर, क़ैद और डर से परे सितारों की ओर बढ़ रही हूँ! मेरी बाँहों में अब हवा के पर हैं। कितने चेहरे एक साथ याद आ रहे हैं! जलते-बुझते जुगनुओं की तरह मुझे आ-आ कर घेर रहे हैं—माँ, खाला, फातिमा बी...मासा, जुनैद...और...और इन सब के बीच एक बेतरह उदास, ज़िन्दा चेहरा तवान का! वह आज भी उस लड़की के लिए खड़ा है जो वर्षों पहले एक रात उसके पास आने के लिए अपने घर से निकली थी मगर आज तक उसके पास नहीं पहुँच पायी थी। उसे नहीं पता, वह लड़की आज एक बार फिर अपने घर से उसके लिए सारी साँकलें तोड़ कर निकली थी, मगर...ये रेगिस्तान बहुत बड़ा है तवान...यहाँ ज़िन्दगी, उम्मीदें, प्यार अक्सर खो जाते हैं, ठीक यहाँ की बदनसीब नदियों की तरह...धूप, हवा, रेत उन्हें जवान होने से पहले सोख लेती है...। मार डालती हैं वक़्त से पहले! मैं आँसू भरी आँखों से अपने चारों ओर देखती हूँ—स्याह रेत पर दूर-दूर तक बिखरी सपने बुनने वाली नाजुक अँगुलियाँ...। अब उनके साथ मेरा लहू भी—काला, गाढ़ा, थक्कों में जमता हुआ...तवान एक उम्र से खड़ा है उस घर से भागी हुई लड़की के इन्तज़ार में...। और खड़ा ही रहेगा! ना उसका इन्तज़ार कभी ख़त्म होगा ना प्यार की चाशनी में पगी लड़कियों का घर से भागना ही—जब तक नफरतों से भरी इस बड़ी-सी दुनिया के किसी कोने में प्यार की एक छोटी-सी बूँद जीवित रहेगी! मैं तवान से कहना चाहती हूँ, मेम जैसे काफिर लोग कहते हैं कि पुनर्जन्म होता है! रूहें लौटती हैं नये लिबास और नये चेहरे में अपने अधूरे रह गये कामों को अंजाम देने और अपने हिस्से की बची हुई खुशियों को जीने...मगर मैं अचानक सारे बन्धनों को तोड़कर बेशक्ल हवा की तरह बह चलती हूँ उस दिशा में जिधर मेरी मासा गयी है। बहुत दूर जाना है उसे। उसके

आगे बहुत लम्बा सफ़र पड़ा है। मुझे उसके साथ रहना है दुआ की तरह, मुझे उसका हौसला बनना है! पाँव, ताकत और उम्मीद बननी है! और बनना है वह सपना जो ज़िन्दगी और इन्सान को उनकी आखिरी नींद तक जगाये रखता है! मैं देखती हूँ, रेत के फीके होते स्याह टीलों के पार मेरी दर्द की जाई मासा हव्वा की बेटियों के तमाम ख़्वाबों की विरासत लिए उगते सूरज की ओर लगातार भागी जा रही है...मैं उसे उसके अंजाम तक, मंज़िल तक सही-सलामत पहुँचाने बेशक्ल, बेआवाज़ उसके साथ हो लेती हूँ! अब सुबह होने में ज़्यादा देर नहीं! रात भर ओस में भीगती गीली रेत पर कुछ कैक्टस के फूल भोर की सुनहली किरणों में लिपटे मुस्कुरा रहें हैं। उन्हें इस वीराने में बेमौसम खिलना आ गया है। अब हर मौसम उनका मौसम है...

□□